한국문학평론가협회 평론총서 ❹

경남 문인 4인을 새롭게 보다

이승하

중앙대학교 문예창작학과를 졸업하고 동 대학원에서 「한국 현대시에 나타난 풍자성 연구—송욱·전영경·신동문·김지하를 중심으로」(1996)로 박사학위를 받았다. 1984년 중앙일보 신춘문예에 시가, 1989년 경향신문 신춘문예에 소설이 당선되어 문단활동을 시작했다. 『한국문학평론』, 『문학사상』, 『시로 여는 세상』, 『불교문예』, 『문학에스프리』, 『문학나무』의 편집위원을 한 바 있다. 한국시인협회 사무국장, 한국문예창작학회 회장, 한국문학평론가협회 기획이사를 역임했다. 현재 중앙대학교 문예창작학과 교수로 재직하고 있다. 지훈상, 시와 시학상, 인산시조평론상, 편운상, 유심작품상, 황순원문학연구상 등을 수상했다. 문학평론집으로 『한국의 현대시와 풍자의 미학』, 『생명 옹호와 영원 회귀의 시학』, 『한국 현대시 비판』, 『한국 시문학의 위기를 극복하기 위하여』, 『한국 현대시에 나타난 10대 명제』, 『한국 시문학의 빈터를 찾아서』, 『세계를 매혹시킨 불멸의 시인들』, 『세속과 초월 사이에서』, 『한국문학의 역사의식』, 『집 떠난 이들의 노래—재외 동포문학 연구』, 『한국 시문학의 빈터를 찾아서 2』, 『향일성의 시조 시학』, 『욕망의 이데아—창조와 표절의 경계에서』, 『한국 시조문학의 미래를 위하여』가 있다.

한국문학평론가협회 평론총서 ❹

경남 문인 4인을 새롭게 보다
- 유치환·이병주·김춘수·박경리

초판 1쇄 인쇄 2022년 9월 26일
초판 1쇄 발행 2022년 10월 12일

지 은 이　이승하
펴 낸 이　이대현

책임편집　이태곤
편 　 집　권분옥 임애정 강윤경
디 자 인　안혜진 최선주 이경진
기획/마케팅　박태훈 안현진

펴 낸 곳　도서출판 역락
주 　 소　서울시 서초구 동광로46길 6-6 문창빌딩 2층 (우06589)
전 　 화　02-3409-2055(대표), 2058(영업), 2060(편집) FAX 02-3409-2059
이 메 일　youkrack@hanmail.net
홈페이지　www.youkrackbooks.com
등 　 록　1999년 4월 19일 제303-2002-000014호

ISBN 979-11-6742-397-9 04810
ISBN 979-11-6742-199-9(세트)

*정가는 뒤표지에 있습니다.
*잘못된 책은 바꿔 드립니다.

한국문학
평론가협회
평론총서
④

유치환·이병주·김춘수·박경리

경남 문인 4인을 새롭게 보다

이승하 평론집

역락

머리말

나의 부모님은 경북 의성군 안계면에서 나를 낳고서 차남인 내가 서너 살 때 김천으로 이사를 갔다. 출생지에 대한 기억은 없기에 내 고향은 경북 김천이다. 그런데 문학평론을 하게 된 이후 관심을 갖게 된 문인이 공교롭게도 경남이 낳은 4명 문인이다. 이번에 내는 평론집 머리말에서 나와 인연을 맺은 분들에 대해 죽 얘기해보고자 한다.

박경리 선생과 인연을 맺게 된 계기가 1994년 『토지』의 완간이었다. 솔출판사 임우기 대표가 연락을 해왔다. 대하소설 『토지』가 우리 출판사에서 전권이 나오게 되어 이것을 기념하는 행사를 했으면 하는데 내년이 마침 광복 50주년이니 창작 뮤지컬을 만들어 공연하면 어떻겠냐며 뮤지컬 대본을 쓸 수 있겠냐고 물어보는 것이었다. 작곡가는 김영동 씨로 정해졌는데 대본 쓸 사람을 구하고 있다, 기자들이 우리 문단에서 소설과 시를 다 쓰는 사람이 당신이라고 하기에 찾아왔다는 것이다. 시간이 없다는데 나는 한참 전에 『토지』의 제1부만 읽은 상태였다. 대기업체 직원으로 정신없는 나날을 보내고 있던 때였지만 '당신밖에 없다'라는 말에 현혹되어 수락하였고, 한 달 만에 전권을 메모하며 독파하였다. 그리고 작품의 1, 2부를 한 달 만에 1시간 반 공연 뮤지컬의 대본으로 각색, 넘길 수 있었다. 남은 10개월 동안 작곡하고 공연 연습을 해 1995년 9월 5일, 세종문화회관 대강당에서 공연을 하였다. 이 공연을 계기로 나는 박경리

선생을 여러 차례 뵐 수 있었고 이후 「소설 『토지』의 장르 변용에 따른 문제점들」, 「미시사적 관점에서 본 『토지』의 지식인 유형」, 「박경리가 남긴 시의 의미와 의의」, 「박경리의 시에 나타난 생명사상」 등 4편의 논문을 쓰기도 했다.

유치환 시인과의 인연은 10년 전쯤에 거제시 청마기념사업회에서 논문 발표를 의뢰해서 어느 해 가을 거제에 내려가 「일제강점기와 해방공간 유치환 시의 변모 양상」을 발표한 것이 계기가 되었다. 그 뒤로도 4편의 글을 더 썼다.

이병주 선생과의 인연은 나의 첫 직장인 문예출판사에서 근무할 때 이루어졌다. 내가 교정을 보아 막 출간한 책이 『운명의 덫』이었고 앞서 낸 『비창』이 쇄를 거듭하고 있었다. 출판사를 방문한 작가에게 전병석 사장이 인지 종이 수십 장을 내밀자 그 일 했다간 팔이 아파서 소설을 못 쓴다며 종이를 되돌려주어 편집부 말단직원인 내가 정말 팔이 아플 정도로 도장을 찍는 일을 했다. 소설을 쓰려면 베스트셀러 소설을 쓰리라 마음먹게 한 일이었다. 그 뒤 월간 『문학사상』 편집위원을 같이한 인연이 있는 김종회 선생이 공동대표인 이병주기념사업회에서 감사 일을 보고 있으니 이 또한 소중한 인연이라고 생각한다.

문예지 『시와시학』을 만들고 있던 김재홍 선생이 전화를 해오셨다. 김춘수 특집호에 대담 원고를 실으려는데 댁에 가서 인터뷰를 할 수 있겠느냐고. 1999년 1월 13일에 명일동 자택으로 찾아뵈었고 사인해 주신 책도 몇 권 받아왔다. 이후 2016년부터 2019년까지 4년 동안 통영시문학상 운영위원이 되어 김춘수시문학상 수상 대상 시집을 추천한 것도 김춘수 시인과의 인연 덕분이 아닌가 한다.

어느 해인가는 경남 하동 문협의 청탁으로 이 땅의 시인들이 경남 하동을 어떻게 노래했는지, 그 역사를 훑어보기도 했다. 이런저런 인연이 겹치고 이어져 이 한 권의 책을 묶게 되었다. 또 다른 인연들도 있다.

대학 시절, 내 형은 서울법대 법학과를 졸업하고 학사편입시험을 쳐 국문학과 3학년부터 다시 다니면서 문학도의 길을 걸어가고 있었다. 형이 사 들고 오던 계간지, 시집, 소설집들이 검정고시를 거쳐 간신히 중앙대 문예창작학과에 들어간 내 영혼을 살찌워 주었다. 형은 월간『현대문학』을 통해 문학평론가로 등단하였고『집 없는 시대의 문학』,『문학의 길, 삶의 길』,『한국문학의 논리』같은 평론집을 냈는데 나는 그 책들을 밑줄을 그어가며 읽었다. 형의 어깨너머로 문학평론이 무엇인지 배웠다. 15권째의 평론집을 묶으면서 이제 비로소 형한테 감사의 인사를 드린다.

대학 시절, 한국 시문학사는 함동선 교수님으로부터 배웠다. 얼마 전에 뵙고 점심을 사드렸더니 아이처럼 좋아하셨다. 대학 시절에 시는 구상과 서정주 선생님에게, 소설은 신상웅 선생님에게, 시론은 김은자 선생님에게 가르침을 받았다. 대학원 시절에 소설은 김동리 선생에게, 평론은 김주연·전영태 선생에게, 문학사는 이선영(연세대) 선생에게 배웠다.

문학평론을 처음 쓴 것을 실어준 정진규 선생님께 고마운 마음 지금도 간직하고 있다. 1992년이었다. 선생님이 주관하고 계시던 문예지『現代詩學』사무실이 인사동에 있었다. 청탁받은 바도 없는데 다짜고짜 찾아가「산업화 시대의 시인들—1970년대 시사」라는 제목으로 쓴 300매짜리 원고를 내밀었다. 선생님께서는 읽어보지도 않고 그 자리에서 6개월 연재하자고 말씀하셨다. 나의 평론 등단은 이렇게 순식간에 이루어졌다. 신통치 않은 문학평론을 써 석사과정 시절에 대구매일 신춘문예에,

박사과정 시절에 서울신문 신춘문예에 투고해 최종심에서 떨어져 포기하고 있었는데 선생님의 배려로 평론 데뷔가 이렇게 쉽게 이루어진 것이었다.

범우사 별관에서『한국문학평론』을 임헌영 선생의 진두지휘 아래 이재복 형과 같이 몇 년 동안 만들었다. 문혜원·이재복·홍용희 형과 문학나무사 간『오늘의 젊은 시』를 십수 년 같이 만들면서 정이 듬뿍 들었다. 1994년 4월, 삼각지에 있던 월간『현대시』편집부에서 처음 만난 이래 30년 동안 나의 롤모델이 되어준 이승원 선생, 그즈음『동서문학』문학기행 때 뵙고 의기투합해 술친구가 된 송희복 선생도 책을 낼 때마다 주어 마음에 진 빚이 크다. 한국문예창작학회를 같이 만들어 20년 동안 동고동락한 박덕규 전 회장, 한원균 현 회장에게도 감사의 인사를 전한다. 연구에 전념할 수 있게 배려해준 학과의 주찬옥·방현석·정은경·김민정 교수께도 감사드린다.

이 책 속의 글을 쓰는 과정에서 여러 편 글의 교정·교열을 봐준 김효숙 박사과정 수료생과 정혜정 석사과정생에게 고맙다는 인사를 전한다. 역락비평신서 15권째가 졸저『세속과 초월 사이에서』였다. 그해 2008년에도 큰 은혜를 베풀어준 역락의 이대현 대표님께 또 신세를 진다. 이태곤 편집장과 편집부원의 수고는 문예출판사에서 근무했던 내가 잘 알고 있다. 아내 혜윤과 딸 민휘, 아들 주형에게 이 책을 보여줄 수 있어 기쁘다.

2022년 성하에
저자 이승하

　근대 이후 비평의 영향력이 지금처럼 약화된 적이 있었던가? 비평이 문학은 물론 문화·예술의 변화와 발전을 견인하는 중요한 동력으로 작용하면서 그것의 순기능적인 면에 익숙해진 우리 비평가들에게 '지금, 여기'에서의 이런 상황은 여간 당혹스러운 것이 아니다. 후기자본주의 문화논리에 입각한 소비사회의 도래와 비트라는 새로운 물적 토대에 기반 한 디지털 사회의 도래는 불균형과 부조화 그리고 부정성 대신 균형 잡히고 조화로우며 모든 것을 매끄럽게 느끼고 이해하려는 이른바 '긍정적 유토피아'(한병철)의 세계를 만들어버렸다. 고뇌에 찬 불안과 부정의 태도에서 벗어나 육체에 의한 감각의 유희에 탐닉하게 됨으로써 자연히 무엇을 인지하고 이해, 판단하는 사유의 과정은 약화되거나 망각되어버렸다.

　사유의 약화 내지 망각은 곧 비평의 약화 내지 망각을 의미한다. 더 이상 사유하려 하지 않는 사회에서 비평의 자리는 그만큼 작아질 수밖에 없는 것이다. 이 작아짐을 우리는 '지금, 여기'에서 목도하고 있지 않은가. 그런데 이 대목에서 우리가 한번쯤 생각해봐야 할 것이 있다. 그것은 이 작아짐을 우리가 비평의 기능과 역할의 약화 내지 축소로 이해하고 있는 것은 아닌가 하는 점이다. 우리가 인지하고 있는 비평은 근대의 산물이다. 근대라는 제도가 만들어낸 문학의 한 양식인 것이다. 이 사실은 지금까지 우리가 알고 있던 비평의 개념과 범주 혹은 비평의 기능과 역할은 이러한 근대적인 규정 하에서 이해하고 판단해 왔다는 것을 의미한다. 이러한 근대 비평의 개념과 범주 내에서 '지금, 여기'에서 발생하고 형성된 다양한 문학·예술·문화의 양식을 규정하고 포괄하기에는 한계가 있다. 가령 최근 새롭게 부상하고 있는 웹소설이나 SF·판타지·탐정·로망스 같은 장르문학, 그리고 게임 같은 양식을 근대 비평의 개념과 범주로 이해하고 판단하는 것은 불가능하다고 볼 수 있다. 근대적인 차원을 넘어서는 플랫폼으로 대표되는 테크놀로지, 대중소비사회의 생산과 소통 체계, 마케팅과 비즈니스 등과 같은 탈근대적 문화산업의 차원에서 접근할 때 그것은 온전히 이해되고 또 해석될 수 있는 것이다. 이러한 일련의 사실은 근대 다시 말하면 근대 비평의 개념과 범주를 확장하고 심화할 것을 요구한다고 할 수 있다. 근대와의 단절이 아닌 근대를 이어받으면서 그것을 넘어서는 비평에 대한 새로운 인식과 접근 방식이 필요한 것이다. 우리 한국문학평론가협회에서 새롭게 '평론총서'를 기획한 의도가 바로 여기에 있다. 주로 구성원이 문학을 전공한 평론가들이지만 점차 문학을 넘어 문화의 차원에서 비평 활동을 하고 있는 평론가들도 늘어나고 있다. 이들 사이에는 차이와 함께 공통점도 존재한다. 이 둘을 비평이라는 개념과 범주 내에서 서로 포괄하고 융합하여 보다 생산적이고 창의적인 시너지 효과를 내는 것이 우리들의 의도이고 또 바람이다. 이것은 근대와 탈근대 혹은 문학과 문화의 영역을 배제와 소외가 아닌 포괄과 융화의 관점에서 수용함으로써 비평의 영역을 새롭게 확장하고 심화하는 것을 목적으로 한다는 것을 의미한다. 후기자본주의 문화논리에 입각한 소비사회로의 진입과 비트를 기반으로 한 디지털 사회로의 진입은 비평의 기능과 역할의 다양성과 복잡성을 요구한다. 우리 비평은 이러한 흐름에 민감한 자의식을 가져야 하며, 그 결과로 드러나게 될 비평의 지형과 전망에 대해서도 보다 적극적인 태도를 견지해야 하리라고 본다.

우리는 이번에 기획하는 한국문학평론가협회 평론총서가 우리 비평의 좌표 역할 뿐만 아니라 그 수준을 가늠할 수 있는 시금석이 되기를 바란다. 이를 위해 우리는 언제나 열린 태도를 견지해 나갈 것이며, 나르시시즘적인 자기만족과 타자를 억압하고 차별을 발생시키는 권력 지향의 에꼴을 경계하고 부정해 나갈 것이다. 우리는 아웃사이더 정신과 지적 모험을 통해 비평의 본래적 의미를 되찾고, 미지의 영역으로 존재하는 새로운 비평의 영토를 끊임없이 탐색해 나갈 것이다.

2021년 9월

한국문학평론가협회 평론총서 발간위원회

차례

Ⅱ부 • 이병주에 대해 쓴 2편의 글

III부 · 김춘수에 대해 쓴 3편의 글

IV부 · 박경리에 대해 쓴 2편의 글

서
론

이 땅의 시인들은
경남 하동을 어떻게 노래했는가?*

경상남도의 남서부에 위치한 하동군은 예로부터 경치 좋은 곳이 많아 '하동 팔경'[01]을 자랑스럽게 생각해왔다. 하동의 남쪽으로는 남해를, 북쪽으로 지리산 자락을 끼고 있어 인근에는 높고 낮은 산들이 많다. 섬진강이 서쪽 전라남도와의 경계를 흘러 광양만으로 유입하며, 덕천강이 동쪽 경계를 남동류하여 남강의 진양호로 흘러든다.[02] 섬진강의 지류로 화개면 대성리에서 발원한 화개천이 남으로 흘러 합류하는데, 이 화개천은 약 20km에 달하는 절경 화개계곡을 이룬다. 한편 청암면 묵계리에서 발원하는 횡천강은 강 유역에 비옥한 충적평야를 형성하고 있다.[03] 횡천강 외에도 악양천, 주교천, 덕천강 등에서 봄 여름 가을로 물고기를 실컷 잡을 수 있었다. 명승지가 많다 보니 조선조 때의 정여창이나 정인지 등 시인 묵객들이 하동에 들러 글을 남기고 가는 경우가 많았다. 현대에 들어서서도 이곳 출신이든 타지역 출신이든 하동의 이곳저곳을 소재로 한 작품을 많이 쓰고 있다. 배산임수에 자리 잡은 마을이 많기에 산물도 풍

---

01 화개장터 십리벚꽃, 금오산 일출과 다도해, 쌍계사의 가을, 평사리 최참판댁, 형제봉 철쭉, 청학동 삼성궁, 지리산 불일폭포, 하동포구 백사청송이 흔히 말하는 '하동 팔경'이다.

02 『브리태니커 세계 대백과사전』24, 한국브리태니커회사, 1996(4쇄), 313쪽.

03 『한국민족문화대백과사전』23, 한국정신문화연구원, 1996(12쇄), 720쪽.

부하여 하동은 예로부터 살림살이가 풍족한 편이었다. 지금도 하동의 명물은 재첩국이다.

산과 들판, 강과 바다를 다 끼고 있는 고장인 하동을 무대로 한 작품은 소설 쪽을 살펴보면 부지기수다. 화개면 탑리의 화개장터를 무대로 한 김동리의 「역마」를 비롯하여 하동읍 두곡리 두목마을을 무대로 한 황순원의 「잃어버린 사람들」이 있었다. 악양면 평사리를 주요 무대로 하여 전개되는 박경리의 『토지』, 하동의 주요 장터를 무대로 펼쳐지는 김주영의 『객주』, 하동읍 원동마을과 화개면 화개장이 나오는 송기숙의 『녹두장군』은 대하소설이다. 문순태와 윤대녕, 김훈의 소설 여러 편이 이곳을 무대로 하고 있고, 특히 여수·순천사건을 다룬 이병주의 『지리산』, 이태의 『남부군』, 조정래의 『태백산맥』은 지리산 자락에 자리 잡은 하동의 깊은 골짜기가 주요 무대가 된다. 하동이 공간적 배경이 된 작품은 이외에도 많은데, (사)한국문인협회 하동지부에서 펴낸 『한국현대문학과 하동』을 보면 권운상의 『녹슬은 해방구』, 오찬식의 『마뜰』, 송기숙의 「지리산의 총각샘」, 유익서의 「표풍」, 정종수의 「타관사람」, 조성기의 「불일폭포」, 김영현의 「저 깊푸른 강」 등을 들고 있다. 실로 수많은 작가가 이곳을 무대로 삼아 소설을 썼던 것이다. 그럼 시 쪽에서는 어떤 시인들이 어떤 작품을 통해 하동을 노래했던 것일까. 우리 시대의 시인들이 하동의 산천을 어떤 곳으로 인식했는지 지금부터 한 편 한 편 살펴보고자 한다.

1. 하동은 지리산의 위용을 느낄 수 있는 곳이다

하동은 천혜의 자연조건을 갖고 있는 고장이다. 높고 넓고 깊은 지리산이 바로 옆에 있기 때문에 시인들이 지리산을 갖고 시를 쓰면 대개는 그 작품이 하동 지방을 노래한 것과 마찬가지였다. 이곳에서 자란 독자라면 아래의 시에서 곧바로 하동의 정취를 느껴볼 수 있을 것이다. 이은상이 일찍이 노래한 바 있는 지리산은 높고, 깊고, 푸근한 곳이었다.

> 지리산 천왕봉을 언제 오를꼬
> 청학동 접어들어 길을 헤맬 제
> 칠불암 목탁소리 다정도 하다
> — 이은상, 「지리산」 전문

제1행은 지리산이 얼마나 높고 험준한지를 말해주고 있다. 제2행은 지리산 산길이 복잡하여 길을 잃고 헤매기 십상임을 말해주고, 제3행은 그럼에도 불구하고 지리산 곳곳에는 도량이 있어 나그네의 안식처 노릇을 해준다는 뜻이다. 단 3행의 시인데, 지리산이 어떤 산인지 일목요연하게 묘사하고 있다.

> 장엄하여라 반야봉 일출이여
> 우리가 휘청거리면서도 어둠 속을 헤매 온 건
> 그대 참 밝음을 보려던 때문
> 우리가 어둠 속에서도 결코 한 마음 꺾이지 않았던 건
> 항시 그대 밝음을 믿어온 때문
> 저마다의 가슴속에 밝음 나누어 받고
> 우리는 산길을 내려오며 곰곰이 생각한다
> 걷어내고 걷어내도 자꾸 몰려드는
> 세상의 저 먹구름 걷는 일에 이 목숨 바치리라
> 날은 이미 훤히 밝았다

거미들은 공중에 숨고 날벌레는 공중에 난다
임걸령을 지나
피아골 계곡을 성큼성큼 내려오며
앞을 쏘아보는 우리의 눈은 시간이 갈수록 이글이글
두 개의 햇덩이처럼 타올랐다
　　　　　　　　— 이동순, 「새벽 지리산」 종반부

　　지리산 등반에 나선 시적 화자는 날이 밝아올 무렵, 모습을 조금씩 드러내기 시작하는 지리산을 보며 대자연의 위용에 감탄한다. 시의 종반부에 이르면 날이 완전히 밝아오고, 시인은 "저 먹구름 걷는 일에 이 목숨 바치리라"는 결심에 이른다. 그리고 마침내 임걸령을 지나 피아골 계곡을 내려오면서 두 눈이 햇덩이처럼 타오르는 환희의 시간을 맞이하게 된다. 지리산이 동네 뒷산 정도라면 아무리 밤을 새워 걷는다고 한들 이런 시간을 맞이할 수 없다. 야간 등반 여정을 통해 지리산의 위용을 십분 느껴본 이동순의 이 시는 지리산을 자연 그 자체로 노래한 대표적인 작품으로 꼽을 수 있다.

행여 지리산에 오시려거든
천왕봉 일출을 보러 오시라
삼대째 내리
적선한 사람만 볼 수 있으니
아무나 오지 마시고
노고단 구름바다에 빠지려면
원추리꽃 무리에 흑심을 품지 않는
이슬의 눈으로 오시라
　　　　　— 이원규, 「행여 지리산에 오시려거든」 앞부분

이원규의 시는 지리산 천왕봉에서 보는 일출에 대한 예찬에서 시작한다. 시인은 이어서 노고단에서 만나는 구름, 반야봉에서 볼 수 있는 저녁노을, 피아골의 단풍, 불일폭포의 물 방망이, 벽소령의 달빛, 세석평전의 철쭉꽃 길, 칠선계곡 처녀림, 연화봉의 벼랑과 고사목이 제각각 얼마나 아름다운지를 들려준다. 보여주고 싶지만 보여줄 수 없으니 '오시라' '오시라' 하면서 들려주는 것이다. 그러다가 이렇게 말한다.

> 지리산에 오고 싶다면
> 언제 어느 곳이든 아무렇게나 오시라
> 그대는 나날이 변덕스럽지만
> 지리산은 변하면서도 언제나 첫 마음이니
> 행여 견딜 만하다면 제발 오지 마시라
> ―「행여 지리산에 오시려거든」 끝부분

실컷 지리산을 자랑하다가 오지 말라는 것은 무슨 말인가. 지리산을 즐기고 아낄 생각이면 와도 좋지만 와서 힘들다고 짜증스러워할 거면 아예 오지 말라는 뜻이다. 사무치게 그립다거나 꼭 한번 봐야겠다는 생각이면 와도 좋지만 친구 따라 강남 가는 식으로 올 마음이라면 아예 오지 말라는 뜻이다. 시인의 지리산에 대한 사랑이 차고 넘치는 시가 바로 「행여 지리산에 오시려거든」이다. 이외에 정규화도 "다가서도 물러나지 않는 산/ 보기에도 아까운 산"(「지리산 수첩 8」) 하면서 지리산의 아름다움에 대해 예찬하였다.

2. 지리산은 역사의 아픔을 간직한 산이다

지리산은 전북 남원시, 전남 구례군, 경남 산청군·하동군·함양군에 걸쳐 있는 높이 1916.77미터의 산이다. 그렇게까지 높지는 않지만 동서로 일백 리에 걸쳐 있고 골짜기가 깊은 데가 아주 많다. 그래서 1948년 10월 19일, 여수·순천사건을 일으켰다가 거사에 성공하지 못한 일부 병력이 지리산으로 들어가 빨치산 활동을 전개한다. 한국전쟁 때는 지리산으로 도피한 인민군 일부와 남로당원들이 공비가 되어 1952년에 하동읍을 습격하는 등 피해를 입히다가 1955년에 완전히 소탕된다. 그 과정에서 지리산 일대는 총성이 끊이지 않는 전장이었고 산길과 계곡 곳곳이 피로 물들었다. 시인들은 지리산의 역사적 수난을 종종 형상화하였다.

눈 쌓인 산날등 타고
뒤를 쫓는 총소리
비명소리 밟으며 갔지

한 봉우리 두 봉우리
죽음의 봉우리 넘을 때마다
얼음 들어 썩는 발가락
칼날로 우우욱 자르고
새붉은 피 눈밭에 적시고
호랑이 울음 울던 사람
　　　　　　　　　— 박영근, 「지리산 2」 부분

박영근에게 지리산은 공비의 '준동'과 경찰의 '토벌'의 공간이다. 하지만 이런 용어는 남쪽의 용어다. 북쪽에서는 '해방투쟁'이라고 쓸 것이다. 지리산 자락을 토벌대에 쫓기면서 넘어갔던 공비들은 동상에 걸려 썩어가는 발가락을 칼날로 잘라야 했다. 시인은 공비들을 "못 다 부른 새 세상 소식/ 이슬같이 머금고/ 죽어간 사람"이라고 하며 애도의 뜻을 표하였다. 남북 분단의 과정에서 죽어간 수많은 '지리산 빨치산'을 시로나마 애도하려는 시인의 마음이 느껴지는 작품이다. 김지하도 지리산을 우리 민족의 수난지로 생각하였다.

> 눈 쌓인 산을 보면
> 피가 끓는다
> 푸른 저 대숲을 보면
> 노여움이 불붙는다
> 저 대 밑에
> 저 산 밑에
> 지금도 흐를 붉은 피
> — 김지하, 「지리산」 제1연

한국전쟁 시기를 전후하여 지리산에서 죽어간 많은 이들에 대한 애도의 마음을 담아 쓴 시이다. 시인은 지리산에 눈이 쌓여 있거나 녹음이 푸르거나 간에 땅 밑으로는 붉은 피가 흐르고 있을 거라고 한다. "한 자루의 녹슨 낫과 울며 껴안던 그 오랜 가난과/ 돌아오마던 덧없는 약속 남기고/ 가버린 것들이여/ 지금도 내 가슴에 울부짖는 것들이여"라는 대목에 이르면 특히 빨치산 활동을 하다 죽어간 이들을 마음 깊이 애도하고 있음을 알 수 있다.

이밖에 고은도 "총 쏘아/ 그 총소리 수십 개 메아리로 다할 수 없는 산/ 지리산에 가면/ 얼마든지 살 수 있습니다"(「지리산에 들어가면」)고 하였고, 이원규도 "홀로 지리산 빗점골/ 빨치산 루트를 따라 오르다/ 무성무성 웃자란 쑥무덤에 합장을 한다"(「쑥무덤」) 하면서 토벌대에 의해 수도 없이 죽어간 빨치산들을 애도하였다.

아지랑이 사이로 어른대는
갈색 놀란 토끼눈
총소리 들리고
더벅머리 쑥대머리 빨치산 사내들
삭정이로 불을 피고

깜박이는 불빛 따라 접근한
국방군 소리
또 총소리 들리고
쓰러진 조선이나 한국의 사내
그들의 입에 눈에 흙이 들어가
꿈도 집념도 온갖 욕망도
바람에 날려보내고
　　　　　　　　— 최두석, 「지리산 찔레꽃」 부분

최두석은 입장을 조금 달리하였다. 그가 보기에 빨치산 사내들이나 국방군 군인들이나 모두 다 이데올로기 충돌의 와중에서 죽은 희생양이었다. "그들의 입에 눈에 흙이 들어가" 지리산 등성이 여기저기 누워서 "뒤엉켜 함께 피우는/ 찔레꽃"이 지리산 찔레꽃이다. 분단이 고착화된 지금, 남과 북의 어느 한쪽에 섰던 그들 전부가 불행한 희생양으로서 다 원혼이 되어 지리산을 떠돌고 있으리라는 시각이 이런 시를 쓰게 하였다.

3. 하동은 섬진강이 굽이굽이 흐르는 곳에 있다

섬진강을 노래한 시인으로 우리는 김용택을 떠올리게 되지만 섬진강은 사실 많은 시인들의 시심에 물줄기를 댄 강이다. 전북 진안군 백운면에서 발원하여 남해 광양만으로 흘러드는 과정에서 하동군 화개면 탑리를 적시고, 덕은리, 부춘리, 평사리, 미점리 앞을 유유히 흘러간다. 전라도와 경상도를 경계 짓는 강이어서 그런지 김남호는 섬진강을 동서 화합을 가능케 하는 강으로 보았다.

전라도 땅 한 귀퉁이
다압이라는 동네
섬진강 따라 흐르고
섬진강 따라 흐르고
맞은편 경상도 땅
강바람 시린 곳
하동이라는 동네
왼손잽이 총각머슴처럼
슴벅거리는 눈으로
강 건너 보며 늙는다
— 김남호, 「섬진강」 첫 연

섬진강을 사이에 두고 전라도 다압 사람과 경상도 하동 사람이 강 건

너를 바라보며 늙어간다. 만남이 이루어지지 않았던 것이다. 만나지 않았으므로 다툼도 없었다. 그렇게 살아가던 두 지역 사람이 5월에 만난다. 이때 5월은 1980년 5월일 것이다.

> 가까운 이웃은 정이 얽혀
> 아픈 원수 되기 쉽다고
> 5월, 아니 까마득한 그 이전부터
> 불러야 대답하는 그리운 거리만큼
> 떼어놓고 흐른다
> ―「섬진강」끝 연

두 지역 사람들은 광주민주화운동이라는 홍역을 한바탕 치른다. 의인화한 섬진강은 사람들을 붙여놓으니까 싸운다면서 그리움의 거리만큼 둘 사이를 떼어놓고 흐르게 되었다고 한다. 시인은 이와 같이 강의 의미를 경남과 전남의 경계를 이루는 것에 두었다.

> 가을 섬진강을 따라가려면
> 잠깐의 풋잠에 취해보는 것도 좋다
> 구례에서 하동쯤 지날 때
> 섬진강은 해가 지는 속도로 흘러간다
> 어쩌면 지는 해를 앞세우기 위해
> 강은 제 몸의 만곡을 더욱 휘고 싶을 것이다
> ―강연호,「섬진강에 지다」앞부분

강연호는 섬진강의 유속이 느림을 이야기한다. "해가 지는 속도"를 빠름으로 해석할 수도 있지만 이어지는 문장이 "여기서는 길도 섬진강을 따라가므로/ 갈 길 바쁜 사람도 홀연 마음 은근해진다"이기에 느릿느릿, 유유자적 흘러가는 강임을 알 수 있다. 즉, 이 시의 주제는 우리도 저 강의 자세를 배워 여유를 좀 가지고 살아가자는 것이다. 강가 주민들과 섬진강의 옛날 모습을 노래한 이는 황선하와 정순영이다.

> 하동군 하동읍 비파리에 갔더니 정숙한 조선조 여인의 걸음새마냥 가만가만 내리는 명주실 같은 빗발을 타고 저승에서 이승으로 한 서린 꽃잎이 하늘하늘 떨어져 내리더라
>
> — 황선하, 「하동읍 비파리」 부분

> 산이 첩첩이라 천리인가
> 사람이 첩첩이라 천리인가
> 지척의 고향천리
> 섬진강에 멱감고
> 섬호정에서 찔레꽃 따먹었던 그곳
> 가고 또 가고파라.
>
> — 정순영, 「귀거래사」 제1연

그 이유는 뚜렷이 밝히지 않았지만 황선하는 하동읍 비파리라는 곳을 '한'이 서린 곳으로 설정, 그곳 사람들이 비 오는 날 강가에 나가 "발 벗고 우두머니 선 채 조선의 슬픔에 흠씬 젖어 있더라"고 말한다. 하동을 역사적 수난지로 인식하고 있다면 한이 어디에서 연유한 것인지 약간의 힌트를 주는 것이 좋았을 것이다. 한편 정순영은 고향을 천진난만하게 뛰어놀던 유년 시절의 놀이터로 회상하고 있다. 그러나 강으로 산으

로 놀러 다녔던 그 시절은 가고 없다. 지금 다시 돌아가 본들 고향은 내 기억 속에 옛날 그대로 남아 있지 않을 것이다.

> 늙으면서 낮아진 내 키보다
> 훨씬 낮아진 돌담 안에서
> 봉숭아만 아직껏 제자리를 지키며
> 허물어지지 않고 웃고 있었다.
> 내가 떠난 지 오래된
> 해량촌 나의 옛집.
> — 강남주, 「해량촌 옛집」 부분

강남주가 그린 고향이 훨씬 실제적이다. 60년 이상 세월이 흘러 다시 가본 옛집의 "숭숭 뚫린 양철지붕과 헐벗은 벽은/ 내가 자라던 때의/ 그 속살을 감추지 못하고 있었다"고 한다. 이농에 따른 농촌 공동화 현상이 하동을 피해 가지는 않았던 것이다. 하동이 고향인 강남주는 상전벽해가 되고 만 고향 하동읍 해량리를 이와 같이 구체적으로 묘사하였다.

> 칠십 리 하동포구 섬진강 길은,
> 아름다운 길은 무통(無痛)의 시간 속으로 들어간다.
> 구름 번쩍이는 산중턱 마을로 들어간다.
> 물앵두꽃 무더기 무더기 터져 오르는 중이었다.
> 허물어져 가는 집이 몇 채,
> 그리고 그 노인 부부 밭고랑 타고 앉아
> 섬광과 폭음 속으로 들어가는 중이었다.
> 훨훨훨 귀먹고 눈멀어가는 중이었다.
> — 문인수, 「호암리」 전문

하동군 내에 '호암리'라는 지명은 없다. 하동군 하동읍 흥룡리에 호암 마을이 있는데 시인은 그곳에 가본 듯하다. 외지인인 문인수가 가보았더니 그 마을은 허물어져 가는 집이 몇 채 있을 뿐이었고, 노인 부부가 밭을 갈고 있는 광경이 눈에 들어왔다. 때마침 구름이 몰려오더니 번개와 천둥이 친다. 시인은 그 광경을 스케치한 것인데 이 시 역시 호암마을만의 특수한 상황이 아니라 오늘날 대부분 시골의 모습이다. 고향이라고 하여 무조건 미화하면 안 된다고 생각하여 목격한 것을 이렇게 사실적으로 쓴 것이다.

> 살집 통통하고 눈매 서글서글한 이놈들이
> 장날이면 장꾼들 따라 경운기에 오르기도 하고
> 모시조개 잡는 아낙들의 허벅지를 살살 간지르기도 하다가
> 장가 못 간 노총각 덕만이가 트랙터 몰며 밭갈이할 때
> 백운산 자락 꼭꼭 숨은 더덕꽃 향기 한줌을
> 냅다 코끝에 뿌려서는 그만 밭갈이를 멈추게 했겠죠
> 밤이면 지네들끼리 연애하러 쏘다니느라
> 지리산 여러 골짜기 잠든 산짐승들 다 일깨우는데
> 그중의 어떤 놈은 입맞추는 소리를 유독 크게 해서
> 마을 사람들은 그것이 지리산 산신령님의
> 방귀 뀌는 소리로 생각하기도 했지요
> ― 곽재구, 「花心里에서」 제3연

화심리는 하동읍 내에 자리 잡은 작은 마을이다. 유쾌하고도 유머러스하게 묘사해 나가고 있는 화심리의 이모저모는 현재의 모습이 아니다. 곽재구는 정축년(1997년) 정초를 맞아 화심리의 옛 모습이 이러했으므로

새해에는 이런 모습이 되살아나기를 바라는 마음에서 이 시를 썼던 것이다. 시인이 보기에 화심리 사람들이 전에는 이처럼 정답게 살아갔었는데 지금은 그렇지 못하다는 안타까움이 있어 이렇게 썼다고 본다. 이상 몇몇 시인의 시를 살펴보니 하동에 지금은 빈집도 많아졌고 이웃 간의 정도 예전 같지 않음을 알 수 있다. 회상 속의 고향은 아름다울지라도 직접 가본 고향은 많이 황폐해지고 적적해졌다고 말하고 있다.

4. 하동에는 하동포구와 청학동이 있다

하동을 다룬 시에서 하동포구를 노래한 시를 뺄 수는 없다. 흔히 말하는 '하동포구 80리'는 섬진강 하구에서 강을 거슬러 올라가 하동읍까지의 80리를 말한다. 보통 '하동포구'라 부르는데, 죽순이 나는 대나무밭과 흰 모래와 소나무가 잘 어울려 절경을 이루고 있다. 하동포구를 이곳 사람들은 동해량이라고 부르기도 하는데, 예전에는 부산에서 출발한 배가 통영과 삼천포를 거쳐 이곳 하동포구에 닿았다가 화개까지 올라가 짐을 부렸다고 한다.

> 하동포구 팔십 리에 물새가 울고
> 하동포구 팔십 리에 달이 뜹니다
> 섬호정 맷돌 위에 시를 쓰는 사람은
> 어느 고향 떠나온 풍류랑인고
> — 남대우, 「하동포구」 제1절

일제강점기였던 1935년, 남대우가 가사를 짓고 한상기가 곡을 붙인 「하동포구」를 부른 가수는 남해성이었다. 광복 이후 이 노래는 사람들의 기억에서 사라졌다. 그런데 김남호의 설명에 의하면 남해와 하동이 하나의 선거구로 묶여 중대 선거구제로 총선이 치러지던 1970년대, 남해 출신 후보들을 견제하기 위해 하동측 인사들이 군민들의 표를 결속시키려고 활용한 노래가 바로 이 「하동포구」였다는 것이다.[04] 이 노래의 중요성을 인식한 군에서는 평사리 공원에 남대우의 이 노랫말을 기려 '하동포구 노래비'를 세웠다. 1935년에 만들어진 노래에는 '굽돌이 배'도 나오고 '백사장 모래'와 '쌍계사 종소리'도 나와 흥겨운 분위기를 연출해내지만 60년 뒤에 문병란이 노래한 「하동포구」는 즐겁지만은 않다.

　　유행가 가락 따라
　　나도 모르게 왔네
　　빈 호주머니 노자도 없이
　　엿판도 못 짊어진 전라도 사나이
　　三鶴소주 한 잔에 취해서 왔네
　　하동포구 80리에 빈 모래사장만 눈부시고
　　발자국도 없이 쫓겨온 사나이
　　눈부신 햇살에 갇혀 길을 잃었네
　　　　　　　　　　─ 문병란, 「하동포구」 앞부분

이 시의 정조는 다분히 애상적이다. 무슨 일인가를 저질러 하동포구로 쫓겨온 전라도 사나이는 나루터에서의 설움을 어쩌지 못하고 있다.

04　최영욱 외, 『한국현대문학과 하동』, (사)한국문인협회 하동지부, 2010, 65쪽.

아마도 타지에 와서도 마음의 안정을 얻지 못한 데다 설움도 많이 당한 모양, "눈물을 씹어봐도 한숨을 씹어봐도/ 쓴맛 단맛 알 수 없는 설운 내 팔자/ 하동포구는 아직도 울고 싶은 곳이더라"며 한탄하다가 끝내 "사나이 옛정이 목메는 곳"이라 한다. 하동포구 길고 긴 모래사장을 보고 사나이는 설움에 겨워 목이 멘다. 한편 포구의 옛날 모습을 재현한 시인은 최영욱이다.

> 황혼 매몰스런 섬진강가에
> 물비늘이 쏟아내는 옛 성시를 들으려
> 귀 세워 서면
>
> 재여 쌓인 情
> 열일곱 꽃 처녀의
> 그리움 터지는 소리
> 혹 들려올는지도 모른다.
>
> 풍성히 밀려드는 보름 사릿물
> 열이레 장배 인심으로 떠
> 어영차 저영차
> 뱃노래 흥에 겹고
> 열두 폭 세운 돛은 가락에 신명이라
>
> 열일곱 꽃 처녀의 터진 그리움
> 스러지는 그믐달 안고
> 뱃길 따라 길 나서면
> 비어버린 포구

석 잔 술에 더딘 걸음
장꾼들의 육자배기가
바람 따라 떠돌는지도 모른다.

그리움 끊기고
노랫소리마저 끊긴 虛한 포구에
옛 情으로 밀려드는
보름 사릿물.
　　― 최영욱, 「하동포구 - 옛날에 대한 새김 1」 전문

섬진강을 이용한 수운이 한창일 때에는 하동포구에 수십 척의 배가
정박했었다고 한다. 지금은 강이 점점 메워져 배가 들어오기 힘들어졌고
반대로 도로 이용이 늘어나 80리 하동포구는 한가롭기만 하다. 최영욱
은 뱃노래가 울려퍼졌던 옛 시절을 하염없이 그리워한다. 그리움도 끊기
고 노랫소리마저 끊긴 지금의 하동포구를 시인은 "虛한 포구"라고 한다.
그 시절의 홍성함을 아는 시인이기에 지금의 고요가 너무나 안타까운 것
이다.

하동의 명소 중 빼놓을 수 없는 것이 청학동이다. 하동군 청암면 묵계
리에 있는 청학동 마을은 외지 사람들에게는 청정한 공간으로 인식되고
있다. 최치원이 난세를 맞아 청학동에 잠시 몸을 피해 있었다는 전설이
있고, 고려조의 이인로는 『파한집』에서 청학동을 구체적으로 묘사하고
있다. 이후 구한말과 일제강점기 때 난리를 피해 숨어든 사람들이 이룬
오지 마을이 청학동이다. 집단생활을 하는 청학동 사람들의 가옥은 한국
전래의 초가집 형태를 띠고 있으며, 의생활도 전통적인 한복 차림을 고
수하고 있다. 미성년 남녀는 머리카락을 자르지 않고 길게 땋아 늘어뜨

리며, 성인 남자는 갓을 쓰고 도포를 입는다. 자녀들을 학교에 보내지 않고 마을 서당에 보내는 것도 특이하다. 마을 사람들은 농업 외에 약초와 산나물을 채취하고 양봉, 가축 사육 등으로 생계를 꾸려나간다.

> 겨울이 오면 깊은 잠에 들겠다
> 오랜 순례자의 잠 끝에 비치는 꿈
> 老子의 흰 수염이라도 만져보겠다
> 가시내야 山가시내야
> 내 눈동자 그믐밤 같아 정이 들면
> 너와지붕 추녀 끝 고드름 발을 치고
>   — 송수권, 「청학동에서」 앞부분

송수권은 청학동에 가보고선 겨울잠을 자는 동물이 되고 싶어 한다. 그만큼 아늑하고 안온한 공간이어서 다소 황당한 이런 꿈에 잠겨보는 것이 아닐까. 세속의 풍진 다 잊고 이곳에서 살고 싶다는 희망을 나타낸 것이니, 청학동이 어떤 곳인지 세세히 설명을 하지 않아도 알 만하다. 이성부는 백두대간 중에서 "숨어 살 만한 곳"은 다 청학동이라고 한다. 청학동이 고유명사가 아니라 보통명사가 되는 것이다.

> 청학동이라는 데가 정말 이곳인지
> 저 건너 등성이 너머 악양골인지
> 최고운이 사라진 뒤 청학 한 마리
> 맴돌다 가버렸다는 불일폭포 언저리인지
> 피밭골 계곡인지 세석고원인지
> 도무지 가늠할 수 없다

옛 사람들이 점지해놓은 청학동 저마다 달라도
내가 걸어 찾아가는 곳마다 숨어 살 만한 곳
그러므로 모두 청학동이다
　　— 이성부, 「가는 길 모두 청학동이다」 전반부

연작시 「내가 걷는 백두대간」의 27번째 작품이다. 이성부는 이 시에서 청학동이 지번을 갖는 실재하는 공간이라기보다는 하나의 이상향으로 보고 있다. 세상에 난리가 나거나 난리가 날 조짐이 보일 때 숨어 살 만한 곳이 백두대간에는 참 많다는 이야기를 시인은 하고 싶은 것이다. 지리산 일대에는 아직 훼손되지 않은 청정 공간이 많으므로 이런 곳을 잘 보존하자는 주장도 시에 감춰져 있다.

이외에도 하동의 불일폭포를 노래한 박재삼과 정호승, 노량대교를 노래한 정공채, 하동군 악양면을 다룬 고진하와 박남준의 시, 하동의 터줏대감 김필곤의 시집 『산거일기』가 있다. 그렇지만 하동 팔경 중 시인들의 글 솜씨를 기다리고 있는 곳은 한두 군데가 아니다. 신라 경순왕의 사당 경천묘, 임진왜란 때의 명장 정기룡 장군의 사당 경충사, 최치원의 사당 금천사 등도 얼마든지 시의 소재가 될 수 있다.

민속놀이인 메구치기, 청암면의 당산제도 시로 쓰기에는 좋은 소재일 것이다. 화개면 운수리에서 내려오는 노루목 전설, 횡천면 횡천리의 농바위 전설, 금성면 갈사리의 꽃집터 전설, 불일폭포 밑 용추의 쌀 나오는 구멍 전설을 현대적 감각으로 조명해볼 수는 없는 것일까. 인근 지역과 공유하는 민요로 「쾌지나칭칭」, 「모내기노래」, 「산중이앙가」, 「길쌈노래」, 「시집살이노래」, 「하동의병군가」, 「며늘애기 자분다고」, 「줌치노래」,

「베틀노래」 등이 전해지고 있다.[05]

가볼 만한 곳으로 불일폭포도 있지만 와룡폭포, 청학계곡, 화개계곡, 하동송림, 쌍계사, 옥산서원 등도 시인의 발길을 기다리고 있는 곳이다. 보물 제500호인 쌍계사 경내의 대웅전이나 경남유형문화재 제144호인 화개면 범왕리에 있는 칠불사아자방지(七佛寺亞字房址) 등 문화재는 부지기수다. 이렇게 많은 유물과 유적, 설화와 민요, 명승지를 갖고 있는 하동이지만 이 지면에서 거론한 것은 빙산의 일각에 지나지 않는다. 하동 출신 시인이라면 애향심의 발로로 쓸 수 있을 것이고, 타지역 사람이라면 하동에 다녀온 소회로 시를 쓸 수 있을 것이다. 또한 하동군 북천면에는 이병주문학관이 있다. 각종 문학 행사가 연중 이곳에서 행해지고 있다. 게다가 천혜의 자연 조건을 갖고 있는 이 하동에서 살고 있는 문인들이 고향 노래를 부르지 않으면 누가 부를 것인가. 나라 사랑, 국토 사랑이 별것이 아니다. 시로써 그 지역의 풍광과 풍물을 노래하면 그 지역의 내력과 풍광은 시와 더불어 영원히 남게 되는 것이다.

---

05 『한국민족문화대백과사전』 23, 한국정신문화연구원, 1996(12쇄), 7260쪽 참고.

I 부

청마 유치환에 대해 쓴
5편의 글

일제강점기와 해방공간 유치환 시의 변모 양상

일찍이 김현은 유치환을 가리켜 "생명에의 열애라는 점에서 생의 철학과 연관을 가지고 있는 것처럼 보이는 그의 생명철학은 그러나 생의 약동을 노래하지 않고 지사적인 고고함이나 예언자적 분노를 표출"[01]한 다고 보았다. 그의 대표적인 작품들은 대개 "자기학대와 예언자적인 분노로 얼룩져 있"고, 시세계는 "미래지향적인 것이 아니라, 과거를 재정립하는 회귀적 세계"[02]라고 보았다. 상당히 비판적으로 평가했음을 알 수 있다. 김현이 계속해서 '생(명)'을 운위했던 것처럼 유치환에 대한 가장 일반적인 평가는 '생명파 시인'이라는 것이다. 이혜원이 잘 정리한 것처럼 유치환은 "생명의 절대적 가치와 유한한 인간 운명 사이의 극복할 수 없는 간극에서 발생한 그의 고뇌는 전례 없이 격렬하고 비장한 어조로 인해 강렬한 색채를"[03] 띠고 있는 시인이었다. 김유중도 1930년대와 일제 강점기 말기의 시사를 정리하면서 유치환의 시가 "니체적인 초인의

---

01 김윤식·김현, 「민족의 재편성과 국가의 발견」, 『한국문학사』, 민음사, 1973, 266쪽.

02 위의 책, 같은 쪽.

03 이혜원, 「유치환·신석정의 시세계」, 산사 김재홍 교수 화갑기념논문집 간행위원회, 『한국현대시사연구』, 시학, 2007, 220쪽.

세계를 연상케 하는 생의 허무에 대한 인식과 그것에의 초극의지를 근간
으로 하고"[04] 있다는 점에 주목하였다. 하지만 '생명파'라는 것을 하나의
유파로 이름 짓기에는 아주 애매하다.

유치환을 '생명파 시인'으로 부르는 이유는 「生命의 書 1章」, 「生命의
書 2章」 같은 시도 발표했었지만 '생명'을 시어로 쓴 경우가 많았기 때문
이다. 이 두 작품에 대한 평가는 "인생의 허망함과 무의미성에 대한 깨달
음, 그리고 그것을 초극하겠다는 의지를 노래한 작품"[05]이라는 것이 거의
정설이었다. 유치환의 시에 대한 평가를 한마디로 줄이면 유성호의 말대
로 "허무와 맞서는 자신의 의지만이 애련의 삶에서 영원한 생명으로 자
신을 인도할 수 있을 뿐"[06]이라고 해야 하지 않을까. 이육사나 한용운처
럼 일제의 억압과 착취를 수긍하지 않고 독립운동의 길로 나갔더라면 시
세계가 바뀌었겠지만 유치환으로서는 현실을 무기력하게 수긍하는 대신
'생명의식의 고취'나 '허무의식의 극복' 같은 것을 필생의 화두로 삼아 시
를 써온 시인임에 틀림없다.

그런데 유치환은 평가가 엇갈리고 있다는 점에서도 문제적 시인이
다. 한쪽에서는 그를 가리켜 부왜문학(附倭文學)의 대표적인 시인으로 일
컬으며 비판을 가하고 있다.[07] 박태일은 『유치환과 이원수의 부왜문학』

---

04 김유중, 「확대와 심화, 혼란과 좌절의 영상들」, 이숭하 외, 『한국 현대시문학사』, 소명출판,
2005, 125쪽.

05 남기혁, 「현대시의 형성기(1931년~1945년)」, 한국시인협회 편, 『한국 현대시사』, 민음사,
2007. 168쪽.

06 유성호, 「순정과 의지의 친화와 결속」, 조남현·김인환 외, 『근대의 안과 밖』, 민음사, 2008,
63쪽.

07 장덕순이 「일제 암흑기의 문학사(완) - 1940년에서 45년까지의 비양식의 국문학」(『세대』,
1963.12)에서 처음 유치환의 부왜시를 거론하였다. 한참 뒤인 2004년 6월 15일, 3·1동지회
경남 통영시지회와 민족문제연구소 통영 모임 등 8개 시민단체가 통영프레스센터에서 기

이라는 책까지 발간하였다. 유치환은 1928년(21세)에 일본에 갔다가 다음해에 돌아오는데 마침 그해에 광주학생운동도 일어났고 세계경제공황도 발생했기 때문인지는 알 수 없지만 아나키스트들의 작품을 읽게 된다. 마침 유치환 주변에 아나키스트들이 많기도 했다.[08] 유치환이 독립노농당에 가입했다는 주장이 제기되면서 많은 연구자들이 유치환의 시를 아나키스트들과 관련된 차원에서 연구하고 있기도 하다.[09]

유치환의 출생지가 어디냐를 두고 거제시가 통영시에 소송을 제기, 법정 공방전이 전개되기도 했다. 통영시가 청마문학관의 청마 연보 안내판에 적힌 출생지 표시에 '1908년 통영시 태평동 552번지'로 한 것은 잘못이라고 거제시가 문제를 제기, 소송에 들어갔다. 거제시는 유치환의

자회견을 갖고 "청마가 지난 42년과 44년에 쓴 시「수(首)」와 「북두성(北斗星)」이 친일 색채가 짙은 잡지인 『국민문학』과 『조광』에 실렸으며", 「수」의 내용 중 "이 적은 가성(街城) 네거리에/ 비적의 머리 두 개 높이 내걸려 있도다", "이는 사악(四惡)이 아니라/ 질서를 보전하려면 인명도 계구(鷄狗)와 같을 수 있도다"라는 부분을 지적하며 비적은 당시 독립군을 일본측에서 불렀던 용어로서 독립군의 죽음이 황국신민으로서의 질서를 보전하기 위한 것이었다고 보고, 청마의 친일 의혹을 제기했다(〈굿모닝서울〉, 2004.6.16).

08 이것을 거론한 이는 박철석과 오세영이다. 박철석, 「유치환 평전」, 『유치환』, 문학세계사, 1999, 190~191쪽. 오세영, 『유치환』, 건국대 출판부, 2000, 32~33쪽.

09 김경복, 「한국 아나키즘 시문학 연구」, 부산대 대학원 박사논문, 1998.
김미선, 「유치환 시 연구 : 아나키즘과의 관련을 중심으로」, 공주대 교육대학원 석사논문, 2002.
민명자, 「육사와 청마 시에 나타난 아나키즘 연구」, 『비평문학』 제29호, 한국비평문학회, 2008.
박진희, 「유치환 시의 아나키즘적 특성 연구」, 대전대 대학원 박사논문, 2011.
정대호, 「유치환 시 연구: 아나키즘과 세계인식의 관련양상을 중심으로」, 경북대 대학원 박사논문, 1996.
조동범, 「유치환의 정치적 실천 의지와 시적(詩的) 아나키: 유치환 시의 사상적, 정치적 근거와 아나키스트로서의 생애 연구」, 『현대문학이론연구』 제67권, 현대문학이론학회, 2016.
황동옥, 「유치환 시에 나타나는 아나키즘」, 동국대 대학원 석사논문, 2007.

출생지가 유족들이 진술하는 '거제시 둔덕면 방하리'가 되어야 한다고 주장했는데 재판부는 판결문에서 "유족과 친척들의 증언이나 시인과 평론가들의 의견만으로 청마의 출생지가 거제시 둔덕면이라고 단정하기 어렵다"고 밝혔다. 어느 한쪽의 손을 들어주지 않고 유보적인 입장을 취했다고 볼 수 있다. 그래서 지금까지도 출생지가 어디냐는 논란은 종식된 것이 아니다.

이런저런 논란이 이어지는 것이 나쁠 것은 없지만 이것들이 역으로 유치환의 시에 대한 감상과 이해, 분석과 평가를 방해해온 것이 아닐까? 유치환의 시에 대한 논의도 그의 대표작들, 예컨대 「旗빨」, 「바위」, 「생명의 서」, 「그리움」, 「울릉도」, 「행복」 등 몇 편의 시에 치우쳐 있었다. 그래서 오탁번 같은 이는 "청마에 대한 대부분의 평가가 의외로 획일화되어 있고 또 작품의 효과 위에 구축된 것이 아니라 고정된 선입견 위에서 마련되어 있다는 것은 놀라운 일이다."[10]라고 하며 작품 평가가 소홀했음을 지적하기도 했다. 그래서 본 연구자는 작품 자체에 천착하고자 한다. 대표작 몇 편만을 대상으로 해 유치환론이 거듭 나왔다는 전제 아래, 알려지지 않은 작품들을 분석·평가하고자 한다.

유치환은 생시에 14권의 책을 냈다. 12권의 시집과 2권의 산문집이다. 40년 활동 기간에 14권의 저서라는 것은 적지도 않고 많지도 않다. 출간 연도별로 보면 다음과 같다.

1. 『靑馬詩抄』, 청색지사, 1939. 12.
2. 『生命의 書』, 행문사, 1947. 6.

10　오탁번, 「청마 유치환론」, 박철희 엮음, 『유치환』, 서강대 출판부, 1999, 108쪽.

3. 『鬱陵島』, 행문사, 1948. 9.

4. 『蜻蛉日記』, 행문사, 1949. 5.

5. 『步兵과 더불어』, 문예사, 1951. 9.

6. 『예루살렘의 닭』, 산호장, 1953. 4.

7. 『靑馬詩集』, 문성당, 1954.

8. 『第九詩集』, 한국출판사, 1957. 12.

9. 『柳致環詩選』, 정음사, 1958. 12.

10. 『東方의 느티』, 신구문화사, 1959. 3.

11. 『뜨거운 노래는 땅에 묻는다』, 동서문화사, 1960. 12.

12. 『나는 고독하지 않다』, 평화사, 1963. 12.

13. 『미루나무와 남풍』, 평화사, 1964. 11.

14. 『波濤야 어쩌란 말이냐』, 평화사, 1965. 11.

이 가운데 『柳致環詩選』과 『波濤야 어쩌란 말이냐』는 시선집이다. 『東方의 느티』는 수상록 『예루살렘의 닭』과 『第九詩集』의 단장(短章)들을 합쳐 엮은 것이므로 이 셋을 빼면 시집 10권에 산문집 1권을 낸 것이 된다.

1. 『靑馬詩抄』: 식민지 지식청년의 고뇌

첫 시집 『靑馬詩抄』의 제일 앞머리에 실린 시는 「박쥐」이고 그 다음 시가 「고양이」다. 이외에도 시집에는 「소리개」, 「어느 갈매기」, 「가마귀의 노래」 같은, 조류나 짐승을 다룬 시가 여러 편 나온다.

너는 본래 기는 즘생
무엇이 싫어서
땅과 낮을 피하야
음습한 폐가(廢家)의 지붕 밑에 숨어
파리한 환상과 괴몽(怪夢)에
몸을 야위고
날개를 길러
저 달빛 푸른 밤 몰래 나와서
호올로 서러운 춤을 추려느뇨
—「박쥐」 전문[11]

박쥐는 포유류다. 즉 젖을 먹여 새끼를 키우면서 새처럼 날개를 갖고 있어 날아다닌다. 그래서 어찌 보면 새이고 어찌 보면 쥐다. 우화를 보면 짐승과 새가 싸울 때 짐승이 우세하자 새끼를 낳는 점을 들어 짐승 편에 들었다가, 새가 우세하자 날 수 있다는 점을 들어 새의 편에 들어 박쥐는 종종 기회주의자의 별칭으로 쓰인다. '박쥐 마음'이니 '박쥐 구실'이니 하는 말은 다 부정적인 뜻이다. 박쥐가 사는 곳이 동굴 속 컴컴한 곳이고 밤에 활동을 많이 해서 박쥐족이라는 말도 생겨났다. 유치환은 왜 첫 시집의 첫 시로 이 시를 내세웠을까. 그는 1908년에 태어나 일제 강점기에 통영보통학교를 졸업하고 일본으로 가서 토요야마[豊山] 중학교를 다녔다. 4학년 때 한의사를 하던 아버지의 사업 실패로 귀국, 동래고보를 1년 더 다녀 졸업했다. 21세 때인 1928년에 재차 일본으로 건너갔다가 1년 만에 귀국했다는 것은 앞에서 말한 바 있다. 1930년 형 유치진과 함

11 　인용하는 모든 시는 정음사 판 『청마 유치환 전집』 제1권(1984년)에서 가져온다.

께 회람잡지『소제부』를 만들어 시를 발표하기 시작한 유치환은 1933년, 〈동아일보〉 12월 20일자에 시 「박쥐」를 발표한다. 6년 뒤에 첫 시집을 내면서 제일 앞에 내세운 작품으로 이 시를 고른 것은 분명히 의도가 있어서였다. "너는 본래 기는 즘생"이라고 했지만 실은 자신을 박쥐로 본 것임에 틀림없다. 일본에서 몇 년 동안 공부하면서 일본의 문화와 문학에 대한 동경심이 생겨나지 않았을 턱이 없다. 하지만 조국 광복에 대한 꿈이나 민족의식이 분명 있었을 것이니 자신을 박쥐로 본 것이 아닐까. 파리한 환상과 '괴몽'에 몸이 야위고 있는 존재, 즉 식민지의 아들로서 식민종주국에 대한 동경과 거부의 마음이 엇갈리고 있었을 것이고, 그런 자신을 박쥐로 본 것은 일리가 있다. 그 다음 시의 고양이는 친일파라고 여겨진다.

> 나는 고양이를 미워한다
> 그의 아첨한 목소리를
> 그 너무나 민첩한 적은 동작을
> 그 너무나 산맥의 냄새를 잊었음을
> 그리고 그의 사람을 분노ㅎ지 않음을
> 범에 닮었어도 범 아님을
>
> —「고양이」 전문

고양이가 야옹야옹하고 우는 것을 왜 하필이면 "아첨한 목소리"를 갖고 있다고 한 것일까. 게다가 고양이는 "너무나 민첩한 적은 동작"을 하며 살아간다. 호랑이는 고양이과다. 그래서 인간 세상에서 살기 전에는 산에서 살았을 텐데 지금은 "그 너무나 산맥의 냄새를 잊"어버렸다. 고양이는 분노할 대상에 대해 분노하지 않고, 호랑이를 닮았는데도 살살 눈치나 본다. 즉, 고양이는 조선인이면서도 일본인에게 빌붙어 동족에게 나쁜 짓을 하는 친일파를 빗댄 것임을 어렵지 않게 알아차릴 수 있다. '산맥'은 우리의 근본 혹은 백두대간의 상징 시어임이 분명하다.

사람이 다스리는 세계를 떠나서
그는 저만의 삼가고도 방담(放膽)한 넋을 타고
저 무변대(無邊大)한 천공(天空)을 날어
거기 정사(靜思)의 닻을 고요히 놓고
황홀한 그의 꿈을
백일(白日)의 세계 우에 높이 날개 편
　　　　　　　　　　　　　　—「소리개」후반부

여기서 시인은 무변대한 천공을 나르는 소리개의 자유를 부러워하고 있다. "동물성의 땅의 집념을 떠나서/ 모든 애념(愛念)과 인연의 번쇄(煩瑣)함을 떠나서/ 사람이 다스리는 세계를 떠나서" 자유롭게 나는 소리개는 시가 창작된 연대를 생각해보면 조선반도를 떠나 북만주로 간 이주민으로 생각해도 되지 않을까. 일제의 탄압이 없는 북만주로 가는 이주민을 부러워했다면 1938년, 그 자신이 그곳으로 가서 농장을 관리하게 되기에 이 시는 미래 상황을 예견한 것이라고 볼 수 있다. 여러 가지 제약에 얽매인 자신에 대한 자조적인 인식은 아래의 시에 잘 나타나 있다.

나의 세상은 모두가 서툴렀거늘
만사는 될 대로 되는 것이어늘

밤비 나리는 도회여

이 밤 호면(湖面) 같은 나의 포도(鋪道)에

알롱이는 등들도 적이 구슬퍼

나는 젖는 대로 비에 젖는

어느 한 마리 외로운 갈매기로다

　　　　　　　　　—「어느 갈매기」제2, 3연

내 오늘 병든 즘생처럼

치운 십이월의 벌판으로 호올로 나온 뜻은

스스로 비노(悲怒)하야 갈 곳 없고

나의 심사를 뉘게도 말하지 않으려 함이로다

　　　　　　　　　—「가마귀의 노래」제1연

　갈매기와 까마귀를 의인화했는데 화자는 다른 사람이 아니라 자기 자신이다. 나는 빗물에 흠뻑 젖어 있는 외로운 갈매기와 같고 병든 짐승처럼 슬프고 노한 상태다. 이런 자기인식은 식민지 지식인으로서의 자의식에서 연유한 것으로 보인다. 유치환은 평양에서 사진관을 경영했으나 잘 안 되어 그만두기도 했었고(1933년), 부산의 화신연쇄점에서 1년간 근무하기도 했었다(1935년). 통영협성상업학교에 교사로 근무하기도 했었고(1937년), 북만주로 가 농장관리인이 되기도 했었다(1938년). 광복 직전인 1945년 6월에 귀국해 충무문화협회를 조직하고 통영여자중학교 교사가 되어 경제적·심리적으로 좀 안정이 되기는 했지만 젊은 시절에는 이처럼 방황의 연속이었다. 북만주에서 경제적으로 안정된 삶을 살았는지는 잘 모르겠다. 하지만 친지와 친구, 동료와 지인들이 없는 그곳에서의 생활이 무척 외로웠을 것이다. 그래서 자신을 어떤 날은 비에 젖은 갈매기로, 어떤 날은 "황막한 벌 끝에 남루히 얼어붙으려" 하는 까마귀로 생각해보는 것이다. 제목이 조류가 아닌 시에서도 자신을 비하하거나 조롱하면서 식민지 지식청년의 비애를 곱씹고는 했다.

> 나는 영락(零落)한 고독의 가마귀
> 창랑(滄浪)히 설한의 거리를 가도
> 심사(心思)는 머언 고향의
> 푸른 하늘 새빨간 동백에 지치었어라
> —「향수(鄕愁)」제1연

> 붉은 석양이 비낀 하얀 돌 벽에 기대여 서면
> 아득한 산맥이 눈썹 끝에 다다러
> 나는 마지못할 한 마리 소어(小魚)러라
> —「추요(秋寥)」부분

> 먼직히 묵(黙)한 신호주(信號柱)의 섰는 곳
> 적요의 역사(轢死)한 하얀 옷자락이 널려 있고
> 어디서론지 호—ㅁ의 지붕우에 가마귀 한 마리
> 높이 앉어 스스로 제 발톱을 쪼고 있도다
> —「백주의 정차장」부분

이상과 같이 첫 시집을 수놓은 정조는 대체로 비극적 세계관에 입각해 있어 비애, 자학, 침울에 가까웠다. 스스로를 "영락한 고독의 가마귀"라고 했다가 "마지못할 한 마리 소어(작은 물고기)"라고 칭하기도 한다. 비극의 주인공을 자처한 것은 아무래도 식민지 시대라는 시대적 배경 때문이지 다른 이유를 델 수는 없다. 시의 제목도 「분묘(墳墓)」, 「병처(病妻)」, 「단애(斷崖)」, 「애가(哀歌)」, 「원수(怨讐)」, 「비력(非力)의 시」 등 어두운 것이 많았다. "우환은 사자 신중(身中)의 벌레/ 자학의 잔은 담즙같이 쓰도다/ 진실로 백일(白日)이 무슨 의미러뇨/ 나는 비력(非力)하야 앉은뱅이"(「비력의 시」)라면서 자학을 일삼던 시인이 제2시집에 이르러 별안간 태도를 바꾼다.

2. 『生命의 書』: 대륙에서 생을 회의하고 추억에 잠기다

유치환의 제2시집 『生命의 書』에 대해서는 많은 논의가 있었다. 발간 시기로 보아 시인의 만주 이주 기간(1940년 4월~1945년 6월)에 쓴 시가 다수 수록되었고, 세계에 대한 부정적 인식에서 탈피하여 생명의식의 고양으로 나아간 시기였다. 「바위」나 「生命의 書 1章」, 「生命의 書 2章」 같은 대표작들에서는 생에 대한 의욕과 애착을 느낄 수 있지만 만주 체험의 산물인 시에서는 여전히 생에 대한 비애와 회의가 느껴진다. 시인은 만주행 열차를 탈 때만 해도 한껏 기대에 부풀어 있었다.

모처럼 만에 타보는 기차
아무도 아는 이 없는 틈에 자리 잡고
홀로 차창에 붙어 있으면

내만의 생각의 즐거운 외로움에
이 길이 마지막 시베리아[西伯利亞]로 가는 길이라도
나는 하나도 슬퍼하지 않으리
　　　　　　　　　　—「차창에서」끝부분

　　유치환의 통영 출항과 만주행이 일제의 억압으로부터 벗어나려는 지
사적 결단이었냐 개인적 도피였냐 하는 것에 대해서는 논란이 있다.[12] 아
무튼 이 시가 말해주듯이, 대륙에서의 새로운 삶에 대한 기대는 떠날 때
만 해도 충만했음을 알 수 있다. 어쨌거나 그의 만주 시절은 한반도 전체
가 태평양전쟁 수행을 위한 병참기지가 되었던 시대다. 공출과 징병과
징용과 일본군 위안부 모집 등으로 대다수 국민은 온갖 핍박에 목숨을
부지하는 것조차 쉽지 않을 때였다. 만주행은 그래도 숨을 쉴 수 있는 공
간으로의 이주였으므로 유치환은 안도의 한숨을 내쉬며 열차에 몸을 실
었을 것이다. 북만주—땅은 넓지만 친구도 없고 친척도 없는 곳, 외로움
에 시달린 5년 2개월이었을 것이고, 자연히 북방 체험의 시를 쓰게 된다.

먼 북쪽 광야에
크낙한 가을이 소리 없이 내려서면

잎잎이 몸짓하는 고량(高粱)밭 십 리 이랑 새로
무량한 탄식같이 떠오르는 하늘!

석양에 두렁길을 호올로 가량이면
애꿎이도 눈부신 제 옷자락에

12　박태일, 『유치환과 이원수의 부왜문학』, 소명출판, 2015, 45~47쪽.

서른여섯 나이가 보람 없이 서글퍼
이대로 활개 치고 만 리라도 가고지고
　　　　　　　　　　—「북방추색(北方秋色)」 전문

　서른여섯 살의 유치환은 드넓은 광야에서 수수밭과 하늘을 본다. 석
양이 지는 때 홀로 집에 가는 시인은 고독감과 자유로움을 동시에 느낀
다. 얘기를 나눌 상대도 없지만 일일이 간섭하는 압제자도 없다. 중국인
들 사이에서 이방인으로서의 자의식을 진하게 느끼는 날도 있다. 이방인
은 또한 자유인이다.

　　호(胡) ㅅ나라 호동(胡同)에서 보는 해는
　　어둡고 슬픈 무리[暈]를 쓰고
　　때묻은 얼굴을 하고
　　옆대기에서 첨과(甛瓜)를 바수어 먹는 니—야여
　　나는 한귀인이요
　　할아버지의 할아버짓적 물려받은
　　도포(道袍) 같은 슬픔을 나는 입었소
　　벗으려도 벗을 수 없는 슬픔이요
　　——나는 한귀인이요
　　가라면 어디라도 갈
　　——꺼우리팡스요
　　　　　　　　　　—「도포(道袍)」 전문

　호동은 골목길, 첨과는 참외, 한귀인은 한국인, 꺼우리팡스는 고려방
자(高麗房子), 즉 조선인을 중국인들이 천시하여 부르는 말이다. 화자는
"나는 한귀인이요"라고 거듭해서 말하는 것은 자의식의 산물이다. "도포

같은 슬픔을 나는 입었소/ 벗으려도 벗을 수 없는 슬픔이요"라고 자조적으로 말한다. 떠나올 때의 부푼 기대감은 사라지고 이곳에서의 생활이 난감하고 난처한 지경에 이르고 말았음을 암시하고 있다. 정작 북만주에 와보니 만나는 사람들은 거의 다 중국인이다. 민족적 차별을 감내하지 않을 수 없게 된 것이다. 화자를 조선인으로 간주하게 하는 것은 도포다. 말은 잘 통하지 않는데 놀림감이 되기도 한다. 시인에게 벗이 되어준 것은 광활한 자연이었다. 그리고 이역만리에서 생각느니, 고향이다. 고향 사람들이다. '향수'는 이 시기의 대표적인 정조다.

마음 외로운 대로 내 푸른 그늘에 앉아 쉬노라면
한 마리 멧새 가지에 와 하염없이 노래 부르나니
새야 적은 새야
이 호호(浩浩)한 대기 가운데 그 한량없는 노래는
아아 뉘를 위하여 부르는 게냐 누구에게 드리는 영광이냐
내게는 오직 오물 같은 오장(五臟)과 향수와 외롭고 부끄럼만이 있거늘——
　　　　　　　　　　　　　　　—「새에게」 제2연

북만주 먼 벌판 끝 외딴마을의
새빨간 석양이 물든 적막한 한때를
영 끝에 모여서들 창궁을 다하여
조잘대며 이루 나는
제비야 먹머기야 새끼 제비야
날아라 날아 마구 날아라
만함식(滿艦飾)의 기빨처럼 눈부시게 날아라
오늘도 머나먼 고국 생각에

하로 해 보내기 얼마나 힘들더냐
  —「비연(飛燕)과 더불어」제1연

멧새는 참새와 생김새가 비슷하다. 중국 중동부, 동부와 남한에서 번식하고, 중국 남부와 대만에서 월동한다. 북방멧새는 중국 동북지방, 극동러시아와 북한에서 번식하고, 중국 중부와 한국 중부에서 월동한다. 흡사 유리왕이 중국에서 시집온 치희를 떠나보내고 시름에 잠겨 꾀꼬리(황조)를 보고「황조가」를 지어 불렀듯이 유치환은 하염없이 노래 부르는 멧새를 본 후「새에게」를 쓴다. 멧새 너는 누구를 위하여 혹은 누구에게 영광을 드리고자 노래를 부르느냐, 하는 "오직 오물 같은 오장과 향수와 외롭고 부끄럼만이" 있다고 자조하고 있다. 또한 철새인 제비를 보고는 제비를 자신에 빗대어 "오늘도 머나먼 고국 생각에/ 하로 해 보내기 얼마나 힘들"지 모르겠다며 탄식하고 있다. 시인의 고향은 "경상도 남쪽 끝 작은 항구!"이며, "우리 부모가 할아버지 할머니로 계시는 곳"이다. 따뜻한 항구도시 통영과는 너무나 다른 북방, 10월만 되어도 벌써 겨울이다.

이곳 시월은 벌서 죽음의 계절의 시초리뇨
까마귀는 성귀에 모여들 근심하고
다시 천일(天日)도 볼 수 없는 한 장 납빛 하늘은
황막한 광야를 철책인 양 눌러 막아
아아 북방 이 거대한 울암(鬱暗)의 의지는
창부인 양 허무를 안고 나누었나니
내 스스로 여기에다 버리려는 고독한 사유도
이렇게 적고 찾을 길 없음이여
  —「북방 10월」전반부

북방의 10월을 "죽음의 계절"이라고 했다. 태양도 볼 수 없는 납빛 하늘이 낮게 내려와 있다고 느낀 시인은 자신의 심사를 암울, 허무, 고독, 울음이라는 시어로 표현했다. 무슨 이유인가로 이곳에 와 있긴 하지만 정을 붙이기가 어렵다, 향수에 시달리고 있다는 것이 이 시의 주제다. 땅만 넓고 아는 사람도 없지만 고향마을의 정취와 완전히 다른 대륙에서 느끼는 고절감이 유치환으로 하여금 일련의 북방시를 쓰게 하였다. 다음과 같은 시에서는 자신의 탈향이 어디에서 연유했는지, 그 이유를 암시하고 있다.

끝없는 박해와 음모에 쫓기어
천체인 양 만년을 녹쓸은
곤륜산맥의 한 골짜구니에까지 탈주하여 와서
드디어 영악(獰惡)한 달단(韃靼)의 대상(隊商)마저 여기서 버리고
호올로 인류를 떠나 짐승같이 방황ㅎ다가
마지막 어느 빙하의 하상(河床) 밑에 이르러
주림과 한기(寒氣)에 제 분뇨(糞尿)를 먹고서라도
너 오히려 그 모진 생명욕을 버리지 않겠느뇨
　　　　　　　　　 ―「내 너를 내세우노니」 제2연

탈향의 이유를 명확하게 밝혔다고는 할 수 없지만 "끝없는 박해와 음모에 쫓기어", "짐승같이 방황ㅎ다가", "주림과 한기에 제 분뇨를 먹고서라도", "운명에 휩쓸려 꺼져서는 안 되노라", "눈 코 귀 입을 틀어막는 철벽 같은 어둠 속"이라는 격앙된 묘사들을 보면 이 땅에 머물 수 없는 심각한 이유가 있어 북만주로 간 것임을 미루어 짐작할 수 있다. 만주에서의 삶이 평안하지만은 않았던 듯한데 예로 든 시 외에도 「속인부지(讀人

不知)」,「절도(絶島)」,「곽이라사후기행(郭爾羅斯後旗行)」,「풍일(風日)」,「극락사(極樂寺) 소견(所見)」,「우크라이나 사원(寺院)」,「하르빈(哈爾濱) 도리공원(道裡公園)」,「빈수선(濱綏線) 개도(開道)에서」,「광야에 와서」,「수(首)」,「절명지(絶命地)」,「나는 믿어 좋으랴」 등이 다 북방 체험의 산물이다. 비적 두 사람이 효수를 당한 것을 보고 와서 쓴 시 「수(首)」는 시인에게 '부왜'의 혐의를 준 작품이니 살펴보고자 한다.

십이월의 북만(北滿) 눈도 안 오고
오직 만물을 가각(苛刻)하는 흑룡강 말라빠진 바람에 헐벗은
이 적은 가성(街城) 네거리에
비적(匪賊)의 머리 두 개 높이 내걸려 있나니
그 검푸른 얼굴은 말라 소년같이 적고
반쯤 뜬 눈은
먼 한천(寒天)에 모호히 저물은 삭북(朔北)의 산하를 바라고 있도다
너희 죽어 율(律)의 처단의 어떠함을 알았느뇨
이는 사악(四惡)이 아니라
질서를 보전하려면 인명도 계구(鷄狗)와 같을 수 있도다
혹은 너의 삶은 즉시
나의 죽음의 위협을 의미함이었으리니
힘으로써 힘을 제(除)함은 또한
먼 원시에서 이어온 피의 법도(法度)로다
내 이 각박한 거리를 가며
다시금 생명의 험렬(險烈)함과 그 결의를 깨닫노니
끝내 다스릴 수 없던 무뢰한 넋이여 명목(暝目)하라!
아아 이 불모한 사변(思辨)의 풍경 위에
하늘이여 은혜하여 눈이라도 함빡 내리고지고
　　　　　　　　　　　　　　　　—「수(首)」 전문

이 시에 나오는 '비적'에 대해 임종국은 대륙 침략에 항거하던 항일세력의 총칭으로서 작품 자체는 "침략적 잔인행위에 대한 고발이 아니라, 항일하다 죽어 효수당한 '머리 두 개'를 꾸짖은 친일시"[13]라고 했다. 박태일도 유치환이 '친일협화' 세력 쪽에 서서 그들의 '협화' 이념을 좇아 '황국신민된' 부왜의식뿐 아니라, 타자의 '생명'에 대한 잔혹한 가학심리까지 내보인 작품이라고 했다.[14] 임종국의 말에 따르면 일제는 조선독립군을 선비(鮮匪), 공산게릴라를 공비(共匪), 토착 항일민중을 토비(土匪), 항일 만주군벌을 병비(兵匪), 대도회(大刀會) 같은 항일 교단(敎團)을 교비(敎匪), 홍창회(紅槍會) 같은 항일 결사대원을 회비(會匪)라 했다면서, 그 전체를 '비적'이라 총칭했다고 한다.[15] 그래서 "비적의 머리 두 개"는 조선독립군으로 봐야 한다는 것인데, 연구자의 의견은 이와 다르다. "너의 삶은 즉시/ 나의 죽음의 위협을 의미함"이었으니 비적은 사전적인 의미 그대로, 떼를 지어 다니며 살인과 약탈을 일삼는 도둑의 무리임에 틀림없다. 두 비적이 살인했다는 말은 없지만 그 정도로 큰 죄를 지었기에 네거리에 뎅강 자른 머리를 내걸어 구경거리로 만들어 두었다는 것이다. 만약 이 시를 친일이나 부왜의 뜻으로 썼다면 광복 후인 1947년 6월에 발간한 시집 『生命의 書』에 넣지 않았을 것이다. 두 명의 비적을 효수한 일이 "율의 처단"이라고 한 것은 법률의 올바른 집행이라는 뜻이다. 사악(四惡)은 『논어』에 나오는 말로 가르치지 않고 죽이는 일, 훈계함이 없이 되어가는 꼴만 바라보는 일, 영(令)을 태만히 하다가 후에야 서두르는 일, 남에게 죽는 것을 인색하게 구는 일을 가리킨다. 혹자는 왜 가르치지 않고 죽였

---

13 임종국, 『실록 친일파』, 돌베개, 1991, 6~7쪽.

14 박태일, 앞의 책, 90쪽.

15 임종국, 앞의 책, 6쪽.

느냐고 비난할 수도 있겠지만 "질서를 보전"하기 위한 처형이었다고 간주하고 있다. 힘으로써 힘을 제거함은 먼 원시시대 때부터 이어 온 "피의 법도"라고 주장하기도 한다. "끝내 다스릴 수 없던 무뢰한 넋"이지만 명복을 비는 것으로 시는 끝난다. 그런데 가성(街城) 네거리에 높이 내걸린 두 비적이 조선독립군이었다면 시를 이렇게 썼을까? 유치환의 머릿속에 들어갔다 나오지 않더라도 동족의 주검을 목격한 화자가 법의 온당한 집행이었다고 주장할 수는 없는 노릇이다. 박태일은 유치환이 발표를 하긴 했지만 시집에 싣지 않은 「전야」와 「북두성」을 예로 들면서 '부왜문학'의 대표작이라고 비판하고 있다. 독자에 따라서 아래의 구절을 읽고 일제에 아부한 것으로 간주할 수는 있다. 그런데 이 정도를 갖고 부왜문학이라고 한다면 부왜문학이 아닌 것은 무엇일까 하는 생각이 든다.

종막이 내려지면
위대한 인생극에로 옮길
많은 배우 배우들은
새 출발의 그 연륜에서
정복의 명곡을 부르리니
승리의 비곡(秘曲)을 부르려니―.
　　　　　　　　　　―「전야」 마지막 연

밤은
어름같이 차고
상아같이 고요한데
우러러 두병(斗柄)[16]을 재촉해

16　두병은 북두칠성을 국자 모양으로 보고, 그 자루가 되는 세 개의 별을 가리키는 말이다.

아세아의 산맥을 넘어서
동방의 새벽을 일으키다.

　　　　　　　　　—「북두성」 마지막 연

　　이 두 편의 시에 대한 박태일의 날카로운 지적에 동의하거나 부정하
거나 그것은 독자의 몫이고 연구자는 이 두 시를 시집에 안 실은 것이야
말로 이런 시를 쓴 것에 대한 시인 나름의 반성의 의미가 있다고 생각한
다. 하지만 〈만선일보〉 1942년 2월 6일자에 "오늘 대동아전(大東亞戰)
의 의의와 제국(帝國)의 지위는 일즉 역사의 어느 시대나 어느 나라의 그
것보다 비류(比類) 없이 위대한 것일 겝니다. 이러한 의미로운 오늘 황국
신민(皇國臣民) 된 우리는 조고마한 개인적 생활의 불편가튼 것은 수(數)에
모들 수 업는 만큼 여간 커다란 보람이 안입니다."로 시작되는 「대동아
전쟁과 문필가의 각오」를 실은 것은 유치환의 생애에 있어서 옥의 티가
아닐 수 없다. 이 글은 시가 아니므로 정치한 분석과 엄정한 비판은 다른
연구자의 몫으로 돌린다. 하지만 오점인 것은 확실하다. 시인이 두 번째
시집에서 다룬 또 하나의 세계는 추억과 가족이다. 시집의 제일 앞머리
에 놓인 시부터 일종의 '고향 생각'이다.

　　검정 사포를 쓰고 똑딱선을 내리면
　　우리 고향의 선창가는 길보다도 사람이 많았소
　　양지바른 뒷산 송백(松柏)을 끼고
　　남쪽으로 트인 하늘은 기빨처럼 다정하고
　　낯설은 신작로 옆대기를 들어가니
　　내가 크던 돌다리와 집들이
　　소리 높이 창가하고 돌아가던
　　저녁놀이 사라진 채 남아 있고

그 길을 찾아가면
우리 집은 유 약국
행이불언(行而不言)하시는 아버지께선 어느덧
돋보기를 쓰시고 나의 절을 받으시고
헌 책력처럼 애정에 낡으신 어머님 옆에서
나는 끼고 온 신간(新刊)을 그림책인 양 보았소
— 「귀고(歸故)」 전문

　어린 시절의 마을 풍경과 생활이 영화의 몇 장면처럼 펼쳐지는 아름다운 시다. 어릴 때부터 책을 가까이 한 것도 여기에 나와 있다. 아버지가 연 한약방의 이름이 '유 약국'이었나 보다. 이곳에서 부모님의 사랑을 듬뿍 받으면서 어린 시절을 보냈기에 시인의 유년 회상기에는 고통이나 설움이 거의 보이지 않는다. 하지만 시인이 태어난 융희 2년(1908)은 국운이 풍전등화였던지라 우리나라가 이렇게 유약해진 이유가 사대주의에 있었다고 비판하는 것을 잊지 않는다.

나를 잉태한 어머니는
짐줏 어진 생각만을 다듬어 지니셨고
젊은 의원인 아버지는
밤마다 사랑에서 저릉저릉 글 읽으셨다

왕고못댁 제삿날밤 열나흘 새벽 달빛을 밟고
유월이가 이고 온 제삿밥을 먹고 나서
희미한 등잔불 장지 안에
번문욕례(煩文縟禮)[17] 사대주의의 욕된 후예로 세상에 떨어졌나니

17　번문욕례의 원래 한자는 '繁文縟禮'로, 번거롭게 형식만 차려서 까다롭게 만든 예문을 뜻한

신월(新月)같이 슬픈 제 족속의 태반을 보고
내 스스로 고고의 곡성을 지른 것이 아니런만
명이나 길라 하여 할머니는 돌메라 이름 지었다오
　　　　　　　　　　—「출생기」 후반부

　시인이 태어나던 해의 시대적인 상황과 집안의 분위기가 잘 나타나 있다. 한 생명체의 탄생이 기쁜 일이지만 마냥 기뻐할 수만은 없는 어두운 기류가 집안을 맴돌고 있다. 또 그 시절에는 유아 사망률이 높아 할머니는 유치환을 명이나 길라고 발길에 차이는 돌멩이, 즉 돌메(돌매는 맷돌이다)라고 불렀다고 한다.
　병에 걸린 아내에 대한 안타까운 마음이 시심으로 승화되어 쓴 시는 첫 시집에도 나오는데(「病妻」) 두 번째 시집에도 나온다.

안해 앓아
대신 일찍 일어나온 첫아침
아직 어두운 가운데
풍로에 붙이는 숯불 새빨갛게 일어내려고
앞길에선 달각달각
시내로 들어가는 마차소리 채찍소리
　　　　　　　　　　—「안해 앓아」 전반부

　집에는 아이들이 있었으므로 아픈 아내를 대신하여 찬거리를 사러, 또 아내에게 달여 먹일 약을 사러 새벽시장에 나갔을 것이다. 아내를 대

다. 하지만 유치환은 우리 조상이 공리공담적인 유교를 지나치게 숭상하여 국력을 못 키운 것을 한스러워하여 '煩文辱禮'라고 썼다.

신해 새벽에 일어나 시장에 나와 보고서야 "안해는 항상 이렇듯 맑게 일어나오는 것이었고나" 하면서 감탄사를 터뜨리며 미안해한다. 정지용도 아이를 잃고 「유리창 1」 같은 시를 썼지만 유치환도 아이를 잃고 쓴 시가 있다.

애정의 살쩜을 저미인 대신
아름다운 슬픔의 복음서를 받은 엄마는
가냘픈 참새처럼 이내 눈물에 젖어 있고

젊어서 어진 깨달음을 배우는 아빠는
뒤뜰 느티나무 푸른 그늘 아래에서
조그마한 소목(素木)의 묘표(墓標)를 다듬나니

죄 없으매 어린 죽음은 박꽃인 양 정하여
슬픔도 함초롬히 이슬처럼 복되도다
                            ―「아상(兒殤)」 후반부

아이를 병으로 잃고 작은 무덤을 만들어주는 참으로 슬픈 광경이 펼쳐진다. 이 세상에 죄 하나 저지르지 않고 죽었기에 "슬픔도 함초롬히 이슬처럼 복되도다" 하면서 아이의 명복을 빌어주고 자신의 슬픔을 위로한다. 시인은 아이의 사망 6년 후에 또 한 편의 시를 쓴다. 즉, 귀국한 이후에 만주에 묻고 온 아이에 대한 그리움이 사무쳐 또 한 편의 시를 썼으니 「육년후(六年後)」라는 긴 시다.

너의 적은 관에 뚜껑하여 못질하고

음한(陰寒)히 흐린 11월 북만주 벌 끝에
내 손으로 흙 덮어 너를 묻고 왔나니

그때 엄마 무릎 위에 안기어
마지막 어린 임종이 하그리 고달픔에
엄마를 부르고
아빠를 부르고
누나 적은 누나 큰 누나를 부르고
아아 그리고 드디어 너는
그 괴론 육신을 육신으로만 남기고 갔나니
                        —「육년후」부분

6년 전 어느 음산하게 흐린 11월에 북만주 벌판에다가 아이의 작은 관을 묻고 온 일이 귀국해서 자꾸만 생각나 쓴 이 시에는 시인의 자식 사랑이 진하게 느껴진다. 돌아가신 할머니를 생각하며 "그의 어깨를 말등 같이 닮은 무덤을 찾아/ 나는 꽃같이 뉘우쳐 절하고 우려오"(「석류꽃 그늘에 와서」) 하면서 슬픔에 잠기기도 한다. "아아 오늘도 나의 안주의 집은/ 표묘(漂渺)하여 천지가 무애(無礙)한데/ 나는 뉘 모를 한 톨 즐거운 씨앗이려라"(「안주(安住)의 집」) 같은 시를 봐도 유치환이 아주 가정적인 사람이었음을 알 수 있다. 이렇게 시집 『生命의 書』에는 북방지역의 정서, 가족에 대한 사랑과 유년기 회상, 그리고 만주에서의 고향 생각 등이 시세계를 점하고 있음에도 불구하고 제목과 대표시 몇 편에 집착, 생명의식으로만 간주되는 경향이 있었다. 아래의 시를 보라.

향수는 또한
검정 망토를 쓴 병든 고양이런가

해만 지면 은밀히 기어와
내 대신 내 자리에 살째기 앉나니

마음 내키지 않아
저녁상도 받은 양 밀어놓고
가만히 일어 창에 가 서면
푸른 모색(暮色)의 먼 거리에
우리 아기의 얼굴 같은 등불 두엇!

— 「사향」 전문

고향 생각에 화자의 마음이 영 편치 않다. 춥고 광막한 북만주, 정든 친척도 없고 마음 터놓을 친구도 없다. 비록 식민지이기는 하지만 고향은 산물도 풍부하고 기후도 온화한 곳이다. 시를 쓰자니 생각나는 것이 아는 사람들과 정든 풍경인데 고향은 너무나 먼 곳에 있다. 고향에 대한 그리움이 식욕을 잃게 하고 멀거니 창을 보게 한다. 이런 유의 시가 『生命의 書』를 점하고 있음에도 불구하고 그간의 많은 평가가 '생명' 혹은 '생명의식'에 집중해 있었던 것은, 유치환 시의 다양성을 면밀하게 확인해 보지 않음으로써 그의 대표시 몇 편에만 치우쳐 평가했기 때문이다.

3. 『울릉도』: 정치적 혼란기에 행한 엄정한 비판

제3시집 『울릉도』는 1948년 9월에 간행된 것으로서 대한민국 정부 수립 직후의 정치적 혼란기에 나왔다. 1945년, 8·15광복 두 달 전에 귀국하여 고향에 내려간 유치환은 지역사회의 문화 발전을 위해 헌신적으로 일하기 시작한다. 하지만 정국은 혼란의 회오리바람 속으로 휩쓸려 들어가고 있었고, 시인은 착잡한 심정으로 나라의 앞날을 걱정하게 된다.

1945년 광복 직후 북한에는 소련군이 먼저 진주하고(8.22) 남한에는 미군이 진주하여(9.9) 군정이 실시된다. 평양에는 소련군을 등에 업고 김일성이 들어와서, 서울에는 미군을 등에 업고 이승만이 들어와서 정치권력을 선점한다. 남한사회는 1946년 2월 1일부터의 모스크바 3상회의(1945.12.16)에 따른 신탁통치를 반대하느냐 찬성하느냐를 놓고 극한적으로 대립한다. 그해에 일어난 조선정판사 위조지폐사건(5.15), 국대안파동(6.19), 대구의 대규모 파업(10.1) 등은 남한사회를 엄청난 혼란 속으로 빠뜨린다. 1945년에 남한의 정치지도자 송진우가, 1947년에는 여운형과 장덕수가 피살된다. 대한민국 정부가 수립되고 제주도 4·3항쟁사건이 일어난 1948년에 시집을 냈으니, 도대체 『울릉도』는 어떤 시를 모은 시집일까. 순수한 자연 예찬의 시는 거의 없다. 시인은 시대를 아파하고 국론 분열을 애통해한다. 제일 앞머리의 시부터 보자.

그대 위하여
목 놓아 울던 청춘이 이 꽃 되어
천년 푸른 하늘 아래
소리 없이 피었나니

그날
한 장 종이로 꾸겨진 나의 젊은 죽음은
젊음으로 말미암은
마땅히 받을 벌이었기에

원통함이 설령 하늘만 하기로

그대 위하여선
다시도 다시도 아까울 리 없는
아아 나의 청춘의 이 피꽃!

　　　　　　　　　　　　　—「동백꽃」전문

　동백꽃은 엄동설한에도 꽃을 피우기 때문에 시인이 동백꽃을 소재로 하여 시를 쓸 때, 인고나 희망을 메시지로 하는 경우가 많았다. '영원한 사랑'이나 '진실한 사랑'도 꽃말 중 하나다. 그런데 유치환은 동백꽃을 노래하되 "한 장 종이로 꾸겨진 나의 젊음", "젊음으로 말미암은/ 마땅히 받을 벌" 하면서 비극적 인식에서 헤어나지 못하고 있다. 심지어 "아까울 리 없는/ 아아 나의 청춘의 이 피꽃!" 하면서 자신의 젊음까지 통탄하고 있다. 왜 유치환은 시집의 첫머리에서 청춘의 꽃 동백꽃을 보고 통탄하는 것일까? 오랜 식민지 시대를 청산하고 광복이 되었지만 간절히 바라던 국가 번영은커녕 남북 분단의 상황으로 접어들었기 때문이 아닐까. 다른 꽃, 예컨대 치자꽃을 다루더라도 "뒷산마루에 둘이 앉아 바라보던/ 저물어 가는 고향의 슬프디 슬픈 해안통"(「梔子꽃」) 하면서 비장미를 표현하고 있다. 작약꽃을 그려 "귀촉도야 귀촉도!/ 자국 자국 어리인 피 가슴 밟는 울음에// 아아 꽃이 지는지고/ ──아픈지고"(「작약꽃 이울 무렵」) 하면서 처절한 아픔을 고백한다. 꽃이 피어 있는 것을 보고 아름다움에 도취되거나 자연의 변화에 감격해하지 않고 비탄에 잠기곤 하던 그였지만 광복 이후 처음으로 봄을 맞이했을 때에는 희망에 부풀어 이런 시를 썼다.

　지금은 또 어디로 어디메로 다 갔니
　오호! 눈만 뜨면
　동지섣달 하늬바람받이 등성이에 모여 올라

그 짙부른 하늘에 연을 올려 연을 날려
까마귀같이 이루 천심을 노리던 너희들——
(……)
맹꽁이 어른들이사
미닫이 구멍으로 하늘만 내다보고 앉았는 사이
너희사 너희끼리 하나도 슬프잖은 어깨 끼고
오호! 어디로 가서 하늘 따라 구름 따라 자라니
귀여운 피오닐 조선의 기수(旗手)들이여
　　　　　　　　　—「어린 피오닐」 부분

　　임화의「우리 옵바와 화로」에도 나오는 '피오닐'은 영어 Pioneer(개척
자, 선구자, 선봉)의 러시아식 발음이다. 그러니까 이 시는 광복을 맞아 이
땅의 젊은이들이 새 국가 건설을 위해 떨쳐 일어면 좋겠다는 희망을 피
력한 시로 볼 수 있다. '맹꽁이' 어른들과 달리 이 땅의 젊은이들이 개척
정신과 선구자의식을 갖고 성실히 자기 맡은 바 소임을 다해주기를 바라
면서 유치환은 이 시를 썼다. 젊은이들에 대한 기대는 이런 시에도 나타
나 있다.

뜻있는 나무여
지낸 날엔 그 불측한 능멸과
자신의 분노에 차라리 자라지 못했거니
오늘은 이 호호(浩浩)한 반도의 대기 속에
백성의 지성한 축원을 받들어
일월성신과 더불어 울창하여
아아 우렁찬 대국의 동량이 되라
　　　　　　　　　—「식목제(植木祭)」 마지막 연

여기서 "지낸 날"은 당연히 일제강점기다. 이제 우리가 할 일은 동량을 키우는 일이다, 즉 2세 교육에 전심전력을 다하자는 것이다. 지낸 날에는 "불측한 능멸과/ 자신의 분노에 차라리 자라지"도 못했는데 마침내 광복이 되었다. 이제는 나무들이 "호호한 반도의 대기 속에/ 백성의 지성한 축원을 받들어/ 일원성신과 더불어 울창하여" 대국의 동량이 되기를 간절히 기원하고 있다. 광복의 감격을 노래한 시가 또 있다.

> 지낸 날은 그의 이름조차 부를 수 없던 애달픈 조국이
> 드디어 천년대도(千年大道)의 반석 위에 다시 서는 날
> 어여쁜 벗들이여 우리도 한자리에 모여 앉아
> 한많은 축배를 올려 목놓아 울음 울 거나
> —「오상보성외(五常堡城外)」부분

하지만 일제 말기와 광복 이후 시인의 눈에 비친 우리 사회는 많이 부패하고 타락해 있었으며, 시인은 이를 다음과 같이 비판한다.

> 무수한 무수한 그릇된 이 있어
> 일컬어 민족의 붉은 피를 팔려는 오늘날
> 당신의 죽음은 나와 나의 겨레의
> 양심을 겨누는 푸른 비수가 되어지이다
> —「진실」마지막 연

> 오늘 온 세상이 들어 간악함에 무찔려
> 불선(不善)함이 선(善)으로 행세하고
> 불의(不義)함이 의(義)로움을 일컬어

그 도도한 행색에 설령
백일(白日)마저 어두운 무리를 쏠지라도
벗이여 무엇을 차탄(嗟歎)하랴
　　　　　—「한 개 능금」가운데 연

　　앞의 시는 '삼가 백정기(白貞基) 의사(義士)께 드림'이라는 부제가 붙
어 있다. 백정기(1896~1934)는 독립운동가로 상하이에서 중국 주재 일본
대사 아리요시 암살을 모의하다 체포되어 옥고를 치렀다.[18] 1963년 건국
훈장 독립장이 추서되었고 전북 정읍에 기념관이 있다. 묘소는 서울 용
산구 효창동 효창공원 내에 이봉창, 윤봉길과 함께 '3의사 묘소'로 모셔
져 있다. 백정기 의사의 옥사 소식을 접하고서 쓴 이 시에서 유치환은 일
제강점기 때 "민족의 붉은 피를 팔려는" 무리, 즉 친일파를 겨냥해 비판
하고 있다. 한편으로는 백정기 의사의 일련의 독립운동을 "나와 나의 겨
레의/ 양심을 겨누는 푸른 비수가 되"었다고 하면서 칭송하고 있다. 아
래의 시에서는 세상사가 '권선징악'이나 '인과응보'가 아니라 왜 이렇게
"악은 성하고/ 선은 약하나" 하면서 개탄하고 있다. "진실로 악은 성한

18　전북 정읍 출생. 가난한 농가에서 태어나 동냥으로 한문 공부를 하고, 19세 때 큰 뜻을 품
　　고 상경해 식견과 견문을 넓히던 중 3·1운동이 일어나자 독립선언문과 전단을 가지고 고
　　향에 내려가 항일운동을 선도하였다. 그 후 동지들과 서울-인천 간의 일본 군사시설 파괴
　　를 공작하다가 경찰에 구금되었으나 본적지와 행적을 속여 방면되었다. 그 후 각지를 잠행
　　하며 독립운동자금을 마련하여 중국 베이징으로 망명, 일본 군사시설 파괴에 전력하였다.
　　1924년 일본 천황을 암살하려고 도쿄에 갔으나 실패, 1925년 상하이로 가서 무정부주의자
　　연맹에 가입, 농민운동에 투신하였다. 1932년 상하이에서 자유혁명자연맹을 조직, 이를 흑
　　색공포단(BTP)으로 개칭, 조직을 강화하여 대일투쟁을 전개하였다. 1933년 3월 상하이 훙
　　커우(虹口)에서 동지들과 중국 주재 일본대사 아리요시[有吉]를 암살하려고 모의하다 체포
　　되어 나가사키로 이송되어 종신형을 선고받고 복역 중 옥사하였다. (두산백과에서)

잡초!/ 선은 항상 동산에 한 개 능금을 맺"는다고 하면서 선악과 이야기를 곁들여 하면서 악을 물리쳐야 한다고 역설한다. 특히 기대해 마지않았던 해방 공간의 난맥상을 목도한 뒤 유치환은 "아아 나의 피는 나의 조국!"(『어리석어』) 하면서 비명을 지르기도 한다.

> 썩어진 조선의 마음 위에
> 한 달 아닌 아홉 해를 홍수비 내려라
> 일찍이 청초(靑草)도 뜻있어
> 의로운 무덤엔 삼가 오르지 않았거늘
> 모외사대(慕外事大) 사색편당(四色偏黨)의 탈을 뒤집어쓴
> 백귀야행(百鬼夜行)의 소돔의 나라 조선이여
> 아직도 이 나라에 해와 달이 비침을 저허할지니
> 불 아닌 천의(天意)의 은혜하는 이 한 달 비에
> 아아 너희 달갑게 썩어지라 썩어지라
> ―「1947년 7월 조선에 한 달 비 내리다」 전문

조선조 5백년 동안 우리 조상이 모화사상과 사대주의에 빠져 있었고 사색당파로 나뉘어 당쟁을 일삼았다고 유치환은 강하게 비판한다. "백귀야행의 소돔의 나라 조선"이라고 했으니 비판의식이 어느 정도인지 알 수 있다. 그 결과 일제에 나라를 빼앗긴 채로 36년 동안 지배를 받았으므로 광복의 날을 맞아 정신을 차리고 합심하여 새 나라 만들기에 전력을 기울여야 한다고 이 시뿐만 아니라 여러 편의 시에서 강조하고 있다. 이왕 비가 온 김에 떠내려갈 것은 떠내려가고 썩을 것은 썩으라고 말한다. 그런데 해방정국은 어떠했는가. 남은 미국에, 북은 소련에 손을 내밀었다. 남로당은 찬탁으로 돌아섰고 우익인사들은 반탁운동에 나섰다. 시인

은 조선조 5백년 기간을 비판하고 있는 듯하지만 사실은 1947년 7월 당대의 현실에 정문일침을 가하고 있다. 아래의 시를 보면 우회적인 풍자가 아니라 노골적인 비판이다. 국론 분열을 이보다 더 강하게 비판한 시가 있었을까.

> 자당(自黨)의 권세를 거미줄 치기에
> 민중의 복지를 일컬어 팔고
> 그릇된 주장을 부회하기에
> 어진 백성을 우롱함이 없는가
> 아아 진실로 백사(百思)하여 그러함이 없는가
>
> 나는 보리라
> 지낸 굴욕의 죄과를 다시 범하지 않기로
> 눈초리를 찢고 나의 똥창까지 들여다보리라
> 아아 그러나 사색(四色)의 그 금수와도 못한 할퀴고 뜯음이
> 나의 민족의 다시 씻을 수 없는 악혈의 근성이라면
> 그는 천형(天刑)이어늘 어찌 뉘를 원망하료
> 아아 나의 겨레여 우리는 마땅히 망멸(亡滅)할진저
> ―「눈초리를 찢고 보리라」 후반부

시의 마지막 문장이 의미심장하다. 정치상황이 지금 이대로 전개된다면, 국론분열이 지금 이대로 진행된다면 우리 겨레는 "마땅히 망멸할진저"라고 격한 어조로 경고한다. 이 말은 얼마 뒤에 한국전쟁이 발발함으로써 예언이 되었다. 당시 찬탁과 반탁으로 나뉘어 나라가 시끄럽기도 했지만 김구와 이승만의 노선이 판이하였다. 김구와 김규식은 남북협상을 모색하였고 이승만은 남한 단독정부 수립을 주장하였다(1946.6.3. 정읍 발언).

이와 같이 제3시집『울릉도』는 대단히 첨예하게 전개된 그 당시의 현실상황에 시인이 적극 참여했음을 알 수 있게 하는 시집이다. 또한 시대의 아픔을 담아낸 저항시집이다. 역사의식과 현실인식이 충만한 정치시집이기도 하다. "멀리 조국의 사직의/ 어지러운 소식이 들려올 적마다/ 어린 마음의 미칠 수 없음이/ 아아 이렇게도 간절함이여"(『울릉도』) 같은 시구는 어조가 비교적 낮은 경우다. 이런 시를 보라.

쓰라린 쓰라린 조국의 오랜 환난의 밤이 밝기도 전에
너희 다투어 그를 헐벗기어 아우성치며
일찍이 원수 앞에 떳떳이 쓰지 못한 환도(環刀)이어든
한낱 사조(思潮)를 신봉하여
골육의 상쟁을 선동하여 불놓기를 서슴지 않고
보잘것없는 제 주장을 고집하기에
감히 나라의 망함은 두려워하지 않나니
매국이 의를 일컫고
사욕(私慾)의 견구(犬狗)는 저자를 이루고
오직 소리 소리 패악하는 자만이 도도히 승세하거늘
나의 눈을 뽑아 북악의 산성 위에 높이 걸라
　　　　―「조국이여 당신은 진정 고아일다」부분

"나의 눈을 뽑아 북악의 산성 위에 높이 걸라"는 말을 거침없이 할 정도로 분노에 사로잡혀 있다. 「生命의 書」를 쓴 시인으로 이런 시를 쓰고 있었다는 것이 놀랍기도 하지만 그만큼 그 시대가 어지러웠다는 뜻이 아닐까. 제3시집이 간행된 것은 1948년 9월로, 제1공화국이 정식으로 출범한 다음 달이지만 시편이 이뤄진 시점은 대체로 제2시집이 나온 1947

년 6월 이후이거나 그 이전으로 봐야 한다. 해방공간인 것이다. 서너 편의 시를 예로 들어 유치환을 일제 말기의 부왜문인으로 간주한 연구자들은 이런 현실참여시도 적극적으로 다루어야 하지 않을까. 유치환은 광복 직후부터 제1공화국 출범 전까지의 급박한 정치상황을 예의 주시하면서 사리사욕에 눈이 먼 사회지도층 인사들에 대한 비판의 목소리를 숨기지 않았다. 『울릉도』의 마지막 시는 「서울에 부치노라」이다.

> 그러나 서울아
> 남대문을 들어서면 너는 지옥의 저자다
> 거리 거리에 쏟아 넘는 엄청난 인간의 밀물들과
> 그 새를 서성대며 아귀같이 소리 소리 부르짖는 장사꾼과
> 내닫는 차들의 비명과 쓰레기떼미——어찌 그뿐이랴
> 오직 정권을 탐하는 선동(煽動) 기만 야합 폭력과
> 온갖 대회와 결정서와 허구를 빚어내는 정당 간판에
> 일신의 포복 영달만을 꾀하는 모리 탐관과 좀도둑들!
> 이 모든 악덕과 파렴치와 독선과 동족의 유혈은
> 요컨대 서울아 그대로 조선아
> 너는 아비규환 개똥밭이 아니냐
>   —「서울에 부치노라」 제3연

유치환은 정치지도자들이 입으로는 국민을 들먹이지만 실은 자신의 영달을 꾀하고 있다고 보았다. 오직 권력을 잡기 위해 선동하고 기만하고 야합하고 폭력을 휘두르는 현실에 환멸을 느끼고서 목청을 다해 비판하고 있다. 정치를 하기 위해선 당을 만들고 사람을 모으고 자기주장을 펴는 것이 당연지사지만 유치환은 이런 일련의 정치 행위가 소신과 양심

의 결과가 아니라 "모든 악덕과 파렴치와 독선과 동족의 유혈"로 이어지고 있음을 절규하듯이 비판하고 있다. 서울이 아비규환의 개똥밭이라고 했으니 시인의 정치 상황에 대한 부정의식이 어느 정도였는지 짐작이 가고도 남는다. 이와 같이 제3시집의 시 절반 이상이 당대의 어지러운 정치 상황에 대한 엄중한 항의의 시였다.

4. 『청령일기(蜻蛉日記)』: 생명에 대한 애착과 옹호

제4시집 『청령일기』가 나온 것은 1949년 5월, 『울릉도』를 내고 나서 6개월 뒤였다. 왜 이렇게 급하게 시집을 낸 것일까? 제3시집에서 터뜨린 분노와 위정자들에 대한 질타가 시의 본령에서 벗어나 있다는 자책에서 이렇게 서둘러 낸 것으로밖에는 설명이 되지 않는다. 일단 제일 앞의 시를 보자.

심심산골에는 산울림 영감이
바위에 앉아
나같이 이나 잡고
홀로 살더라

—「심산」 전문

바로 6개월 전에 낸 시집에 「눈초리를 찢고 보리라」, 「조국이여 당신은 진정 고아일다」, 「서울에 부치노라」 같은 거칠기 이를 데 없는 시를 시집에 실은 시인이 이런 시를 써 시집으로 묶었으니 이것이 과연 가능한 일인지 의아하다. 짐작컨대 순식간에 쓴 시를 모아 급박하게 시집을 낸 것이 아니라 첨예한 현실비판의식을 갖고 시를 쓰는 한편으로 전통지향적인 순수서정시도 꾸준히 쓰고 있었던 것이 아닐까. 완전히 다른 경향의 시를 쓰고 있었던 것인데, 격정의 시편을 먼저 묶었고, 안정의 시편을 나중에 묶었던 것이라 여겨진다. 시인은 시끌벅적한 도시에서 심산으로 들어간다. 두 번째 수록 시를 보자.

아이들은 다 같이 바다로 가고
혼자 남아서 집 보는 날
뒷당산 매미도 울다 안 울고
마당에 그림자 하나 까딱 안 하고
삼복의 한낮 한더위 고요가
시방 몇 고비를 넘는지
홰나무 짙은 그늘도 혼자선 겨워
보던 책으로 지붕을 하고
나는 고만 잠들어 버렸더라
　　　　　　　　　　—「한일월(閑日月)」 전문

세속의 온갖 다툼과 갈등은 찾아볼 수 없고 은일의 세계, 혹은 청정의 세계가 펼쳐져 있다. 같은 시인의 작품인지 믿어지지 않을 정도다. 6개월이란 짧은 시간적 거리를 두고 간행된 2권의 시집이 이렇게 판이한 것도 놀랍지만 이 두 가지 세계를 다 갖고 있었다는 것이 더욱 놀랍다. 대체로 시의 질료는 자연이다. 그리고 있는 자연은 아름답고 순수하다.

간다
간다
청산이 간다
시방 하운(夏雲)의 호화론 궁궐문이 무너지고
이제 찬란한 밤의 금수단(錦繡緞)이 다시 펼쳐 오노니
연해연신 물구나무로 넘어가는 무변광대
아아 간다
구름이 간다
청산이 간다

　　　　　　　　　─「청산유운도(靑山流雲圖)」 후반부

흡사 청록파 3인의 시를 읽고 있는 느낌이 든다. 유치환은 자신의 감정을 자연에 이입, 마음의 평정을 얻은 듯하다. 자연도 지진과 해일, 태풍과 벼락, 폭우와 폭설 등으로 분노를 터뜨리는 경우가 있지만 그 모든 것이 자연현상이지 의도된 폭발은 아니다. 하지만 인간은 동굴에서 밖으로 나온 이후 끊임없이 건설하고 개발하면서 자연을 파괴해왔다. "자연으로 돌아가라"는 루소의 말은 이 시집을 낸 유치환에게 그대로 적용이 된다. 아래의 시를 보면 분노하며 시를 썼던 과거를 조금은 후회하고 있음을 알 수 있다.

내 집이라 돌아온 첫날은
귀 익은 참새들의 즐거운 사설에 눈뜨다
뜰에 내려 추녀 끝에 괴어 있는

변함없는 그 윤리의 하늘 아래 서면
안해는 늙는 것, 자식은 자라는 것,
짐줓 이 도주(逃走)의 길은 뉘우침이 아니언만
일찌기 지극히 분노하던 것 앞에
이 아침 초라히 비춰는 나의 행색이여
　　　　　　　　—「돌아와서」 전문

돌아왔다는 것은 첫째, 북만주에서 고향땅으로 돌아왔다는 것을 의미한다. 하지만 "일찌기 지극히 분노하던 것 앞에"에 이르면 다른 종류의 귀환이다. 시심이 곧 분노였는데 과연 그것이 옳은 것이었나, 후회하고 있다는 것이 느껴진다. 스스로 생각하기를, 분노를 시에 그대로 표출하지 않고 순화시키거나 여과시켰어야 했는데 그렇게 하지 못했던 데 대해 반성하고 있는 것이다. 시집의 전반부에는 「일찌기 한밤중에 무지개를 보았느뇨」, 「바다」, 「곰에게」, 「나무」, 「쓰—탄카—멘王의 뇌임」, 「깨우침」, 「허무의 전설」, 「형벌」, 「호월(孤月)의 윤리」 같은 꽤 긴 시들이 나오지만 「낮달」부터 44편의 시가 5행짜리다. 이들 긴 시의 대체적인 소재는 생명이다. 모든 숨탄것들은 자신의 생명을 보존해야 하는데 인간이나 인간이 이룩한 문명이 방해하고 있다는 것이 이들 시편의 일반적인 주제다. 자연(혹은 우주)을 그냥 그대로 두는 것이 가장 자연스럽다는 주장을 유치환은 하고 있다. 장터 한길 가에서 곰의 쓸개 웅담을 파는 것을 보고 와서 쓴 시를 보자.

자— 웅담이요 웅담!
장터 한길 가
영혼과 더불어 어딘지 육신의 아픔을 지닌 남루한 사람들이 엉겨선

가운데

하라면 서투르게 재주 한 번 넘고

죄스럽게도 죄 없이 아이같이 적은 눈, 흰 목걸이 하고 섰는 너

그리고 너 곁엔 몽당비 같은 곰의 발 하나!

　　　　　　　　　　　　　　　　　—「곰에게」부분

　장사치가 장터에 곰을 데리고 나와 재주넘기를 시키고는 웅담을 팔고 있다. "웅담이란 불쌍한 너의 죽은 어미의 쓸개"임을 곰은 알 리 없고, 시인은 "곰아 슬픈 곰아/ 사람은 너보다 이렇게 보잘것없고나" 하고 내심 혀를 차는 것이다. 야생의 본성대로 숲을 누비며 생육하고 번성해야 할 맹수가 인간의 돈벌이에 이용당하고 있는 점을 꼬집은 이 시는 보다 직접적으로 생명옹호사상을 편 것이고, 다른 시편은 일종의 물활론이라고 할 수 있다.

아아 진실로 무궁한지고

우주의 지극한 현묘(玄妙)는

사람이 보기 위해 있음이 아니어늘

그대 물리(物理)를 논하지 말게

오직 마음 아름다운 자만이 이를 증거하나니

　　　　—「일찌기 한밤중에 무지개를 보았느뇨」끝 연

독올(禿兀)한 암석만이 작열하는 영원한 사망엣

길 여기 '왕의 골짜기'를

너희 도둑같이 기어온 그 적은 집념과 탐욕이

무엄히도 지존의 왕 나의 오랜 침실을 노략하여

애급 삼천 년 찬란한 영화를 기억하는 가지가지 보배를 훔쳐가고 다

시 내까지 판자나처럼 옮겨간 소이를 나는 아노니
그리하여 오만한 너희의 지식으로 나의 누운 시간을 손꼽으려 하나니
아아 진실로 허망하고 부질없는 사람의 노릇이어라
　　　　—「쓰—탄카—멘王의 뇌임」부분

　앞의 시는 우주만물이 인간을 중심으로 움직이는 것이 아니므로 우리 인간은 겸허해야 한다는 주제를 담고 있다. 그리고 마음이 아름다운 자만이 우주의 질서를 이해하고 자연의 이법을 깨닫는다는 내용도 담고 있다. 마음이 아름다운 자만이 우주의 진리 내용을 알 수 있다는 관점은 다소 피상적이지만 보이지 않는 광활한 우주로까지 시인의 상상력이 확장된 것이라 볼 수도 있다. 뒤의 시는 이집트 투탕카멘왕의 입을 빌려 도굴꾼들을 포함한 뭇 인간의 집념과 탐욕을 꾸짖는 내용이다. 수천 년을 미라로 누워 있는 투탕카멘에 비하면 이승에서 몇 십 년이라는 짧은 생애를 살면서 도굴이나 일삼으며 부귀영화를 꿈꾸는 사람의 '노릇'이 부질없게 보이는 것이다. 그럼 시인이 예찬하는 것은 어떤 것일까. 누군가 손도끼로 찍은 고목의 가지를 보고는 이런 시를 쓴다.

　아아 알았노라
　이렇게 밤이면은
　언제나 마땅히 그 한 자리에 서 있어야 할 그가
　만상(萬象)이 죽은 듯 잠든 가운데 한숨짓고 걸어 나옴은
　허구한 세월 수없는 인간과 모든 죽음이 죽고 또 죽어가도
　그만은 무모하게도 영원! 영원의 무(無)에 항거하여
　자신의 생명도 완강히 영원을 염원한 끝에
　드디어 그 부동한 자세를 끝내 지속하여 견딜 길 없어

이렇게 탄식하고 회한하고 걸어 나오는 것임을
— 「나무」 부분

　나무는 한 생을 한 자리에서 부동자세를 취한 채 살다가 죽지만 유치
환은 그런 나무를 의인화하여 무에 항거하는 존재와 영원을 염원하는 존
재로 그리고 있다. 나무 하나하나가 다 생명을 갖고 있다고 생각하기에
"한편 덩어리가 썩어진 천년내기 느티의 고목"이라고 하여 도끼로 가지
를 부러뜨려 팽개치는 사람이 있으니 그가 영 못마땅하다. 시인의 생명
사상은 모든 생명체 각각의 가치를 인정해주는 것이다. 그의 이런 사상
이 나타나 있는 시가 더 있다.

　　낙엽을 밟고 가을날 숲밭으로 오면
　　진실로 나의 생리(生理)는 보잘것없구나
　　수목은 한 해에 한 번이나
　　스스로의 상념을 아낌없이 가시어
　　눈부신 황금의 시를 흩뿌리건만
　　아아 나는 마흔 해를 오히려 고루하여
　　한 가지의 슬픔도 치르지 못했거니
　　한량없이 맑고 푸른 하늘 아래
　　밤낮으로 악착히 움직여 근심하는 자와
　　생애를 조용히 한자리에 생각하는 자의
　　아아 이같이 비길 수 없음이여
— 「낙엽을 밟고」 전문

아이 이것 아닌 목숨
스스로 모진 꾸짖음에 눈감고

찬란히 우주 다룰 그날을 지켜

정정히 죽지 않는 솔이 있어
마음이 있어

—「노송」끝부분

이런 시를 보면 시인의 관심사가 확실히 인간세계보다는 천지만물의
자연과 삼라만상의 우주로 이행해 갔음을 알 수 있다. 자연의 것들은 자
신의 영역을 지키면서 공존하고 있다고 보았고, 인간세계의 것들은 자기
영역을 벗어나 침략하고 정복하기에 부정하고 싶은 것이다. 시집 뒤편의
44편은 모두 5행시인데 가장 잘 알려진 시가 「그리움」이다.

파도야 어쩌란 말이냐
파도야 어쩌한 말이냐
임은 뭍같이 까딱 않는데
파도야 어쩌란 말이냐
날 어쩌란 말이냐

—「그리움」전문

이러한 일종의 연애시는 44편 가운데 예외에 속하는 것이고 대체로
생명에 대한 예찬과 생명의식 고양, 생명을 살상하는 것들에 대한 분노
등이 주조를 이루고 있다.

나는 다리를 붙잡아 주고
최서방은 아가리를 틀어막아 죽이고는——

안 죽으려고 한동안 발버둥질하던 염소는
우리가 손을 떼고 일어선 때는
누깔에 흙이 묻어 포대같이 숨 끊어지고 말았다
　　　　　　　　　　　　　—「도륙(屠戮)」 전문

염소를 잡는 장면이다. 병후 회복에 좋다는 염소를 민간에서는 이런
식으로 잡아 고아먹었는데 개나 돼지, 소와 닭 등도 이런 식으로 '때려잡
았다'. 최서방은 짐승이기에 죽이는 일에 아무런 가책도 안 느끼지만 화
자는 "누깔에 흙이 묻어" 하면서 안타까운 시선을 거둬들이지 않고 있다.
그 이전의 시, 예컨대 「生命의 書(1)」의 '생명'은 다소 막연하고 추상적이
었는데 『청령일기』에서의 '생명'은 이렇게 구체적이다.

죽는단 거짓말이었더란다
굽이굽이 칩고 멀던 설음을 넘어
봐요 저어기 산비알
눈물겨운 소식처럼
파아란히 자라나는 보리밭들을
　　　　　　　　　　　　　—「우수전(雨水前)」 전문

흙과 돌밖에 없던 산비알이 파란 보리로 뒤덮이는 기적적인 광경을
그리고 있다. 그야말로 생명 예찬이다. 유치환은 해방공간의 어수선한
분위기 속에서 이와 같이 생명에 대한 연구를 해나가면서 아울러 죽음
에 대한 연구도 지속적으로 해나간다. 거친 산비알에서 생명이 자라나
고, 핍박받을수록 자유가 더욱 절실해지는 이유는 우리의 생명의지가 강
하기 때문이다. 유치환은 생명의 땅에서보다 불모의 땅에서 시의 샘물을

더 퍼 올리고 있다.

> 이슬 내린 뜰 검은 흙 위에
> 쓰르라미의 파아란 죽은 지체(肢體) 하나
> 모여드는 개미의 문상객 메고 가는 상엿군
> 여기에도 이뤄지는
> 지극히 삼가한 또 하나 적은 세계
> ─「쓰르라미와 개미」 전문

쓰르라미의 시체를 개미들이 식량으로 삼겠다고 모여들어 메고 가는 장면을 보고 쓴 시다. 생-로-병-사라는 생멸 곡선을 따라 우리는 하루하루 죽어가고 있고, 자연 속 모든 생명체에게 죽음은 저절로 오는 하나의 현상이다. 따라서 죽음에 대한 명상은 시인의 생명의식의 결과물이라고 할 수 있다. 삶을 통해 언제나 죽음을 기억하도록 우리의 삶은 진행되며, 그 과정은 결국 죽음으로 가는 길임을 알게 되고, 거기서 시가 태어난다.

> 알에서 벌레 벌레에서 나비
> 가을 해빛에 차거이 남아 선 석비(石碑)에
> 가만히 붙어 떠는 나비 한 마리 시방
> 멸입(滅入)하는 우주의 적막한 중심
> 세 번째 죽음에의 이 전신(轉身)
> ─「전신(轉身)」 전문

> 양지바른 묏가 잔디밭에
> 마을 아이들 즐겨 모여 거드렁거리나니
> 일찌기 아손들 지극히 자애하던

어느 할아버지의 정다운 무덤이랴
돌아가서도 더욱 이렇게 즐거웁거늘
—「무덤(1)」 전문

알에서 벌레로, 벌레에서 나비로의 탈피로 끝나는 것이 아니라 석비에 붙어 떨다가 죽음으로써 "멸입이라는 우주의 적막한 중심"이 된다는 것이 시인의 생명관이다. 생명의 완성이 곧 죽음이기에 죽음을 애통해할 필요가 없다고 「무덤(1)」에서도 말하고 있다. 그리고 또 한 가지의 생명 연구는 생명체들의 끈질긴 생명력에 관한 것이다.

날씨가 이렇게 찌푸려 치운데야
먼 웃녘은 정녕 눈이 대단한가베
잎 다 진 언덕 가지 높이 모여 앉아
어젯밤 꿈에 보던 그 한창 눈보라를
지향없이 바라보는 멧비둘기 슬픈 얼굴들
—「한구(寒鳩)」 전문

아무리 눈보라가 쳐도 멧비둘기는 그 눈보라를 이겨낸다. 다만 눈보라가 올 것을 예감하고 있는데, 그 불안감은 어떻게 할 수 없다. 천재지변이나 자연재해를 이기고 살아남은 수많은 생명체에 대한 경외감을 갖고 쓴 시로 「춘접(春蝶)」, 「비새」, 「추초(秋草)여」 등이 있다. 생명을 가진 것들이 살고자 애쓰는 것이 시인의 눈에는 경이롭게 다가왔던 것이다. 일제강점기 때의 수많은 억울한 죽음과 해방공간에서의 민족 분열을 보고 유치환이 생명에 대한 연구로 돌아선 것은 충분히 가능한 일이었고 바람직한 일이었다.

유치환은 지금까지 '생명파 시인'이라는 일관된 평가를 받아왔다. 이러한 평가를 받아온 데에는 그의 시가 생명의식 고취나 허무의식 극복을 화두로 한 경우가 많았기 때문이다. 그런가 하면 유치환은 부왜문학인이라는 혐의로부터 자유롭지 못하다. 근년에는 아나키스트로서의 면모도 연구가 활발히 이루어지고 있다. 지금까지 유치환 시 연구는 한쪽으로 치우친 경향이 뚜렷했기에 연구자는 그의 시집 중 초기 4권에 실린 작품을 대상으로 문학적 가치를 평가함으로써 새로운 시각의 연구 가능성을 제시하고자 했다.

첫 시집 『청마시초』의 첫머리에 실린 시 「박쥐」에는 식민지 지식인의 고뇌가 담겨 있다. 일본 유학 중 식민종주국에 대한 동경과 거부감으로 갈등했을 자신의 정체성에 대한 성찰을 담은 시다. 「고양이」는 조선인이면서 일본인에게 빌붙어 동족에게 나쁜 짓을 하는 친일파를 빗댄 시이며, 이 시집에 등장하는 조류인 소리개, 갈매기, 까마귀 등의 시적 상관물은 자유에 대한 동경, 식민지 지식인의 자의식에 대한 자조를 보여준다.

제2시집 『生命의 書』는 연구자들의 관심이 집중되어 온 시집이다. 생명파 시인이라는 고정된 선입견은 이 시집에서 비롯되었고, 유치환의 북만주행이 지사적 결단인지 현실 도피인지에 대한 논란도 이 시집에서 점화되었으며, 부왜 혐의를 받은 「수(首)」도 이 시집에 실려 있다. 논란이 많은 이 시에 대해 연구자는 새로운 해석을 촉구하였고, 친일시라는 비판의 중심에 있는 다른 두 편의 시 「전야」와 「북두성」에 대해서도 시인의 자기반성적 면모를 일부 연구자가 도외시한 점을 지적하였다.

제3시집 『울릉도』는 정치적 혼란기에 출간한 시집으로, 국론 분열에 대한 아픔이 주조를 이룬다. 이에 연구자는 이 시기의 부패와 분열을 적시한 유치환의 시편들에서 대단히 첨예하게 전개된 현실참여의식을 발견하였다. 유치환을 부왜문인으로 간주한 연구자들이라면 그의 현실참여시도 적극적으로 다룰 것을 촉구하였다.

제4시집 『청령일기』는 제3시집 발행 6개월 후 출간되었고 앞 시집과는 확연히 다른 은일의 세계와 생명옹호사상을 구체적으로 보여준다. 이 시집에서는 영원을 향한 염원, 모든 생명체 본연의 강한 생명력, 우주 삼라만상에 대한 관심과 연민, 생명체끼리 살상하며 자신의 건강과 안락을 추구하는 인간의 탐욕을 꾸짖었다.

이로써 본고는 유치환의 12권 시집 중 시선집을 제외한 10권 중 4권을 다루었다. 시 창작을 꾸준히 하는 시인이라면 일생 몇 차례의 시적 변모를 거치기 마련이다. 때로는 사회·문화적 요구에 의해, 때로는 개인의 의지에 따라 시들은 변한다. 정치적 격동기를 몸소 건너온 시인이라면 내면의 지향성이 현실에 부합하지 않음으로써 심한 고뇌와 갈등에 휩싸이기도 할 것이다. 연구자는 유치환이 바로 그러한 시인이었음을 확인하였다. 문학은 이른바 '갈등의 메시지'다. 갈등 상황이라는 혼란스러운 의식의 들랑거림이 없다면 문학은 공허한 말장난에 그치고 만다. 유치환에게는 등단작을 쓸 때부터 그러한 갈등이 운명적으로 주어졌다.

유치환 시에 대한 기존의 연구가 그의 생명사상에 치우친 감이 있고, 한때 가입했던 정당을 들면서 그의 아나키스트로서 면모를 부각시키거나, 일부 시를 놓고 그의 친일 혐의를 비판하는 연구들이 이루어지고 있는 현실로 볼 때 본 연구는 앞으로 전개될 다양한 관점을 위한 초석쯤 될 것이다. 앞에서 논한 시집 외 6권의 시집에 대한 연구도 앞으로 할 것임을 밝혀둔다.

한국전쟁 당시 유치환이 종군하면서 쓴 시
— 피난지에서 낸 시집『步兵과 더부러』

 2023년이면 휴전협정 체결 70주년이 된다. 한국전쟁은 UN군과 중국, 북한 사이의 휴전협정 체결로 중단되었다. 즉, 지금도 남과 북은 전쟁을 일시 중단한 상태이다. 이후 북한의 도발은 1968년의 청와대 습격과 1987년의 KAL기 폭파사건, 2010년의 천안함 폭침 등 이루 헤아릴 수가 없다. 북한은 핵미사일 시험 발사를 줄기차게 하고 있다. 미국 본토까지 날려 보낼 수 있으므로 북한 지도자 김정은은 미국을 향해 협상하자고, 경제 제재를 풀라고 큰소리를 치고 있다. 주한미군 방위비를 대폭 올리지 않으면 그냥 있지 않겠다고 미국의 전 대통령 트럼프는 재임 당시에 우리나라를 줄기차게 협박하였다. 트럼프가 협박을 한 이유는 대한민국의 지정학적 위치가 아주 불리하다는 것을 알고 있었기 때문이다. 일본·중국·러시아 어느 나라와도 관계가 원만하지 않은 우리는 이들 3국과 북한에 둘러싸여 있다. 이런 상황에서 한국전쟁이 작품의 소재가 된 경우가 있었다면 살펴볼 필요가 있지 않을까. 1950년에 이 땅에서 일어났던 전쟁의 참전국이 바로 미국을 비롯한 유엔, 중국과 러시아였다. 한반도에서 전쟁이 다시는 일어나지 않을 것이라고 누가 장담할 수 있을까. 과거를 살펴본 후에 미래를 내다봐야 하는데, 그런 점에서 우리에게 시사점을 던져주는 시집이 있다.

유치환의 제5시집은 1951년 9월에 경남 통영의 문예사에서 펴낸 『步兵과 더부러』[01]이다. 머리말을 보면 "三八線을 突破北進할 때 浦項에서부터 元山으로 이르는 사이의 東北戰線을 第三師團 進擊部隊에 從軍하면서 얻은 詩篇들이다."라고 되어 있다. 전쟁이 한창 진행 중일 때 시집을 펴낸 것도 이례적인 일이었지만 이 시집에 실은 34편의 시가 대부분 '종군' 체험의 결과물이었다는 점에서 한국문학사상 대단히 희유한 예가 된다. 시집의 후기를 쓴 조지훈의 사실 확인에 따르면 유치환은 3사단과 함께 임시수도[02]였던 부산을 출발, 포항을 거쳐 원산 북쪽까지 갔다. 동부전선에 종군한 저간의 사정을 조지훈은 시집의 후기를 써주면서 회고한 적이 있었다.[03] 유치환은 종군 이후 『문예』에 '從軍詩抄'인 『步兵과 더부러』의 중요 작품들을 실었는데 자신은 게으름을 피워 시를 쓰지 못했다는 자탄을 후기에서 하고 있다. 유치환의 부지런함에 자극받은 조지훈은 「다부원(多富院)에서」, 「패강무정(浿江無情)」, 「너는 지금 38선을 넘고 있다」 등

---

01 시집의 제목을 '步兵과 더불어'라고 하지 않고 '步兵과 더부러'라고 한 이유를 유치환은 '追記'에서 밝혔는데 "字形이 '더불어'보다 보기 나은 때문이었다"고 했다. 맞춤법에는 맞지 않지만 글자 모양이 '더부러'가 낫다고 생각했기 때문이라고 했으므로 시집명을 반드시 『步兵과 더부러』라고 써야 한다.

02 부산은 1950년 8월 18일부터 1953년 8월 15일까지 임시수도였다.

03 청마 詞伯은 부산을 떠나 포항에서부터 3사단을 따라 동북부 전선을 종군하고 나는 대구를 떠나 의성에서부터 8사단을 따라 중서부 전선을 종군하였던 것이다. 청마가 종군한 3사단은 남 먼저 38선을 넘었기 때문에 청마는 오래 그리던 금강산까지 보고 10월 10일 원산에 입성하였다. 내 그해 12월 3일 평양에서 50일 만에 돌아와 『문예』 전시판에 실린 그의 從軍詩抄 『步兵과 더부러』를 읽고 감개무량하였던 것은 나는 평양에 남아 있던 예술가들과 어울려 무슨 새로운 일을 한다고 분주만 떠놀아 초고를 손보지 못한 채 돌아왔는데 청마는 전란 있은 후 질로나 양으로나 뛰어난 수십의 시편을 얻어 왔음을 알았기 때문이다. 남송우 엮음, 『청마 유치환 전집 I』, 국학자료원, 2008, 346~347쪽.

의 시를 써 1959년 『역사 앞에서』라는 시집을 신구문화사를 통해 낸다.

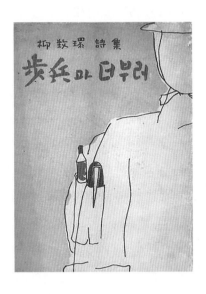

　한국전쟁이 발발한 1950년에 유치환의 나이는 43세였다. 군복을 입을 하등의 이유가 없었음에도 불구하고 왜 종군을 하게 되었던 것일까? 탱크를 앞세운 북한군이 파죽지세로 내려오자 정부는 혼비백산하여 사흘 만에 한강 다리를 몽땅 폭파하고 대전으로 내려갔는데 문인들도 임시수도가 된 대전에 일부 집결하게 된다. 조지훈이 「나의 역정」이란 글에서 "대전에서 문총구국대를 조직하고"[04]라고 쓴 것으로 보아 일단의 문인이 대전에서 군을 위해 어떤 일이든 하고자 단체를 만든 것으로 보인다. 문총구국대가 어떤 단체였는지, 브리태니커백과사전은 다음과 같이 설명하고 있다.

---

[04]　조지훈, 「나의 역정」, 조지훈기념행사추진위원회 간, 『조지훈의 시와 학문과 생애』, 2002, 68쪽.

6·25전쟁 때 나라를 지키기 위해 조직된 종군문인단. 대전에서 결성해 대구에서 지방문인들과 합류한 뒤, 약 3개월 동안 종군했다. 육·해·공군 종군작가단으로 나누어 각 부대에서 반공과 애국을 내용으로 한 작품을 공연하거나 강연회를 열었다.[05]

유치환은 1948년 3월에 통영여자중학교를 사임하고 제3시집 『울릉도』를 그해에, 『蜻蛉日記』을 다음해에 출간하면서 시작에 몰두하고 있던 터였다. 통영시 문화동에서 살고 있었는데 전쟁이 일어나자 부산으로 이사를 갔고, 그곳으로 내려온 문총구국대에 가입하였다. 육군 제3사단 제23연대에 배속되었는데 누구의 강제에 의한 것이 아니라 스스로 종군, 12일 동안 동해안 전선을 따라 사병들과 생사고락을 같이하였다. 문인이라고 하여 특혜를 받은 것은 거의 없었다. 『국제신보』에 「九·二八과 北進의 回顧」라는 제목으로 회고담을 기고했는데 아래는 그 일부다.

동부전선을 담당 작전한 부대는 3사단 휘하의 22, 23, 25의 3개 부대였는데 비전투원으로는 우리 일행뿐 어느 신문사나 통신사의 종군기자 하나 없었을 뿐만 아니라 명색이 종군문인일 따름 군에서 무슨 특별한 편의를 받은 것도 아니요, 식사도 차편도 겨우 안내역인 K소위 한 사람의 奔走에 의해서 그 時 그 時마다 마주치는 대로 얻어타기도 하고 나눠먹기도 하는 형편이었으니 달랑 혼자 남고 보니 쓸쓸하기 짝이 없었다.[06]

달랑 혼자 남았다는 말이 무슨 뜻일까? 동부전선에 다섯 명이 종군

---

05 『브리태니커 세계 대백과사전 8』, 한국브리태니커회사, 1993, 135쪽.

06 남송우 엮음, 『청마 유치환 전집 VI』 국학자료원, 2008, 64~65쪽.

했는데 "네 사람이 죄다 발길을 돌려 서울을 거쳐 가버리고 단 혼자 남게 된 나는 정말 외로웠다"[07]는 말에 답이 나와 있다. 불편함은 차치하고라도 군인들과 함께 최전선에서 숙식하며 지냈기 때문에 죽을 수도 있는 상황이라 처음에는 애국심에서 용약 종군했지만 일행 중 네 명[08]은 핑계를 대고 발길을 돌려 서울을 거쳐 부산으로 내려갔다. 그런데 유치환은 혼자 남아 군인을 따라 계속 북진했다. 위험과 외로움과 불편함을 무릅쓰고 종군한 것은 남다른 애국심의 발로가 아니었을까. 유치환 평전을 쓴 문덕수는 청마의 종군 기간을 10여일로 보고 있다. 9월 15일의 인천상륙작전 이후 미군과 한국군이 북으로 진격하는데 1950년 10월 1일 국군 제1군단이 제일 먼저 38선을 돌파했다. 파죽지세로 올라갔지만 원산에서는 시가전이 전개되었다. 국군은 인천→서울→개성→평양→안주로 가는 서부전선과 원산→흥남→북청→성진으로 가는 동부전선으로 나눠 진격을 했다. 하지만 중공군 선발대가 10월 13일을 기해 압록강을 건넘으로써 전군은 급히 후퇴하게 되는데, 문덕수는 이렇게 유치환의 종군 기간을 정리하였다.

청마는 10월 2일 국군 최전방에서 생사를 함께 하는 병사들과 함께 38도선을 돌파하고 이어 양양, 장전, 소동정호, 망양, 문천, 원산까지 전진하였다. 원산 시가전은 1주야 이상 계속된 격렬한 공방전이었지만 결국 국군이 탈환하였고, 북청까지 진격했다. 그러나 청마는 중공군의 개입(중공군 선발대는 10월 13일 압록강을 건넜음)으로 후퇴하는 부

---

07 위의 책, 64쪽.

08 소설가 오영수, 화가 우신출, 이준, 사진가 김재문이 그 네 명이다. 이들은 짧은 종군 경험이지만 각자의 영역에서 전쟁을 기록하고 훗날 작품으로 남겼다.

대를 따라 되돌아왔다. 생사기로의 최전방을 따라 종군하면서 10여일 간 사병들과 생사고락을 함께 했다. 안전지대로의 피신을 거부하고, 격동기의 역사적 현장에 몸을 스스로 던졌던 것이다.[09]

문덕수가 말한 '10여일 간'에는 유치환이 부산에서 포항을 거쳐 군부대에 입대하는 기간과 중공군 참전 이후 문천에서 원산까지 가는 과정, 그리고 원산에서 부산까지 사복을 입고 귀환하는 기간이 빠져 있다. 즉 사병들과 똑같이 군복을 입고 군인들과 행보를 같이 했던 기간이 넉넉잡아 보름, 최소로 잡아도 12일은 되었을 것이다. 국군이 북진할 때는 북한군이 정신없이 후퇴할 때였고, 중공군이 개입한 이후에는 반대로 국군이 혼비백산하여 후퇴했으므로 총탄이 빗발치는 치열한 전투 현장에는 없었다 하더라도 1주야 이상 전개된 원산 시가전을 직접 목격했고, 군인들과 보름 가까이 생사고락을 함께한 것이 확실하므로 시집 『步兵과 더부러』의 의의는 결코 소홀히 취급될 수 없다. 하지만 지금까지 나온 수많은 석·박사 논문과 유치환을 다룬 평론 중에서 시집 『步兵과 더부러』의 의의를 짚어본 것은 거의 찾아낼 수 없었다.[10] 시인의 변모 과정을 연구한 다수의 논문에서도 『步兵과 더부러』는 문총구국대의 일원으로 한국전쟁을 치르면서 겪은 경험을 살려 쓴 시집이라는 정도의 언급이 전부였다. 『청마 유치환 전집 Ⅵ』과 『청마 유치환 평전』에는 연구논문과 평론의 목록이 나와 있다. 그 목록을 살펴보아도 이 시집에 주목해서 쓴 논문이 거의 없다는 것은 불가사의한 일이다.

---

09 문덕수, 『청마 유치환 평전』, 시문학사, 2004, 194쪽.

10 정남채의 「6·25전쟁기 청마의 종군시 소고」(『우리말글』 41, 우리말글학회, 2007.) 정도가 있었다.

문총구국대 회원들. 왼쪽에서 두 번째가 유치환이다. 1950년 10월 김재문 촬영.

『步兵과 더부러』에 실려 있는 34편 중 부제에 지명을 쓴 것은 22편에 이른다. 종군하는 도중 당도한 곳에서 펜을 꺼내들고 초를 잡은 것으로 보인다. 종군하면서 직접 발을 내디딘 곳의 지명을 부제로 삼았던 것이다. 그때그때 당도한 곳에서 시상을 떠올리고 시를 쓰지 않았더라면 세월이 흐름에 따라 기억이 희미해져 머릿속에서 엉켜버렸을 텐데 유치환은 지명을 부제로 삼음으로써 사실성과 진정성을 확보할 수 있었다. 시집의 첫 번째 시부터 살펴보자.

    5만분지1의 지도를 들여다보고 섰는
    연대장의 넓죽한 어깨 위에
    어디서 잠자리가 한 마리 와서 앉는다

멀리 영흥만으로 고요히 흐르는 것은
구름인가
포연인가

          —「好天 - 鷹谷에서」전문

　제목은 맑은 하늘쯤으로 붙여도 좋을, 한자 조어다. 쾌청한 가을날,
어디서 나타난 잠자리 한 마리가 지도를 들여다보고 있는 연대장의 어깨
에 앉았다. 영흥만은 함경남도 원산 바로 옆에 있는 만이므로 응곡도 그
일대의 지명일 것이다. 원산에서 영흥만 쪽을 바라보니 고요히 흐르는
것이 구름인지 포연인지 분간이 가지 않는다고 한다. 전시가 아니라면
분명히 구름일 텐데 바로 얼마 전에 포성이 한참 울렸으므로 포연일지도
모르겠다고 쓴 것이다. 즉, 바로 얼마 전까지 이곳에 포성이 울렸다는 것
을 이 시를 통해 말하고 있다. 두 번째 시는 시가전이 끝난 뒤의 풍경 묘
사다.

원수를 물리치고
바람처럼 난데없이 밀어 든 고을
어두운 거리거리엔 뜻 않이
파도 같은 병거 소리 총검 소리
보라
군데군데 모닥불 화광을 에워
비록 융의(戎衣)는 낡고
풍모는 풍찬(風餐)에 야위었으되
오히려 원수에게도 자랑 높은 군병이여
조국의 의지여
너희 밤하늘의 별처럼

조국의 변변방방(邊邊方方)을 이같이 지켜지라
　　　　　—「아름다운 軍兵 - 慈山에서」전문

　　지명 '자산'은 강원도 통천군 자산리 소재 동부 해안가에 있는 산 이름이다. 이곳에서 좀 더 올라가면 원산이다. 파도 같은 병거 소리와 총검 소리가 멎은 뒤 군데군데 모닥불을 피워놓고 쉬고 있는 병사들의 얼굴을 보니 그간의 풍찬노숙에 다들 야위었고 '융의' 즉, 군복도 낡았다. 하지만 시인은 조국을 지키고 통일을 이룩하려는 병사들의 의지를 높이 사고 싶다고 말한다. 그 옛날 우리의 변방을 병사들이 지켜냈듯이 그대들이 이 나라를 잘 지키고 있으니 밤하늘의 별과 같구나, 하면서 격려를 아끼지 않고 있다.

　　　　철모에 어깨에 덤불같이 의장(擬裝)한 채
　　　　명령을 기다려 아무데나 앉은 자리에도
　　　　치아(稚兒)처럼 여념 없이 꾸겨져 잠든 너

　　　　천만 리나 온 듯이
　　　　그리운 소식 한 장 받아볼 안타까운 염의마저 버렸으니
　　　　꿈에도 못 잊어 보는 고향을 가졌기에
　　　　나는 차라리 호젓이 마음 아름다워라

　　　　아예 제 목숨 값 치지 않고
　　　　삶의 집착일랑 죄업같이 벗었기에
　　　　아아 이렇게도 무심할 수 있노니

　　　　꽃같이 잠든

소박한 병사여
—「素朴 - 裏陽에서」 전문

　'이양'은 전남 화성군에 있는 이양면은 아닐 텐데, 북한의 어느 곳인
지는 알 수 없다. 유치환은 철모와 어깨에 위장 풀을 그대로 한 채 잠든
병사를 묘사하고 있다. 고향을 멀리 떠나온 병사는 편지 한 장 받아볼 생
각마저 버렸을 거라고 안타까워한다. 삶에 대한 집착도 다 버린 양 꽃같
이 잠들어 있는 병사를 보고 스케치하듯 한 편의 시를 썼고, 그 모습이 너
무나 소박하여 제목도 '素朴'이라고 붙였다. 앞의 시와 마찬가지로 병사
들과 생사고락을 같이했기에 쓸 수 있는 시이다.

김재문 사진작가가 찍은 사진. 북진하고 있는 국군의 모습.

고요히 저무는 황혼의 한때를
이 호반에 와서 전진(戰塵)을 쉬이노니

아쉬운 담배 연기를 뿜으며
그대 떠나온 가향(家鄕)을 생각는가

은수(恩讐)는
끝내 인간사(人間事)

아침에 원수가 버리고 간 강풍(江楓)을
뜻 않이 고요히 즐기는다
　　　　　　　　　　—「小憩 - 小洞庭湖에서」 전문

　　잠깐 쉰다는 뜻의 '소게(小憩)'를 제목으로 삼은 이 시는 소동정호, 즉
강원도 통천군 흡곡면에 있는 호수를 보면서 쓴 것이다. 금강산과 원산
의 가운데쯤에 있다. 역시 담배를 피우면서 휴식을 취하고 있는 병사를
그린 일종의 초상화 같은 시다. 이 시에서 중요한 표현이 하나 보이는데
"은수(恩讐)는/ 끝내 인간사(人間事)"라는 제3연이다. 은인이 될 것인가 원
수가 될 것인가가 다 인간 세상의 일이라는 이 구절은 한국전쟁이 동족
상잔의 비극임을 말해주고 있다. 무슨 대단한 이념을 갖고서 국군과 인
민군으로 나눠 싸운 것이 아니라 대체로 북한에서 태어났기 때문에 인민
군이 되었고 남한에서 태어났기 때문에 국군이 되었다. 같은 민족인데
서로 원수가 되어 총부리를 겨누고 있다. 유치환은 아침까지는 '원수'가
차지하고 있던 이곳 소동정호의 단풍을 황혼인 지금 내가 완상하고 있기
에 이 아이러니한 상황을 한 편의 시로 써본 것이다.

지금까지 시집의 제일 앞머리에 놓인 4편에 대한 감상을 죽 적어보았는데 그 뒤의 30편 시에 대해서는 네 가지 특징을 짚어 논해보고자 한다.

『步兵과 더부러』의 시편은 전쟁 중에 쓴 시이면서 또한 진중에서 쓴 시이므로 아주 구체적이다. 지명을 부제로 붙인 것도 현장성을 강조하기 위해서이다. 한국전쟁 기념식에서 가장 많이 낭독되는 시가 모윤숙의 「국군은 죽어서 말한다」인데 전장을 눈으로 본 시인의 시가 아니다. 그와 반면에 유치환의 시는 지극히 사실적이다. 유치환은 종군 중 휴식을 취하고 있는 병사뿐 아니라 전사자도 직접 보게 된다.

> X연대 의무대 입구 앞에
> 아직도 연신 포성의 울림이 들려오는 八키로 밖 전투에서
> 이제 마악 단가에 꺼적을 덮어 실려 온 전사체(戰死体) 둘
>
> 전우여
> 너희는 어디메 남도의 농촌 두메에서 온 이등병
> 그 치열하던 형산강 전투를 거쳐
> 양말도 없는 해진 발에 쉴 새 없는 행군과 치운 노영(露營)과
> 때로는 하루에 한 덩이 주막밥도 오기 어려운 전투를 하며
> 너희가 우둔하므로 중대장의 눈물 나는 꾸지람도 들으며
> 오직 묵묵히 38선 넘어까지 신산(辛酸)의 길을 와서
> 마침내 젊은 목숨을 바칠 곳을 여기에 얻었나니
> ─「전우에게 - 庫底에서」제1, 2연

'고저(庫底)'는 강원도 통천군 고저면으로 지금은 북한 땅이다. 이곳의 연대 의무대 앞에 실려 온 전사자 2명을 보고 쓴 시인데 제2연은 상상을

해본 것이다. 남도의 농촌 출신일 법한 두 전사자는 치열했던 형산강 전투에서도 살아남아 여기까지 왔을 텐데 그만 젊은 목숨을 바치고 말았다고 애통해 가슴을 친다. 그간 이 두 군인이 겪었을 고난을 유치환은 "양말도 없는 해진 발에 쉴 새 없는 행군"과 "치운 노영(露營)", "하루에 한 덩이 주먹밥도 오기 어려운 전투"로 형상화했다. 그리고 두 병사는 군 생활에 적응을 영 못하여 중대장에게 호된 꾸지람도 들었을 거라고 상상해본다. 갖가지 난관을 극복하면서 38선을 넘어 여기에 이르렀는데 그만 전사하고 말았으니 너무나도 안타까웠던 것이다. 제3연의 "아득한 아들네의 소식에 늙은 어버이의 눈시울을 적시리니"는 고향의 부모가 아들의 전사 통보에 얼마나 애통해 할까, 하면서 위문의 뜻을 담아 쓴 것이고 제4연의 "사랑하는 형제여 전우여 부디 고이 명목하라"는 애도의 뜻을 다시 한 번 표한 구절이다.

> 흰 보자기로 얼굴을 가려
> 백 중위는 약간 왼편으로 머리를 갸리우고
> 우 상사는 한편 다리를 백 중위 위에 얹고
> —「삶과 죽음 - 협곡에서」 제4연

뒤엉켜 잠자고 있는 장면이 아니다. 어느 협곡에서 죽은 두 군인의 얼굴이 흰 보자기로 가려져 있는데 몸은 흡사 레슬링 선수처럼 엉켜 있더라는 것이다. "겨우 몇 분 전에/ 즐거운 노루처럼 뛰어간 것"이 두 사람이었는데 지금은 시체가 되어 흰 보자기로 덮여 있어서 "자는 체 거짓부리가 아닌가"라고, 즉, 도저히 믿기지 않는다고 말한다. 이처럼 인간의 삶과 죽음을 한 순간에 갈라놓는 것이 전쟁이다. 전사자 중에는 UN군도 있었다.

그대의 전사통지가 고국으로 날아드는 날
아빠와 남편 돌아오기를 단란히 고대하던 그대 가정은
　　　　　—「전사한 한 UN 병사에게」 부분

이 시는 외국인 전사자에 대한 애도의 시편인데 한국전쟁에 참전했
다 전사한 모든 UN군에게 바친 시라고 볼 수도 있다. 이름을 직접 거명
한 추도시도 있다.

　은은히 지명(地鳴)하는 포성과 처참한 초연(硝煙)을 넘어
　인제는 먼 당신의 고국
　Zuider바다 둑 위 언제나 서풍 곁에 조용히 풍차 돌고
　훈훈히 가꿔 자란 전원엔 히아신스며 츄 - 맆 꽃방울들이 하늘대는
　그 평화로운 푸른 하늘로 돌아가 미소하며 지켜 있을 영령이여
　　　　　—「화란기(和蘭旗)에 영원히 영광 있으라」 제4연

이 시의 부제는 '故 덴 아우딘 중좌 영령에'이다. 한국전쟁이 일어나
UN군 파견이 결정되자 네덜란드는 보병 1개 대대(연병력 3,972명)와 해군
구축함 1척(연병력 1,350명)을 파견했다. 전사자가 119명이 나왔는데 아
마도 덴 아우딘 중좌는 그중 제일 계급이 높은 군인이 아니었나 여겨진
다. 이 군인과 어떤 인연이 있어서 이 시를 쓰게 되었는지는 알 수 없지
만 시집에 실려 있는 것으로 보아 그의 전사 소식을 접하고 추도시를 쓸
생각을 했던 것이 틀림없다. "Zuider바다 둑 위"는 네덜란드를 상징하는
것이다.[11] 유치환은 덴 아우딘 중좌의 영령이 평화로운 고국의 푸른 하늘

---

11 'Zuider'은 남쪽이란 뜻이므로 번역하면 "남쪽바다 둑 위"인데 왜 네덜란드를 상징하는 것
　이냐 하면, 남쪽(Zuider)과 바다(Zee)를 합친 '쥬다지'를 원래는 매립해 간척공사를 하려고 했

로 돌아가 안식하기를 기원하고 있다.

현역군인들과 생사고락을 같이하게 된 유치환에게 군의 수뇌부가 가장 요망했던 시가 바로 사기 앙양에 도움이 되는 시였을 것이다. 북진을 서두른 가장 큰 이유가 통일이었고, 북진의 명분에 대해 유치환은 이렇게 썼다.

> 보라
> 낙동강을 건느고 형산강을 건느고
> 인천 군산으로 오르고 삼척으로 오르고
> 드디어 정의를 증거하는 십자군은 노도같이 일었으니
> 한때 포학무도하게도
> 국토를 짓밟고 형제를 무찌르던 이리들은
> 사방 추풍낙엽처럼 쫓기어 가노니
> 겨레의 원수 김일성 박헌영 무정(武亭) 괴수들을
> 압록강을 넘어 달아나기 전
> 뒤통수를 갈겨라
> 발꿈치를 쳐라
>
> ―「반격」 부분

이런 시는 분노의 산물이다. 김일성은 남침을 한 당사자요 충남 예산 출신 박헌영은 남조선노동당을 결성해 공산주의사상을 전파한 장본인이다. 무정은 전쟁 당시 인민군 제2군단장으로서 동부전선 전투의 지휘

는데 호수로 두자는 주민들의 반대로 공사를 하지 않았다고 한다. 네덜란드인들은 이 둑에 히아신스와 튤립을 심어 제2차 세계대전 후 경제복구에 큰 도움을 받았다. 아무튼 '쥬다지'라고 하는 말은 번역하면 '남쪽바다'이지만 네덜란드의 다른 이름이라고 보면 된다.

관이었다. 한국군이 느닷없는 남침에 혼비백산하여 대전까지 쫓겨 내려 갔지만 인천상륙작전 이후 반격을 가하게 되었는데 유치환은 그때의 사정을 설명하면서 우리 군의 사기 앙양을 위해 이런 시를 썼다. 원산 바로 밑에 있는 통천을 지나면서 쓴 시에서도 북진하는 국군의 위용을 자랑스럽게 그려 보여주고 있다.

> 지새는 달빛 아래 소리 높이 노래하며
> 츄럭을 내몰아 전우는 가노니
> 일찍이 나를 업신여긴 원수
> 그 원수의 뒤를 쫓아
> 힘과 힘
> 목숨과 목숨을 대결하기 위하여
> —「노래 - 通川에서」전반부

노래는 당연히 군가다. 밤중에 이동하는 군용트럭을 탄 병사들이 군가를 부르고 있다. 유치환은 그 군인들을 보면서 펜을 꺼내 들었을 것이다. 이 군인들을 위해 시인 자신이 할 수 있는 것은 시를 쓰는 것이었다. 제3군단 제23연대 소속 군인들과 함께 트럭을 타고 가면서 군인들의 모습을 이와 같이 묘사했던 것이며, 또한 군인들에게 용기를 주고자 이 시를 썼다고 본다.

> 인제는 나를 죽음으로 몰아세운
> 그에게의 분노가 아니라
> 조국도 공명도 아니라
> 오직 하나밖에 아닌 이 내 목숨을

웃으며 버릴 수 있는 이 벅찬 순정이여
노래하라 전우여 젊은 목숨이여
구복(口腹)이 찢어지게 노래하며 가라
　　　　　　　—「노래 - 通川에서」후반부

아무리 용감무쌍한 전시의 군인이라 할지라도 목숨을 웃으며 버릴 수 있는 사람은 없다. 유치환은 그래도 밝은 얼굴로 노래를 부르며 가는 이들 군인의 사기 앙양을 위한 시를 이렇게 씀으로써 종군한 문총구국대 원으로서의 역할을 다하고자 했다.

1951년 3월 14일 당일에 쓴 시가 있다. 서울이 인민군에게 점령되었 던 것이 1950년 6월 28일이고 그해 9월 28일에 인천상륙작전을 통해 수 복했다. 그리고 중공군 개입 후 1951년 1월 4일에 다시금 서울을 내주고 후퇴했다가 그해 3월 14일 재탈환한 것인데 이날 이런 시를 썼다.

너희 무도한 흙발로서
열 번을 무찔러 빼앗아 보라
옳으므로 더욱 강한 우리의 군병이기에
열 번을 거듭 이같이 찾으리니

(……)

원수 너희
열 번을 무도히 침노하여 무찔러 보라
열 번을 반드시
너희의 피로 씻어 돌려야 될 지역이어니
　　　　　—「원수의 피로 씻은 지역 - 서울 재탈환의 날에」부분

이 시를 쓴 일자는 서울을 재탈환한 1951년 3월 14일이 확실하다. 유치환이 종군한 것은 1950년 10월에서 11월 사이였기 때문에 이 시는 부산에 있을 때 썼을 확률이 높다. 아무튼 서울 재탈환의 소식을 듣고 감격하여 쓴 이 시를 시집에 넣었다.

이상의 시편을 보면 종군한 이유가 명확하다. 종군기자는 전황을 알리는 일을 하지만 종군작가는 문학작품을 통해 전황을 실감나게 그리고 군인들의 사기를 북돋아 줄 수 있다. 유치환은 후방에 있는 대다수 문총구국대원들과 달리 종군작가로서 본연의 임무를 충실히 했던 것이다. 게다가 시집 『步兵과 더부러』는 전시인 1951년 9월에 간행된 사실을 유념해야 한다. 머리말을 쓴 일자를 보면 4월에 원고를 넘겼고 5개월 만에 시집이 나왔음을 알 수 있다. 머리말 끝부분에 "一九五一年 四月 日/ 釜山 伏兵山下에서 靑馬 識"이라고 적혀 있다. 즉, 시집을 탈고한 곳이 부산이었다.

시집 『步兵과 더부러』에 가장 빈번히 나오는 시어는 '인류'로서 총 10회나 나온다. 북한군의 남침으로 시작된 전쟁이므로 '원수'를 무찔러 이겨야 하는 것이 전쟁의 최고목표였지만 유치환은 종종 인류라는 시어를 씀으로써 '인류애'를 강조한다. 다시 말해 휴머니즘에 입각해 편편의 시를 썼던 것이다. 함경남도 문천군(원산 위에 있다)에 이르렀을 때 쓴 시는 남쪽 항도에 두고 온 딸을 생각하며 쓴 것이다.

먼 포성은
인류의 크낙한 신음처럼 끊임없이 울려오고
아가야
내 미처 몰랐던 너에게의 애정이

이렇듯 가슴 조여 그리움을 자을 줄이야

(……)

도시 인류의 아쉬운 애정의 가난에서
아가야
다만 나무처럼 자라며 살거라
　　　　　　　—「羚아에게 - 文川에서」부분

　앞의 인류는 전쟁에 노출된 인류, 즉 제2차 세계대전을 겪은, 지금 한국전쟁을 겪고 있는 모든 사람을 가리킨다. 뒤의 인류는 '인간'에 보다 가깝다. 지금 우리에게 가장 결핍되어 있는 것이 사람 사이의 정임을 강조해 말하고 있다.

　원시의 의지 없는 그 절망의 밤이
　인류의 사유 위를 다시 덮쳐 오느니
　아아 이 어찌
　　　　　　　—「홍모란 - 盈德에서」부분

　아이 이것이 인류의 피치 못할 길일진대
　　　　　　　—「결의 - 元山에서」부분

　짐즛 멸망할 인류이기에
　이미 병든 거리에서 시인이 굶주리기야
　한 시인이 굶주리는 그 거리가 병들기야
　　　　　　　—「一九五〇年의 X마스에 부치다」부분

이 3편 시에 나오는 시어 인류는 사전적인 의미인 "이 세계의 모든 사람"이다. 하지만 다음 시에서 나오는 인류는 조금 달리 생각할 수도 있는 개념이다.

끝내 자신의 비참 위에 서야만 하는 이 인류에의
ㅡ「전우에게 - 庫底에서」 부분

정의의 이름 아래 시방 고투하는 자신과 인류에의 희망에 대하여
ㅡ「전사한 한 UN 병사에게」 부분

인간 전부를 가리키는 사전적인 의미 외에 휴머니즘의 가치를 시어 '인류'에 부여하고 있음을 알 수 있다. 특히 "인류에의 희망"이라고 쓴 것에 주목할 필요가 있다. 인류를 향해 희망의 메시지를 전하는 것이 시인이 할 일이라 생각했던 것이다. 아래에 예로 드는 몇 편의 시는 북한군에 대한 적개심의 산물이 아니라 그야말로 인류애적인 관점에서 쓴 것이기에 주목할 필요가 있다.

오늘도 만진(萬塵)에 묻히어 군병(軍兵)은 가노니
길목마다 모롱이마다
인간이 인간을 습격하기에
파충류처럼 마련한 흉흉한 참호
뜻 있거든 답하라 산악이여 바다여
인간의 이 악착한 몸부림이
끝내 무용한 것이런가 아니런가
ㅡ「묻노니 - 갈재에서」 부분

이 시는 어찌 보면 반전시에 가깝다. 왜 인간이 인간을 습격하는지, 그의 적은 방어를 위해 보기에도 흉흉한 참호를 만들어야 하는지, 안타까워하고 답답해하기도 한다. "인간의 이 악착한 몸부림"이 과연 유용한 것인지 모르겠다는 말을 위와 같이 돌려서 말하기도 한다. 최전선에도 공백지대가 있어서 총성이 멎은 순간을 다음과 같이 노래하며 반전사상을 펴기도 한다.

적군도 못 오고 우군도 더 못 가고
사방 산상에 숨은 포루(砲壘)의 총안(銃眼)만이
죽음 같은 처참한 침묵을 다물은
여기 최전선 피아 중간의 공백지대
촌민은 어디로 어떻게 다 갔는가
개미 한 마리 얼씬 않는 백주(白晝)는
필름 멎은 스크린처럼 눈부신 허탈을 하고
포탄에 무너진 돌담 너머로
방문짝 열어재낀 빈 방바닥엔
스산히 흩어진 낡은 세간짝들
마당가에 두견화만 피보다 붉은데
지축을 뒤흔들 사투를 노리어
시방 최전선은 악몽같이 찍소리 없다
　　　　　　　　—「최전선」 전문

바로 이 최전선에 유치환이 서 있었다. 사람 살던 마을인데 촌민은 어디로 갔는지 한 사람도 보이지 않고 개미 한 마리 얼씬거리지 않는다. 적과 가장 가까운 거리인 최전선에서 그는 "포탄에 무너진 돌담 너머로/ 방문짝 열어재낀 빈 방바닥엔/ 스산히 흩어진 낡은 세간짝들"을 똑똑히 보았다. 전쟁이 이 시골의 마을을 이렇게 만든 것이다. 여기서는 용감한 국군의 위용을 자랑하고 싶지도 않고 국군의 사기 앙양에 도움이 되는 시도 쓰고 싶지 않다. 전쟁은 비참한 것이며, 특히 평화롭게 살아가던 민간인들이 피해를 입었으므로 중단하는 게 좋겠다는 반전사상을 펴고 있다.

34편 가운데 제일 뒤의 대여섯 편은 진중에서 쓴 것이 아니다. 「동해여」나 「영광의 항구」도 그렇지만 특히 「갈대」, 「一九五〇年의 X마스에 부치다」, 「유맹(流氓)」, 「어디로 가랴」, 「나의 모국」은 부산에 와서 쓴 시로서 앞의 시들과는 분위기가 사뭇 다르다.

> 어깨에 나란한 판자쪽 처마에 서서 보는 하늘이 바로
> 내 가자고 하던 가고파 꿈꾸던
> Tirol로 서장(西藏)으로 백자서이(伯刺西爾)로
> 휘영청 여섯 물 위에 다다른 그 하늘이라건만
> 아아 진정 어디로 어찌 가소 마랴
>
> 이 쓰레기 같은 윤락의 거리에서
> 내일도 없고 나라도 모르는
> 오직 희광이 같은 이기(利己)에 썩는 거리에서
> 먹고 입음이 이미 욕된 삶일진대
> 내 헐벗음을 수치함이 아니라—
> —「어디로 가랴」 부분

지명이 나오는데 Tirol은 오스트리아 서부의 지명이므로 오스트리아를 이렇게 쓴 것으로 보면 되겠다. '서장(西藏)'은 티베트의 중국식 이름이

며 '백자서이(伯刺西爾)'는 브라질의 중국식 이름이다. 이런 나라에 한번 쯤 가고 싶다고 평소에 희망했는데 그곳에는 가지 못하고 "이 쓰레기 같은 윤락의 거리", "내일도 없고 나라도 모르는/ 오직 희광이 같은 이기의 썩은 거리"에서 살아가고 있다고 유치환은 한탄한다. 희광이는 하회 별신굿 탈놀이에서 백정의 탈을 쓰고 나오는 인물이나 한장군놀이에서 얼굴에 검은 칠을 하고 패랭이를 쓰고 칼을 가지고 나오는 인물을 가리킨다. 자기를 비하해 이런 인물에 빗댄 것이다. 전선에서 군인들이 죽어가는 것을 보고 왔기에 비분강개한 것이다. 시인의 부산 노래에 나오는 부산은 피난민들로 인산인해를 이룬 곳이다.

> 가지각색 사포를 쓴 수많은 털빛 다른 병정들
> 그리고 또한 너를 마지막 도약대로 삼아
> 38선 금 넘어까지 단번에 뛰어 넘으랴으로
> 민국과 더불어 밀려든 남부여대한 엄청난 백성들에
> 진정 부산항은 흘수선(吃水線)을 넘어 뱃전에 기울어져
> 반도의 한쪽 고물은 파도를 떠먹을 지경이었었으니
> ─「영광의 항구」부분

부산에 갓 도착했을 때 쓴 시인 것 같다. 부산이 영광의 항구인 것은 북진을 위한 도약대가 될 수 있으리라는 희망을 품었기 때문이다. 그런데 다른 부산 노래에서는 희망의 메시지가 들려오지 않는다. 피난민들이 뒤엉켜 각박하게 각자 생존을 위해 발버둥 치고 있다. 영광의 항구가 아니라 난장판의 항구다.

세기의 막 가는 거리 같은 난장판의 항구의 부둣가

지붕도 한 장 발의 가림도 없는
밥장수의 널판쪽에 걸터앉아 술을 받아 먹노니
"주인님 고향은 어디지요"
아아 아디메 타국 사람도 아니라
바로 내 나라 내 겨레인
텁석부리 사나이에 아낙 그리고 철 안 든 아들딸
때 입고 남루하여 나이조차 대중할 수 없는
　　　　　　　　　　　　　　　—「갈대」부분

　유치환이 어느 날 부둣가 근처 밥집에서 술을 청해 마시고 있는 장면이다. 피난민인 일가족이 밥도 팔고 술도 파는데 행색이 다 형편없다. 고향을 급하게 떠나왔기 때문일 텐데 피난지에서의 생활이 몹시 불안정하다. "뉘 하나 다정스레 인사할 이라곤 찾으려도 없"고, "평안도서 서울서 함경도 강원도서/ 이 엄청나게 밀려온 사람떼미에 떠밀리며" 살아가는 사람들의 피곤한 일상을 이렇듯 적나라하게 그렸다. 비록 전시이기는 하지만 기독교인들은 크리스마스를 어떻게든 기념할 것이다. 유치환은 그 날따라 밥을 제대로 먹지 못했는지 이런 시를 썼다.

　지극히 아쉬워 물 마시고 자는 밤에도
　이 어리숙한 어버이도 뉘도 탓하지 않고
　오직 말없이 수난을 견디는 나의 아가들이여
　너희들이야말로 20세기의 어진 신
　진실로 무엇이 그르고 무엇이 옳은가를
　너희의 어린 슬기로서 준열히 심판하여 있나니

　짐즛 멸망할 인류이기에

이미 병든 거리에서 시인이 굶주리기야
한 시인이 굶주리는 그 거리가 병들기야
　　　　—「一九五〇年의 X마스에 부치다」 부분

집의 아이들을 생각하면서 쓴 시다. 말없이 수난을 견디고 있는 너희들이 바로 신이 아닌가 하고 말한다. 병든 거리에서는 시인이 굶주리고 있다. 시인이 굶주리고 있기에 이 거리가 병들어 있다고 한다. "짐즛 멸망할 인류"라는 말이 의미심장하다. 전쟁 중 후방에서는 밥 한 끼 먹는 것조차 쉽지 않아서 이렇게 자신의 처지를 한탄하고 있다. 이 시의 "이리 떼처럼 우짖는 하늬바람 넘나드는 지붕 위로/ 편대기의 그 철의 의지만이 밤내 여울쳐 가노니"라는 구절을 보면 전쟁은 그때도 치열하게 전개되고 있었음을 알 수 있다. 편대기는 북으로 날아가 폭탄을 투하할 것이다.

부산에서 피난민들이 생존해 가는 또 다른 모습을 그린 시는 「유맹(流氓)」이다. 밀주를 만들어 파는 것쯤은 떳떳한 생업이다. 온갖 것을 다 내다판다.

일찍이 제가 아끼고 간직하고 입고 쓰던 세간이며 옷이며 신발이며
능히 돈으로 바꿀 수 있는 게라면 여편네의 속속것도
자랑도 염치도 애착도 깡그리 들고 나와 파나니
그대 인성의 고귀함을 일컫지 말라
또한 그 비루함을 노하지 말라
이야말로 마지막 목숨을 도모하는 짐승의 원시이거니
　　　　—「유맹(流氓)」 부분

염치나 체면이 문제가 아니다. "여편네의 속속것도" 내다 팔아야 한다. 생존이 문제인 것이다. 1950년 12월 15일부터 23일까지 진행된 홍남철수와 1951년의 1·4후퇴 이후 부산은 팔도에서 온 피난민으로 과포화상태가 되는데, 유치환은 그 당시의 사정을 이렇게 증언했다. 전시의 후방 상황에 대한 묘사도 필요하다고 생각했기에 시집에 이런 시를 실었을 것이다. 마지막 시는 더욱더 의미심장하다.

> 이렇게 더러운 나라가 또 어디 있겠느냐고
> 산천이란 옴장이 몸뚱어리 같고
> 가는 곳마다 코를 들 수 없는 똥통냄새
> 빈대 벼룩 모기 지네 독사 거머리
> 무릇 사람을 괴롭히는 악충(惡蟲)은 없는 게 없는가 하면
> 백성들마저
> 소매치기 협잡군 거지 아니면 탐관오리요 모릿군으로
> 뉴 - 기니아보다도 나쁜 나라
> 적을 골탕먹이게 진정 적에게 내주고 싶은 나라
> 이런 나라를 위하여 우리는 싸워야 하느냐고
> ―「나의 모국 - 어느 외국기자의 한국동란 종군 대담기를 보고」 제1연

부제에 쓴 대로 이 시는 종군한 외국기자와의 대담 내용이다. 기자는 이 땅에 와서 본 그대로를 말했고, 유치환은 그것을 가감 없이 옮겨 적었다. 시는 제2연 3행에서 끝나는데 이 더럽기 짝이 없고 악한의 소굴 같은 곳이지만 나는 이곳을 떠나지 않겠다고 단호히 말한다.

> ― 나는 그의 자식 거지

그의 곁에 붙어 있으며
언제나 나를 울리는 이 나의 모국이여
—「나의 모국 - 어느 외국기자의 한국동란 종군 대담기를 보고」 제2연

나는 이 모국의 자식이요 거지라고 했다. 앞으로도 이 나라에 꼭 붙어 있을 것인데, "언제나 나를 울리는 이 나의 모국"을 떠나고 싶은 생각이 없다. 유치환은 시에서 외국기자가 한 말을 부정하는 말은 한마디도 하지 않고 모국에 대한 힘찬 긍정으로 끝맺고 있다. 조국이나 내 나라, 혹은 대한민국 같은 호칭을 쓰지 않고 모국이라고 한 것도 의미심장하다. 나를 낳아서 길러준 이 나라에 대해 사랑을 토로하는 것으로 시집 『步兵과 더부러』는 끝난다.

유치환은 시집의 서문에서 왜 종군을 했는지, 종군하면서 어떻게 지냈는지 솔직하게 털어놓았었다.[12] 서문을 쓴 것은 1951년 4월이었다. 종군의 기억이 뇌리에 생생할 때 시를 썼고 또한 곧바로 시집으로 묶어냈다.

1952년 11월, 유치환은 만 45세 때였는데 경남 함양에 있는 안의중학교 교장으로 취임해 1954년 10월까지 2년을 근무한다. 이 학교 교장으로 있으면서 식구들을 데리고 부산에서 다시 통영으로 이사하였고 (1953년 4월), 그해에 수상집 『예루살렘의 닭』을 펴낸다. 휴전 다음해인 1954년에 제7시집 『청마시집』을 간행함으로써 그의 시는 다른 세계로

---

12 어느 때 불의의 총탄이 날아올지 모르는 전선에 와서 오히려 마음의 어떤 안정감을 가질 수 있었던 것은 겸허하기 여산여수(如山如水)의 이러한 장병들의 모습에서 얻은 것이 아니었던가. 그러므로 실상 병사들과 더불어 모다귀[釘]처럼 츄럭에 담기어 전진하거나 한 덩이 주먹밥을 같이 받거나 또는 맹렬한 포화를 토하는 포진지 뒤에 서 있거나 할 때에도 나는 나대로 인류와 조국과 또한 내 자신의 문제에 대한 사유에 잠길 수 있는 여유와 기회를 항상 가질 수 있었던 것이다.

접어들게 된다. 그래서 『步兵과 더부러』는 후학 연구자들의 관심사에서 금세 사라지고 만다. 하지만 연구자는 이 시집이 그의 전체 시세계 전개에 있어 중요한 의미가 있다고 생각한다. 후방에서 전황을 전해 들으며 쓴 시가 아니라 직접 종군하면서 쓴 시이기도 하거니와 발을 내디뎠던 지역을 일일이 밝힘으로써 수복지구에서의 실감을 잘 나타냈다. 스페인 내전에 직접 참전하여 그 경험을 바탕으로 쓴 몇 편의 소설[13]이 서구 소설의 금자탑이 되었는데 이 땅의 시인이 보름 정도였지만 종군 체험을 시로 써 한 권의 시집을 묶어냈으므로 그 의의는 결코 적은 것이 아니다. 『步兵과 더부러』는 제대로 평가되어야 한다.

KBS 다큐 프로그램에 사진이 나온 4인의 종군 문총구국대원.
왼쪽부터 유치환·이준·우신출·오영수.

---

13 예컨대 헤밍웨이의 『누구를 위하여 종은 울리나』, 조지 오웰의 『카탈루냐 찬가』, 앙드레 말로의 『희망』이 있다.

유치환 시인이 왜 종교시를 썼던 것일까?

지금까지 청마 유치환 시인의 시세계는 대체로 '생명'과 '의지'가 아니면 '허무' 혹은 '허무의식'의 측면에서 논의되어 왔다.[01] 1980년대 후반

---

01 유치환을 연구한 논문의 제목에 '생명'과 '의지'가 들어가 있는 것은 10편이 넘는다. 면밀히 찾아보면 더 있을 것이다.

권영민, 「유치환과 생명의지」, 김용직 외, 『한국현대시사연구』, 일지사, 1983.

김용직, 「절대의지의 미학-유치환론」, 『한국현대시사 2』, 한국문연, 1996.

김종길, 「생명의 탐구-유치환과 서정주의 시」, 『시에 대하여』, 민음사, 1986.

김해성, 「오도적 의지와 시관考-유치환론」, 『국어국문학』 제67호, 1975.

문덕수, 「생명과 허무의 의지」, 『신한국문학전집』, 어문각, 1970.

민미숙, 「유치환 문학의 '생명인식' 연구」, 인하대 박사논문, 2010.

방인태, 「유치환 시에 나타난 '생명존중'」, 『배달말』 제15호, 1990.

서동인, 「서정주와 유치환 시의 생명성 연구」, 성균관대 석사논문, 2005.

오세영, 「유치환과 생명파」, 『거제문학』 제16집, 1997.

임수만, 「청마 유치환의 '고독'과 '生命'에의 열애」, 『한국시학연구』 제22호, 2008.

진정미, 「청마 유치환 시 연구: 생명사상을 중심으로」, 국제문화대학원대학교, 2010.

제목에 허무와 허무의식, 니힐이 들어가는 것도 5개가 넘는다.

김윤식, 「허무의지와 수사학」, 『한국근대작가론고』, 일지사, 1974.

김재홍, 「대결정신과 허무의 향일성」, 『심상』, 1975.1.

김준오, 「허무와 비의지적 자아」, 『한국 대표시 평설』, 문학세계사, 1983.

안해란, 「유치환 시 연구: 허무의지와 대결정신을 중심으로」, 경희대 석사논문, 2008.

부터는 아나키스트의 면모를 추적한 논문이 나오고 있다.[02] 하지만 유치환의 시세계를 기독교적인 측면에서 연구한 논문이나 평론은 손종호의 2편 글이 전부인 듯하다.[03] 뒤에 검토하겠지만 손종호는, 유치환의 종교시가 교회 비판 내지는 반기독교 입장에서 씌어졌다면서 대단히 부정적으로 보았다. 유치환의 연보를 보면 천주교나 개신교에 입교한 적이 없어서 그런지 손종호를 제외하고는 그의 시를 종교적인 측면에서 연구해볼 생각은 아무도 한 적이 없었다. 하지만 놀랍게도 유치환의 시에는 '신'이나 '신의 은총'이라는 시어가 40여 편에 걸쳐 나온다. 신앙심의 발로로 쓴 것이 아니라 할지라도 신에 대해 탐구하고 신을 향해 질문하는 내용으로 쓴 산문도 10편에 달한다. 세례를 받은 신앙인이 아니었지만 이 정도 편수의 작품을 남겼으므로 왜 그가 긴 세월에 걸쳐 신을 찾았는지 그 이유를 탐색해볼 필요가 있다.

이 땅의 목사나 신부 가운데 우수한 시를 남긴 이가 거의 없는 이유는 종교인이 종교시를 쓰면 포교용이 되거나 신에 대한 찬송의 시가 되기 때문이다. 예외적으로 뛰어난 시를 쓴 한용운 선사나 조오현 스님, 이해인

이재훈, 「유치환 시에 나타난 허무의식 연구」, 『한국문예비평연구』 제22호, 2007.
정재완, 「한국시와 니힐의 극복」, 『현대문학』, 1969. 9.
02 김경복, 「한국 아나키즘 시문학 연구」, 부산대 박사논문, 1998.
김미선, 「유치환 시 연구 : 아나키즘과의 관련을 중심으로」, 공주대 석사논문, 2002.
민명자, 「육사와 청마 시에 나타난 아나키즘 연구」, 『비평문학』 제29호, 2008.
박인기, 「아나키즘의 수용」, 『한국현대시의 모더니즘 연구』, 단국대출판부, 1988.
조동범, 「유치환의 정치적 실천 의지와 시적 아나키: 유치환 시의 사상적, 정치적 근거와 아나키스트로서의 생애 연구」, 『현대문학이론연구』 제67호, 2016.
03 손종호, 「유치환 시에 나타난 종교성」, 『어문연구』 제35호, 2001.
손종호, 「청마문학의 종교성 연구: 산문문학에 나타난 신관(神觀)을 중심으로」, 『한국언어문학』 제49호, 2002.

수녀 같은 분이 있는데, 불자의 경우 설법 유의 시를 쓰지 않았고, 후자의 경우 찬송가 유의 시를 거의 쓰지 않았기 때문이다. 성당에 다니면서 독실한 신앙심의 발로로 썼던 정지용의 시 10여 편이 평가를 제대로 받지 못했지만 신앙심이 심하게 흔들렸던 회의의 시기에 썼던 김현승의 『견고한 고독』과 『절대고독』이 높은 평가를 받은 것은 무엇을 뜻하는가. 신성예찬이나 신앙고백은 좋은 시가 되기 어렵다. 그런 점에서 유치환이 쓴 일종의 종교시는 대단히 특이한 지점에 놓인다. 교회에 나가지 않은 시인이 쓴 종교시이기 때문에 신앙상의 회의와도 거리가 멀고 확고한 신앙심과는 더더욱 거리가 멀다. 그럼에도 불구하고 유치환은 왜 신을 간절히 찾았던 것이며, 신을 현세의 삶을 지탱해 주는 존재로 여겼던 것일까?

유치환의 생애를 아주 정밀하게 탐색하여 연보와 참고문헌을 빼고 320쪽에 달하는 평전을 쓴 문덕수는 '청마와 기독교와의 관계'에 대해 다음과 같이 간단히 언급한다.

> 그의 아내, 그리고 그와 많은 서신을 교환한 분들이 모두 열렬한 기독교 신자였다. (작품의 제목들이 열거되고) 등은 모두 기독교와 직·간접으로 관련된 작품들이다. 그의 아버지 유준수의 가톨릭 세례명은 유 베드로였다.
>
> 그의 아버지, 아내, 주변의 다른 사람들이 모두 기독교였지만, 청마는 이들 중 누구도 설득하여 그 신앙의 굴레(?)에서 벗어나게 하지는 않았던 것 같다. 말하자면 청마는 불교도 기독교고 간에 다 받아들이려고 한 것이다.[04]

---

04 문덕수, 『청마 유치환 평전』, 시문학사, 2004, 259~260쪽.

문덕수가 유치환의 기독교 신앙 혹은 기독교 인식에 대해 언급한 것은 이 글이 전부다. 즉, 유치환은 교회와 끈이 닿았던 적이 전혀 없었다. 기독교인들에 둘러싸여 있었지만 그들 중 누군가가 유치환을 교회나 성당으로 이끌려고 노력하지는 않았던 듯하다. 유치환 또한 자신의 독특한 신관이나 기독교 인식을 누구에게 강요하지 않고 다만 글을 통해 나타냈을 따름이다. 그런데 작품에서는 어찌하여 신을 찾았던 것일까? 이제부터 그의 작품을 보며 어떤 유의 신앙심을 갖고 있었는지 알아보고자 한다.

1. 제6시집이 보여준 특이한 신앙심

한국전쟁 휴전회담 성사 직전인 1953년 4월, 출판사 산호장에서 펴낸 수상록 『예루살렘의 닭』은 제목부터 심상치 않다. 일종의 잠언 같기도 한 시가 여러 편 나오는데 '신'이 등장하는 것이 15편에 달한다.

나는 알거니, 神의 은총은 내게 두터워 그의 꾀임에서 나를 보호하기 위하여 다시도 열 수 없는 집, 죽음의 무덤으로 나를 드디어 인도하여 주실 것을.
—「바람」 끝부분

신의 은총이 내게 '두텁다'고 했는데 그(바람)의 꼬임에서 나를 보호해 주는 것이 다름 아닌 신이다. 나는 어디에도 "안주할 곳을 갖지 못한 영원한 표박인"이고, 내 운명은 "쉼 없이 뉘우치고 탄식하고 회의하고 헤매어야 하는 운명"이다. 그런데 신은 이런 나를 보호하기 위해 "다시도 열 수 없는 집, 죽음의 무덤으로 나를 드디어 인도하여 주실 것"을 철석같이 믿는다. 나의 생과 사를 관장하는 분이 신이라는 말은 신앙인이 아니고는 하기 어렵다. 하지만 시인은 교회나 성당에 적을 둔 신앙인이 아니었다. 신을 다음과 같이 정의 내리기도 한다.

> 산울림처럼 계시어, 찾으면 응하되 있지 않은 것.
> 또는,
> 나의 의식의 손이 만질 수 있는 저 영원무궁.
> 또는,
> 무궁무진한 만유의 섭리.
> ─「神」전문

이 시에서 신은, 시인의 관념과 의식에 존재하며, 세상에 현현하지는 않는다. 영원무궁하고 만유의 섭리라고 신에 대해 정의를 내린 것으로 보면 기독교인[05]의 신앙관과 다를 바 없다. 신을 절대자로 생각하고 있는 것이다. 위의 두 시에서 신은 창조주이자 구세주, 혹은 절대자이다.

> 나는 몽매한 사나이, 神에게서 받은바 그 위에 더한 것 없도다.
> 동산에 해 오르면 일어나 일하고, 별빛 뜨면 돌아와 기도 드리고,

---

05   이 글에서 천주교와 개신교를 구분하지 않고 쓸 때는 '기독교'로 쓴다.

바람비에 근심하고, 주리면 배 불리고, 나의 아낙은 마소처럼 배고,
육친도 숨 지우면 서슴잖고 등에 내다버리고—

　그리고 더욱 이 내 목숨이 어디서 와서 어디로 가는지를 내쳐 모
르노니.

　나는 몽매한 사나이, 神에게서 받은바 그 위에 더한 것 종시 없도다.

　　　　　　　　　　　　　　　　　—「더한 것 없도다」 전문

　이 시에서 주목을 요하는 부분은 "별빛 뜨면 돌아와 기도 드리고"와
"神에게서 받은바 그 위에 더한 것 없도다."이다. 시만 보면 신앙이 생활
화되어 있음을 알 수 있다. 화자는 무지몽매한 나를 신앙의 길로 이끈 신
을 경배하고 있다. 신앙인이 아니고선 하기 어려운 말을 '기도처럼' 하고
있는 것이다. "눈은 감을수록, 귀는 닫을수록 神을 가까이 맞이할 수 있
거늘"(「이 사람을 보라」)이나 "드높은 지붕 꼭대기 위에 십자가는 더욱 발돋
움하고"(「敎會堂」), "神의 그지없는 은총을 황홀히 풀이하여 들리건만"(「小
鳥」), "어쩌면 神의 은총을 가장 도타이 누린다는 인류"(「통곡」) 등, 화자의
일상은 신을 찾고, 부르짖고, 기도하고, 은총에 감사하는 시간으로 이루
어져 있다. 교회의 집회에 참석하지 않으면서 이렇게 신을 긍정하는 것
을 어떻게 이해해야 할까. 그러한 마음이 위선이거나 모순이라면 저러한
고백들에 무슨 이유라도 있는 것일까.

　이제 살펴보고자 하는 2편의 시는 성경 구절을 부제로 제시하고 있
다. 즉, 예수의 가르침에 대해 묵상하면서 쓴 시라고 볼 수 있다. 이 무렵
에 유치환이 성경을 열심히 읽고 있었다는 것을 증명해 주는 시다.

　바람에 불려 가는 물 없는 구름! 뿌리까지 뽑힌 열매 없는 가을 나
무!

이 눈들을 보라, 진흙의 눈을 보라. 거리거리에 넘어나는 이 엄청
난 무리들의—가이자의 것은 가이자에게로— 그 가이자의 것밖에 못
보는 버꿈히 흐린, 석고 같은 눈, 눈, 눈, 이 진흙의 눈들!
            —「진흙의 눈-마태 二十二장 二十一절」 전문

마태복음 22장 21절은 다음과 같다.

　　가로되 가이자의 것이니이다. 이에 가라사대 그런즉 가이자의 것
　　은 가이자에게, 하나님의 것은 하나님께 바치라 하시니

　바리사이파 사람들이 어떻게 하면 예수의 말을 트집 잡아 올가미를
씌울까 모의를 하고는 사람들을 예수에게 보내 이렇게 물었다.[06] 로마의
황제 가이자(카이사르)에게 세금을 바치는 것이 옳으냐 옳지 않으냐 예수
에게 물었던 것인데 예수는 그들의 간악한 속셈을 눈치채고는 위와 같이
대답했던 것이다. 처음에는 "이 위선자들아, 어찌하여 내 속을 떠보느냐?
세금으로 바치는 돈을 내게 보여다오."라고 말했다. 누가 데라리온 한 닢
을 가져오자 "이 초상과 글자가 누구의 것이냐?"라고 물었다. 가이자의
것이라고 그들이 답하자 예수는 "가이자의 것은 가이자에게, 하나님의
것은 하나님께 바치라"는 마태복음 22장 21절에 나오는 그 유명한 말을
한다. 이 말을 듣고 그들은 할 말을 잃고 돌아갔다고 한다.
　예수가 한 말의 진의는 헌금에 대한 것이 아니라 우리 각자가 누구에
게 세금을 바쳐야 하는가 하는 신앙심의 문제로 귀결된다. 예수가 가이

06　성경에는 바리사이파 사람들이 자기 제자들을 헤로데 당원 몇 사람과 함께 보내 예수에게
　　곤란한 질문을 하도록 시켰다고 되어 있다.

자에게 세금을 바치는 일이 부당하다고 말했다면 로마의 총독에게 보고되어 체제를 부정했다는 죄목으로 체포되었을 것이다. 세금을 바치는 것이 정당하다고 말하면 예수가 하나님의 율법을 반대한다고 백성들에게 말해 이간질 시키려는 것이 그들의 계획이었다. 예수의 대답은 회피가 아니라 솔직한 대답이었다. 가이자의 이름과 형상이 새겨진 로마의 돈을 손에 들고 예수는 그들이 로마의 집권 아래 살고 있는 이상 세금을 당연히 바쳐야 하며, 이것이 더욱 높은 의무와 상충되지 않는다고 말했다. "하나님의 것은 하나님께 바치라"는 말은 음모를 꾸미고 온 이들을 책망한 것이었다. 이 구절을 부제로 삼은 시는 결국 우리가 진흙의 눈을 갖고 있다는 것, 즉 맹목적인 삶을 살고 있다는 것을 반성해야 한다는 내용이다. "가이자의 것밖에 못 보는 버꿈히 흐린, 석고 같은 눈, 눈, 눈, 이 진흙의 눈"을 갖고 살아가는 우리 모두 반성하자는 것이 이 시의 주제다. 이런 시를 비기독교인인 유치환이 썼다. "바람에 불려 가는 물 없는 구름"과 "뿌리까지 뽑힌 열매 없는 가을 나무"도 불신앙 혹은 비신앙에 대한 질책으로 읽힌다. 이상 몇 가지를 종합해보면, 유치환은 비신앙인이라기보다 무교회주의자로서 신앙인의 면모를 지녔다고 보는 편이 더 타당할 듯하다. 집회에 참석하지 않으면서 나름대로 신앙심을 지켜나간 것이다. 또 한 편의 시를 보자.

너희의 입고 있는 그 입성인즉 그날 다투어 제비 뽑아 내게서 벗겨간 것, 그리고 나의 손바닥에 동그란히 하늘이 내다뵈는 이 자국을 보라, 이것이야말로 너희가 원수에게 뇌동하여 나로 하여금 절망의 구렁으로 몰아세운 그 절통한 배신의 씻지 못할 표적이어니.

내 너희를 끝까지 긍휼하고 또한 너희를 위하여 속량하였으되, 오히려 이 못자국을 아물이지 아니하고 남겨둠은 이제 와 너희 회오(悔

悟)에 얼굴 적시는 그 눈물을 내 믿지 아니하며, 또한 어느 때고 다시 나를 팔 수 있을 너희의 악의 씨에 대하여 내 영원히 빚 지우려 함이로다.

　　　　　　　　　　—「복수-마가 十五장 二十四절」 전문

　"십자가에 못 박고 그 옷을 나눌 때 누가 어느 것을 얻을까 하여 제비를 뽑더라"는 마가복음 15장 24절의 내용을 그대로 시로 옮긴 것이다. 이 시의 화자는 예수다. 예수가 십자가 처형을 당했을 때 이스라엘의 백성들 다수가 그의 처참한 죽음에 아랑곳하지 않고 벗어놓은 옷을 제비뽑기로 가져간 일을 두고 예수는 서운해한다. 처음부터 끝까지 예수를 화자로 삼은 이 시에서 유치환은 예수가 자신을 믿지 않고 부정했던 이들을 향해 "어느 때고 다시 나를 팔 수 있을 너희의 악의 씨에 대하여 내 영원히 빚 지우"겠다고, 이것이 예수의 복수 방법이라고 말하고 있다. 예수를 십자가에 매달라고 외친 이들과 제자의 배신과 부정에 치를 떨면서 "이제 와 너희 회오(悔悟)에 얼굴 적시는 그 눈물을 내 믿지 아니하"겠다고 예수는 한탄하고 있다. 아무리 사랑의 실천을 부르짖었던 예수일지라도 죽은 자신의 옷을 탐했던 이들을 포함해 자신의 죽음을 요구하거나 방관했던 이들이 못내 원망스러워했을 거라고 시인은 생각했던 것이다. 시집의 제목이 된 시를 보자.

　　오늘도 너는 조소와 모멸로서 침 뱉고 뺨 치며 위선이 선을 능욕
　하는 그 부정(不正) 앞에 오히려 외면하며 회피함으로써 악에 가담하
　지 않았는가.
　　새벽이면 새벽마다 먼 예루살렘 성에 닭은 제 울음을 기일게 홰쳐
　울고, 내 또한 무력한 그와 나의 비굴에 대하여 죽을상히 사모치는 분

함과 죄스럼과 그 자책에 눈물로써 눈물로써 베개 적시우노니.

　　　　　　　　　　　　　　　　　　　—「예루살렘의 닭」전문

　이 시는 자신의 그간의 삶에 대한 반성문으로 읽힌다. '너'는 예루살렘의 닭인데 무력하기도 하지만 악에 가담하기도 한다. 예루살렘의 닭은 예수 활동 당시 군중심리에 휩싸여 예수를 십자가에 매달아 처형하라고 외쳤던 어리석은 식민지 지배하의 백성들을 가리킨다. 부정을 외면하고 회피하는 것은 악에 가담하는 것과 마찬가지인데 예나 지금이나 그런 어리석음을 범하는 이들이 많다고 시인은 개탄하고 있다. 이 시의 제목을 시집의 제목으로 삼은 것은 이 시가 시집의 전체 내용을 포괄하고 있다고 생각했기 때문이다. 그간의 무력과 비굴을 자책하고 베개가 젖도록 울었노라고 고백하면서 시가 끝나는데, 이런 시를 종교시라고 하지 않으면 어떤 시를 종교시라고 할 수 있으랴.

　출처가 확실치 않은 「그리스도의 탄식」이란 시는 기성 교회에 대한 시인의 비판의식을 십분 알게 해준다. 시인은 그리스도의 입을 빌려 자신을 로마 병사들에게 돈을 받고 팔아넘긴 제자 유다에 대해 다음과 같이 변호를 해주는데 주제는 그것이 아니다.

　　너희 무슨 재주로써 유다를 멸시하였으냐?
　　차라리 유다는 나 하나를 원수에게 고자질하였으되 이내 제 실족한 죄를 죽음으로 씻어 돌이켰으니, 내 그를 긍휼하여 여기 내 곁으로 불러 있게 하건만
　　너희는 나의 이름과 내 그 사무친 십자가마저 팔아 찢어 아예 손톱만치도 뉘우칠 줄을 모르거니,
　　그러므로 너희 아무리 이마를 부딪고 조아리고 나를 외쳐 부를지

라도 너희가 너희의 그 피밭 무화과 낢에 유다처럼 목메어 주절이며
달리지 않는 한 나는 마침내 너희를 모를 이로다.
—「그리스도의 탄식」 제3연[07]

그리스도 왈, 유다는 나중에는 자신의 죄를 뉘우치면서 자살을 택하
지 않았는가 하며 두둔한다. 그런데 너희들은 내 이름과 십자가를 팔아
서 살아가니 참으로 뻔뻔하다고 탄식하고 있다. 그리스도가 십자가 처형
당시의 이스라엘 백성을 향해 탄식하는 것이 아니다. 지금 이 세상에서
일어나고 있는 여러 가지 현상, 특히 교회 내에서 일어나고 있는 신성모
독적인 현상에 대해 비판을 하고자 화자를 그리스도로 삼았다. 교회 안
에서 "아무리 이마를 부딪고 조아리고 나를 외쳐 부를지라도" 교회 밖에
서, 즉 삶의 과정에서 "유다처럼 목메어 주절이며 달리지 않는 한" 나는
너희들을 모를 거라고 하는 것이 그리스도의 말이라고 시인은 생각했던
것이다.

2. 산문집에 나타난 유치환의 종교관

1963년 대구의 평화사출판사에선 낸 산문집 『나는 고독하지 않다』에
는 이런 글이 실려 있다.

---

07 이 작품은 남송우가 엮은 『청마 유치환 전집』 제6권 수필집편 282쪽에 실려 있다. 수필이라
면 이런 식으로 행 구분을 하지 않고 줄글로 처리했겠지만 시이기에 행을 나눴을 것이다.
어느 지면에 실려 있는 시가 수필로 분류되어 '심상의 낙엽들'이란 제목으로 묶은 단상 속에
섞여 들어간 것 같다. '피밭'은 "유다가 은 30양으로 장만했던 밭"이라고 각주가 붙어 있다.

신이여, 이제는 직접 당신에게 이야기 드려야 하겠습니다. 왜냐하면 당신에게 관한 이야기를 인간에게 할라치면, 첫째 그들은 당신의 존재부터에 대하여 실로 구구한 생각들을 완강하게 품고 있어 이야기가 잘 통하지 않는 때문입니다.

나는 당신이 엄연히 존재해 계심을 확신하여 의심치 않습니다. 그리고 당신의 의중으로서 만유를 정연한 질서 속에 존재하여 있게 함에 대하여, 더구나 그 만유 속에 나를 나무나 새처럼 한 몫 존재하여 있게 하여 주심에 대하여 무한히 감사드리는 바입니다.

—「계절의 단상-신에게」부분

산문집의 첫 번째 글 첫 대목이다. 신의 존재를 의심하지 않는 이런 글을 무신론자가 쓸 수는 없다. 거듭 말하거니와 유치환에게 신은 거룩한 창조주다. 그래서 "나는 당신에게서 무량한 만유의 질서 속에 내가 존재하여 있는 이 목숨밖에 받은 것이 없습니다. 이것으로서 나는 당신에게 무한한 감사를 드립니다."고 말할 수 있다. 신 앞에서 인간은 미미한 존재이며, 신이 창조한 삼라만상의 일부에 지나지 않는다고 고백하는 이가 비신앙인일 수는 없다.

오늘도 나는 들길을 가며 벼 이삭들이 하나 크고 작은 것이 없이 때를 같이 하여 가지런히 이랑에 넘쳐 익어가는 것을 보고, 또 들국화가 함부로 어느 때나 피지 않고 지금 이때서야 일제히 피어나고 있음을 보고는 당신의 엄연한 존재 앞에서 감동하는 것입니다.[08]

때를 따라 생장과 쇠락을 반복하는 삼라만상은 신의 작품이다. 들판

---

08 남송우 엮음, 「계절의 단상-신에게」 『청마 유치환 전집 V』, 국학자료원, 2008, 204쪽.

을 누렇게 물들인 벼 이삭과 들국화는 한 해의 결실과 가을날의 아름다움을 상징한다. 가을날의 열매와 꽃을 보면서 감동한 이유는 자연 속에서 신의 '엄연한 존재'를 느꼈기 때문이다. 유치환은 이 산문집의 「신의 자세」에서 자신의 신앙심에 대해 보다 구체적으로 이야기한다. 유신론자인 유치환이 왜 교회나 성당에 나가지 않았는지도 짐작이 가는 내용이다.

> 진실로 지존한 절대자는 초개같은 인간 따위의 생사나 선악의 가치를 넘어 초연히 만유 위에 군림하는 만유의 신인 것이다.
>
> (……)
>
> 신은 오직 무량광대 절대한 존재이다. 기독교가 사유하는 신처럼 하나를 바치면 하나를 답해 주고 투기심 강한 계집같이 자기의 비위에 거슬리고 안 거슬림으로써 희·노·애·락하여 보복과 포상으로 인간을 골탕 먹이는 그런 신은 결코 아닌 것이다.[09]

구약을 보면 신이 자주 노하여 인간에게 벌을 준다. 기독교인들은 구약의 이야기들을 사실 내지는 진실로 받아들인다. 하지만 유치환이 생각하는 신은 '지존한 절대자'다. 자기 비위에 거슬린다고 분노하고 말 잘 듣는다고 어여뻐하는 그런 존재, "보복과 포상으로 인간을 골탕 먹이는" 그런 존재가 아니다. 거듭 말하거니와 유치환에게 신은 절대자요 창조주다. 우주만물의 근원이기에 "신의 형상은 오직 의사로서 만유에 표묘편재(縹緲遍在)하여 있는 것"이다. 이런 말도 한다.

> 우리의 교양이 한 종교에 귀의할 수 있음은 오직 인간의 사유조차

---

09   남송우 엮음, 「신의 자세」, 위의 책, 212~213쪽.

도 초월하여 만유를 무한 시공에 거느리고 있는 절대자에 대한 숭경
(崇敬)과 인간의 겸허심의 발로로 인한 것이다. 그러므로 오늘 일부 기
독교인처럼 인간의 영생을 완신(頑信)하고 말세의식을 과장하는 신앙
따위는 미개한 야만적인 소치이거나 아니면 일종 종교적 수전노의 과
욕 행위인 것이다.[10]

　　인간이 "만유의 무한 시공을 거느리고 있는 절대자에 대한 숭경"과
"겸허심의 발로"로 신을 믿고 따라야 하는데 지금의 기독교는 그렇지 않
다고 유치환은 생각하였다. 유치환은 인간의 영생을 믿지 않았다. 「계절
의 단상」에서도 "인간이 영생한다든지 천국으로 들어가 당신과 함께 행
복하게 산다든지 하는 유"의 '은총'을 "인간의 과분한 허욕"이라며 부정
하고 비판하였다.[11] 게다가 "말세의식을 과장하는 신앙 따위는 야만적인
소치이거나 아니면 종교적 수전노의 과욕 행위"라면서 비판하였다. 이
런 생각을 하고 있던 유치환에게 천주교의 기도문에 나타나 있는 교리는
도저히 따를 수 없는 것이 아니었을까. (유치환 생시의 기도문과 지금의 기도문
은 조금 다를 테지만) '사도신경'은 미사 때마다 전 신도들이 함께 읊는 것인
데 "그 외아들 우리 주 예수 그리스도님/ (……)/ 하늘에 올라 전능하신 천
주 성부 오른편에 앉으시며/ 그리로부터 산 이와 죽은 이를 심판하러 오
시리라 믿나이다."나 "죄의 용서와 육신의 부활을 믿으며/ 영원한 삶을
믿나이다." 같은 구절은 유치환의 신앙심으로는 받아들이기 어려웠을 것
이다. '고백기도'의 "전능하신 하느님, 저희에게 자비를 베푸시어/ 죄를
용서하시고/ 영원한 생명으로 이끌어주소서"나 '삼종기도'의 "그리스도

10　위의 글, 213쪽.

11　위의 책, 203쪽.

께서 약속하신 영원한 생명을 얻게 하소서." 같은 기원도 믿을 수 없는 내용이었기에 교회나 성당에 나갈 수 없었던 것이다. 하지만 그는 결코 무신론자가 아니었고 반신론자도 아니었다. 범신론에 가깝다고 할 수도 있겠지만 일체 만유가 신이라고 생각한 범신론과는 확실히 달랐다. 유치환에게 있어 인간은 유한자였고 신은 절대자였다. 신은 자기를 '믿는' 인간을 구원하여 영생을 누리게 한다는 교리를 믿지 않았다. 그의 다른 산문에 이 내용이 나온다.

신은 존재하는 것이며 인간의 영혼은 그 육신과 함께 멸하는 것이다.[12]

우리는 인간의 영혼이 불멸 영생할 수 없음을, 오늘 이승에서밖에 허용되지 않은 생존임을 절망한다든지 자포하여서는 안 된다는 말이다. 그것은 마치 무수한 빈한한 사람들 중에서 자기만이 부유해야 된다고 단정 고집하는 우매나 당치않은 기만과 같은 일이 아닐 수 없는 것이다.
차라리 우리 인간은 어느 생물도 향유 못한 예지로써 인간 자신의 운명을 통찰함으로써 더욱 겸허하여지고, 겸허함으로써 우리의 생존을 더욱 아름답게 꾸미도록 노력하여야만 될 일이다.[13]

이런 글을 보면 유치환이 왜 교회에 나가지 않았고, 세속화된 기독교를 비판했는지를 알 수 있다. 교회에서는, 우리 각자 열심히 신앙생활을 하고 교리를 잘 따라 착하게 살면 구원받아 천국에 간다고 말한다. 성당

---

12 「신의 존재와 인간의 위치」, 위의 책, 232쪽.
13 위의 책, 235~236쪽.

에서는, 인간은 죽음 뒤 신의 심판을 받고, 영생을 누릴 수 있는 이와 그럴 수 없는 이로 나누어진다고 말한다. 이런 교리를 믿을 수 없었기에 그는 어느 교회나 성당에 적을 둔 신자가 될 수 없었다. 신은 창조주요 절대자로서 분명히 존재한다고 또 다른 산문 「신의 영역과 인간의 부분」, 「신과 천지와 인간과」, 「신의 실존과 인간의 인식」 등에서도 말하고 있다. 이 땅의 기독교인이라면 유치환의 이런 태도를 두고 무신론자보다 더 나쁜 태도라고 비판할 수 있을 것이다. 신이 존재한다고 믿고 창조주임을 믿으면서 왜 교회에는 나가지 않느냐고 비난을 퍼부을 수도 있다. 유치환에게는 기독교인들의 '말세의식'과 "자기만이 부유해야 된다고 단정 고집하는" 기복신앙에 대해 반대하는 입장을 분명히 취하고 있었으므로 교회로 발길을 돌릴 수 없었던 것이다.

3. 신은 믿되 종교인이 되지 않은 시인

지금부터 1960년에 펴낸 시집 제10시집 『뜨거운 노래는 땅에 묻는다』에 나오는 몇 편의 시를 보도록 하자. 이 시집에서도 신을 찾는 화자의 심정이 여실하며, 그는 신성을 믿고 있다. 다만 교회가 아닌 곳에서.

神이! 神이라면 어찌 어마하고 거치장한 것으로 치는가?
보라, 지금 아카샤 꽃주저리에 산들바람이 희롱하는 황홀을—
저 방욱한 향치와 순결한 빛깔인즉 무슨 다른 엉뚱한 뜻으로 있음
이 아니라 그대로— 지금 너를 활홀케 하는 그대로— 神이요 神의 표
상인 것!

또한 어찌 죗값의 연옥을 말하는가!

—아니거니! 오늘 이 삶에서 저 아카샤 꽃주저리 빛나는 황홀을
기차게 모를진대 그것이 곧 지옥의 형벌인 것.

—「아카샤꽃」 전문

아카시아 꽃의 향기와 빛깔이 신의 표상이므로 자연에서 신을 느끼
면 되는 것이지, 인간의 죄를 물으면서 연옥이니 지옥이니 하는 식으로
신을 판단하고 재단하지 말자는 것이다. 아카시아 꽃의 "빛나는 황홀을
기차게 모른다"면 그것이 곧 지옥의 형벌일 뿐, 저승의 지옥에 가서 벌을
받는 일은 없다고 유치환은 생각하였다. 신의 침묵에 대해서는 이렇게
생각하였다.

神의 무량한 뜻은 너의 목숨이 너에게 어찌 쓰이는가를 주시할
뿐, 마침내 말하지 않나니.

그 말 없는 말을 저 한 자락 백운(白雲)에서도 읽으라.

오만한 자에겐 진실로 냉혹한 방관이요, 순박한 이에겐 그지없는
동반의 희열이 씌었음을.

—「침묵」 전문

신은 "말 없는 말"을 하는 존재이며, 그는 우리가 눈을 들어야 볼 수
있는 흰 구름처럼 인간 세상 위에 조용히 떠 있는 자이다. 유치환은 사람
을 두 부류로 나누고 있다. 신은 '오만한' 자에게 방관자의 자세를 취하
고, '순박한' 이에게는 동반자의 자세를 취하는데, 문제는 신이 말을 하지
않는다는 것이다. 하늘에 떠 흐르는 흰 구름을 보고 순박한 이는 신의 뜻
을 느낄 것이고, 오만한 이는 제 잘난 맛에 살아갈 것이니 신이 수수방관

할 것이라고 시인은 말하고 있다. 냉혹하게 방관할 뿐 벌을 내리지는 않으며, "인류의 말세를 믿지 않는다."(「말세가 아닌 말세적 역병」)고 힘주어 말한다.

> 나무가 종시 한 자리에 우러러 서서 스스로의 자학에 홀홀히 옷
> 벗었다 입고, 입었다 벗고 인고(忍苦)하듯 너도 그 같은 비원(悲願)의
> 소망에서만 살라.
> 　비원의 소망 없고는 어떠한 신앙에의 귀의도 그것은 필경 인간의
> 망령된 자위의 사기일 뿐
>
> 　　　　　　　　　　　　　　　　　　—「신앙에 대하여」 전문

　유치환에게 있어 신앙은 비원(悲願)이다. 각자 꼭 이루고자 하는 비장한 염원이나 소원이 있어야 하는데 현실의 기독교는 물량공세와 대형화를 추구해 불만스러웠다. 그의 종교관은 카타콤에서 모여 기도하는 원시 기독교 신앙과 가까웠다. 이 시에서 보듯 나무는 각자 제자리를 지키면서 한 생을 산다. 하늘을 우러러 기도하는 자세지만 다른 나무에게 계율을 강요하거나 집단의식을 강조하지 않는다. 유치환은 반드시 교회나 성당에 다녀야만 구원의 대상이 된다고 생각하지 않았다. "아부라함이 이삭을 낳고 이삭은 야곱을 낳고 야곱은 유다와 그 형제를 낳"은 것처럼, 경상북도 청송군 부동면 이전리 1번지에서 살던 가난한 일가도 신의 은총을 받아 마땅한 존재라고 생각하였다. 배씨 일가가 교회나 성당에 나간다는 말은 하지 않았지만 시의 제목이 '아부라함의 一族'이다.

> 기둥에 붙은 낡은 문패 쪽에
> 　　경상북도 청송군 부동면 이전리 一번지

호주 농업 배병수 五十三세

처 박금순 四十五세

장남 갑조 二十二세

차남 또조　十六세

　　지금 이 두메산골 신작로 고갯마루 아래 사립도 울타리도 없는 오
막살이 두옥은 누구 하나 지키는 이 없이 종달이 울음 실은 기름진 남
풍만이 미끄러운 은어 떼처럼 휑한 부엌을, 삿자리 토방을, 헛간을,
가시듯이 샅샅이 술래 돌아 오직 하나 아쉬운 밑천인 어리석은 알뜰
함이 받쳐 올린 지붕 위의 호박잎에 나풀대고 있고,

—「아부라함의 一族」 부분

　　문패에 나이까지 써놓았을 리가 만무하다. 네 식구가 농사지으면서
하루하루 평안하고 행복하게 살아가고 있다. "여기 인고에 외로이 사는
한 일족은 진실로 지엄한 사명에 순종하"는데 교회에 안 나간다고 심판
을 받는다는 것은 유치환으로서는 용납이 안 되는 일이었다. 이들이야말
로 구약의 아브라함 일가족처럼 "어쩌면 새로운 세계를 초창(初創)하는
해돋이 조상으로 있는지 모른다"고 칭송하였다. 이처럼 유치환은 자신
이 쓴 시에서 신을 절대로 배격하지 않았지만 기성종교에는 가입하지 않
고 지냈음을 이런 시를 통해 확인할 수 있다.

　　1964년 대구 평화사에서 낸 시집 『미루나무와 남풍』에서는 「인간의
나무」와 「서열(序列) - 주검의 노래」라는 시를 통해 자신의 신앙심을 표현
한다. 「인간의 나무」는 여성이 회임하는 날의 신비로움을 다룬 시이다.
동시에 탄생의 신비를 그리고 있다. 하지만 신은 일일이 그 현장에 찾아
오는 분은 아니다. 한편 신은 "응답 없는 답의/ 영겁의 문전에"(「서열(序
列)-주검의 노래」) 서 있는 분이다. 인간세상의 일이 간섭을 하지 않는다.

성령과의 직접적인 만남을 중시하는 기독교를 유치환은 달갑게 여기지 않았던 것이다.

바로 다음해인 1965년에도 같은 출판사에서 시집을 내는데 『파도야 어쩌란 말이냐』이다. 이 시집에서는 주를 아예 외쳐 부른다. 어떨 때는 '당신'으로, 어떨 때는 '그대'로 부른다. 이 무렵의 그는 다시 신앙심이 깊은 자세, 즉 순명의 자세로 돌아간다.

> 호산나! 호산나!
> 그대 이 길로 오시라
>
> 어느 세월로부터 끝 간 데 없이 내게로 트여 있는
> 이 길로 하여 그대 오시라
>
> 오늘도 감람 가지 꺾어 들고
> 홀로 나와 기다려 섰노니
> ──「그대 설은 호산나!」 전반부

이런 시는 예전의 시와 달리 기도조이다. 이 무렵에는 심정적으로 기독교에 상당히 기울었던 것으로 보인다. 무교인 사람이 이런 시를 쓸 수는 없다. 특히 「아가(雅歌)」 연작시의 네 번째 시는 교리상의 창조주, 성경 속의 절대자에 대한 믿음이 없이는 쓸 수 없는 시이다.

> 어떻게 어떻게 당신 오시렵니까
>
> 거룩한 이가 걸어서 바다를 건너오듯
> 그렇게 뜻하지 않은 길로

놀랍게도 이적(異蹟)하여 오시렵니까

한밤중 천지가 다 잠든 사이
뜻밖에도 은밀히 문전에 와 부르셔
소스라 가슴 놀라 주는 그런 재미로 오시렵니까

아니면 산마루를 물들이는 새벽 첫빛 모양
온 세상이 함께 기쁨에 나눠 젖는
그렇게 휘황스리 거동하여 오시렵니까

아아 진정 당신 어떻게 오시렵니까
　　　　　　　　　　　　—「아가(雅歌) Ⅳ」 전문

　이런 시는 지금까지의 기독교에 대한 태도나 신에 대한 자세와는 상당한 거리가 있다. 보통의 신앙인의 자세와 별 다를 바가 없다. 예수가 약속한 재림이 실현된다면 어떤 모습으로 오실까 궁금히 여긴 나머지 이런 시를 썼다. 유치환은 이 시집을 내고 14개월 뒤에 교통사고로 작고하는데, 만약 좀 더 오래 작품 활동을 했더라면 신앙심의 진전 또는 회의를 더욱 여실하게 시에 담아냈을 것이라고 본다. 바로 위의 시는 독실한 기독교인이라야 쓸 수 있기 때문이다.

4. 손종호의 유치환론에 대하여

　손종호는 「유치환 시에 나타난 종교성」에서 "종교경험의 다양성을 형상화하였으나" "포괄적이고 추상적이어서 구체적 형상화의 단계에 이르지 못했으며", "결국 그의 종교경험은 산문적 진술이나 〈단장〉과 같은 모호한 장르 형식으로 진술되었"다고 결론지었다.[14] 결론의 일부를 인용한다.

> 청마 시에 나타난 종교성의 특징은 그의 근본적이고 궁극적인 관심이 자연과 우주질서에 집중되고 있되 그러한 자연이 '여기 지금' 존재하게 된 시초나 어떤 계기, 초월적 세계와의 관련성에 대해서는 전혀 상상하거나 유추하려 하지 않는다는 점이다. 따라서 그가 파악한 신 혹은 신적 의지란 '무궁무진한 만유의 섭리'이며 따라서 인간의 어떠한 갈구에도 답하지 않는 침묵의 절대성과 비정성을 특징으로 한다.
> (……)
> 청마 시의 종교의식은 근원성에 집착하는 그만치 포괄적, 추상적 단계에 머물러 있어 정·반·합의 변증법적 흐름을 보인다거나 단계성을 찾을 수 없다는 한계를 지닌다.[15]

유치환이 종교시라고 할 만한 것을 쓰긴 했지만 '종교성'의 측면에서 따질 때 의미 있는 작품을 남기지 못했다는 것이 손종호 논문의 결론이다. "〈단장〉과 같은 모호한 장르 형식"은 시집명이 『제9시집』인 시집에 나오는 95개의 단장(epigram)과 『뜨거운 노래는 땅에 묻는다』에 나오는 단장들이 시라고 할 수 있느냐 하는 것이다. 산문시로만 되어 있는 『예루살렘의 닭』도 시집이라고 할 수 있는지 의문을 표시했지만 시집으

14　손종호, 「유치환 시에 나타난 종교성」, 143~144쪽.
15　위의 글, 145~146쪽.

로 간주해 논의를 시작한다.[16] 요컨대 손종호는 유치환이 장르 의식을 명확히 하지 않고 '단장'을 시집에 실은 데 대해 불만을 토로하였고, 종교시로 간주할 수 있는 시편의 가치가 아주 낮다고 보았다. 『나는 고독하지 않다』 같은 산문집에 실린 산문도 종교성의 발현이 아님을 역설하였다.

> 청마의 기성 종교관은 비판적 무신론에 가까우며, 청마는 종교 발생의 배경은 이해하되 종교의 필요성과 당위성은 부정하는 태도를 취한다. 청마는 종교란 첫째, 인간 자신의 필멸의 운명에 대한 허무와 조갈의식에서 발생되었으며 둘째, 종교신이란 인간의 두뇌와 정신이 구상해낸 궁극이자 공리적 목적의 산물임을 지적하면서 결국 종교신이란 인간들의 의지의 나약함 때문에 가능한 실제임을 들어 이를 부정한다.[17]

심지어 연구자는 "청마의 기독교 비판은 교회의 세속화된 제도나 형식뿐 아니라 영혼불멸설과 말세론에 이르기까지 광범위하게 이루어지며, 궁극적으로는 종교가 바른 기능을 하지 못하는 시대의 비전으로서 '예지'론을 제시한다.", "그의 '회오의 신' 개념은 어디까지나 기독교 비판의 토대 위에서 정립되고 있다는 점에서 한계를 드러낸다."[18]고 하면서 유치환을 반신론자로 간주한다. 신을 운위한 유치환의 시와 산문 모두에 기독교에 대한 비판의식이 담겨 있다는 것이다. 유치환이 자신의 종교관을 드러내고자 썼던 시와 산문을 연구한 이는 손종호가 유일한데, 이와 같이 유치환의 종교시에 부정적이었다. "한계를 지닌다", "한계를 드러낸

---

16 위의 글, 124~125쪽.

17 손종호, 「청마문학의 종교성 연구: 산문문학에 나타난 신관(神觀)을 중심으로」, 21쪽.

18 위의 글, 같은 쪽.

다"는 말을 두 논문에서 여러 차례 하면서 유치환이 자신의 종교적 인식을 구현하고자 쓴 작품들을 전반적으로 낮게 평가하였다. 유치환이 신을 관념으로 이해한다고 보았고, 그럼에도 현존 기독교에 대한 비판의식이 충만해 있어서 일련의 시와 산문을 썼던 것으로 보았다.

연구자는 손종호의 이런 주장에 전적으로 동의하기는 어렵다. 유치환은 기독교에서 정립한 신앙관을 그대로 수용하지는 않았지만, 신을 만나기 위한 내적 행보를 끊임없이 이어 나갔던 시인이다. 그가 만약 독실한 신앙인으로서 시를 썼다면 십중팔구 호교 내지는 포교의 뜻이 내포된 시를 쓰면서 신앙고백이나 신성예찬에 몰입했을지 모른다. 기독교는 불교와 달리 신에 대한 철저한 복종이 전제되어야 한다. 그 신은 유일신이며 회의적인 시각을 용납하지 않는다. 주일에 교회에 나가는 것은 원칙이며 뜸하게 나가면 냉담자로 분류된다. 유치환은 교회에 나가지 않았지만 신이란 존재를 부정한 적은 한 번도 없었다.

손종호는 유치환이 신을 부정한 것이 아니라 기독교회를 불신한 것을 제대로 살펴보지 못했다. 유치환이 신을 창조주요 절대자로 인식하고서 쓴 시와 산문을 꼼꼼히 검토하지 않은 소치이다. 절대복종을 주장하는 기독교의 신을 따르지 않은 대신 스스로 생각한 존재를 유치환은 '신'으로 간주해 마음속에 모셨다.

유치환은 마음속으로는 신을 믿되 신앙생활은 하지 않은 묘한 신앙인이었다. 시와 산문에 나타난 신앙관을 보건대, 그는 성전을 중심으로 한 신앙 공동체에 속하지 않고 홀로 신앙을 지켜나갔던 사람이다. 작품의 미학적 가치를 문제 삼는다면 종교시는 그의 다른 작품에 비해 완결성이 떨어지는 것이 사실이다. 그의 종교시는 완성도에 충실하기보다 신을 향한 내적 고백 형식을 띠고 있었다. 어느 시기의 정지용처럼 신앙을 회의하지 않은 점이라든지, 김현승처럼 회의 과정을 거치면서 한층 성숙해 가는 신앙인의 면모를 보이지 않았다 해서 그의 시를 반신론자나 무신론자로 보는 시각은 무리가 있다.

유치환은 구약의 창세기가 설명하고 있는 신의 존재를 의심하지 않았다. 다만 이승에서 행한 일을 놓고 심판을 통해 영생 여부가 결정된다는 교리를 부정했다. 만유 발생의 근원으로서 절대자를 인정함으로써 유치환은 신이 허락한 생명, 그것이 이승에서 쓸모 있게 쓰이는 일, 그때마다 자신과 동행하는 신의 존재를 묵상하였다. 교회 중심으로 작동하는 신앙인의 행동과 실천 행위에 앞서, 순박함과 순명을 강조하였고, 기복신앙을 극복하면서 현세의 신앙을 강조하였다. 유치환은 신을 교리를 신봉하기에 앞서 추앙했으며, 자신의 성품을 점검하고 다듬어주는 지표로 신을 숭앙했던 사람이다.

유치환의 애절한 편지와 시의 상관관계

한국현대문학사 전개 과정에 있어서 '서간문' 하면 제일 먼저 떠올릴 수 있는 인물이 청마 유치환(1908~1967)일 것이다. 그가 8년 연하인 시조 시인 정향운(丁香芸, 丁芸이라고도 한다) 이영도(1916~1976)에게 보낸 편지는 대체로 5,000통에 달한다고 알려져 있다. 1946년부터 1950년까지 유치환이 쓴 편지는 유치환의 부탁으로 한국전쟁 발발 직후에 이영도가 불태워 버렸다고 하는데 이후의 편지는 유치환의 사후, 이영도가 세상에 공개하여 책으로 나왔다.

유치환은 해방되던 해인 1945년 10월에 고향인 통영의 통영여자중학교에 국어교사로 부임한다. 마침 그때 그 학교에 이영도도 갓 부임해 있었다. 이영도는 나이 스물아홉에 남편이 폐결핵으로 사망한 이후 평생 재혼하지 않았는데 슬하에 딸이 하나 있었다. 이영도는 밀양보통학교 졸업장밖에 없었지만 시험을 쳐 초등학교 교사 자격증을 취득, 대구 서부 국민학교에서 근무하였다. 독학으로 역사공부를 해두었기에 곧바로 중학교 역사교사 자격증을 취득, 통영여중에 가서 근무하게 된다.

1948년 3월에 유치환은 이 학교를 사임하고 시를 쓰고 있다가 한국전쟁이 일어나자 부산으로 피난을 가는데, 연도로 보면 이미 교사 시절부터 편지를 썼다고 보아야 한다. 매일 한 통씩 쓴다고 해도 14년 동안 써야지 5,000통이 된다. 편지를 쓴 기간은 20년 정도 되는데, 산술적으로 계산해도 이틀에 한 통은 써야만 5, 000통이 된다. 때문에 5,000통은 과장인 듯하고, 대체로 일주일에 한두 통 정도 쓰지 않았을까 짐작해 본다. 그것도 20년 동안 줄기차게.

두 사람은 도대체 어떤 사이였을까? 과부인 동료 여교사에게 유치환이 몇 천 통의 편지를 보냈다는 것은 끊임없는 구애 과정이었음을 뜻한다. 이미 1남 3녀(장남은 일찍 죽는다)의 아버지임에도 유치환이 쓴 편지를 들여다보면 격정적인 연애감정을 고스란히 노출하고 있다. 이영도가 유치환의 구애가 마음에 들지 않았다면 어느 시점에 가서 더 이상 편지를 보내지 말라고 거절했을 텐데 그렇게 하지 않았다. 서너 통에 한 번은 답장도 했을 것이다. 불가사의한 것은 유치환의 집으로는 이영도의 편지가 오지 않았다는 것이다. 줄곧 학교에 근무했었기에 편지 받기가 가능하였다. 이영도는 어린 딸과 사는 처지였기에 편지를 받을 수 있었다. 남편이 있었다면 편지 교환 자체가 불가능했을 것이다. 두 사람은 다 외로웠고, 상대방을 향한 그리움을 편지로밖에 달랠 길이 없었던 것이다. 이영도는 답장을 같은 학교에 근무할 때는 직접 전해주었겠지만 다른 학교에서 근무할 때는 학교로 보냈을 거라 짐작해본다.

교통사고로 유치환이 사망한 것은 1967년 2월 13일이었는데 유치환이 이영도에게 마지막으로 부친 편지가 1966년 12월 31일자로 쓴 것이다. 생의 거의 마지막까지도 유치환은 이영도에게 편지를 썼던 셈이다. 세간에서는 이 두 사람의 사랑을 플라토닉 러브라고 하면서 안타까워하기도 하고 유치환의 20년에 걸친 구애를 두고 과연 플라토닉 러브로만 이어졌을까 하면서 의구심을 드러내기도 한다.

조영서(1932~2022) 시인은 유치환의 편지에 대해 몇 가지 중요한 증언을 했다. 유치환의 사후 몇 명 여성이 자기가 받은 편지를 동료 문인들에게 내놓으며 청마와의 은밀했던 '관계'를 말하기에 이영도는 문단의 소문을 잠재우기 위해, 즉 유치환과 진실한 사랑을 나눈 사람은 오직 자기한 사람임을 증명하고자 본인이 갖고 있던 수천 통 중에서 일부를 〈주간한국〉의 기자 이근배 시인에게 주어 기사화됨으로써 세상에 알려지게 되었다고 한다. 그리고 몇 년 뒤인 1967년, 이근배 시인이 중앙출판공사의 편집장으로 근무하게 되어 이영도 시인으로부터 200여 통을 넘겨받아 서간집을 냈으니 『사랑했으므로 幸福하였네라』이다. 이 출판사의 대표는 최계락 시인으로서 서간집의 발문을 쓴다.

연구자는 두 사람의 러브스토리가 로버트 제임스 월러가 쓴 『메디슨 카운티의 다리』와 유사한 구석이 있는지는 아는 바가 없고 관심도 없다. 단지 관심이 가는 지점은 두 사람이 쓴 편지가(이영도가 유치환에게 쓴 편지는

남아 있지 않다) 그들의 문학작품과 어떤 연관이 있느냐 하는 것이다.

최계락은 서간집 서문에서 6·25동란 때 유치환이 이영도에게 편지를 왜 태우라고 했는지 언급하고 있다.[01] 세상이 어떻게 될지도 모르고 함께 피난 갈 수도 없는 처지인데 이 편지를 간직하고 있으면 나중에 (당신이) 어떤 화를 입을지 모르니 피난 갈 때는 태우고 가라고 했다는 것이다. 이영도가 이 편지를 들고 피난 갈 수 없으니 어디에 묻어두고 갈 터인즉, 그럼 그 편지가 누군가의 손에 들어갈 수 있고, 자신의 애정 공세가 세상에 드러날 것을 걱정한 유치환이 다 태우고 피난 가라고 당부해 그렇게 했다는 것이다. 그러나 시는 태우지 않았다. 제목이 '丁香에게 주는 詩' 1편은 1946년 12월 1일에, 2편은 1947년 7월 9일에 쓴 것이다.

십이월이 접어드는 추운 하늘 아래
먼 팔공산맥(八公山脈)이 소리 없이 돌아앉은 거리

하룻날 표연히
내 여기에 내린 뜻을 뉘가 아료.

벗과 만나 받는 술잔도 입에 쓰고
오직 한 마리 땅에 내린 새 모양
마음자리 찾지 못하노니

내가 언제 그대를 사랑한다 하던?

그러나 얼굴을 부벼 들고만 싶은 알뜰함이

---

01 이영도·최계락 편저, 『사랑했으므로 행복하였네라』, 중앙출판공사, 1998, 4쪽.

아아 병인 양 오슬오슬 드는지고.
—「丁香에게 주는 詩(Ⅰ)」 전문[02]

　사랑한다는 말을 하지 않았고, 할 수 없지만, 내 속마음은 내 얼굴을
그대 얼굴에 비비고 싶다는 고백이다. 시로써 잘 승화되어 있다고는 하
지만 얼굴이라도 비비고 싶다는 유치환의 대단히 솔직한, 또한 노골적인
고백이다.

　고추잠자리 고추잠자리
　무슨 보람이 이뤄져 너희 되었음이랴

　노을 구름 비껴 뜬 석양 하늘에
　잔잔히 눈부신 유리빛 나래는
　어느 인류의 쌓은 탑이
　아리 아리 이에 더 설으랴.

　덧없는 목숨이며
　소망일랑 아예 갖지 않으매
　요지경같이 요지경같이
　높게 낮게 불타는 나의,

　—노래여
　뉘우침이여.
　　　　　　　　—「丁香에게 주는 詩(Ⅱ)」 전문[03]

02　위의 책, 15쪽.
03　위의 책, 15~16쪽.

이 시에는 다분히 원망하는 마음이 담겨 있다. 이 시에 나타난 가장 큰 정조는 설움과 뉘우침이다. 설움은 함께 하지 못한 데서 오는 것이고, 뉘우침은 사랑을 결행하지 못한 데서 오는 것이다. 시간이 가면 덧없이 사라질 목숨, 그런데도 사모하는 이와 사랑을 하지 못하고 시간만 보내고 있으니 서럽고 안타까운 것이다. 이제 부산 피난 시절에 쓴 편지[04]를 보자.

어제는 당신을 보지 못하고 하루를 보내었군요. 오후, 들에 나갔었는데 저편 신작로 길을 푸른 옷자락이 오기에 당신인가 하고는 실없이 가슴 셀레었었습니다. 물론 아니었습니다. 이렇게 당신이 나의 생각에서 일시를 떠나지 않고 전부를 차지하고 있어서야 어떻게 배긴단 말입니까? 하다못해 누구를 붙들고 당신 이야기라도 실컷 하여 보았으면 마음 풀릴까도 싶은 마음입니다.

정향! 참으로 허망한 세월이요 하늘입니다. 생각하면 생각할수록 슬퍼집니다. 생각지 말자고 머리를 저어보기도 합니다.

정향! 시방 이 시간이 당신도 응당 잠깨어 일어나 계실 이 시간이 어쩌면 당신과 나만을 위하여 있는 성스러운 시간 같아 이렇게 일어 앉아 있는 것이 즐겁습니다. 그리고 마음 저립니다. 당신이 지금 무얼 생각하고 있는가를 나는 압니다. 그러나 하마 종이 울릴 것 같으니 당신은 이제 교회로 나가시고 말겠지요. 나만 여기 절망에 남는 것입니다.

그러면 안녕!

1952년 6월 27일 당신의 馬

이 편지의 내용을 보면 피난지 부산에서 두 사람은 자주 만난 듯하다.

04　남송우 엮음, 『청마 유치환 전집 Ⅵ 산문집』, 국학자료원, 2008, 167쪽.

그런데 어느 하루 못 본 날, 유치환은 영혼의 몸살을 앓는다. "나의 생각에서 일시를 떠나지 않고 전부를 차지하고" 있는 사람이 바로 이영도 시인이다. 서로 마음 놓고 이야기를 할 수 없으니 아무하고나 당신에 대한 이야기라도 하고 싶다고 한다. 같은 시간대에 깨어 있음을 아는데 당신은 교회에 새벽기도를 하러 가니 "나만 여기 절망에 남는 것"이다. 1945년에 만났으니 알게 된 지 7년째인데 편지의 내용을 보면 처음 사랑에 빠진 것처럼 상대방에게 마음을 쏟고 있다. 1주일 뒤에 쓴 편지[05]는 다음과 같다.

> 죽고만 싶은 세상입니다. 휘휘 저어버리고만 싶은 세상입니다. 당신 앞에 엎디어 한없이 뉘우치고 울부짖었으면 시원하겠습니다.
> 어찌하여 지금 내가 이 자리에 서 있습니까? 어느 세상에 가서 바꿀 수 있겠습니까? 나의 사랑이여, 귀한 나의 정향이여! 이렇게도 나의 모든 존재를 차지하고 있는 당신—당신을 두고서 무슨 내게 영욕(榮辱)이며 포폄(褒貶)이 있겠습니까! 죄를 쓰고 세상을 쫓기기로 뉘우치지 않으리다. 아버지여. 이 나를 벌하라, 벌하라. 나의 이 사랑을 벌하겠거든 벌하라. 정향!
> 1952년 7월 2일 당신의 馬

이때 유치환의 나이는 마흔다섯이고 이영도의 나이는 서른일곱이다. 20대 청춘은 이미 한참 전에 지났기에 남녀간 연애의 의미를 대충은 알고 있는 나이다. 유치환은 격정적으로 사랑을 고백하고 있으며, 윤리 도덕의 선을 넘어서라도 그 사랑을 이루고 싶다고 부르짖고 있다. "나의 모

---

05 위의 책, 173쪽.

든 존재를 차지하고 있는 당신"과 떨어져 아무 일 없는 것처럼 살아갈 수는 없으며, "죄를 쓰고 세상을 쫓기기로 뉘우치지 않으리라"면서 차라리 죄를 저지르고 말겠다며 뜨겁게 고백하고 있다. 유치환은 바로 그 다음 날에도 편지를 쓴다. 전방 고지에서 전투가 벌어지고 있는 전시지만 전황은 그의 귀에 들어오지 않았던 듯하다. 오직 사랑을 위해 목숨을 바칠 각오가 되어 있음을 거듭해서 말하고 있다.[06]

시방도 조용히 앉아 수를 놓고 있습니까? 나는 앉았다 누웠다 이제사 겨우 수상록 원고 정리를 마치고 났습니다.

아까 주신 당신 사진을 봅니다. 어쩌면 이렇게도 그리운 자세입니까? 바로 그날의 모습이구면요. 당신 곁에 엎디어,

등성이에 누워 이렇게 눈 감으면
영혼의 깊은 데까지 닿는 너.
이 호막(浩漠)한 천지를 배경하고
나의 모나리자.
그러나 어찌 어디에도 안아 볼 길 없는 너—

이렇게 시를 생각하던 그날 당신의 모습이구면요. 그리운 정향! 고운 정향! 나는 어떤 운명 같은 것을 당신과에 느낍니다. 이렇게도 내 안에서 곱게 살아 있는 당신! 아이 같다구요? 진정 아이가 되고 싶구료. (하략)

1952년 7월 3일 당신의 馬

---

06 위의 책, 174쪽.

이 편지에서도 유치환은 "어찌 어디에도 안아 볼 길 없는 너—"라고 하면서 이영도와 체온을 나누는 만남을 기대하고 있다. 세상의 이목이 두려워 실행하지는 못하고 있지만 실은 정신적인 사랑을 넘어 진실로 당신의 모든 것을 원하고 있다고 여기저기서 끊임없이 요망하고 요청한다. 바로 그 갈망이 그에게는 편지를 쓰게 하였고 또한 시를 쓰게 하였다. 1952년 9월 10일자 편지에서는 "내가 당신 곁에 있었던들 잠든 당신의 손을 가져다 꼬옥 쥐고라도 싶습니다."라고 하고, 9월 28일자 편지에서는 '윤리와 선악'에 대해 본인의 입장을 확실하게 밝힌다. 마음으로는 이미 윤리와 선악의 경계를 넘어섰다고 말하면서 실행을 하지 않고 있을 따름이라고 암시하는 내용의 편지를 써 보낸다. 그날도 부산시내 찻집에서 만나고 온 이후에 집에 돌아와서 편지를 썼다. 유치환의 아내는 남편이 서재에서 시를 쓰고 있는 줄 알았겠지만 이렇게 편지[07]를 쓰고 있었던 것이다.

(상략)

丟! 내가 여기서 이렇게 늘어놓는 것은 다른 뜻이 아니고 우리가 우리의 개념(槪念)하는 윤리나 선악에 대한 관점에 있어서 적어도 시방 세간의 후속(後俗)들이 가진 바 그것에 구속시켜서는 안 될 것이라는 데 있는 것입니다. 이렇게 말하면 나의 독선적인 역설이라고 하겠습니까? 이 후속들에게서 조행(操行), 갑(甲)을 받는 것이 후속의 척도를 그대로 시인하는 것이라 하면.

丟! 오늘 당신을 보니 전에 없이 명랑—아니, 무언지 평화로운 충족감이 얼굴에 넘쳐흐르는 것 같아 정말 즐거웠습니다. 언제나 그렇

---

07 위의 책, 180쪽.

게 계셔 주십시오. 나의 미련이 항상 당신을 괴롭히지 않으면 노상 그렇게 고우시겠지요. 芸!

1952년 9월 28일 당신의 馬

빙 돌려서 말하고 있지만, 유치환이 자신의 본심을 숨기지 못하고 우회적으로나마 고백하고 있다. 내가 윤리와 선악을 넘어서서 당신과의 결합을 간절히 원하고 있지만 이 세상의 법도와 풍속, 이목 같은 것 때문에 실행을 못하고 있는 것뿐이라고. 이런 갈망이 유치환에게 줄기차게 편지를 쓰게 한 원동력이었다고 본다. 만약에 유치환의 소망대로 두 사람의 육체적인 결합이 현실에서 이루어졌더라면 "芸, 나의 芸! 불과 三百幾十里가 이렇게 아득한 것입니까?"[08] 하면서 애절하게 부르짖지는 않았을 것이다. 유치환의 절창이라고 할 수 있는 몇 편의 시는 바로 이런 갈망이 쓰게 한 것이다.

깊은 깊은 회한이 아니언만
내 오오랜 슬픔을 성스러이 지녔노니
이는 나의 생애의 것이로다

오늘에 이르러 다시금 생각노니
그때 지은 애별(哀別)은
진실로 옳았노라 옳았노라

뉘는 사랑을 위하여 나라도 버린다더니
나는 한 개 세상살이의 분별을 찾아

---

08   위의 책, 181쪽. 1953년 5월 23일자.

슬픔은 얻었으되 회한은 사지 않았노라

그날의 죽을 듯 안타깝던 별리를 생각하면
어느 하늘 아래 다시 한 번
그대 안고 목 놓아 명읍(鳴泣)하료마는

그러므로 오오 나의 마음의 보배여 하늘이여
저 임종의 날에도 고이 간직하고 가리니
나의 생애는 그대의 애달픈 사모(思慕)이었음을
　　　　　　　　　　　　　　— 「사모(思慕)」 전문

　　1947년 6월 서울 행문사에서 낸 제2시집 『생명의 서』에 실려 있는 작품이다. 이 시의 대상이 이영도인 것은 짐작이 가고도 남는다. 간절함이나 사무침이 없이 막연한 상상이나 유추로 쓴 시가 아니다. "그날의 죽을 듯 안타깝던 별리"가 없이 이렇게 절절한 시가 나올 수가 없다. 지금은 헤어져 만날 수 없는 상황이지만 앞으로 다시 만난다면 그대를 안고 목 놓아 울 것이라고 하면서 애절한 그리움을 담아 썼다. "나의 마음의 보배"는 이영도가 분명하고, 하늘에게 다시 만날 수 있게 해달라고 빌고 있다. 내 삶 자체가 그대를 향한 애달픈 사모로 충만해 있다고 말하며 시는 끝난다. 우리 문학사에는 백제가요 「정읍사」도 있었고 황진이의 시조도 있었지만 유치환의 「사모」도 그런 작품에 못지않은 절창이라고 생각한다. 유치환은 이영도를 향한 정신적·육체적 갈망을 이렇게 작품으로 승화시켰던 것이다.

　　1949년 5월 같은 출판사에서 낸 제4시집 『청령일기』에는 유명한 「그리움」이 실려 있다.

파도야 어쩌란 말이냐
파도야 어쩌란 말이냐
임은 뭍같이 까딱 않는데
파도야 어쩌란 말이냐
날 어쩌란 말이냐
                              —「그리움」 전문

　편지 한 통 한 통이 유치환에게는 파도 같은 것이었다. 편지마다 사랑
을 고백하는 구절이 반드시 나온다. 그런데 이영도는 마음의 문을 조금
열어 놓을 뿐, 그 지점에서 요지부동이었다. 유치환은 자신의 간절한 마
음을 또 한 번 표현해 보았던 것이다. 같은 시집에 「우편국에서」가 실려
있다. 이 무렵에는 5행 시를 즐겨 썼다.

진정 마음 외로운 날은
여기나 와서 기다리자
너 아닌 숱한 얼굴들이 드나드는 유리문 밖으로
연보랏빛 갯바람이 할일없이 지나가고
노상 파아란 하늘만이 열려 있는데
                              —「우편국에서」 전문

　너와 함께 하지 못해 외롭다는 내용이 시의 전부다. 우체국에 가 편
지를 부치면 답장을 한시라도 빨리 받을까 기대하지만, 기대는 외로움을
키울 뿐이다. 그래도 편지를 부치고 받는 것이 그 무렵 그의 삶에서 가장
중요한 일이었다. 이영도에게 바치는 사랑의 마음은 이처럼 식지 않고
계속되었다.

해 지자 날 흐리더니
너 그리움처럼 또 비 내린다
문 걸고
등 앞에 앉으면
나를 안고도 남는 너의 애정
—「밤비」전문

밤비 내리는 날의 심회를 읊조리고 있는데 이런 밤에 더욱 그리워지는 이가 '너'다. "나를 안고도 남는 너의 애정"이라는 구절은 너도 분명히 나를 좋아하는데 그리움으로만 남겨둘 뿐 몸으로는 실현하지 않음을 아쉬워하는 내용이다.

1953년 『문예』 여름호에는 그의 대표작 중 하나라고 할 수 있는 「행복」이 실려 있다. 1954년 10월에 간행한 『청마시집』에도 실린 이 시는 국민적 애송시의 하나가 된다. 이 시를 보면 편지 쓰기는 그의 생애에서 가장 중요한 일이었음을 알 수 있다. 그만큼 이영도는 시인에게 펜을 쥐게 한 원인이었고 결과였다.

—사랑하는 것은
사랑을 받느니보다 행복하나니라
오늘도 나는
에메랄드빛 하늘이 환히 내다뵈는
우체국 창문 앞에 와서 너에게 편지를 쓴다

행길을 향한 문으로 숱한 사람들이
제각기 한 가지씩 생각에 족한 얼굴로 와선

총총히 우표를 사고 전봇지를 받고
먼 고향으로 또는 그리운 사람께로
슬프고 즐겁고 다정한 사연을 보내나니
—「행복」 전반부

유치환의 이영도에 대한 사랑은 영적인 면에서만 이루어졌다고 본다. 유치환도 이영도도 지켜야 할 도리와 넘지 말아야 할 윤리에 대한 인식이 공고했다. 그것을 무너뜨리지 않으면서 하는 사랑이니 얼마나 애간장이 탔을까. 이영도 측에서는 남편이 없으므로 유치환과의 사랑이 별다른 문제가 될 수 없지만 유부남인 유치환이 다른 여성을 사랑해 하루가 멀다 하고 편지를 쓴 것 자체가 우리 사회의 법도에 어긋난다. 양심의 가책을 받기도 했을 테고 숱한 번민의 시간을 가졌을 것임에 틀림없다. 유치환은 애타는 마음으로 편지만 줄기차게 쓸 따름이었다. 마음은 먼 곳에 있는 여인에게로 앞질러 갔지만 그의 발걸음은 고작 우체국을 향했고, 그곳에서 창문 밖으로 오가는 사람들을 보며 "사랑하는 것은/ 사랑을 받느니보다 행복하나니라" 하는 말로 스스로를 위로할 따름이었다. 편지 속에 시가 나오는 경우도 가끔 있었다. 1952년 9월 25일자 편지는 「행복은 이렇게 오더니라」라는 시[09]로 끝난다.

마침내 행복은 이렇게 오더니라.

무량한 안식을 거느린 저녁의 손길이
집도 새도 나무도 마음도 온갖 것을

---

09 이영도·최계락 편저, 앞의 책, 87~88쪽.

소리 없이 포근히 껴안으며 껴안기며

그리하여 그지없이 안온한 상냥스럼 위에
아슬한 조각달이 거리 위에 내걸리고
등불이 오르고
교회당 종이 고요히 소리를 흩뿌리고

그립고 애달픔에 구겨진 혼 하나
이제 어디메에 숨 지우고 있어도
행복은 이렇게 오더니라
귀를 막고

그리고 외로운 사랑은
또한 그렇게 죽어 가더니라
　　　　　　　—「행복은 이렇게 오더니라」전문

「행복」이라는 시도 그렇지만 이 시도 행복론이 아니다. 시를 잘 살펴
보면 사모하는 사람과 함께 지낼 수 없어서 불행하지만 억지로라도 행복
하다고 스스로 위로하고 있는 형국이다. '외로운 사랑'이 홀로 그렇게 죽
어가고 있으므로 화자가 행복을 느낄 수는 없다. 사랑하는 사람과 같이
지내고 싶은 마음은 인지상정인데 그렇게 할 수 없으니 그리움은 더욱 절
절해진다. 이 시가 들어가 있는 편지에서 유치환은 연정이 시를 쓰는 원
동력이 되는 것은 좋지만, 이것이 내가 원하는 사랑은 아니라고 말한다.

　　(상략)
　　운! 내가 당신을 열애하는 이것이 참으로 거짓이더라면, 익숙한

연기에 지나지 않았더라면 차라리 얼마나 좋았을까 하는 생각이 들기도 합니다. 이같이도 가슴을 조여드는 애달픔이 다만 작품을 짓기 위한 허수작일 있다는 말입니까? 나의 영혼이 이렇게도 당신을 열구(熱求)하는 이 몸부림이 시를 쓰기 위한 가장(假裝)이라는 말입니까? 그렇게까지 해서 시를 써야만 하는 것이겠습니까!

편지에다가는 이렇게 썼지만 실제로 유치환은 열렬히 구애하는 마음으로 시를 썼다. 이영도 시인에게 사흘도리로 편지를 쓰고 있었던 것을 사람들이 알았다면 유치환의 이 시가 누구에게 바치는 것인지, 누구를 생각하며 쓴 시인지 알았을 테지만 몰래 행한 사랑이므로 이 시 탄생의 배경을 몰랐던 것이다. 1957년에 한국출판사에서 발간한 『제9시집』에 실려 있는 이런 시에도 이루어질 수 없는 사랑을 안타까워하는 시인의 진심이 담겨 있다.

> 그러나 제비야,
> 사랑하는 자를 미워해야 하는 외롬을 알겠는가?
> 오늘 이렇게 들 끝으로 나와 내가 앉았음은
> 나는 너무나 무력하고
> 나의 사랑과 미움은 너무나 크기 때문이란다
> —「제비에게」 후반부

> 여기 동해에 와서 보았는가?
> 밤낮으로 쉼 없이
> 뒹굴고 부딪고 외치는 울부짖음 소리를

> 그 임리(淋漓)한 상채기 밑에 귀똘이같이 엎드려

나도 사흘 낮밤을
한 여인을 기다려 즉즉(喞喞)히 울고 세웠나니

영원이란 있는 것이 아니었다
무한이란 있는 것이 아니었다
　　　　　　　　　　　　　—「파도」 후반부

　「제비에게」에 나오는 "사랑과 미움은 너무나 크기 때문이란다"의 사랑과 미움을 애와 증으로 이해하면 안 된다. 이루어질 수 없는 사랑이기에 갈망과 원망이 늘 교차하고 엇갈린다. 차라리 미워하는 감정이라도 생겨나면 좋겠는데 그것이 안 되니 제비에 빗대어 내 마음을 그려보는 것이고, 이 시 또한 이영도가 읽어 줄 것을 예상해서 쓴 것이다. 「그리움」의 그 파도와 다를 바 없다. 아무리 편지를 보내 자신의 마음을 전해도 유치환은 처자식이 있는 몸이다. 그에게는 부양해야 될 식구가 있었다. 또 두 사람 다 교육자였다. 세상 사람들의 손가락을 감당하지도 못했겠지만 내부의 검열에 의해 편지 쓰기 이상의 행동으로는 나아가지 못했던 듯하다. 그래서 마음은 파도처럼 뒹굴고 부딪치고 외친다. 어떤 날은 귀뚜라미처럼 사흘 밤낮을 '한 여인'을 기다리며 즉즉히(벌레소리로) 울며 세우기도 한단다. 유치환의 이영도에 대한 사랑이 너무나 처절하여 애달프다. 유치환의 가장 염염한 사랑의 노래는 『제9시집』에 실려 있는 3편의 「아가(雅歌)」가 아닐까.

　　아아 이 나의 사랑을 담기 위하여서만 이 신비의 검은 호수는 있고 이 나의 사랑을 통하여서만 만상은 그 복된 비침을 여기에 누린다
　　　　　　　　　　　　　—「아가(1)」 마지막 연

이미 당신 문전에 이르러서 사랑하신 이름 나직이 부르셔도,

다시 다가와서 그 그리운 손길 얹으시고 살째기 귓속이며 깨우쳐
서도

가슴 터지는 반가움과 눈물 나는 기쁨 가까스로 가누고서 짐짓 못
난 연장 시늉하고 모르는 척 부리옴은

아아 당신의 일월 같은 애정의 미쁜 도량에 얼싸 어리광하여 토라
져 봄이 오니

—「아가(2)」 제3연

이런 시는 열렬히 사모하는 마음을 담아 대상을 예찬하는 연애시의
전형이라고 할 수 있다. 「아가(1)」의 "나의 사랑을 통하여서만 만상은 그
복된 비춤을 여기에 누린다"는 표현은 나를 포함한 이 세상 만물의 존재
의의는 오직 '나의 사랑'을 통해서만 가능하다고 한 것이니, 이보다 더 열
렬한 고백은 있을 수 없다. 「아가(2)」에서 화자는 당신이 내 사랑에 응하
였기에 그 기쁨을 주체하지 못하고 있다. 기쁨을 가까스로 가누었는데,
"일월 같은 애정의 미쁜 도량에 얼싸 어리광하여" 토라져 보기까지 하니
상대방의 응대에 그저 좋아서 어쩔 줄 모르는 모습을 보여준다. 그러나
끝끝내 육체적 결합은 허용되지 않는 사랑이다. 그래서 세 번째 시는 이
렇게 끝난다.

별이여, 오직 나의 별이여
밤이며는 너를 우러러 드리는 간곡한 애도에
나의 어둔 키는 일곱 곱이나 자라 크나니
허구한 낮을 허전히
이렇게 오만 바람에 불리우고 섰으매

이 애절한 나의 별을 지니지 않은 줄로 아느냐

아아 이대로 나는 외로우리라. 끝내 정정(亭亭)하리라
　　　　　　　　　　　　　　　　　　—「아가(3)」 후반부

　사랑을 갈망하지만 결합할 수는 없음에, 이대로 외롭게 별을 바라만
보겠다고 한다. 별을 보겠다고 발뒤꿈치를 들다 보니 일곱 곱이나 키가
자랐다는 표현이 조금도 과장된 것이라고 여겨지지 않는다. 유치환의 이
런 사랑을 누가 손가락질할 수 있으랴. 육체의 요청에 응하지 않고 이렇
게 아름다운 사랑으로 승화시켰는데.
　편지를 보낸 세월이 장장 20년이었고 5,000통에 달한다고 알려져 있
다는데, 한 사람이 한 사람을 이렇게 오래, 한결같이 사랑했다는 것 자체
가 거의 기적적인 일이 아닌가. 이제 유치환이 살아서 쓴 마지막 편지를
본다. 아니, 이영도가 이근배 시인에게 건네준 편지 중 날짜가 제일 뒤인
편지를 보자.

　　사랑한 당신!
　　(상략)
　　내 인생에 있어 가장 값진 시절을 갈구에 사무치던 영혼의 반려!
　오직 당신에게의 이 사모만은 어떠한 경우 어떠한 고비를 겪을 때마
다 새옷을 갈아입고 가슴에 다가들기만 했습니다.
　　사랑한 나의 운!
　　내 영혼의 고향이 오늘따라 이렇게 마음 저리게 그립습니다.
　　먼 세월 속 당신의 목숨 앞에 얼마나 목놓아 흐느껴 울어 온 馬의
목숨이기에 말입니다.

여기는 학교입니다. 한결 바닷빛이 슬프게 물들어 있습니다. 이제
는 두 눈을 감아도 푸르게 떠오를 그 빛을 앞에 두고 죽음을 생각하고
있습니다.

(중략)

새해엔 모든 것을 정리하고 해인사로 들어가겠습니다. 거기 가서
불도에 귀의하여 더욱 슬프게 당신 그리움을 맑히며 여명하기도 이미
내 안에 작정된 것입니다.

당신도 먼 뒷날 해인사로 오십시오. 작은 암자를 짓고 우리는 어
린애같이 여생합시다.

운! 바다가 곱습니다. 못나게도 눈물이 납니다. 당신 부여잡고 흐느
껴 울던 그 눈물이 잠시 나들일 갔다가 또 이렇게 찾아오는가 봅니다.

사랑한 내 운!

그럼 전화하리다. 오라 하여 주십시오. 馬와 같이 제야를 보내며
종소리를 들읍시다요.

나의 운! 그럼 안녕.

12월 31일 당신의 馬.

이 편지에는 중요한 의미가 담겨 있다. 부산남부여자상업고등학교
교장으로 있던 당시, 유치환은 정년을 채우지 않고 사직하고서 해인사에
들어가겠다고 결심했음을 편지에서 밝히고 있다. 생략된 부분에 "우리
의 편지를 정리해 곱게 책을 냅시다요. 진정 우리가 얼마나 사랑하고 목
숨해 왔음을 세상에 증명할 때가 왔습니다. 아아, 세상이, 세속들이 우리
의 애정을 얼마나 부러워하겠습니까?"라는 말이 있다. 두 사람의 사랑이
세상에 알려져 좋다, 그만큼 우리의 사랑이 떳떳하다는 것이다. 그리고
유치환은 노후를 절에서 보내고 있을 테니 당신도 정리해서 산으로 오면
작은 암자를 짓고 함께 해로하자고 요망하고 있다. 깨끗하게 사랑했으

니 남은 생의 사랑도 깨끗하게 하고 이승에서의 삶을 마치자고 청한다. 그런데 이 요청 겸 소망은 이뤄지지 못한다. 두 사람이 제야를 어떻게 보냈는지는 알 수 없지만 해가 바뀐 1967년 2월 13일 밤 9시 30분, 부산시 동구 좌천동에서 교통사고를 당해 유치환이 유명을 달리하고 말았기 때문이다.

이영도와 유치환

이와 같은 유치환의 줄기찬 구애에 대해 이영도는 어떻게 대응했을까? 유치환이 받아 갖고 있던 이영도의 편지는 남아 있지 않으므로 알 길이 없지만 이영도의 속마음을 드러낸 시가 꽤 여러 편 된다. 이영도는 1954년에 첫 시조집『靑苧集』을 내는데, 여기에 있는 시조 중 좋다고 여겨지는 작품을 14년 뒤에 낸 두 번째 시조집『石榴』에 또 싣는다. 시인으로서의 생애 내내 과작이었던 셈이다. 그런데 1967년 2월 15일은 유치환의 장례식 날이었는데 1년 뒤인 1968년 2월 15일, 이영도는 두 번째 시조집『石榴』를 낸다. 유치환의 사후에 쓴「유성」이란 수필에서 이영도는 "일찍이 나는 사랑하는 이와 더불어 흐르는 별똥을 향해 아픈 기원을 나누어 왔다. 우리들의 목숨이 같은 날, 같은 시각에 죽어서 멀고도 창창한 영겁의 길을 동반할 수 있기를 빌었던 것이다. 그러나 뜻하지 않은 죽음으로 본의 아닌 배신을 그는 저질렀고, 남은 나는 함께 우러르던 그날의 성좌를 버릇처럼 우러러 섰다."고 서로 사랑했음을 밝힌 바 있다. 시집도 유치환 사후 1년 만에 내면서 사랑하는 관계였음을 숨기지 않는다. 일단 첫 시집의 시를 몇 편 본다.

절절한 뉘우침에
천지가 고개 숙여

이 한밤 하염없이
드리우는 그의 눈물

회한은 거룩한 속죄일래
가지마다 트는 움!

—「봄비」 전문

이 시의 화자는 숨어 있다. 화자가 가만히 살펴보니 '그'가 눈물을 흘리고 있다. 편지에서 종종 운다고 한 유치환이 '그'임을 눈치 챌 수 있다. 봄비는 하늘에서 내리고 있지만 그의 눈에서 하염없이 흘러내리는 눈물이기도 하다. 왜 울고 있는가? "절절한 뉘우침", "회한", "거룩한 속죄"라는 시어는 모두 금기의 영역에 속하는 것들이다. 그는 이런 것들 때문에 울고 있다고 하지만 화자는 봄비의 의미를 "가지마다 트는 움!"으로 축소시키고 있다. 화자는 "절절한 뉘우침"과 "회한"과 "거룩한 속죄"의 나날만을 살아갈 수는 없는 것이다.

서리 찬 하늘을 이고
가지 끝에 붉은 열매

모진 그 세월에
안으로 영근 사랑

애락(哀樂)은 낙엽에 지우고
오직 남은 기약이여!

—「과(果)」 전문

이 시는 가을을 시간적 배경으로 하고 있다. 과실을 "모진 그 세월에/
안으로 영근 사랑"이라고 했으니 식물 이야기가 아니다. 자기 이야기다.
'애락'은 슬픔과 즐거움이다. 슬픔과 즐거움은 떨어지는 나뭇잎에 지우
고 "오직 남은 기약이여!", 즉, 과실의 긴 인내와 견딤에 대해 상찬한다.
과실은 나무에 달려 있는 것 자체가 기약인데 나는 그럼 도대체 무엇인
가. 무엇을 하고 있는가. 그리워하고 있을 뿐이다. '그리움'은 이영도가
가장 즐겨 쓴 시어다. 그리움을 시어로 쓴 몇 편의 시조에서 이영도는 자
신도 유치환의 구애에 대해 시로써 화답했음을 알 수 있게 한다. 실체가
없는 그리움이 아니다.

차라리 핏빛 아니면
하얗게 피고 싶어

항시 먼 그리움에
길든 여윈 몸매

불같은
가을바람에
하늘대는 옷자락.

　　　　　　　　　　　　　　—「코스모스」전문

너는 가지에 앉아
짐승같이 울부짖고

이 한밤 내 마음은
외딴 산지긴데

가실 수
없는 멍일래

　　　　　　　　　　　　　—「바람 I 」전문

나의 그리움은
오직 푸르고 깊은 것

귀먹고 눈먼 너는
있는 줄도 모르는가

파도는
뜯고 깎아도
한번 놓인 그대로…….

　　　　　　　　　　　　　　　—「바위」전문

이 외에도 "아득한 꿈길처럼/ 기약 없는 그리움에"(『流星』), "아무도 울

이 없어도/ 무엔지 그리운 이 밤을"(「개구리」) 등 시집 전체에서 가장 빈번
히 사용하는 시어가 그리움이다. 「바람 I 」과 「바위」는 제목은 자연물이
지만 '너'에 대한 화자의 감정을 바람과 바위에 빗대어 이야기하고 있는
연애시다. 특히 「바람 I 」에서 이영도는 가지를 마구 흔드는 바람을 너
로, 산지기를 나로 설정하여 너 때문에 내가 밤새 잠을 못 이루고 있다고
한다. 「바위」는 같은 제목으로 쓴 유치환의 시에 대한 화답시로 봐도 될
것이다. 유치환의 「바위」가 허무에 대항하는 초극에의 의지를 보여주었
다면 이영도의 「바위」는 파도와 바위의 관계를 탐색, 끊임없이 도전하는
파도라는 존재와 파도에도 한사코 가만히 있는 바위라는 존재로 두 사람
의 관계를 암시하고 있다. 이영도의 「그리움」도 있다.

생각을 멀리하면
잊을 수도 있다는데

고된 살음에
잊었는가 하다가도

가다가
월컥 한 가슴
—「그리움」 전문

이영도 또한 유치환에 대해 솔직하게 자신의 감정을 고백하고 있다.
즉, 마음으로 밀쳐내려고 해도 도저히 안 된다는 사랑 고백이다. 이 시조
본문의 "고된 살음"은 생활고라기보다는 이영도의 폐질환을 연상케 한
다. 이영도는 1949년 5월부터 마산의 결핵요양원에서 1년간 요양을 하

였고 1955년에는 재발하여 요양을 겸해 마산성지여자고등학교로 임지를 옮기기도 했었다. 건강도 이렇고 하니 이제는 유치환과의 관계를 정리하자고 마음을 먹기도 했을 것이다. 하지만 유치환은 일편단심이었다. 그래서 「그리움」 같은 시조를 쓰게 된 것이 아닐까. 『석류』에는 이들 시조 외에도 사랑 고백에 가까운 시조가 여러 편 보인다.

너는 가고 애모는
바다처럼 저무는데

그 달래임 같은
물결 소리 내 소리

세월은
덧이 없어도
한결같은 나의 정.
                    ―「황혼에 서서」 후반부

오면 민망하고
아니 오면 서글프고

행여나 그 음성
귀 기울여 기다리며

때로는
종일을 두고
바라기도 하니라.
                    ―「무제 I」 전반부

이성과의 사랑 이야기가 아니라면 시 작품으로 성립하기가 쉽지 않을 작품이다. 즉, 나 또한 그대를 진정으로 사랑하고 있노라고 고백하는 내용이다. "세월은/ 덧이 없어도"는 자수를 맞추기 위해 억지로 만든 표현이기는 한데, 세월이 덧없이 흘러 환갑이 다 되어가는 나이지만 그대를 향한 나의 정 또한 한결같다고 말한다. 뒤의 시조는 온종일 그대만 생각하며 보내고 있다는 솔직한 고백에 다름 아니다. 이런 유의 작품을 몇편 더 찾아볼 수 있다.

은하 물이 드는
칠석 하늘 우러르며

인연의 겨운 목숨
달래면 그 자락에

못 다한
꿈을 새기듯
깨알같이 돋는 대화

　　　　　　　　　　—「별」전문

못 여는 것입니까?
안 열리는 문입니까?

당신 숨결은
내 핏줄에 느끼는데

흔들고

두드려도 한결
돌아앉은 뜻입니까?

─「절벽」전문

앞의 시를 밤하늘의 별을 묘사한 시라고 보기는 어렵다. 별처럼 많고
많은 사람 중에서 맺게 된 '인연'에 대해 말하고 있으므로. "깨알같이 돋
는 대화"도 별에 빗댄 편지지의 활자를 의미하는 것으로 해석하고 싶다.
별자리가 들려주는 운세나 운명, 신화보다는 칠월칠석이면 만나는 '운명'
에 대한 시가 아닌가 유추한다. 뒤의 시는 해석이 필요 없다. 당신 숨결
을 내 핏줄이 느끼고 있으니 절벽처럼 돌아앉아 있지만 말고 마음이 나
를 향해 달라고, 나를 향해 마음을 열어 달라고 요망한다. 이런 작품을
보면 유치환만 이영도를 일방적으로 사랑하고 구애했던 것이 아님을 알
수 있다. 이영도 또한 유치환을 이루 말할 수 없이 사랑했던 것이다. 보
통 부부처럼 살을 섞으면서 살 수 없는 이 상황을 가슴아파했던 것이다.
그리고『石榴』의 마지막 시는, 교통사고로 영면하고 만 유치환과의 사별
을 통탄하는 내용이라고 여겨진다.

정작 너를 두고
떨쳐 가는 이 길인데

영호(嶺湖) 천리(千里)를
구비마다 겨운 봄빛

산천이
뒤져 갈수록

다가드는 체온이여!

　　　　　　　　　　　　　　　─「이별」전문

　그냥 이별이 아니다. 체온을 운운하고 있으니 사별이다. 영남 호남 천리길, "구비마다 겨운 봄빛"이니 이영도의 설움과 애통함이 절절히 배어난다. "아무도 올 이 없어도/ 무엔지 그리운 밤을// 쉬어가며 생각나듯 울어대는 개구리/ 애끓는/ 그 소리 속에/ 내 소리가 들린다."가 전문인 「개구리」에서 화자는 개구리들의 애끓는 소리 속에 내 목소리도 있다고 강조하고 있다. 개구리들도 화자도 울고 있다는 뜻이다.

　이영도는 유치환이 죽고 나서 9년 뒤에 뇌일혈로 세상을 떠났다. 본인이 갖고 있던, 유치환에게서 받은 편지 중 200편 정도를 공개하여 『사랑했으므로 행복하였네라』라는 수필집으로 발간되었고, 이로써 두 사람의 20년에 걸쳐 행해진 사랑의 역사가 세상에 밝혀지게 되었다. 이 수필집의 인세 수입은 한국문학사가 주관하는 정운시조상의 기금으로 쓰이게 되었다.

　유치환이 남긴 시와 편지를 보면 일방적으로 이영도를 좋아한 것은 아니고, 서로를 그리워하며 살아갔음을 알 수 있다. 20년 동안 수천 통의 편지를 쓰게 했을 만큼 유치환에게 이영도는 절대적인 존재였다. 편지 곳곳에서 유치환은 사회의 통념에 반하는 행위를 하고 싶어 하는 자신을 자책하며 괴로워했고, 눈물 흘리는 모습도 간간이 보여주었다. 다정다감한 성품이 잘 드러나 있는 곳은 역시 편지 속이었다. 난관을 헤쳐 나가는 동안 사랑의 시편을 각자 여러 편 씀으로써 서로의 사랑을 확인하기도 하였다.

지금까지 유치환이 쓴 사랑의 편지가 자신의 시에 어떻게 스며들었는지에 대해 중점적으로 살펴보았다. 그의 연애감정은 시를 쓰는 데 큰 도움이 되었다. 유치환은 편지에서 감정을 폭발시키는 경우가 많았다. 하지만 이영도의 시조는 정격이라서 그런지 외양도 단정하고 내용도 깔끔하게 처리되었다.

　　이영도는 유치환의 구애를 내심 기뻐했던 듯하다. 조심스럽게 대응했지만 유치환 사후 1년 만에 낸 시조집을 보면 본인도 이 사랑을 소중히 여기고 내심 기쁨에 충만하여 살았다고 여겨진다. 그러니까 두 사람은 서로 함께하는 시간을 열망했지만 우리 사회의 통념을 깨지 않았고, 시종일관 편지로 하는 사랑에 열중했음을 알 수 있었다. 서간집 『사랑했으므로 행복하였네라』는 바로 이 점을 증명해 주는 증거물이라고 할 수 있다. 감정을 억제하면서 시를 썼기에 유치환과 이영도 모두 불멸의 작품을 남겨 한국 시문학사와 시조문학사에 금자탑을 세울 수 있었다. 서간집 연구가 지금까지 두 사람의 작품을 이해하는 데 있어서 시금석의 역할을 한 적이 없어서 처음으로 시도해 보았다. 작품의 의의를 이 서간집을 토대로 찾아보았던 것이다. 그 결과 두 사람의 열렬한 연애감정 평생 식지 않았고, 시로 잘 승화시켰음을 확인할 수 있었다.

한국현대시사에서 '생명파'의 의미와 역할
— 동인지『시인부락』수록 시편을 중심으로

문학사를 기술하는 문학사가는 어떤 문학적 경향을 지닌 문인들을 하나의 유파로 규정해 분류하기를 좋아한다. 창조파·백조파·폐허파라는 명칭은 1920년대에 나온 동인지를 중심으로 자연스럽게 만들어졌다. 시문학파라는 명칭은 1930년에 창간된 시전문지『詩文學』이 있었기에, 청록파는 1946년에 발간된 3인 시집『靑鹿集』이 있었기에 가능하였다. 시문학파는 박용철·김영랑·신석정·김현구로 규정된다.[01] 중등교육을 받은 이라면 누구나 박두진·박목월·조지훈이 청록파임을 알고 있다. 해외문학파는 1926년에 동경 유학생들이 해외문학연구회를 만들었고 이들이 중심이 되어 1927년에 동인지『해외문학』을 서울에서 창간했기에 자연스레 만들어진 이름이다. 그런데 대부분의 문학사에는 나오지 않으나 극히 일부분의 문학사에만 나오는 특이한 유파가 있으니, 바로 '생명파'이다. 15권의 문학사를 찾아보았더니『한국현대문학사』,『한국현대시문학사』,『한국현대詩史』 3권에만 '생명파'라는 명칭이 나오고 12권에는 나오지 않았다.[02] 총 15권 문학사에는 앞에서 거론한 유파의 이름은

01　한국시인협회 편,『한국현대詩史』, 민음사. 2007, 159쪽.

02　백철,『조선신문학사조사』, 수선사, 1948.

다 나오는데 유독 생명파는 3권[03]에만 나오니, 이상한 일이다. 이로 미루어볼 때 '생명파'는 하나의 유파로 규정되기에는 미흡한 것이 아닌가 여겨진다. 3권 문학사에서 생명파를 어떻게 다루고 있는지 살펴보기 전에 생명파에 대해 정의를 어떻게 내리고 있는지, 백과사전을 먼저 찾아보았다. 『브리태니커 세계 대백과사전』에서는 이렇게 설명하고 있다.

> 1930년대 생명현상에 시적 관심을 가졌던 하나의 유파. 1936년에 창간된 시동인지 『詩人部落』과 1937년에 창간된 시동인지 『生理』를 중심으로 서정주·오장환·정지용·김영랑·유치환 등이 참여했다. 당시 유행하던 모더니즘 시와는 다르게 인간 생명의 탐구라는 새로운 시세계를 열고 시적 가치를 삶 자체의 여러 현상에 두었다. 대표작으로 서정주의 「문둥이」, 「花蛇」, 오장환의 「旌門」 등이 있다. 특히 서정

―――, 『신문학사조사』, 민중서관, 1953.
김윤식·김현, 『한국문학사』, 민음사, 1973.
김용직, 『한국근대시사』, 새문사, 1983.
김용직 외, 『한국현대시사연구』, 일지사, 1983.
김윤식·김우종 외, 『한국현대문학사』, (주)현대문학, 1989.
유종호 외, 『한국 현대 문학 50년』, 민음사, 1995.
최동호 편, 『남북한 현대 문학사』, 나남출판, 1995.
김용직, 『한국현대시사』 1, 한국문연, 1996.
신동욱 편, 『한국 현대문학사』, 집문당, 2004.
최동호, 『한국현대시사의 감각』, 고려대학교 출판부, 2004.
산사 김재홍 교수 화갑기념논문집 간행위원회, 『한국현대시사연구』, 시학, 2007.
이상 12권의 문학사에는 '생명파'라는 유파의 명칭이 나오지 않는다. 1983년에 나온 『한국현대시사연구』에서 오세영은 '생명파'라는 명칭을 한 번 거론하지만 여기에 대해 어떤 설명을 하지는 않았다.

03 조연현, 『한국현대문학사』, 성문각, 1969.
이승하 편, 『한국현대시문학사』, 소명출판, 2005.
한국시인협회 편, 『한국현대詩史』, 민음사. 2007.

주는 「문둥이」에서 문둥이가 되었으면서도 자기의 생명을 향유하고
자 하는 강한 욕망을 읊었고, 「화사」에서 육체적 욕망에서 벗어나려
는 상반된 감정을 읊었다.[04]

두 동인지와 아무 관련이 없던 정지용과 김영랑의 이름이 여기에 왜
들어가 있는지 알 수 없다. 아무튼 "생명현상"에 대한 시적 관심과 "인간
생명의 탐구"가 생명파 시인들의 공통된 시의식이라고 보았다. 한편 『한
국민족문화대백과사전』에서는 신동욱이 상당히 길게 생명파에 대해 설
명하고 있는데 제일 앞의 몇 줄만 인용해 본다.

> 1936년에 간행된 시동인지 『시인부락』과 유치환이 주재한 시동
> 인지 『생리』(1937)에 나타난 생명현상에 관한 시적 관심의 공통점에서
> 붙여진 유파의 이름. 특히 『시인부락』의 동인인 서정주·오장환·김동
> 리·유치환 등의 시로부터 발견되는 생명의식에서 강렬하고 독특한
> 생리적인 욕구, 도덕적 갈등, 시대의 인식 등이 함께 융합되어 나타난
> 데서 생명파 또는 인생파라는 호칭이 주어졌다.[05]

신동욱도 두 동인지를 중시하였고, "생명현상에 대한 시적 관심"과
"생명의식"과 "강렬하고 독특한 생리적인 욕구"라는 말을 하고 있다. "강
렬하고 독특한 생리적인 욕구"는 '성욕'의 다른 표현 같다. 성욕이 아니
라면 "도덕적 갈등"이라는 표현을 쓸 이유가 없는 것이다. '생리'라는 동
인지 이름도 인간의 생리현상 중에서 특히 성적 욕구를 가리키는 것이

---

04 한국브리태니커회사, 『브리태니커 세계 대백과사전』 11, 웅진출판주식회사, 1993, 446쪽.
05 한국정신문화연구원, 『한국민족문화대백과사전』 11, 웅진출판주식회사, 1991, 639~640
쪽.

라고 보는 게 좋겠다. 인간의 성적 욕망은 가장 원초적인 것으로, 이러한 특성을 유파의 하나로 분류하려면 이른바 생명 욕구 현상과 그와 상반되는 요소들을 제시할 수 있어야 한다고 본다.

'생명파'라는 용어가 책자에 제일 먼저 등장하는 것은 1949년에 나온 『조선명시선』이다. 서정주는 이 책의 목차에서는 '인생파'라고 썼다가 본문 「현대한국시 약사」에서는 '생명파'라고 쓰면서 일관성을 유지하지 못한다.[06] 달리 말하면 두 용어를 거의 같은 뜻으로 썼다.

조연현은 『한국현대문학사』에서 3쪽 반에 걸쳐 『시인부락』에 대해 언급하면서 "『시문학』파에 대해서는 인생파, 주지주의에 대해서는 생명파 등의 문학적 명칭을 갖다 붙이게 된 것"[07]이라고 설명하고 있다. 즉, 순수시를 지향했던 시문학파를 '인생파'라고 하였고, 주지주의[08] 시인들을 생명파라고 보았다. 아무튼 시인부락파는 "인간적 고뇌를 토로해 보여주었고", "주지주의 계열의 지성적 메커니즘만으로는 해결될 수 없는 생명의 약동과 고민을 보여주었던 것"이라고 설명하고 있다. 바로 앞에서 "주지주의에 대해서는 생명파 등의 문학적 명칭을 갖다 붙이게 된 것"과는 맞지 않는 논리를 펴고 있다. 그만큼 확실하게 규명하지 않은 상태에서 생명파라는 용어를 쓰고 있었다.

2005년에 나온 『한국현대시문학사』에서는 김유중이 생명파의 구성 멤버에 대해 이렇게 설명하고 있다.

---

06   오세영, 『20세기 한국시연구』, 새문사, 1989, 206쪽. 재인용.

07   조연현, 『한국현대문학사』, 성문각, 1969, 507쪽.

08   조연현은 이 책에서 주지주의를 모더니즘으로 이해하여 사용하고 있다. 그런데 시인부락파를 모더니즘으로 이해한 것은 납득하기 어렵다.

주지하다시피 생명파라는 명칭은 일본의 인생파에 대응되는, 한국적 유파의 개념적 특성을 보다 강조하기 위한 명칭이다. 여기에는 대표적인 생명파 시인으로 거론되고 있는 서정주와 유치환을 위시하여, 주로 『시인부락』지를 활동 거점으로 삼았던 김동리·오장환·함형수 등과, 이외에도 윤곤강·신석초 등의 시인이 포괄될 수 있을 것으로 보인다.[09]

『한국민족문화대백과사전』에서 '생명파'에 대해 쓴 신동욱은 생명파와 인생파를 같은 개념으로 썼지만, 김유중은 생명파를 일본의 인생파[10]와 대응되는 개념이라고 했다. 김유중은 대표적인 생명파 시인으로 서정주와 유치환을 꼽았고, 여기에 『시인부락』 동인이었던 김동리·오장환·함형수를 포함시켰다. 그는 시세계의 특성상 윤곤강과 신석초도 여기에 포함시켜야 한다고 생각했는지 추가로 두 시인의 이름을 거론하였다.

『한국현대詩사』에서 제4장 현대시의 형성기(1931년~1945년) 편을 쓴 남기혁도 '생명파 시인'이라는 용어를 쓰면서 단 네 명만 들고 있다.

1930년대 중반에는 서정주·유치환·오장환·함형수 등 생명파 시인들이 등장하여 시문학파와는 다른 측면에서 순수서정시의 세계를 펼쳐 보였다. 이들은 문학의 자율성과 언어 예술성을 옹호한다는 점에서 시문학파의 순수시에 맞닿아 있다. 하지만 이들은 자유로운 개성과 생명 탐구 정신을 '직정(直情) 언어'로 표출하면서 시문학파의

---

09 김유중, 「확대와 심화, 혼란과 좌절의 양상들」, 이승하 편, 『한국현대시문학사』, 소명출판, 2005, 122~123쪽.

10 인생을 위한 예술을 주장하는 예술 유파. 예술을 위한 예술이라는 예술지상주의와 달리 예술의 목적을 인생을 위한 직접적인 기여에 둔다. 톨스토이를 인생파의 대표주자로 일컫는다.

순수시 정신과 다른 행로를 밟아 나갔다. 특히 생명파 시인들은 내면 세계에 자리 잡고 있는 정신적 갈등과 번뇌를 숨기려 하지 않았다. 오히려 이들은 자신을 둘러싸고 있는 경험적 현실 세계에 대해 환멸감을 적극적으로 표출하는 가운데 자아와 세계의 화해 불가능한 대립을 그려내는 경향이 있었다.[11]

남기혁은 생명파에 대해 이렇게 운을 뗀 이후 서정주·오장환·유치환 3인의 시에 대해 언급하지만 처음에 이름을 말했던 함형수의 시에 대해서는 거론하지 않았다. 그리고 신석초와 김달진을 생명파와 구분지어 "전통적 미의식에 기반을 두고 순수서정시의 세계를 일구어 나간 시인들"[12]이라고 평가하고 있다.

11 남기혁, 「4장 현대시의 형성기(1931년~1945년)」, 『한국현대詩사』, 민음사, 2007, 163~164쪽.
12 위의 책, 170쪽.

이상 신동욱·조연현·김유중·남기혁의 논의를 참고하면 '생명파'는 하나의 조직을 형성한 바 없었고 공통의 이상이나 이념을 표방한 바 없었다. 1930년대 후반이라면 시사 전개에 있어서 일제에 의한 카프문학의 궤멸과 9인회를 주축으로 한 모더니즘의 확산, 시문학파를 이룬 순수시의 정립으로 자리매김 된다. 30년대 말부터는 친일문학이 엄청나게 많이 창작되면서 우리 문학은 암흑기로 접어들게 된다. 그렇다면 30년대에 나름대로 활발히 활동을 했던 서정주·오장환·김동리·김달진·여상현·함형수·유치환 등은 어떻게 시문학사에서 거론할 수 있을까? 이들을 하나로 꿸 수 있는 주제어가 바로 '생명'이었다고 보고 이들 7명 시인의 특성을 짚어보면서 '생명파'라는 것이 과연 존립 가능한 명칭인지 살펴보고자 한다.

1. 서정주의 격정과 울분

1936년 〈동아일보〉 신춘문예로 막 등단한 서정주(1915~2000)가 주동이 되어 그해 11월 14일에 창간한 시 전문 동인지 『시인부락』은 그해 12월 31일에 낸 제2호가 종간호가 되고 말았다. 김달진·김동리·김상원·김진세·여상현·이성범·임대섭·박종식·서정주·오장환·정복규·함형수 등 동인 12명 각자가 10원씩 내 200부를 찍었으니 재정적인 문제가 종간의 가장 큰 이유였다.[13] 서정주가 쓴 창간호 편집후기를 봐도 '생명'이나 '생명의식'에 대한 언급이 없다.

13　최덕교 편, 『한국잡지백년』 3, 현암사, 2004, 80쪽.

서정주는 당시 만 21세로 혜화전문학교 학생이었다. 『시인부락』의 편집인 겸 발행인 서정주, 인쇄인 조수성, 인쇄소가 중앙인쇄소, 발행소가 시인부락사(서울 관훈동 27-3), A5판 32면, 정가 20전이었다. '시인부락'이라는 명칭은 김진세의 시「土幕部落」에서 가져온 것임을 쉽게 유추할 수 있다. 김달진이 제일 연장자였고, 서정주가 동인을 이끌었고, 여상현·오장환·함형수가 주축 멤버가 아니었나 짐작해볼 수 있다. 『시인부락』의 실질적인 리더였던 서정주는 창간호의 첫 페이지를「문둥이」라는 시로 장식한다.

해와 하늘빛이
문둥이는 서러워

보리밭에 달 뜨면
애기 하나 먹고

꽃처럼 붉은 울음을 밤새 울었다
—「문둥이」전문

이숭원은 이 시를 해설하면서 "일제강점기 신문을 보면 실제로 어린 애를 잡아다가 간을 빼 먹은 엽기적인 참사가 여러 건 보도되고 있다."[14]고 썼다. 만약 그런 일이 정말 있었다면 문둥병 치료가 불가능했던 당시, 아이의 생간을 먹으면 낳는다는 민간 속설을 믿고 그런 행위를 했다는

14　이숭원, 『미당과의 만남』, 태학사, 2013, 25쪽.

것은 그만큼 문둥이들[15]의 절망감이 깊었다는 뜻일 것이다. 문둥이들은 정착하건 떠돌든 간에 무리를 지어 살았는데 주민들은 아이들이 문둥이와 접촉하는 것을 막기 위해 '문둥이는 아이들 간을 빼먹는다'고 하니 근처에 가지 말라고 이런 말을 만들어 유포했을 것이다. 아무튼 회복 불가능한 문둥이들의 가혹한 육체적 고통과 처절한 심리적 절망감을 서정주는 영아 살해 이후 자신에 대한 회한과 저주를 담은 "꽃처럼 붉은 울음"으로 표현했다. 이 시는 식민지 지배 아래서 운신할 수 없던 우리 민족의 불행한 운명을 담은 것으로 볼 수 있다. 실제로 그렇게 죽은 '애기'가 있었다면 그 애기도 저주받은 운명이고 문둥이도 저주받은 운명이다. 넓게 보면 우리 민족도 자신의 뜻을 펼 수 없었던 저주받은 운명이었다. 제일 앞의 시는 이렇듯 불가항력적인 운명을 다루고 있고, 두 번째 시는 감옥에 갇힌 자의 설움을 노래하고 있다.

누어서 우러러 보는 천정 상량의 거미줄
자정 넘어 진정 슬프구나.

오월 종다리의 우름이 숨여오나
쓰레기통 옆에다 누이는 버렸느니

겨운 서름에 목이야 끊어지건
어둠이다…… 너는 불처럼 울다 가라!
　　　　　　　　　　　　　　　—「옥야(獄夜)」부분

---

15 '문둥이'라는 표현은 환자에 대한 비하의 뜻이 내재되어 있어서 오늘날 공식적으로 한센병 환자 혹은 나환자로 쓰고 있다. 하지만 서정주 시인이 이 시를 쓸 무렵에는 문둥이라고 썼기 때문에 본고에서는 그냥 문둥으로 쓴다.

이 시의 화자는 감방에 누워 천장의 거미줄을 바라보고 있다. 그곳에 오월 종다리의 울음소리가 들려오는 것인지 확실치 않은데, "쓰레기통 옆에다 누이는 버렸으니"가 중요하다. 거미줄을 치운 주체를 누이로 간주할 수도 있지만 시의 문맥상 그것보다는 화자가 돌보아야 할 누이를 버리고 이 장소에 와 있음을 말하고 있는 것으로 보는 것이 낫다. 거미는 숨어 있는 존재이므로 자신을 빗댄 것으로 볼 수 있다. 화자 자신을 거미줄에 걸린 벌레로 봐도 좋다. "겨운 서름에 목이야 끊어지건" 이곳 감방은 어둡다. 너(누이)는 면회를 와서 불처럼 울다 가기도 하지만 나는 여전히 이 어둠 속에 갇혀 있는 신세다. 감옥[獄]의 밤[夜]은 우리 민족 모두가 갇혀 있던 장소요 암담한 시간이었다.

다시 말하거니와, 서정주의 초기 시편 중 「문둥이」는 질병으로 인해 절대고독의 경지로 전락한 인간의 한계상황을 다룬 시이다. 「옥야」에서는 인신의 구속으로 말미암아 화자가 거미줄을 쳐놓고 숨어 있거나 거미줄에 걸린 벌레의 신세가 되고 말았다. 소외의 극한에 놓인 두 사람은, 거기서 헤어날 길이 없다. 아니, 건강한 생식능력을 갖고 한창나이의 인간이 자신의 성적 본능을 마음껏 발현할 수 있다면, 그것이야말로 생명력의 힘찬 구가가 될 수 있지 않을까, 서정주는 생각해보았다. 서정주를 '생명파 시인'으로 간주할 수 있다면 이 두 편의 시보다는 「대낮」과 「화사(花蛇)」덕분일 것이다.

> 따서 먹으면 자는 듯이 죽는다는
> 붉은 꽃밭 사이 길이 있어

핫슈[16] 먹은 듯 취해 나자빠진
능구렁이 같은 등어리 길로,
님은 달아나며 나를 부르고……

강한 향기로 흐르는 코피
두 손에 받으며 나는 쫓느니

밤처럼 고요한 끓는 대낮에
우리 둘이는 온몸이 달아……

　　　　　　　　　　—「대낮」전문

　이 시에 등장하는 두 청춘남녀는 대낮에, 양귀비꽃인지 목단인지 붉
은 꽃밭 사잇길로 달려가고 있다. 등어리 길은 등성이 길을 뜻하는 사투
리인데 이 길을 "핫슈 먹은 듯 취해 나자빠진/ 능구렁이 같은 등어리 길"
이라고 했으니 서정주의 탁월한 언어 감각을 감지할 수 있다. 님은 나를
부르며 앞서 달려가고 나는 그녀의 뒤를 따라가는데 코피가 터진다. 코
피를 "두 손에 받으며 나는 쫓느니", 마음이 너무 급하다. 결국 따라잡아
두 사람은 대낮에 자연 한가운데서 자연스럽게 한 몸이 된다. 이 시는 몸
이 달아오른 남녀가 희롱하다가 "온몸이 달아" 무언가를 하는데, 그 내용
은 말줄임표를 사용해 독자의 상상력에 맡기는 식으로 처리했다. 이 시
를 '생명'과 연결시켜 생각한다면 생명체의 원초적인 본능 중에서 성적
욕망이 실현되는 장면을 그리고 있다. 초기의 대표작이자 전 생애의 대
표작이라고 해도 크게 틀린 말이 아닐 「花蛇」도 주제는 「대낮」과 대동소

16　대마를 가리키는 'hashsh'에서 온 말로 아편의 일종.

이하다. '우리 순네'는 "스물 난 색시"인데 "고양이 같은 고흔 입술"을 갖고 있다. 화자는 징그러운 몸뚱어리를 한 화사를 보고 돌팔매를 쏘면서 "麝香芳草ㅅ길 저놈의 뒤를 따르는 것은" "꽃다님보단도 아름다운 빛" 때문이다. 화자는 뱀을 보고는 순네를 연상한다. 순네의 입술을 "크레오파투라의 피 먹은 양 붉게 타오르는/ 고흔 입술"이라고 표현한다. 이 시 역시 생명체의 성적 욕망을 뱀에 빗대어 노래한 격정적인 시편이다. 「花蛇」 바로 다음에 나오는 시도 서정주 초기의 격정을 잘 보여준다.

　　　푸른 달빛쯤 먹어도 안 질리고
　　　간덩이 하나쯤 씹어도 안 질린다.

　　　이 문둥이처럼 징그러운 것
　　　오히려 무슨 슬픔에……

　　　전신 쇠줄 칼날가치 번쩍이는
　　　거리의 막다른 골목에서

　　　잘 우는 자전거 링— 하나
　　　통으로 삼키리니

　　　달밤이다……
　　　박달나무 굳은 망치로 나ㄹ 교수대에 못박어 달라.
　　　　　　　　　　　　　　　　　　—「달밤」 전문

이 시에도 문둥이가 나온다. 화자가 문둥이인 것은 아니고, 무슨 일로 상심했는지 마음이 뒤엉켜 있는 상태를 그리고 있다. 달밤은 밤이지만 어느 정도 식별이 가능한데, 화자는 상심이 큰지 부끄러운지 박달나무 군은 망치로 교수대 처형을 요청하고 있다. 못 견디겠다, 차라리 날 죽여 다오라고 말할 만큼 절망감이 큰 이유에 대해서는 밝히지 않고 있다. 등 단작 「벽」도 그랬지만 서정주의 이 시기의 시는 대체로 울분에 차 있는 화자가 많이 등장한다. "나는 임이 먹키웠었다"로 끝나는 「방」이라는 시도 생명력 발현이 쉽지 않은 화자의 억눌린 심사를 그리고 있다.

2. 오장환의 반항과 좌절

오장환(1918~1951)은 김유중과 남기혁 등이 생명파의 주요한 시인으로 지목한 적이 있기에 작품을 면밀히 살펴볼 필요가 있다. 충북 보은 태생인 오장환은 1933년 휘문고등보통학교 재학 중 『朝鮮文學』에 시 「목욕간」을 발표함으로써 시작 활동을 시작했지만 1936년 동인 '시인부락'에 참여한 것이 계기가 되어 본격적으로 활동하게 된다. 오장환은 1937년 8월 10일에 총 16편의 시를 묶어 첫 시집 『城壁』을 풍림사에서 펴낸다. 동인지 창간호에 실은 「城壁」과 2호에 실은 「해항도(海港圖)」를 중심으로 그의 시세계를 살펴본다.

세세전대(世世傳代) 만성(萬盛)하리라는 성벽은 편협한 야심처럼 검고 빽빽하거니 그러나 보수는 진보를 허락치 않아 뜨거운 물 끼얹고 고춧가루 뿌리던 성벽은 오래인 휴식에 인제는 이끼와 등넝쿨이 서로 엉키어 면도 않은 턱어리처럼 지저분하도다.

— 「城壁」 전문

첫 번째 시집의 제목이기도 한 이 짧은 산문시에서 오장환은 보수와 진보가 성벽을 사이에 두고 대치하고 있는 모습을 묘사하고 있다. 보수진영은 진보진영의 활동을 허락하지 않는 것은 물론이거니와 뜨거운 물을 끼얹고 고춧가루를 뿌린다. 완고한 보수진영은 "편협한 야심처럼 검고 빡빡한"데, 하도 오래 성벽을 지켜 이끼와 등넝쿨이 서로 엉키어 면도를 하지 않은 턱처럼 지저분하다. 즉, 이 땅에서 진보세력은 발붙일 곳이 없다는 말이다. 성벽은 보수진영의 완고함을 상징하는 객관적 상관물인데, 왕조시대, 전근대, 봉건주의 등을 통틀어 보수의 성벽이 튼튼했음을 말해준다. 이런 것들이 워낙 튼튼히 성벽을 쌓고 있어 우리가 일본의 식민지가 되어 고생하고 있지 않은가 하는 자조의식이 내포되어 있기도 하다.

카프에 가입해 활동하던 그가 월북을 한 것은 1936년 작인 이 시가 예언을 한 셈이다. 진보주의자인 그로서는 해방 이후 남한 사회 전체를 보수의 아성으로 본 것은 당연한 일이었다. 미군정의 비호를 받은 이승만이 친일파를 그대로 포용하는 정책을 폈으니 그로서는 보수로 여겨지는 남쪽을 등질 수밖에 없었다. 게다가 그는 서자로 태어났는데 아버지와 어머니의 나이 차가 20년이었다. 우리 사회의 인습이나 전통은 그에게 타파의 대상이었다. 깨뜨려야 할 성벽이었다.

풍성한 도박은 호박꽃처럼 버프러젓고 밤마다 부르는 붉은 술. 홍등녀의 교소(嬌笑) 간드러지기야. 연기를 한숨처럼 품으며 억세린 손을 들어 타락을 스스로히 술처럼 마신다. 너도 수부이냐 나도 선원이다. 자 한 잔 한 잔. 배에 있으면 육지가 그립고 뭍에선 바다가 그립다. 항시(港市)의 밤은 정오보다도 진정 밝고나.

　　　　　　　　　　　　　　　　　　— 「해항도(海港圖)」 부분

일찍 고향을 떠나 생애의 반 이상을 떠돌이로 살았던 오장환이었으므로 이 시는 대체로 체험의 산물이다. 휘문고보를 나와 일본 메이지대학 전문부를 중퇴한 학력의 그는 고베와 도쿄로, 그리고 월북 후 요절하기까지[17] 모스크바와 평양, 남포 등으로 떠돌며 살았다.[18] 화자가 관찰하고 있는 대상은 늙은 선원이다. 수많은 항구를 떠돌며 산 늙은 선원을 내세워 화자는 떠돌이의 비애를 노래하고 있다. 도박, 홍등녀, 그녀의 간드러진 웃음, 술 같은 시어를 끌어온 것은 늙은 선원의 방황과 도덕적 타락을 나타내기 위해서이다. "홍등녀의 교소(嬌笑) 간드러지기야." 같은 구절이 나오긴 하지만 이 시 또한 「성벽」과 마찬가지로 생명의식과는 거리가 있다. 오장환의 생명의식은 아래 시에 비교적 잘 나타나 있다.

썩어 문드러진 나무뿌리에서는 버섯들이 생겨난다. 썩은 나무뿌리의 냄새는 훗훗한 땅속에 묻히어 붉은 흙을 거멓게 살지워 놋는다. 버섯은 밤내어 이상한 빛깔을 내었다. 어두운 밤을 독한 색채는 성좌를 향하여 쏘아 오른다. 혼란한 삿갓을 뒤집어쓴 가녈핀 버섯은 한자리에 무성히 솟아올라서 사념을 모르는 들쥐의 식욕을 쏘게 한다. 진한 병균의 독기를 빨아들이어 자줏빛 빳빳하게 싸늘해지는 소동물(小動物)들의 인광(燐光)! 밤내어 밤내어 안개가 끼이고 찬 이슬 내려올 때면, 독한 풀에서는 요기의 광채가 피직, 피직 다 타버리려는 기름불처럼 튀어나오고. 어둠 속에 시신만이 경충 서 있는 썩은 나무는 이상한 내음새를 몹시는 풍기며, 딱따구리는, 딱따구리는, 불길한 까마귀처럼 밤눈을 밝혀가지고 병든 나무의 뇌수를 쪼웃고 있다. 쪼우고 있다.

—「독초」 전문

---

17 1951년에 북한에서 신장병으로 죽었으니 서른여섯 살 때였다.

18 곽명숙, 「전통 부정과 근대 도시에 대한 환멸」, 박덕규 외 편, 『한국 대표시집 50권』, 문학세계사, 2013, 146쪽.

시집 『성벽』에 실려 있는 이 시도 그렇지만 초기의 다른 시도 시인의 어두운 내면세계를 그리고 있다. 썩어 문드러진 나무뿌리에서 생겨난 독버섯은 이상한 냄새를 풍기고 그 독버섯을 먹은 들쥐 같은 것들은 죽어 자줏빛을 내는 인광을 띤다. 딱따구리가 불길한 까마귀처럼 병든 나무의 뇌수를 쪼고 있다. 홍등가에서 행해지는 성매매는 "괴로운 분노를 숨기여가며…… 젖가슴이 이미 싸느란 매음녀는 파충류처럼 포복한다."(「매음부」) 같은 구절에 잘 나타나 있는데, 사랑이 없는 동물적인 섹스이므로 생명 탄생을 배제한다. 온천에 가보니 전국에서 모여든 피부병 환자가 가득해 가족탕을 쓸 수밖에 없었다는 이야기도 한다(「온천지」).

'생명파'라는 명칭에 값하려면 시에서 생기가 느껴지고 생명체의 생동감이나 생명력 같은 것이 느껴져야 하는데 오장환의 시에서는 그것을 발견하기가 쉽지 않다. 아니, 그 정도가 아니라 아주 어둡고 음습하다. 오장환을 생명파의 일원으로 간주한다는 것은 어불성설이다.

3. 김달진의 깊은 내면의식

김달진(1907~1989)은 1929년 『문예공론』으로 등단한 이후 『시인부락』과 『詩苑』에 시를 발표하면서 문단 활동을 본격적으로 하게 된다. 『시인부락』 창간호에 실린 시를 보자.

고창한 작은 정원에 황혼이 내려
무심히 어루만지는 가슴이 끝끝내 여위다.

고림(枯林) 속의 오후 그림자처럼 허렁한 의욕이매
근심발은 회색 공기보다 가벼히 조밀하다.

저 밑뿌리에 고달픈 머리칼은 어지러히 길—ㄹ고
고독을 안은 애련(愛戀)의 한숨은 혼자 날카로워……

처마 끝에 거미 한 마리 어둔 찬비에 젖는데
아 어디 빨간 장미꽃 한 송이 없느냐.
　　　　　　　　　　　　　　　—「황혼」 전문

"고독을 안은 애련의 한숨"이 이 시의 핵심이다. 즉, 실연의 아픔을
노래한 시다. 연인과 헤어져 마음이 아픈데 때마침 비가 오고, 처마 끝
거미줄에 매달린 거미 한 마리가 눈에 띄어 마음이 더욱 아프다. 가슴이
끝끝내 여위다, 허렁한 의욕, 근심발, 고달픈 머리칼, 고독, 거미 한 마리,
찬비 등 시어가 모두 실연한 화자의 을씨년스런 마음을 대변하고 있다.
그러므로 이 시를 생명파의 시라고 하기에는 무리가 있다. 다른 2편의
시를 보자.

　　뼈도 없고 살도 없고 꺼칠꺼칠한 피부도 없는 커다란 뱀.

　　밤의 숨결은 애인의 숨결입니다. 나는 이 밤을 왼통 집어삼켜도
배부르지 않겠습니다.
　　　　　　　　　　　　　　　—「밤」 전문

밤의 숨결이 애인의 숨결이라고 했는데 이는 그리운 마음이나 허기

진 욕망 같은, 쉬이 채워지지 않는 감정을 나타낸 것이 아닐까. 사람은 커다란 뱀을 보면 공포감을 느끼거나 막연한 증오심을 느낄 것이다. 화자는 뱀의 이미지를 가져와 이 밤을 온통 집어삼켜도 배부르지 않겠다고 말한다. 생명체의 생명력을 다룬 시라고 보기 어렵다.

> ……그러나 내 가슴은 재 될 리 없다. 화전(火箭), 비등(沸騰), 열정(熱情)보다 달의 조소가 더 차기 때문에——. 달은 자랑한다. 여윈 하얀 그리고 파란 배떼기를 보이면서. 그러나 나는 어둑한 저 추녀 밑으로 달려가고 싶지는 않다. 소변은 칠색 무지개를 세우는 분수같이 다채하지 못하다. 그러기에 달은 나의 지방이 베인 장발을 축복하지 않는다.
>
> —「월광」전문

달과 달빛, 달밤을 다룬 이 시에서도 김달진의 생명의식이나 생명체에 대한 예찬은 찾아보기 어렵다. 이 시는 특히 화자의 심사가 대단히 어둡고 자조적이다. "달의 조소", "달의 파란 배떼기", "나의 지방이 베인 장발" 등 표현 하나하나가 월광을 음울하게 그리고 있다. 생명체가 자신의 생명력을 발휘하는 것이 시 내용 중에 다소라도 함축되어 있기를 바랐지만 『시인부락』에 실려 있는 김달진의 시 가운데에는 생명파의 시라고 할 만한 것이 없었다. 그렇다고 김달진의 시가 수준에 미치지 못하거나 한 건 아니었다. 그 또한 시대의 아픔을 절절히 다룬 시인임에 틀림없었다. 시대 상황에 대한 김달진의 절망감이 몹시 깊었음을 알 수 있다.

4. 여상현의 색다른 생명의식

여상현(1914~1950?)은 『시인부락』과 『자오선』에서 활동하면서 시단에 고개를 내민 이후 1948년에 시집 『七面鳥』를 간행했지만 한국전쟁 발발 이후 실종되고 만다. 월북했는지, 어느 시점에 어디서 사망했는지도 알 수 없다. 해방공간에서 조선문학가동맹에 가입해 활동하기도 했었고 전시에는 보도연맹에도 가입했었다. 『시인부락』에 실려 있는 시를 보자.

시체 같은 침묵을 벗으며 일어나는 동산이 쏘는 햇살을 등뒤에 조리며
젊은 우리들의 정성스런 진맥과 수혈로
아우성치며 살아나는 기계들의 세찬 숨소리
이렇게 얼어붙은 세월은 풀려나온다.

굳게 다친 창밖에 물결치는 태양의 바다
고래 떼처럼 몰려오는 생활의 파편
언제나 우리는 창을 걷어올리고 바다와 함께 합창하라
아아 나의 닳[耗]은 청춘은 조급해 한다
제비 떠도는 푸른 화폭에 뭉쿨진 화필을 두르는 연돌
이 지대의 세찬 호흡이여.
　　　　　　　　　　　　　　　　—「호흡」부분

이 시는 시종일관 역동적인 어휘와 동사를 사용하면서 진행된다. 자연과 대결하는 인간의 거친 호흡을 묘사하고 있는데, 사실상 기계문명에 대한 예찬에까지 나아간다. "아우성치며 살아나는 기계들의 세찬 숨소리"도 그렇지만 "제비 떠도는 푸른 화폭에 뭉쿨진 화필을 두르는 연돌"

은 공장의 굴뚝에서 나오는 연기를 가리킨다. 이것의 실체는 매연이지만 1936년 작인 이 시에서는 연돌이 기계문명을 상징하고 있다. 우리의 생활 향상이 기계문명의 발전 덕이라는 문명예찬론을 읽을 수 있다.

> 바람 부는 날 바람다운 바람이 부는 날
> 푸른 옷을 입힌 사람이 휩쓸려가고
> 얽은 낯에 분가루가 패여져 다라나는 날
> 바람은 까마귀를 태우고 직경 1키로의 지대 우를 뱅뱅 돌았다
> 교회당의 유리창은 맥 풀린 힘을 가두기에 요란했고
> 관조자인 까마귀는 용감히 똥을 깔려 보였다.
>
> (……)
>
> 법원에서 클로스의 벨이 울고
> 비행기와 같이 축복과 같이 까마귀는 내 안공(眼孔)을 오로지 차지했다
> 까마귀는 오십 년도 아니 백 년도 산다는 새다.
> ──「법원과 까마귀」 부분

이처럼 여상현은 대단히 독특하고 모던한 시를 썼다. 식민지 시대 법 집행의 주체는 일본이다. 그들이 법을 만들어놓고는 조선인들을 보고 따르라고 했다. 특히나 독립운동을 그들은 무지막지하게 탄압했다. 일본에게 있어 치안 유지는 강도를 잡는 것이 아니라 독립운동가를 잡는 것이었다. 까마귀는 이 땅의 민중이다. 경찰이 애국자에게 공권력을 행사하는 것을 보고 까마귀가 용감히 똥을 갈리는 일종의 반항을 시인은 은근히 종용하고 있다. 까마귀가 화자의 눈을 오로지 차지했는데 "비행기와

같이 축복과 같이"라는 말이 의미심장하다. 시집『칠면조』에 실려 있는
「호흡」은 이렇다.

물 건너 저편에 잠자던 섬이 이불을 개키고
어젯밤 푸른 별들을 따먹다 잠이 든 수족(水族)들의 호흡이 쪽물을 토
하면
바다는 낙타 떼를 몰아 뭍으로 보냈다

누렇게 간저린 물옷에 서리꽃이 피어나는 뭍의 아침
해녀와 어부는 단입을 다시며
갈매기 떼 앞서 바다로 덤볐다

우유빛 안개 속에서 해저의 음모를 건너다보던 돛대들은
휘파람 휘파람 세차게 불며
도깨비처럼 흩어졌다

생을 다투는 어부의 맘엔 고향도 없고
다만 이곳엔 짜디짠 호흡이 있을 뿐

구비처 용쓰는 해안선이 흩어지고
물과 바다와의 싸움이 쉬면
검어지는 날개를 퍼덕이며 돌아가는 갈매기의 조급

이윽고 바다 속엔 별들이 굴르고
뱃전에 묻은 땀방울을 씻고 가는 바람 바람
어촌 아낙네들의 눈은 젓조개 속처럼 진물렀다

마침내 생명을 미끼로 하여 업은 비린내 나는 생명들
뭍으로 향하는 배ㅅ머리의 풍(豊)! 풍(風)!
다시금 호흡은 밤이슬 속에 갈거워진다
                    ―「호흡―바다에서」 전문

이 시는 바다가 삶의 터전인 해녀와 어부가 아침부터 밤까지 일하는
모습을 장중한 어조로 읊조린, 호흡이 긴 작품이다. 제목을 '호흡'으로 한
이유가 마지막 연에 나온다. 뭍으로 향하는 뱃머리가 신이 나 까불대고
있었다. "마침내 생명을 미끼로 하여 업은 비린내 나는 생명들"은 풍어를
상징한다. 마지막 행이 의미심장하다. 뭍으로 온 어부는 밤이슬 속에서
다시금 가쁜 호흡을 내쉰다. '갈겹다'는 '가렵다'의 충청도 방언인데 이
시의 문맥으로는 '가쁘다'가 맞는 게 아닌가 한다. 즉, 어부는 어촌의 한
아낙의 배 위에서 호흡이 가쁜 것이다. 어부는 바다에서 호흡이 가쁠 정
도로 그물을 올려 만선의 꿈을 이루었는데 그것은 생명을 죽이는 행위였
다. 그런데 다시금 거칠게 내뱉는 호흡은 생명 탄생을 위한 호흡이다. 이
런 시야말로 생명파라는 명칭에 값할 수 있는 작품이 아닌가 한다.

5. 김동리의 미성숙한 생명의식

김동리(1913~1995)는 1934년 〈조선일보〉 신춘문예에 시 「백로」가
입선하면서 등단하였다. 『시인부락』에 발표한 시는 총 4편으로 「홀로 무
어라 중얼거리며 가느뇨」, 「나긴 밤에 낫지만」, 「간이는 간이는 다시 없
네」, 「행로음(行路吟)」인데 이 가운데 생명의식을 다룬 시는 안 보인다. 이

4편의 시 가운데 본인의 마음에 드는 것이 없었는지 1973년에 낸 첫 시집 『바위』에는 1편도 넣지 않는다. 이 시집의 후기를 보면 수록된 시 가운데 자신이 10대 때 쓴 시가 「폐가」, 「봄씨」, 「거기엔」, 「바람 부는 어스름」, 「오, 바다여 바다여」라고 적시하고 있다. 이 가운데 생명의식이 감지되는 두 편을 보자.

울 밑에 돋는
복숭아 싹은
누나가
씨를 뿌렸지만
해마다 오는 봄은
누가 씨를 뿌리나
　　　　　　　　　　　　—「봄씨」 전문

흐린 날씨에 황혼이 내려
뱃고동 소리 물에 불어 울고
갈매기들은 장이나 선 듯 나르는데
친구도 없는 낯선 항구에
귀를 덮는 더벅머리 해어진 구두
눈물도 수줍어 속으로 흐르는
내 언제 이날을 얘기할 때 있을까
오, 바다여 바다여
너는 그냥 푸르고 말이 없구나.
　　　　　　　　　　　　—「오, 바다여 바다여」 전문

생명을 소재로 한 시이기에 예로 들기는 했지만 시의 수준은 그리 높

지 않다. 기성시인으로 발돋움하기 위해 시 쓰기 연습을 해보던 시기의
습작품으로 보인다. 「오, 바다여 바다여」에서 뱃고동 소리가 물에 불어
울고 있다는 표현 정도를 인정해줄 수 있을까, 전반적으로 김동리를 생
명파 시인이라고 하기는 어렵다. 본인도 시인 자질이 없다고 생각했는지
시작 활동을 완전히 중단하고 있다가 등단 40년 만에 첫 시집을 낸다.

6. 함형수의 열렬한 생명예찬

함경북도 경성 출생인 함형수(1914~1946)는 오장환과 더불어 『시인부
락』으로 작품활동을 시작한 시인이다. 중앙불교전문학교에 다니면서 서
정주를 알게 된 것이 동인 참가와 등단의 계기가 되었다.

> 나의 무덤 앞에는 그 차거운 비(碑)돌은 세우지 말라.
> 나의 무덤 주위에는 그 노오란 해바라기를 심어 달라.
> 그리고 해바라기의 긴 줄거리 사이로 끝없는 보리밭을 보여 달라.
> 노오란 해바라기는 늘 태양같이 태양같이 하던 화려한 나의 사랑
> 이라고 생각하라.
> 푸른 보리밭 사이로 하늘을 쏘는 노고지리가 있거든 아직도 날아
> 오르는 나의 꿈이라고 생각하라.
> ──「해바라기의 비명(碑銘)」 전문

함형수는 고향에서 중등과정을 마치고 서울로 유학을 왔으나 학비
조달이 안 되어 중퇴하고 만주로 가서 소학교 교사가 되었다. 가난하기

도 했지만 말년에 정신착란증으로 고생하다가 서른세 살 젊은 나이에 죽었다. 이 시는 시인의 불우한 처지를 연상시킨다. 또한 자신의 죽음을 예감하고 썼다는 느낌을 준다. 내 비록 머지않아 죽게 될지라도 내 무덤 앞에 비를 세우지 말고 해바라기를 심어달라고 호소하는 내용이다. 다섯 행에 다섯 번 명령어를 써 아주 강렬한 인상을 준다. 내 사랑은 태양을 향해 고개를 돌리는 해바라기처럼 화려하고 내 꿈은 노고지리처럼 푸른 보리밭 사이로 하늘을 쪼고 있다고 했으니, 죽음을 초극하려는 놀라운 정신력을 보여준 시이다. 해바라기처럼 목숨이 붙어 있는 한 향일에의 의지를 불태우겠다는 각오를 다지는 내용의 이 시는 그를 생명파 시인으로 간주할 수 있게 한다.

논두렁에 잠방이를 적시고 개울물에 발을 적시고 어두운 잔디밭을 조오그만 가닥손을 치어든 채 소년은 그저 하늘만 쳐다보고 달렸다. 파아란 반딧불, 그것은 움직이는 또 다른 별이었다.

—「형화(螢火)」전문

언제까지든 양손에 구울리며 소년은 좀처럼 입에 물지 안했다. 노오란 부드러운 껍질 밑에서는 언제나 피처럼 새빨간 살이 터졌다.

—「홍도(紅桃)」전문

뜨거운 모래벌을 하로종일 이것도 저것도 하고 주워넣고는
어두운 저녁 저자에 소년은 이것도 어느 것도 모조리 던져버렸다.

—「조개비」전문

형화는 반딧불의 한자어다. 「형화(螢火)」에 나오는 소년은 논두렁, 개

울물, 잔디밭을 달린다. 이윽고 밤이 와서 반딧불이 보이는데 그래도 하늘만 쳐다보며 달린다. 다른 내용은 없다. 「홍도(紅桃)」에서 소년은 복숭아를 좀처럼 입에 물지 않고 양손에 굴리며 놀다가 그만 부드러운 껍질이 터져버렸다. 복숭아를 하나의 생명으로 간주한다면, 이것을 갖고 놀다가 다치게 한 셈이다. 소년은 싫증을 잘 낸다. 낮에 모래벌을 돌아다닐 때는 이것저것 호주머니에 넣더니 저녁에 저잣거리로 돌아와서는 다 버리고 만다. 이 시도 별다른 주제나 함축적인 뜻이 담겨 있는 것 같지 않다.

장미빛 석양을 받은 채 소년은 언제까지든 고개를 떨어뜨리고 걸었다.
어두운 소년의 우수를 싣고 소의 걸음은 한없이 느리었다.
—「소 있는 그림」 전문

이 시의 의미를 구태여 찾아본다면 소년의 행동을 그린 일련의 시는 생명에 대한 인식을 통해 삼라만상이 다 유관함을 말해주는 것이라 볼 수 있다. 조개, 반딧불, 복숭아, 소 등이 다 어찌 보면 하잘것없는 것일 수도 있지만 하나씩의 생명체임에 그 나름의 가치를 인정해야 한다는 시인의 생명의식이 담겨 있는 시편이다.

7. 유치환의 활동력과 생명력

유치환이 동인지 『생리』의 창간호를 낸 것은 1937년 7월 1일로 부산시 초량에 있는 한 인쇄소에서 발행하였다. 제2집은 10월 1일이 발행일인데 제3집부터 제5집까지는 지금까지 발견되지 않고 있다. 동인으로 참여한 이는 유치환 외에 김기섭·박영포·염주용·유치상·장응두·최두춘·최상규였다.[19] 그런데 유치환을 제외한 시인 중 '생명파'란 이름에 걸맞는 시를 쓴 시인은 찾아내지 못했다. 사실 이 명칭은 1938년 10월 19일 유치환이 〈동아일보〉에 발표한 「生命의 書 一章」이 결정적인 역할을 했다. 하지만 이 시는 1939년에 내는 첫 시집 『靑馬詩抄』에서는 빠지고 제2시집에 실린다.

유치환이 첫 시집 펴낸 것은 서른한 살 때였다. 1931년에 발표한 등단작인 「정적(靜寂)」(『문예월간』 제2호)에서 시세계가 출발, 1937년에 부산시 초량에서 친구들과 함께 낸 동인지 『生理』에 수록된 「심야(1집), 「창공」(1집), 「까치」(2집)로 시가 이어진다. 이 시 중 첫 시집에 실려 있는 것은 「정적」과 「심야」이다.

불타는 듯한 정력에 넘치는 칠월달 한낮에
가만이 흐르는 이 정적이여.

마당가에 굴러있는 한 적다란 존재—
내려 쪼이는 단양(丹陽) 아래 점점히 쪼꾸린 적은 돌맹이여.
끝내 말없는 내 넋의 말과 또 그의 하이함을
나는 너에서 보노니

해가 서쪽으로 기우러짐에 따러
그림자 알푸시 자라나서

19 문덕수, 『청마 유치환 평전』, 시문학사, 2004, 95~96쪽.

아아 드디어 왼 누리를 둘러싸고
내 넋의 그림자만의 밤이 되리라.

그러나 지금은 한낮, 그림자도 없이
불타는 단양 아래 쪼꾸려
히이한 하이한 꿈에 싸였나니
적은 돌맹이여, 오오 나의 넋이여.
　　　　　　　　　　　　　　　　　　　　─「정적」 전문

이 시는 허무를 초극하려는 의지적 시편으로 보기 어렵다. 내리쪼이는 붉은 태양 아래 쪼그려 앉은 작은 돌맹이 하나에 자신을 비유하고 있다. 바람도 안 부니 돌맹이는 움직이지 않고 정적만 흐르고 있다. 1931년 작인 이 시에 이어 『生理』에 발표한 「심야」도 그 어떤 생명체의 생명력을 보여주지 않을 뿐 아니라 몹시 음울하다.

그 잡답(雜遝)한 왕래에 오열하던
유행가의 애상한 선율도 죽고

그 수만의 발자죽도 술레박퀴도
저 어디메 적적히 쓸물처럼 물러가고

오직 망멸의 허적(虛寂)만이 은신(隱身)한 네거리에
화려한 잔해는 만장(輓章)처럼 불길한 영자(影子)를 느려트리고

오오 어린 별들도 무서워 내려보지 못하는 함정
사람이 짓고 사는 이 공포의 성곽이여.

다 끄고 남은 가등의 낮 같은 각광(脚光)을 쓰고
나는 취하야 망량(魍魎)처럼 울며 지내가다.

—「심야」 전문

이런 암울한 정조가 어디서 유래한 것인지 알 수 없는데 깊은 철학적
사유라기보다는 청년기의 설익은 관념으로 충만해 있다. 심야의 정적 속
에서 나만 울고 간다는 이야기를 이렇게 장황하게 할 필요가 있었을까.
한자어의 남발은 시의 진행을 막아 전반적으로 어색하고 뻑뻑하다. 즉,
등단작과 동인지 『生理』에 발표한 유치환의 이런 시를 두고 그를 생명파
라고 한다면 견강부회요 명백한 오류다. 첫 시집에 실려 있는 몇 편의 시
를 볼 수밖에 없다.

오안(傲岸)하게도
동물성의 땅의 집념을 떠나서
모든 애념(愛念)과 인연의 번쇄(煩瑣)함을 떠나서
사람이 다스리는 세계를 떠나서
그는 저만의 삼가고도 방담(放膽)한 넋을 타고
저 무변대(無邊大)한 천공(天空)을 날어
거기 정사(靜思)의 닻을 고요히 놓고
황홀한 그의 꿈을
백일(白日)의 세계 위에 높이 날개 편
아아 저 소리개!

—「소리개」 후반부

소리개(솔개)가 얼마나 멋진 조류인지 "오안(傲岸)하게도"에서 시작하

여 감탄사까지 무려 10행에 걸쳐 수식을 하고 있다. 소리개가 육지를 떠나 있다는 것, 즉 초월적인 존재라는 것이 칭송의 주된 이유다. 조류나 곤충이 다 같이 하늘을 날지만 소리개는 자신의 꿈을 무한한 것, 영원한 곳을 향해 두고 있다고 보았기에 유치환은 이 시를 썼다. 계절의 특징을 잡아서 시를 쓸 때도 유치환은 조류의 생명력을 살펴본다.

밤새 자애로운 봄비의 다스림에
태초의 첫날처럼 반짝 깨여난 아침.

발돋움하고 빨래 너는 안해의 모습도 어여쁘고
마을 위 고목 가지에 깍깍이는 까치 소리도 기름져

흠뻑 물오른 검은 가지, 엄지 같은 움
하늘엔 자양(滋養)한 햇발이 우유처럼 자옥하다.
　　　　　　　　　　　　　　　　　　—「조춘(早春)」전문

밤이면 슬기론 제비의 하마 치울 꿈자리 내 맘에 스미고
내 마음 이미 모든 것을 잃을 예비되었노니

가을은 이제 머언 콩밭짬에 오다
　　　　　　　　　　　　　　　　　　—「입추」부분

'조춘'이라는 제목의 시가 적지 않을 것이다. '입추'도 마찬가지다. 그런데 유치환의 시 「조춘」에는 꽃이 나오지 않는다. 아지랑이나 봄바람도 나오지 않는다. 봄을 알리는 전령사로 까치가 나온다. 「입추」에서도 "슬기론 제비"가 가을을 알리고 있다. 입추가 되었다는데 꽃 이름이 하

나도 나오지 않고 낙엽이나 귀뚜라미도 나오지 않는다. 그 대신 푸른 콩밭이 노랗게 되고 제비가 내 마음에 스민다고 한다. 화자 자신을 갈매기에 비유한 시에서는 "한 잔 호주(胡酒)에/ 오늘밤 어느 갈매기처럼 오열(嗚咽)"(「어느 갈매기」)한다고 쓴다. 어떤 때는 자신을 "영락한 고독의 까마귀"(「향수」)라 표현하기도 한다. 흔히 좋지 않은 대상을 빗댈 때 이용되곤 하는 박쥐도 "너는 본래 기는 즘생.", "저 달빛 푸른 밤 몰래 나와서/ 호올로 서러운 춤을 추려느뇨."(「박쥐」) 하면서 박쥐의 야행성이란 특징을 잡아 우호적으로 쓴다. 하늘을 날아다니는 온갖 것들에 대한 옹호는 여성비행사에게까지 이어진다.

집에선 발끝에 자라는 조선옷을 입고
거리에 나서면 양모(洋帽)를 쓰고
소년처럼 지껄이고 웃음 웃건만
머리 우엔 날고픈 창공을 항상 이고 있기에
속으론 우울이 프르러 타조처럼 외로우리라.

기(機) 우에 오를 적마다 고운 각오에
女子의 삼감으로 살던 터전을 깨끗이 밝힌다지요,
그렇기에 대공(大空) 속 물같이 창창한 이념에 씻치어 몇 번
낯익은 계후조(季候鳥)처럼
그리운 땅우에 다시 날어 앉느뇨.
　　　　　　　　—「청조(靑鳥)여」 전반부

　우리나라 최초의 여성 비행사는 박경원으로 알려져 있었지만 실은 권기옥이었음이 최근에 밝혀졌다. 이 시는 내용으로 보아 독립운동을 했

던 권기옥을 모델로 한 것이 아닌가 싶다. 1901년생인 박경원은 1927년 1월, 일본에서 3등 조종사 시험에 합격했다. 1933년 8월 7일, 항공기를 몰고 하네다 공항을 이륙, 고국을 향해 출발했지만 이즈 반도의 쿠로다케 산꼭대기 근처에서 기체가 두 동강난 채 발견되었고, 그녀는 조종석에서 핸들을 잡은 채 숨져 있었다. 한편 평양에서 같은 해에 태어난 권기옥은 숭의여학교 재학 중 3·1운동에 참여했고, 평남도청 폭파사건에 관여한 혐의로 일본 경찰에 쫓기다 중국으로 망명했다. 이후 항주 홍도여학교를 거쳐 중국 남서부 내륙에 소재한 운남육군항공학교 1기생으로 입교했다. 1년 2개월여 만인 1925년 2월 항공학교를 졸업하고 비행사가 됐다. 졸업증서는 일본 다가와치(立川) 비행학교를 1927년 졸업해 최초의 여성 비행사로 알려졌던 박경원보다 2년여 앞선 것임을 입증한다고 국가기록원은 밝혔다. 1928년 4월 남경에서 일본 경찰에 체포돼 옥고를 치르기도 했던 권기옥은 석방된 뒤 중국 국민정부 군정부 본부에 합류해 1929년 항공서(署) 항공제1대 상위 관찰사에 위임되었다. 1933년에는 국민정부군 정부 본부 항공서 교육과 편역원 겸 공군 상위에 임명되었고, 1937년 중일전쟁이 발발하자 중경에 소재한 국민정부 육군참모학교 교관으로 활동했다. 이 시는 바로 이 무렵에 창작된 것이므로 유치환은 이 여성을 청조, 즉 파랑새에 비유해 일대기를 묘사하기도 했던 것이다. '조선옷'을 강조한 것은 일제강점기 때여서 그랬을 것이다.

표표히 휘파람을 불어라,
지낸 길도 뵈이잖는 망망한 허막(虛漠)의 진공 가운데
오직 자기에게 자기를 떠매긴
그 절대한 고독의 즐거움을 뉘가 알리오.

하얀 은어같이 미끄런 애기(愛機)를 자어 맵시 있게
적막히 화려한 저 권적운에 날개를 씻어라.

채색도 잘고 고은 동그란 지구의를 퉁기는 듯 청조여
한 마리 또렷한 소리개 형상이여.
— 「청조(靑鳥)여」 후반부

사람 자체는 타조처럼 외롭지만 일단 비행기에 오르면 지구의를 퉁기는 듯한 파랑새의 모습이었고, 그 모습이 "한 마리 또렷한 소리개의 형상" 같다고 칭송하였다. 독립운동가를 모델로 한 이런 시를 썼다는 것은 유치환이 '생명파' 시인으로 일컬을 수 있게 한다. 또한 '생명'을 가장 중요한 시어로 삼은 시를 봐도 이것은 입증된다.

나의 가는 곳
어디나 백일(白日)이 없을소냐.

머언 미개ㅅ적 유풍(遺風)을 그대로
성신(星辰)과 더불어 잠자고

비와 바람을 더불어 근심하고
나의 생명과
생명에 속한 것을 열애하되
삼가 애린(愛隣)에 빠지지 않음은
—그는 치욕임일네라.
— 「일월(日月)」 전반부

나의 생명과 '생명에 속한 것'을 열애하겠다고 한다. 하지만 이웃을 사랑하는 일에 빠지지 않겠다고 한 것은 그 어떤 것에 대한 동정심이 치욕일 수 있기 때문이다. 특히 값싼 동정심은 "나의 원수와/ 원수에게 아첨하는 자에겐/ 가장 옳은 증오를 예비하"겠다는 결심을 흔들 소지가 있으니 일월(곧 하늘이다)을 볼 면목이 있다면 자기를 사랑하고 살아 있는 뭇 생명을 사랑하자는 것이다. 30년대 후반에 쓴 이 시에 나오는 "나의 원수와/ 원수에게 아첨하는 자"는 누구일까? 친일파를 상정했다면 사실 이런 시는 목숨을 걸고 쓴 것이다.

시집 『생명의 서』(1947)에 실려 있는 「바위」, 「生命의 書 一章」, 「生命의 書 二章」, 「목숨」, 「絶命地」 같은 시에서도 유치환은 생명의 의지를 역동적으로 구사했지만 광복 이후에 나온 시집에 실려 있는 시이므로 1930년대라는 시대적 공통분모 내지는 공감대라는 의미에서 '생명파'를 논할 때는 제외하는 것이 좋겠다.

이 글은, 생명파로 분류된 유파에 대한 의문으로부터 시작되었다. 이 명칭의 의미와 개념을 범주화하고, 총 15권의 시문학사에서 '생명파'를 거론한 부분에서부터 접근을 시도하였다. 생명파라는 명칭은 한국전쟁 발발 한 해 전 서정주가 처음 쓴 것으로 공식 확인되었지만, 같은 책자 안에 '인생파'와 동일한 의미로 사용함으로써 용어 탄생 시점부터 그 개념이 불명확하였다. 아울러 생명파로 불리는 시인들이 공통으로 지향한 세계관이나 이념도 없었다. 이들에게 공통점이 있다면, 1930년대 중·후반기에 활동한 시인들이라는 점이다. 이들을 한데 묶어 통칭한 것이 '생명파'라는 전제 아래 이 글은 해당 시인들의 작품에서 생명의식을 찾아보려고 시도하였다. 그 결과, 몇 명의 연구자들이 생명파라고 지목한 시인들에게서는 생명의 기미를 찾을 수 없거나, 그것이 오히려 부정되고 있었다.

　오세영은 문학사는 아니지만 『20세기 한국시연구』에서 "서정주나 김동리가 문학의 순수성을 지나치게 옹호했던 점, 유치환이 식민지 현실에 울분을 느끼면서도 그것과 직접 대결하기에 앞서 소위 생명 의지론을 앞세웠던 일면에는 자신들의 현실도피를 합리화하려는 의도가 있지 않았나 생각된다."[20]고 하였다. 한반도 전체가 일제의 병참기지가 돼가고 있던 시절, 이들은 카프 계열의 이념에도 시문학파의 순수지향도 모더니즘의 실험정신에도 동조할 수 없었다. 오세영은 이들을 뭉뚱그려 현실도피를 합리화하려는 의도가 있지 않았나 의구심을 갖기도 했지만 감성의 옹호, 시를 구성하는 논리가 미의식보다는 직관적 본능에 의존하고 있었다는 점, 시어가 '직정적'이었다는 점을 특징으로 들었다.[21]

　본 연구자는 기존 연구에서 생명파로 지목한 시인들 중 서정주·여상현·함형수·유치환 4명의 시인에게서 생명파의 존재 가능성을 확인할 수 있었고, 오장환·김달진·김동리에게서는 그것을 찾아낼 수 없었다. 이중 유치환의 시는 어떠한 인위적 요소도 개입하지 않는 생명의식을 구가하고 있었고, 그것이 건강하고 밝다는 점에서 독보적인 지점을 차지하고 있다고 보았다.

　'시인부락' 동인 중 서정주·여상현·함형수의 시 작품 속에서, '생리' 동인 중 유치환의 시 작품 속에서 생명의식을 찾아낼 수 있었지만 두 동인의 공통분모가 생명의식이 아니었다고 확인된 이상 앞으로 시문학사 서술에 있어서 '생명파' 사용은 지양되어야 할 것이다. 카프파, 시문학파, 모더니즘 어느 계열에도 넣을 수 없는 일군의 시인이 있었다고 해도 이

20　오세영, 앞의 책, 214쪽.

21　위의 책, 231쪽.

들을 뭉뚱그려 '생명파 시인'으로 일컬을 이유를 발견할 수 없었다. 그러
므로 '생명파'라는 애매한 용어는 폐기되어야 한다.

II부

이병주에 대해 쓴 2편의 글

최은희 납치사건을 그린 반(anti)추리소설
— 『미완의 극』의 '미완'은 무엇인가?

　　이병주의 소설은 크게 네 부류로 나눌 수 있다. 등단작인 중편소설 「소설·알렉산드리아」를 비롯한 그의 중·단편소설은 문학성이 아주 뛰어나다. 「변명」, 「망명의 늪」, 「철학적 살인」, 「예낭 풍물지」, 「쥘부채」, 「그 테러리스트를 위한 만사」, 「정학준」 등에는 역사의 회오리바람 속에서 부침과 굴절을 거듭한 지식인들의 초상이 잘 그려져 있다. 소설집만 해도 생시에 9권을 냈다.[01] 그런데 이병주의 이름을 빛나게 한 것은 중·단편소설이 아니다. 『관부연락선』, 『지리산』, 『산하』, 『그해 5월』, 『바람과 구름과 비』 등 한국 근·현대사의 모순과 정면대결을 꾀한, 역사의식과 사상적인 고뇌가 삼투되어 있는 작품군이다. 또 한 부류는 대중소설이다. 낙양의 지가를 천정부지로 뛰어오르게 한 『비창』, 『운명의 덫』, 『행복어 사전』, 『그를 버린 여인』, 『여인의 백야』, 『무지개 연구』 등은 독자들에게 '이병주' 하면 대중소설의 대가, 즉 연애담을 잘 구사하는 소설가라는 인상을 심어주었다. 대하소설을 제외하고 30편이 넘는 장편소설이 신문연재

01　1968년에 낸 『마술사』를 필두로 『예낭 풍물지』(1974), 『철학적 살인』(1976), 『망명의 늪』(1976), 『삐에로와 국화』(1977), 『낙엽』(1978), 『서울의 천국』(1980), 『허망의 정열』(1982), 『그 테러리스트를 위한 만사』(1983)가 생시에 나왔다.

소설이었다. 한꺼번에 여러 군데 신문에 동시에 연재하는 절륜의 필력은 동시대 소설가들의 부러움을 사기도 했다. 그리고 또 한 부류는 역사적인 인물의 소설화 작업이었다. 『소설 정도전』, 『소설 허균』, 『포은 정몽주』, 『소설 장자』, 『대통령들의 초상』 등을 보면 역사 인물에 대한 관심이 아주 컸음을 알 수 있다.

1982년에 소설문학사에서 2권짜리로 펴낸 『미완의 극』은 이상의 네 가지 부류 중 어디에도 들어가지 않는다. 연애소설도 아니고 (근·현대사를 다룬) 역사소설도 아니다. 이 소설을 쓰게 한 직접적인 계기는 영화배우 최은희 납치사건인데 실제적인 최은희 납치사건을 르포르타주 식으로 그린 것은 아니다. 시대소설이라고 해야 할지 사회소설이라고 해야 할지 이름 붙이기도 애매한 이 소설은 이병주를 거론할 때 전혀 언급되지 않은, 평가의 대상에서 누락되고 만 소설이다. 일단 작가에게 이 이야기를 소설로 다뤄봐야겠다고 마음먹게 한 '최은희 납치사건'의 전말을 살펴본다.

1926년생인 최은희는 해방공간인 1947년에 영화 〈새로운 맹서〉로 데뷔한 뒤 〈밤의 태양〉(1948), 〈마음의 고향〉(1949) 등을 찍으며 신진 스타로 떠올랐다. 1954년, 마릴린 먼로가 야구선수 조 디마지오와 결혼한 뒤 일본으로 신혼여행을 가면서 한국에 들렀다. 장병들 위문차 한국에 들러달라는 주한미사령관의 요청에 응했던 것이다. 세계적인 배우를 마중하러 대구 동촌비행장에 나간 우리나라 대표 배우는 중견 백성희와 신예 최은희였다. 서른도 되기 전이었는데 최은희는 그때 이미 한국의 '대표급' 배우가 되어 있었던 것이다. 1953년에 다큐멘터리 영화 〈코리아〉에 출연하면서 신상옥 감독과 사랑에 빠져 1954년 결혼식을 올렸고, 이후 두 사람은 함께 영화를 만들며 한국영화의 중흥기를 이끌었다. 신상옥이 감독한 〈사랑 손님과 어머니〉는 한국영화사의 명작으로 거론되는 작품이다.

그런데 1978년 1월 14일, 최은희는 영화 합작 의뢰를 받고 홍콩에 갔다가 김정일의 지시에 의해 북한 공작원에 의해 납북된다. 홍콩에서 납치되어 마카오로, 마카오에서 중국으로 가서 북한까지 끌려간 것이다. 당시 최은희는 남편과 이혼한 상태였다. 신상옥 감독이 배우 오수미와의 사이에 아이까지 낳자 격분, 이혼을 하고는 배우 생활은 접고 안양예술학교(뒤에 안양예술고등학교로 개칭)의 교장을 하면서 후학을 양성하고 있던 터였다. 학교 발전을 꾀하고 있던 최은희는 거액의 출연료 제의에 귀가 솔깃해 홍콩으로 갔던 것이다. 김정일이 왜 최은희를 납북했는지는 의문이 있지만 이혼한 전처를 찾아 홍콩 등지를 헤매던 신상옥도 그해 7월 19일에 납북된다.

영화 제작에 지대한 관심이 있던 김정일이 두 사람에게 영화를 만들게 해 국제영화제에서 상도 탔으니 납치의 이유는 알 만한 일이었다. 타의에 의한 어색한 만남[02]이었지만 북한에서 두 사람은 재결합하여 부부로 살아갔다. 신상옥은 탈출을 몇 번 시도하다 실패해 교화소로 끌려가는 등 곤욕을 치르기도 했지만 최은희는 특별한 보호를 받으며 살아간 듯하다. 아마도 북한 제작 영화의 자문 역할 정도를 했을 것이다. 신상옥은 반성문에다 충성 맹세를 한 이후 김정일의 신임을 회복한다. 영화를 열심히 만들자 두 사람은 김정일의 생일 파티에도 초대를 받을 정도로

---

02 이들의 상봉은 북한에 끌려온 지 5년이 지난 1983년에야 김정일의 주선으로 이루어졌다고 한다. 상봉 자리에서 두 사람은 어색하게 포옹을 한 모양이었다. 신상옥 감독은 만약 자기 배우들이 그랬으면 화를 내며 '컷' 하고 외쳤을 정도로 최은희의 동작이 어색했다고 회상했다. 최은희는 전남편이 그래도 자기를 찾으려 동분서주했다는 것을 알고는 미움이 눈 녹듯이 사라졌다고 한다. 두 사람은 북한에서 재결합한 상태로 영화인으로 살아갔다. —나무위키 참조.

인정받고, 그에 따라 비교적 안정된 삶을 꾸려간다.

1984년경.

두 사람은 1986년 3월, 오스트리아의 빈 방문 중 미국 대사관에 진입해 망명에 성공, 10년 넘게 미국에서 살다가[03] 1999년에 영구 귀국한다. 신상옥은 2006년에, 최은희는 2018년에 사망한다.

이병주는 두 사람이 북한에서 살아가고 있을 때 이 소설을 썼다. 그 당시에는 두 사람의 북한에서의 활동 사항이 남쪽에 거의 알려지지 않았기 때문에 베일에 가려진 북한 생활을 추측해서 쓸 수는 없었고, 납치되

---

03 한국의 정보부에서는 신상옥의 납북은 자진월북으로 규정하고 있었기에 한국으로 올 수가 없었다. 게다가 북한에서 이들 부부는 김정일의 비호 아래 〈돌아오지 않는 밀사〉 〈탈출기〉 〈소금〉 〈춘향전〉 〈불가사리〉 등 여러 작품을 만들었다. 모스크바 국제영화제에서 최은희가 여우주연상을, 신상옥이 감독상을 탔으니 두 사람은 북한 영화를 빛낸 인물이었다.

기까지의 과정을 상상력을 발휘하여 써보기로 한다.

제1권 395쪽, 제2권 415쪽의 장편소설을 쓰게 한 원동력은 무엇일까. 이병주는 후기에서 최은희와의 만남을 회상하고 있다.

그녀가 홍콩으로 떠나기 사흘 전의 밤, 나는 전에 대사(大使)를 지낸 M군의 집에 만찬 초청을 받았는데 공교롭게도 그날 밤 그녀를 만나게 되어 있어 M군에게 그녀를 같이 초청해 달라고 간청한 결과 합석하게 되었다.

홍콩으로 떠나기 사흘 전에 나눈 대화의 내용도 후기에 자세히 나온다. 이병주는 최은희를 "한국이 낳은 위대한 배우", "살아 있는 문화재"라고 높이 평가한다. 막 나이 쉰이 된 최은희에게 이병주는 인간적인 호감이상의 감정, 즉 연모의 정을 느끼고 있었는지도 모른다. 그런데 만찬장에서의 만남 뒤에 최은희는 홍콩으로 갔으며 행방불명이 된다. 언론에서는 납치되어 북한으로 끌려갔다고 하지만 후기를 보면 이병주는 최은희가 북한에 있지 않다고 생각하였다. 북한에 있다는 것은 김정일의 보호아래 있다는 것인데, 그렇게 상상하고 싶지 않았던 것이다. 도대체 왜 사라진 것인가. 누구의 손에 의해 사라진 것인가. 살았는가 죽었는가. 살아있다면 어디에 있는가. 무엇하며 살아가고 있는가. 왜 언론도 추적하지못하고 있는가. 행방불명된 지 4년 5개월 뒤에 이병주는 전작 장편소설을 세상에 내놓으면서 이렇게 말한다.

소설 『미완의 극』은 한 편의 추리소설이라기보다 우리의 경애하는 여배우 최은희를 기념하고자 하는 내 나름대로 부른 추억의 엘레지이다.

추리소설이라고 하지 않고 추억의 엘레지라고 한 말이 인상적이다. 이 소설은 이병주의 여러 소설 중에서 아주 특이한 소설임에도 불구하고 지금까지 평가는커녕 거론조차 된 일이 없었다는 것이 안타깝다. 이번에 바이북스에서 재출간되는 것을 계기로 독자대중의 관심이 이 작품에 기울어지기를 바란다. 그 이유에 대해 지금부터 살펴나갈 것이다.

소설은 1인칭관찰자시점인데 '나'는 바로 소설가 이병주다. 소설의 시대적 배경은 최은희 납치일이 1978년 1월 14이므로 1975~77년쯤으로 보면 될 듯하다. 그 무렵 우리나라는 이른바 '유신시대'로서 박정희 대통령이 국민들 앞에서 경제개발을 수시로 부르짖었지만 민주화를 희구하는 세력을 철저히 탄압하는 '유신독재'를 행하던 시절이었다. 1977년은 『낙엽』으로 한국문학작가상을, 『망명의 늪』으로 한국창작문학상을 수상, 이병주가 국내에서 소설가로서의 입지를 확실히 구축한 해였다. 소설 안에서 '나'는 국내나 외국 어디를 가도 인정받는 중견작가로 나온다. 우리 나이로 50대 중반의 나이, 육체적으로나 정신적으로나 한창때였다. 소설은 이렇게 시작된다.

> 인생에서 가장 중요한 것은 무엇일까.
> 만남이다.
> 사람과 사람과의 만남.
> 인생의 지류(支流)를 합쳐 대하(大河)를 이룬 역사도 결국 사람과
> 사람의 만남으로써 비롯된 드라마의 전개가 아닌가.

누구를 만났는가. 바로 미모의 여배우 윤숙경과 제자 유한일이다. 소설 속 비중이 막상막하인 유한일을 주인공으로 봐도 된다. '내'가 W대학에 출강했을 때의 제자 유한일을 뉴욕의 재즈 밴드가 나오는 술집에서

만나는 장면에서 소설은 출발하는데, 두 사람의 만남은 우연이 아니었다. 유한일은 민간 베이스로 국내에 들어오는 외국 차관을 거의 다 통괄하는 인물이 되어 있었다. 엄청난 돈과 권력을 가진 로비스트가 된 유한일은 '세계 정부'의 수립을 꿈꾸는 야심가로 윤숙경과 그녀의 남편인 사업가 겸 영화제작자 구용택에게 접근하기 위해 대학 은사를 이용하기로 한 것이다.

이 소설에서 최고의 악인이 구용택이다. 일본과 홍콩을 무대로 무역업을 하는 구용택은 조총련과 가까웠고, 당연히 북한과도 끈이 닿는 인물이다. 젊은 배우 지망생들을 농락하는 행각을 하면서 살아가던 구용택은 아내와의 사랑이 식어 차버릴 생각을 하고 있던 차, 북한이 전략 물자를 사들이겠다는 제안을 해오자 겉은 회사지만 밀수단과 다를 바 없는 K무역사를 통해 전략 물자를 공급하면서 덤으로 윤숙경을 북한으로 넘기는 계획을 꾸민다. 윤숙경이 행방불명이 되면 아내 소유의 학교와 큰 돈(학교 부지를 살 돈)이 자기 수중에 들어오는 것도 계획을 추진한 이유 중 하나였다. 남편인 자기가 상속자인 것을 알기에 살해는 하지 않고 북한에 넘겨 행방불명자로 되면 아내의 소유의 모든 재산이 자기 것이 될 것을 알았기에 간교한 작전을 쓰기로 한 것이다.

이를 간파한 유한일이 해결사 역할을 하고 나선다. MS라는 고성능 핵폭탄을 K무역사가 북한으로부터 받고 윤숙경을 북한으로 넘기는 구용택의 계획이 틀어진 것은 국제적인 로비스트인 유한일의 예민한 촉각과 정보망 덕분이었다. 유한일은 윤숙경의 행방불명 이후 이스라엘 여자 로비스트이자 테러리스트인 램스도프의 도움을 받아 구용택과 그의 부하들을 폭탄으로 처형한다.

구용택과 그의 부하들은 죽지만 윤숙경의 행방은 끝내 알 수 없는 상태가 되고, 소설은 그 시점에서 문득 끝난다. 그래서 제목이 '미완의 극'인 것이다. '나'는 윤숙경이 일신상의 위험을 피해 스위스에 가 있을 거라고 추측한다. 북한 억류가 아닌 스위스 체류는 이병주의 소망이었을 것이다.

윤숙경 이상으로 비중이 높은 인물 유한일도 모델이 있었을까? 박동선을 거론하지 않을 수 없다. '코리아게이트'는 1976년에 일어난, 대한민국 중앙정보부가 박동선을 통해 미국 정치인들에게 뇌물을 주어 미국 정가를 뒤흔든 사건이다.

월남민인 박동선은 미국 유학을 가 1955년 미국 조지타운대학교 행정학과에 입학, 1959년에 학사학위를 취득한다. 1960년에는 워싱턴에서 한선기업을 창업, 사장에 취임한다. 1965년에 미국 영주권을 획득하고 1975년에 뉴욕의 한남체인을 인수·합병하여 한남체인 그룹 회장으로 취임한다. 1970년을 전후한 시기부터 미국 상원의원들과 하원의원들에게 금품을 제공하는데, 1976년 미국 워싱턴포스트지가 그의 의회로비 활동을 폭로, 그는 '코리아게이트'의 장본인으로 법정에 서게 된다. 1978년 9월 당시 외무부장관인 김동조가 미국 하원 윤리위원회 측의 서면 질문에 대한 답변서를 송부, 같은 해 10월 미국 하원 윤리위원회가 조사보고서를 발표하면서 사태는 간신히 일단락된다.

한국 정부가 박동선을 통해 로비를 하게 된 동기는 이랬다. 카터 대통령의 공약대로 미국 행정부가 주한미군 철수를 시작하면 한국군 현대화 계획을 위한 군사 원조가 이루어져야 하고, 그것은 의회의 예산 승인이 있어야 가능하기에 한국 정부는 미 의회의 주요 인사들을 로비를 통해 설득하는 방식을 택했던 것이다. 이병주는 로비스트라는 존재에 대해 알게 되었기에 사업가로 위장한 정치 스파이로 유한일을 생각해낸 것이다.

최은희 납치는 조직에 의해 이루어져야 하는데 조직을 움직이는 것은 돈과 권력임을 작가는 잘 알고 있었다.

그런데 소설 『미완의 극』에는 몇 명의 유대인이 큰 비중을 차지한다. 리샬 랄루는 소르본느 대학에 다니는 유대인 프랑스 학생이다. 작가는 이 청년을 카페에서 만나 친교의 시간을 갖는데, 이런 인물을 등장시킨 이유는 이스라엘이란 나라에 대한 이병주 자신의 견해를 설명하기 위해서였다. 이 소설은 많은 분량을 유대인과 이스라엘에 대한 작가 자신의 의견 개진에 할애하고 있다.

리샬 랄루는 작가에게 이라크 바그다드대학 고고학과에 유학을 온 미국인 부호의 딸 아나벨라 피셔의 첩보 이야기를 들려준다. 작가는 '폭로'라는 이름의 주간지를 통해 이 사건의 내막을 알게 된다. 아나벨라는 18세에 유학생활을 시작하는데 다년간 학업 이외에도 노력을 기울여 이라크 상류사회의 저명인사가 된다. 아나벨라는 실은 미국 국적의 유대인이었고 민족애에 불타는 인물이었다. 그녀는 이라크 공군장교 무닐 레드파에게 접근하여 무닐이 미그 21기를 몰고 이스라엘로 귀순하라고 부추긴다. 무닐은 이라크 내의 소수민족인 쿠르드족이어서 아나벨라는 그의 민족의식을 자극하였고, 육체적으로도 유혹하였다. 무닐은 가족의 안전과 생활을 책임지겠다는 이스라엘 당국의 약속이 있자 미그 21기를 몰고 이스라엘로 귀순, 평생을 잘 살아간다.

그로부터 3년 뒤에 작가를 만난 윤숙경은 스페인의 마드리드에서 만난 유한일에 대한 이야기를 들려준다. 유한일이 학교 부지 10만 평을 사려고 하는 윤숙경에게 조건 없이 돈을 주겠다는 제안이 있었음을 알려준다. 유한일이 학교 부지 매입에 쓰라고 6억원 보증수표를 정말 윤숙경에게 주자 구용택은 두 사람이 밀애를 했다고 여겨 대노, 아내와의 결별은 물론 유한일을 죽일 생각을 한다. 결별이 이혼이 아니라 북으로 보내는 것이라면 조총련을 통해 북한과 은밀히 무기 거래를 하고 있던 구용택으로서는 일거양득의 이득을 볼 수 있을 거라고 믿고 실행에 옮긴다.

그 뒤 윤숙경은 이스라엘 영화사의 초대를 받아 이스라엘에 3개월, 유럽에 한 달 가 있기도 한다. 윤숙경은 이스라엘에 있는 동안 램스도프라는 정치의식이 확실한 여성의 안내를 받으며 지내게 된다. 그 결과 이스라엘에 대해서는 아주 좋은 감정을 갖게 되고 반대로 이스라엘과 으르렁대고 있는 주변 아랍 국가와 팔레스타인에 대해서는 비판적인 시각을 갖게 된다. 제2차 세계대전이 끝난 뒤 시오니즘을 실현해 시나이 반도에 국가를 건설한 이스라엘과, 이스라엘과 늘 다투는 아랍 제국을 윤숙경은 다음과 같이 달리 묘사한다.

> "이스라엘 사람들 성실하게 살고 있대요. 열심히 살고 있기도 하구요. 그러면서 활발하고 생기가 있구…… 의욕과 희망만으로 되어 있는 나라 같았어요."

> "험난한 역사를 딛고 살아 보겠다고 서두르는 모습은 정말 존경할 만했어요."

> "옛날엔 돌산이었어. 영양실조에 걸린 사람의 대머리처럼 되어 있던 산이라고 했는데 내가 갔을 무렵에도 꽤 나무가 많았거든. 20년간에 1억 주(一億株)의 나무를 심었다더군."

> "산다는 것이 그처럼 싱그럽고 그처럼 엄숙한 것인지 이스라엘 가기까진 미처 몰랐어요. 주어진 풍요한 나라에 나태하게 사느니보다

가난한 나라를 풍요하게 만들기 위해 부지런히 사는 것이 얼마나 행복한 것인가를 전 안 것 같았어요."

윤숙경은 이스라엘에 대해서는 이와 같이 칭송을 아끼지 않지만 적대국가인 이집트에 대해서는 아주 나쁘게 평가한다.

"모든 비판을 봉쇄하고 민족적 정력을 철저하게 통제하고 있는 이집트는 언제나 패배하여 장교가 도망을 치는데, 이스라엘에선 정부를 마구잡이 욕할 수 있는 자유가 있고 민심을 통일하기 위한 별다른 방책을 쓰고 있지도 않은데도 장교를 비롯하여 병정들이 일치단결하여 전투마다 승리하고 있다는 것은 이상한 일이 아닌가 말야. 인구도, 무기도, 이집트 쪽이 월등하고 많고 우세한데."

오늘날, 외신을 통해 들려오는 중동 관련 뉴스는 이스라엘의 공격으로 팔레스타인이 죽거나 다쳤다는 것이 대부분인데 왜 이병주는『미완의극』에서 이와 같이 호오의 감정을 분명히 드러냈던 것일까. 무기에서 크게 차이 나는 탈레스타인과 인근 국가에서는 고작 자폭 폭탄테러로 이스라엘인 몇 명을 죽이는 복수를 할 따름이라고 보았기 때문이다.

1970년대까지만 하더라도 이스라엘이 폭력성을 드러내지 않았고, 아랍 제국이 이웃이 된 이스라엘을 괴롭혔던 것일까? 그렇지는 않을 것이다. 유럽과 미국 여행을 많이 한 이병주는 현지에서 신문을 종종 사서 보는데 서방의 언론은 대체로 이스라엘에 대해서는 우호적으로, 이슬람교를 신봉하는 아랍 제국에 대해서는 비판적인 시각으로 기사를 써서 그런 것이 아닐까 짐작해본다. 작가 스스로 균형을 잃으면 안 된다는 생각에서인지 윤숙경에게 "이스라엘에서 감동한 것은 좋지만 이스라엘에 너무나 빠져드는 것은 좋지 않은 듯한데." 하면서 충고를 주기도 한다.

한편으로는 이런 생각도 해보게 된다. 이스라엘이 건국한 것도 1948년이었고 우리나라가 건국한 것도 1948년이었다. 두 나라 모두 새롭게 출발하는 마당에 부강을 이룩하려고 무진 애를 쓰지만 주변 국가들의 협공을 받으며 고통을 겪는다. 이스라엘은 여섯 차례의 중동전쟁을 치렀고 한국은 6·25전쟁을 치렀다. 이스라엘과 국경을 맞대고 있는 이집트·요르단·시리아로서는 '굴러들어온 돌'인 이스라엘이 미울 수밖에 없었다. 게다가 시나이 반도는 팔레스타인 거주 지역이었기에 팔레스타인은 졸지에 살던 땅을 잃고 난민이 된다. 수십 년 동안 국경을 맞대고 살아가면서(예루살렘은 도시가 나누어져 있다) 서로 못 잡아먹어 으르렁대는데 이스라엘은 제2차 세계대전 중 유대인 수백만 명이 학살당한 상처가 있다. 일본은 한국을 36년 동안 식민지로 지배하면서 엄청난 고통을 주었는데 사과를 제대로 한 적이 없었다. 오히려 독도를 내놓으라, 일본군 위안부는 조작이다, 징용·징병 배상 책임이 없다고 발뺌을 하고 있다. 중국과 러시아는 6·25전쟁 당시 북한을 도운 적성 국가이다. 한국은 지정학적으로 일본·중국·러시아에 둘러싸여 있는데 1953년 휴전협정 이후 지금까지도 국가안보를 미국에 상당 부분 의존하고 있다. 이병주로서는 이런 국제적인 정세를 보고 중동 제국보다는 이스라엘에 마음이 기울어졌던 것이 아닐까. 우리나라 사람들의 의식 속에 이스라엘은 폭력을 행사하는 국가, 아랍 제국은 이스라엘에게 당하는 국가라는 것이 심어져 있다고 생각해 작가가 이를 바로잡으려 한 것일 수도 있다. 유한일은 구용택과 부하들을 일거에 처단하는데, 램스도프의 도움을 받는다.

아무튼 유한일은 윤숙경을 위해 그녀의 남편 구용택의 부도를 막아주는 일도 한다. 하지만 구용택은 아내와 유한일과의 관계를 의심해(유한

일에게 윤숙경은 이른바 '첫사랑'이어서 그런지 도를 넘지는 않는다) 유한일을 살해할 결심을 한다. 유한일은 한국의 R호텔 703호에 투숙해 있다가 호텔을 옮기는데 그 방에 투숙해 있던 일본인이 살해당하는 사건이 벌어진다. 내 목숨을 노리고 있는 사람이 있다고 느낀 유한일은 R.C. 챈들러로 변성명하여 암약하게 된다.

소설은 제2권 제1장 「화려한 함정」에서 이병주가 '사족'에서 밝힌, 대사 출신 M군의 집에서 연 만찬 장면을 그대로 묘사한다. 윤숙경, 아니 최은희가 홍콩으로 가기 사흘 전의 만찬이다. 홍콩 영화사의 출연 제의를 받아 가기로 하자 전직 대사 민군이 석별의 파티를 열어준 것인데, 소설은 제2부에 접어들어 더욱더 범죄추리소설의 분위기를 띤다. 일단 홍콩에 간 윤숙경은 행방불명이 된다. 국내 언론은 난리법석을 치고, 온갖 소문이 다 활자화된다. 기자들이 냄새를 맡고 작가의 집에 찾아와 인터뷰를 한다. 2월 22일에 홍콩으로 간 구용택이 아내의 실종 사실을 안 것은 25일이었다는 것이 신문에도 난다. 사람들은 이렇게 입방아를 찧는다.

> "참말로 평양으로 갔을까?"
> "평양으로 갔으면 강제로라도 대남 방송에 이용할 텐데."
> "윤숙정은 깡치가 있는 여자야. 호락호락 이용당하진 않을걸?"
> "놈들이 납치한 이유가 뭘까?"
> "대스타가 월북했다는 것만으로도 그들에겐 굉장한 선전 자료가 될 테지."
> "김일성이 호색가라니까, 과잉 충성하는 놈이 예물로써 바친 것 아닐까?"
> "그런 꼴이 되었으면 윤숙경이 혀를 물고라도 죽었을 거야."

사실 이런 말이 그 당시에 사람들 입에 오르내렸을 것이다. 그런데 제 2권의 중심인물은 이스라엘 여성 테러리스트이자 로비스트인 램스도프이다. 유한일은 램스도프와의 인연을 밑거름 삼아 결국 그녀의 도움으로 구용택 일당을 처단한다.

　　그런데 제2권 76쪽에서부터 10여쪽에 걸쳐 작가는 재미있는 장면을 그린다. 유한일이 홍콩에 있다는 정보를 입수한 작가는 김포공항에서 일본행 비행기를 타는데(일본에 사흘 머물다 홍콩으로 간다) 메리 스펜서라는 금발 미녀의 옆자리에 앉아 가게 된다. 여성이 읽고 있는 책이 크리스티의 추리소설인 것을 보고 대화를 나누게 되고, 작가는 추리소설론을 편다. 크리스티의 추리소설은 "틀에 박힌" 것이라고 폄하한 것이다. 메리 여성이 "틀에 박혀선 안 되나요?" 하고 묻자 "틀에 박혔다는 것은 이것은 추리소설이다, 하는 인상만 줄 뿐 인생은 없다, 하는 느낌을 말하는 겁니다." 라고 대답한다. 그리고선 추리소설론을 한참 동안 편다.

　　"내 생각으론 추리소설에는 인생이 그려져 있어야 한다는 겁니다. 주인공들이 일상생활을 하고 있어야죠. 이 생각 저 생각 하며, 또는 이런 일 저런 일을 하고 있는데 그 생활의 과정에서 문제가 사건이 생기는 겁니다. 그런데 그 사건이 어느 사람에겐 생활 전부를 차지하는 것으로 되고 어느 사람에겐 생활의 극히 일부분일 뿐입니다. 그런 사람이 등장해서 하나의 소설을 이루는 것, 뭐라고 할까요? 홍콩에 사건이 났는데 그 사건을 조사하러 서울에서 홍콩으로 간다고 칩시다. 크리스티의 소설은 등장인물이 바로 홍콩으로 가 버립니다. 중간의 얘기가 없지요. 그런데 내가 추리소설을 쓴다면 그런 식으론 안 하겠다, 이겁니다. 소설의 줄거리와 전연 관계가 없더라도 우연히 한자리에 앉게 된 미녀의 인상, 그 미녀와 주고받는 말, 이런 것을 주워 담는 겁니다."

소설 속에서 전개한 소설론이다. 틀에 박힌 추리소설을 쓰지 않고 작가 자신은 주인공들이 일상생활을 하면서 사건도 겪고 해결도 하고 하는 식으로 쓰겠다고 한다. 메리가 그렇게 하면 소설이 무한정 길어지고 긴박감을 상실하지 않겠냐고 묻자 "그렇게 하면서도 적당한 길이를 유지하는 것이, 그리고 긴박감을 잃지 않게 조작하는 것이 소설 쓰는 기술 아니겠습니까. 말하자면 추리소설이면서 문학이려면 그렇게밖에 할 수 없느냐 이겁니다."라고 말한다. 추리소설이면서 문학인 소설, 그것이 이병주의 목표였다. 어찌 보면 반(anti)추리소설론이다. 작가는 메리에게 바크샤이어의 조르지란 마을의 센트메아리 묘지에 있다면서 그곳의 크리스티 무덤에 가보라고 안내까지 한다. 영국의 신문기자와 그 근처를 지나다가 우연히 말이 나와 물어보아 가게 되었다면서 묘역이 아주 기가 막히다고 가볼 것을 권유한다.

하지만 『미완의 극』은 추리소설적인 요소가 많다. 유한일과 구용택의 정체와 행보가 시종 확실하지 않은 것도 그렇고, 몇몇 사건을 오리무중에 휩싸이게 해 독자의 추리력 발휘를 유도하는 것도 그렇다. 일본인 관광객이 유한일 대신에 억울하게 죽은 사건도 미제사건이 된다. 윤숙경 납치사건도 작가가 탐정처럼 뛰어다니며 알아보면서 윤곽이 조금씩 뚜렷해진다. 윤숙경의 비서인 권수자가 알고 보니 구용택의 심복이었다는 설정도 추리소설적이다. 구용택이 홍콩 지점장으로 파견한 정당천이란 사람은 실제 모델이 있었다.[04] 정당천은 아내를 죽여 장기간 복역하고 나

---

04 나무위키를 보면 "현지에서 신필림 홍콩지사를 운영하던 교포 이영생이 사실은 북한의 공작원이었다. 거기에 신상옥의 지인이자 신필림 홍콩지사장을 맡고 있던 김규화가 그들이

온 곡마단 출신 심수동을 죽이고 피신차 홍콩으로 간다.

이런 일련의 사건은 『미완의 극』이 다분히 추리소설적인 구성을 지니게 한다. 하 형사라는 이가 택시에서 발견한 성냥통을 통해 범인인 정당천을 추리해 나가는 과정도 그렇다. 유한일의 연락책인 정금호가 보증수표를 끊고, 그것이 문제가 되어 하 형사가 활약하는 제1권의 종반부도 추리소설을 읽는 느낌을 준다. 수사관 출신인 강달혁과 임수형이 구용택을 도와 홍콩에서 북한 공작원과 접촉하고, 그 바람에 유한일의 손에 죽는데, 이 과정도 추리소설을 방불케 한다. 인동식, 반금옥, 설상수가 나오는 제1권의 끝부분도 범죄추리소설 같다. 아무튼 범인 밝히기에 초점을 맞추는 크리스티 식의 정통 추리소설과 달리 인생과 추리소설이라고 할까, 인물들의 일상과 고뇌에 초점을 맞춘 반추리소설이 바로 『미완의 극』이다. 구용택을 처단한 유한일과 작가가 나누는 말이 이 소설의 주제라고 할 수 있다.

"적어도 무슨 일을 하려고 하는 사람은 평화의 불가능을 철저하게 인식하고, 이 세상에 폭력이 있는 한 그 폭력을 능가하는 폭력을 확보하고 행사해야 합니다. 그러나 개인으로 볼 때 모두가 그럴 수는 없죠. 넥타이를 맨 샐러리맨들은 폭력을 가꾸려고 해도 방법이 없습니다. 그런 의식을 가지려고 해도 무방한 노릇이죠. 그래서 세계의 어느 지역에선 억지로 평화에 유사한 상황을 만들어 내고 있기도 합니다만……"

쥐어주는 돈에 넘어가서 거짓 일정을 만들어준 것이 결정타가 되었다. 그는 귀국 이후 국가보안법 위반으로 15년을 복역했다."고 나온다.

유한일의 이 주장은 프란츠 파농의 주장과 흡사하다. 폭력에 맞서는 방법은 비폭력이 아니라 폭력밖에 없다는 주장이다. 이 논리대로라면 중동의 분쟁은 지구가 멸하지 않는 한 계속될 것이다. 그 와중에 아이들과 노인 등 민간인이 죽는다. 여기에 대해 작가는 이렇게 반론을 편다.

"천지가 개벽을 하고 세상이 아무리 변하더라도 인간성에 위배되는 행동은 옳지 못한 것이고, 아무리 불가피했어도 사람을 죽이는 일은 옳지 못한 것이다. 하물며 조금만 조심하면 피할 수 있었던 것을, 즐겨 극한 상황으로 자기를 몰아넣어 사람을 죽인다는 것이 옳을 까닭이 없지 않은가? 물론 동기도 있을 것이고, 그럴 만한 이유도 있었을 테지만 아무래도 나는 자네의 행동을 납득할 수가 없구나. 그러니 여러 가지를 알고 싶진 않다. 윤숙경 씨의 사건만을 알았으면 싶다. 도대체 어떻게 된 건가?"

작가 이병주의 주장은 바로 이것이다. 세계의 평화, 호혜주의, 사해동포사상이다. 사람을 죽임으로써 얻을 수 있는 이득은 거의 없다는 것이다. 유한일은 윤숙경의 행방에 대해서는 말을 못하고 자신의 성장기 때의 일들을 죽 들려준다. 복수심을 키웠고, 결국 램스도프의 도움을 받으면서 테러리스트의 길을 걸어가게 되었다는 고백을 한다. 자기변명을 한참 늘어놓자 작가는 "자넨 세계 정부 수립을 목적으로 한다면서 세계 정부의 불가능을 논증하고 있구나. 세계 정부는 선악, 애증의 피안에서 일체의 복수심을 타협과 화합으로 조절한 터전에서만 가능"하다고 충고한다.

이 말에는 이스라엘에 대한 비판의 뜻도 어느 정도 포함되어 있다. 유대인 학살이라는 과거의 상처를 잊지 않는 것은 그렇다 치더라도 폭력으로 되갚으려고 하는 것은 문제가 아니냐는 뜻을 읽어낼 수 있다. 유대인들의 복수의 대상이 독일인이 아니라 팔레스타인, 이집트인, 시리아인, 레바논인이 되었다. 윤숙경의 안부를 재우쳐 묻자 유한일은 살아 있다고만 말할 뿐 주소나 근황에 대해서는 입을 다문다. 이 소설을 쓸 무렵인 1980년대 초, 최은희가 북한에 건재해 있다는 것을 이병주는 알고 있었을까? 몰랐을까? 추리소설적인 질문을 하면서 글쓰기를 마친다. 『미완의 극』은 2021년에 바이북스에서 2권짜리로 다시 펴냈다. 이 글은 이 책의 해설로 쓴 것이다.

1979년경. 이때 김정일은 38세, 최은희는 54세였다.

친일파 단죄 문제에 대한 이병주의 소설적 접근

1921년생인 나림 이병주는 1944년, 일본 와세다대학교 불문학과 재학 중 학병으로 동원되어 중국 쑤저우(蘇州)에 가서 복무하게 된다. 일본 군복을 입고 지낸 2년 동안 중국에서 어떤 일을 겪었는지 자세하게 말한 적은 없지만 자전적인 소설 「八월의 사상」에서 그 시절을 뭉뚱그려 다음과 같이 표현한 적이 있다.

내가 중국 소주에 있었을 때의, 그 2년간은 연령적으로도 내 청춘의 절정기였다. 그 절정기에 나의 청춘은 철저하게 이지러졌다. 일제 용병에게 어떤 청춘이 허용되었을까. 용병은 곧 노예와 마찬가지이다. 노예에게 어떤 청춘이 허용되었을까. 육체의 고통은 차라리 참을 수가 있다. 세월이 흐르면 흘러간 물처럼 흔적이 없어지기 때문이다. 그러나 정신이 받은 상흔은 아물지를 않는다. 우선 그런 환경을 받아들인 데 대해 스스로를 용서할 수 없기 때문이다. 그런데 일제 용병의 나날엔 육체적·정신적인 고통이 병행해서 작동하고 있었다. 일제 때 수인(囚人)들은 고통 속에서도 스스로를 일제의 적으로서 정립할 수는 있었다. 그런데 일제의 용병들은 일제의 적으로서도, 동지로서도 어느 편으로도 정립할 수가 없었다. 강제의 성격을 띤 것이라곤 하지

만 일제에게 팔렸다는 의식을 말쑥이 지워버릴 수 없었으니 말이다.[01]

쑤저우에서의 나날을 이병주는 이와 같이 세월이 흘러도 아물지 않는 상흔으로 기억하고 있다. 자진해서 참전한 것이 아니라 용병으로 끌려간 전쟁에서 노예 취급을 받았기에 "일제에게 팔렸다는 의식"은 37년의 세월이 흘렀어도 지워지지 않는 수치심으로 남아 있음을 알 수 있다. 그런 경험을 했던 이병주가 광복 이후에 친일파들이 벌을 받지 않고 오히려 득세하고 출세하는 것을 보고 어떤 생각을 했을까. 바로 이런 관점에서 쓴 소설이 「변명(辨明)」과 「정학준(鄭學準)」이다. 일단 위에 한 단락 인용한 「8월의 사상」을 잠시 살펴본다.

미국을 상대로 한 전쟁이 진행되면 될수록 전세가 불리해지자 일본 육군성은 재일 조선인 유학생 징병유예제를 폐지하고(1943. 10. 20), 그해 11월 8일 사범계 및 공과계열만을 예외로 하고 일제히 영장을 발부하였다. 이에 따라 조선인 유학생들이 입영한 것은 1944년 1월 20일이었고 그 숫자는 4,385명에 이르렀다. 이 가운데 중국 쑤저우 지역에 가 있던 일본군 60사단 수송부대에 배치받은 이는 대략 60명이었다. 이 가운데 사망자, 행방불명자들이 있어 이 소설의 시간적 배경인 1980년 8월 15일 시점에 살아 있는 이는 30명 정도였다. 몇 해 전에 이 소설의 화자인 '나'는 살아남은 우리가 정기적인 모임을 갖자고 하면서 명칭을 소주회(蘇州會)로 하고, 자신이 회장이 되고, 그것도 종신회장을 하겠다고 큰소리를 친다.

1980년 8월 15일에 모이기로 자신이 일자를 정했는데 잊어먹고 있

01 「八월의 사상」, 『한국문학』, 1980. 11, 113~114쪽.

다가 후배의 전화를 그날 아침에 받고 상념에 잠긴다. 며칠 전에는 8월 15일부터 단주(斷酒) 내지는 절주(節酒)를 하기로 작심하지만(의사인 조카가 경고를 단단히 했기 때문이다) 모임에 나가서 대취하고 만다. 이래 죽고 저래 죽은 학병 전우들의 "억울한 죽음", "눈물을 억제할 수 없는 죽음", "땅을 치며 서러워해야 할 죽음"을 아침부터 떠올리면서 비감에 사로잡힌 탓이었다. 그래서 모임에 나가서는 소주를 글라스로 마시는 등 초장부터 폭음을 한다. 소설은 별다른 줄거리의 진전 없이 8월 15일에 또다시 술을 왕창 마셨다는 말과 1828년 8월 28일생인 톨스토이 얘기를 하면서 끝난다. 에세이식으로 쓴 이 소설에서 가장 인상적인 장면은 군대에서 말을 보살피는 일을 했던 데 대한 짧은 묘사다. 60사단 수송부대가 기마부대였는지 화자는 말을 돌보는 것이 중요한 임무였던가 보다.

> 자기의 얼굴을 씻지 못하면서 말발굽을 씻고 기름을 바르고 있을 때, 어느 날엔가 나는 돌연 놈들이 시키니까 마지못해 하는 것으로서가 아니라 진정으로 이 동물을 내가 사랑해야겠다고 마음먹었다. 그 동물에게 사랑을 쏟음으로써 시궁창에 빠진 인간으로서의 나의 위신을 보장하는 것으로 될 거라고 믿었기 때문이다.[02]

이런 대목을 보면 학병 이병주가 쑤저우에서 전투에 참가한 것 같지는 않고, 말을 돌보면서 울분에 찬 나날을 보냈음을 알 수 있다.

미국이 일본의 히로시마에 원자폭탄을 투하한 것이 1945년 8월 6일이었고 사흘 뒤인 8월 9일에 나가사키에도 투하함으로써 일본은 무조건 항복, 우리나라도 8월 15일에 감격적인 광복의 날을 맞게 된다. 쑤저우

---

02 위의 책, 114쪽.

에 있는 60명 조선인 학병은 전원 현지에서 제대를 하게 된다. 쑤저우에서는 조선인 학병이 3명 죽었다고 작가가 이 소설에서 쓰고 있는 것으로보아 전투가 전혀 없었던 것은 아니다.

이런 경험을 하고 돌아온 이후 이병주는 장편소설 『관부연락선』[03]을쓰면서 학병 세대의 고뇌를 심도 있게 형상화한다. 이 소설은 학병에 끌려갔다 살아서 돌아온 이들이 좌익과 우익, 혹은 친탁과 반탁으로 나뉘어 사상투쟁을 전개하면서 운명의 소용돌이 속으로 휘말려 들어가는 과정을 담고 있다. 소설을 보면 1948년 5월 10일 국회의원 선거, 5월 31제헌국회 성립, 6월 10일 이승만 초대 국회의장 선출, 7월 17일 제헌헌법 제정, 7월 20일 이승만 대통령 취임의 과정이 펼쳐진다. 그리고 남로당원들의 암약, 그중 일부 인사의 지리산 입산 과정, 북한의 전쟁 준비 과정도 언급된다. 즉, 학병 귀환자들의 해방공간에서의 분열과 대립이 이소설의 핵심 소재가 된다.

이병주의 모든 소설을 읽지 않은 연구자로서는 다른 작품이 있는지는 모르겠지만 「辨明」과 「鄭學準」 두 단편소설이 광복 이후 친일파에게면죄부를 준 이승만 정권에 대해 반감을 표한 작품이라 주목, 검토해보고자 한다. 두 소설을 검토하기 전에 반민특위('반민족행위특별조사위원회'의준말)의 와해에 대해 잠시 살펴본다.

1948년 8월, 헌법 제101조에 의거하여 국회에 반민족행위처벌법 기초특별위원회가 구성되었고, 이어 9월에 특별위원회는 반민족행위처벌법(반민법)을 통과시켰다. 이 법에 의하면 국권 피탈에 적극 협력한 자는사형 또는 무기징역, 일제로부터 작위를 받거나 제국의회 의원이 된 자,

---

03   1972년에 신구문화사에서 단행본으로 간행.

독립운동가 및 그 가족을 살상 내지 박해한 자는 최고 무기징역 최하 5년 이상의 징역, 직간접으로 일제에 협력한 자는 10년 이하의 징역이나 재산몰수에 처하도록 하였다. 사실상 8·15광복 직후 제대로 된 '건국'을 위해서는 무엇보다도 신속히 친일파를 척결함으로써 민족정기를 회복하는 일이 급선무였다. 하지만 미군정은 남한에 반공국가를 수립하기 위해 공산세력에 대항할 세력으로 친일파에 주목하였다. 따라서 친일파 처벌은 미국의 국익과 배치되는 것이었다.

이러한 논리로 미군정은 일제강점기의 통치 구조를 부활시키고 친일파 인물들을 대거 등용하였다. 이어 등장한 이승만 정권 역시 미군정의 통치 구조를 그대로 이어받았고, 친일파는 이승만의 정권장악과 유지에 핵심적인 역할을 하였다. 또 이를 위하여 이승만은 반민특위의 활동을 방해하고 무력화시켰다. 반민특위는 국회프락치사건과 경찰의 특위 습격사건을 겪으면서 와해되기 시작했다. 국회프락치사건이 친일파 척결의 주도세력이었던 소장파 의원들을 간첩혐의로 체포함으로써 반민특위를 위축시켰다면 특위 산하 특경대에 대한 경찰의 습격은 반민특위 폐기 법안을 통과시키게 함으로써 민족반역자에 대한 처벌을 불가능하게 만들었다. 여기에 대해 이병주가 반론을 제기했다는 것은 우리 소설사에서 아주 중요한 일이라고 생각하기에 논해보고자 한다.

『역사를 위한 변명』은 마르크 블로크의 미완의 저작이다.

소설 「辨明」[04]의 첫 문장이다. 소설에 잘 설명되어 있듯이, 마르크 블

---

04 1972년 12월호 『문학사상』 발표작. 이 소설은 계간 『문학과 지성』 1973년 봄호에 재수록된다.

로크는 소르본 대학의 교수 신분으로 50대 나이에 항독 운동에 참가, 리용 지방 레지스탕스 지도자로 활동하다가 게슈타포에 체포되어 처형당한 인물이다. 그는 자신의 저서에서 이런 질문을 던진다. '역사가 무슨 소용이 있을까?' '역사가 우리를 기만했다고 생각해야 될 것인가.'

우리는 흔히 '역사의 교훈'이라는 말을 한다. 역사가가 역사서를 쓰는 이유도, 학생들이 역사를 공부하는 이유도, 역사를 통해 무엇인가 느끼고, 깨닫고, 교훈을 얻기 위해서라고 말한다. 마르크 블로크는 역사적 사건들을 역사서에 모두 담을 수 없고, 과거의 역사와 현재의 역사는 다르기 때문에 역사가는 계속해서 선택해야만 한다고 말하였다. 또 역사의 대상은 인간이며, '시간 속의 인간들에 관한 학문'으로 정의를 내렸다. 어떤 사건에 대한 개별적 의미는 전체의 역사적 흐름에서 보아야 한다고도 했다.[05] 다시 말해 미시사가 모여 역사가 되는 것이니 역사가 제대로 된 방향으로 가게끔 하기 위해서는 각자가 현명하게 판단하고 행동해야 한다고 생각했던 것이고, 그래서 그는 책상 앞에서 벗어나 저항운동의 현장으로 달려갔던 것이다.

그런데 소설의 화자는 제2차 세계대전 중 일본의 군인과 군속으로 끌려가 전몰한 동포들의 명단이 H신문에 일주일 동안 계속해서 실리는 것을 보고 '역사를 위한 변명이 가능하자면 이들 전몰자들의 그 죽음의 의미가 그들의 죽음을 보상할 수 있게 밝혀져야 한다'는 생각에 이른다. 화자는 H신문에 난 명단을 보다가 마지막 날 '탁인수(卓仁秀)'라는 이름을 발견하고는 깜짝 놀란다. 독립운동을 하다 처형된 탁인수와 이름이 같았

---

05 이와 비슷한 말이 E. H. 카의 『역사란 무엇인가』란 책에도 나오는데 1961년에 나온 책이므로 카가 블로크의 영향을 받은 것이 아닌가, 짐작해볼 수 있다.

기 때문이다.[06]

학병 탁인수는 일본군을 탈출하여 중국 충의구국군에 들어갔을 뿐 아니라 충의구국군 내에 조선인 부대를 만들 목적으로 상해에 잠입해 십 수 명의 조선인을 포섭했고 약간의 자금도 모았다. 이런 탁인수의 동태 를 파악한 장병중이란 조선인이 일본 관동군에 제보하여 상해 헌병대가 체포, 탁인수는 결국 군법회의에 넘어간다. 학병인 화자는 일본 패망 이 후 본국으로 철수하는 일본군의 야마사끼 중위의 명령으로 부대의 기밀 문서를 소각하는 일을 하게 된다. 그때 그는 탁인수와 판사가 군법회의 장에서 한 문답의 내용을 읽게 된다. 제법 긴 문답이 이렇게 끝난다.

문=네가 포섭한 조선인의 이름을 대라.
답=말할 수 없다.
문=네가 순순히 본 법정이 묻는 말에 대답하고 반성의 빛이 있으 면 너는 살 수가 있고 그렇지 않으면 죽음이 있을 뿐이다. 삶 과 죽음 가운데서 어느 편을 택할 것이냐.
답=나는 죽음을 택하겠다.
문=또 할 말이 없는가.
답=너희들이 조금이라도 도의를 안다면 나를 죄인 취급할 것이 아니라 일단 포로로 취급하라고 요구도 했겠지만 그런 도의가 있는 놈들 같지 않으니 할 말이 전혀 없다.
문=너는 가족을 생각해본 적이 있는가. 너의 불충 불효 불손한 행

---

06 발표지면인 『문학사상』에는 작가와 인터뷰한 것이 실려 있다. 이병주는 "삼분의 이 정도는 실화다. 여기에 나오는 탁인수도 모델이 있고 그가 죽게 된 재판기록문서도 내가 읽은 것 이다. 내가 蘇州에 가 있으면서 겪은 일들인데 탁인수의 모델이 된 韓聖壽 씨의 얘기는 장 준하 씨의 『돌베개』에도 소개되어 있다."라고 밝혔다.

위가 너의 가족에게 미칠 화를 생각해본 적이 있는가.

답=나의 불효는 장차 역사가 보상해주리라고 믿는다.[07]

이런 대화의 말미에 탁인수는 적전(敵前) 부대 이탈, 이적 등의 죄명으로 사형 판결을 받고 1945년 6월 15일 상해 경비사령부에서 법무장교 입회하에 교수형이 집행되었다고 끝난다. 애국자요 독립운동가인 탁인수의 죽음 과정이 적혀 있는 문서를 소각하고 소설의 화자는 뼈저리게 후회한다. 그 문서는 탁인수의 애국적인 행보를 알려주는 자료였으므로.

1945년 9월 초에 한국 출신 학도병들과 같이 현지 제대를 하고 상해로 간 나는 장병중을 만나게 된다. 동향인 교포가 한국 요정인 금강주가(金剛酒家)에 초청한 자리에서 대면케 되었던 것이다. 장은 사파이어로 된 넥타이핀을 하고 있었고 멋진 춤 솜씨를 보이며 여자들과 희희낙락하고 있었다. 그는 중경에 있는 임시정부에 정치자금을 대주었다고 자랑을 늘어놓기도 한다. 역겨움을 느낀 나는 그의 악수도 뿌리치고 술집을 빠져나온다.

귀국 후 한국전쟁 시 부산 광복동에서 우연히 만난 장병중은 눈에 띄게 말쑥한 차림을 하고 있었다. 제3대 국회의원에 출마한 그를 낙마케 하려면 탁인수 사건의 기록이 필요했고, 그것을 우리말로 번역해 지역구 내에 뿌려야 하는데 다 태우고 온 것을 다시금 후회한다. 탁인수에 대해 부채의식이 있는 나는 학병 출신들에게 두루 연락해 부산항을 굽어보는 양지바른 언덕에 송덕비를 하나 세우는 일까지 한다.

나는 귀국하기 전 상해에 머물 때 시인 이상화의 형 이상천 장군이 장개석 총통의 고문으로 있어서 찾아뵙고 장병중을 처벌하고자 상의를 드

07　「辨明」, 『문학사상』, 1972. 12, 87~88쪽.

린다. 이상천 장군의 말을 듣고 나는 임정에다가 장에 대한 처벌을 상신할 계획을 접는다.

"지금은 보복할 때가 아니라 지켜볼 때다. 지금 보복이 시작되면 나라의 일은 뒤죽박죽이 된다. 왜놈의 밀정은 장병중 하나만이 아니다. 이 상해에는 왜놈의 밀정이 우굴거린 곳이다. 물론 도의적인 책임감을 포기해선 안 된다. 나는 자네보다 수십 배나 많은 밀정을 알고 있고 수십 건 증언해야 할 사건을 가지고 있다. 그러나 상해에서만은 그런 일을 잊고 지내도록 하자."[08]

빨리 귀국해 나라를 세워야 하는데 외국에서 한인들끼리 잘잘못을 따지며 복수극을 벌이면 안 된다는 이상천 장군의 말이 일리 있다고 생각한 나는 1946년 2월에 고국으로 돌아간다. 그런데 이 소설의 클라이맥스는 일본 후생성 창고에 처박혀 있던 246위의 유골과 함께 탁인수의 유골이 귀환하는 장면이 아니다. 국회의원 선거에 출마한 장병중이 읍내 초등학교에서 합동 정견 발표를 하는 것을 내가 목격하는 대목이다. 장병중은 열변을 토한다.

"누구나 말로써 애국한다고 한다. 그러나 애국자라면 실적이 있어야 한다. 실적을 가지고 사람을 평가해야 한다. 나는 생명을 바치고 조국 광복을 위해 싸웠다. 나는 그 대가로서 여러분의 표를 원하는 것이 아니다. 그러한 실적이 있기에 누구보다도 충실한 일꾼이 되리라는 자신이 있기 때문에 여러분의 지지를 바란다."[09]

---

08 위의 책, 91쪽.
09 위의 책, 92~93쪽.

이 연설을 듣고 화자는 같은 학병 출신 M을 찾아간다. 장병중 낙마운 동을 반드시 해야겠다는 생각에서였다. 그런데 상해에서의 이상천 장군처럼 M도 만류한다.

"그렇게 한 뒤에 법률문제가 귀찮아서가 아니라 입후보한 놈들 가운데 장병중이 같은 놈이 어디 한두 사람뿐인 줄 아나? 일제 때 경찰한 놈도 입후보하고 있고, 일제 때 헌병 노릇 한 놈도 입후보하고 있고 일제에 아부해서 출세하려고 덤빈 별의별 놈들이 입후보하고 있는 판인데 자네가 장병중을 방해한다고 대한민국의 국회가 올바루 될 줄 아나? 내버려 둬, 국회가 친일파 민족반역자의 소굴이 되건, 사기꾼의 집합소가 되건."[10]

작가 이병주가 소설을 통해서 말하고 싶었던 주제가 바로 이 대목에 있다고 생각한다. 제3대 국회의원 선거는 1954년 5월 20일에 시행되었다. 반민특위가 이승만의 방해로 와해된 이후 친일파들에 대해 그 어떤 단죄도 행해지지 않았기 때문에 과거의 친일파가 다수 입후보하고 심지어는 장병중 같은 밀정이 애국지사로 둔갑하는 경우까지 생겨난 것이다. 제3대 국회의원 선거에서 자유당은 이승만 대통령의 장기 집권을 위해 각종 부정을 저질렀다. 특히 2대 국회 회기 동안 반정부 활동을 벌였던 국회의원을 낙선시키기 위해 온갖 술책을 부렸다. 이런 부정은 1960년 3월 15일의 그 유명한 3·15부정선거까지 이어진다. 아무리 반공이 중요한 것이었다고 하더라도 친일파 등용의 후유증은 1960년까지 이어진다. 아니, 그 후유증이 4·19혁명 때까지만 이어진 것일까. 한국사 전체에 가

---

10 위의 책, 93쪽.

장 큰 그림자를 드리운 것이 바로 친일파를 처벌하지 않고 고스란히 권력을 승계하게끔 한 미군정과 이승만 정권에 있었다고 질책한 이가 바로 소설가 이병주였다.

다행히도 선거 결과는 장병중이 3위로 낙선하고 만다. 소설은 마르크 블로크에게 화자가 질문을 던진 뒤에 중국 당나라 때의 시인 이하의 시 한 구절을 인용하는 것으로 끝난다. 이렇게 질문을 던진다.

"역사가 인생에게 유익하려면 악의 원인을 철저히 캐내어 그것을 근절하는 방법을 만들어내야 하지 않겠습니까."

이 질문에 가상의 마르크 교수가 나타나 이렇게 답한다.

"(상략) 섭리란 것을 나는 싫어한다. 섭리가 등장하면 역사는 퇴장해야 하니까."

섭리는 당위이며 역사는 경험일 것이다. 악인이 지옥으로 가는 것이 섭리겠지만 역사는 악인을 오랫동안 살려둔 경우가 비일비재하였다. 히틀러, 스탈린, 프랑코, 김일성, 피노체트, 이디 아민, 폴 포트, 뒤발리에, 밀로셰비치, 푸틴……. 한 명의 독재자가 백만 명도 죽이고 이백만 명도 죽이는 것이 역사이고 역사적 현실이다. 그래서 작가는 "생각에 따라서는 우리가 살고 있는 하루하루가 변명에의 시도인 것이다."라고 결론을 맺는다. 역사가 순리대로 진행된다면 변명할 필요가 어디 있겠는가. 그런데 전란 때문에 죽어간 사람들의 원혼은 달래줄 사람이 없다. "원한에 사무친 사람의 피는 천년이 가도 흙 속의 벽옥(碧玉)처럼 완연하리라(秋墳

鬼唱鮑家詩 土血千年土中碧)"라고 이하라는 당나라의 시인은 노래했지만.

　거의 같은 시기에 발표한 「鄭學準」[11]에서도 이병주는 이 문제를 거론
한다. 화자가 조간신문에서 심연섭과 김병율 두 사람의 부고를 접하고
상념에 잠기는 데서 소설은 출발한다. 심연섭은 같은 신문에 칼럼을 번
갈아 쓰는 유명 칼럼니스트이고 김병율은 학병 시절을 같이 보낸 친구
다. 학병 출신 친목회의 사무국장인 김병율은 육군 준장으로 예편했고
국방부 정훈국장도 했었다. 그런데 일자가 겹친 날, 이 두 지인의 장례식
장에 가지 않고 화자는 정학준의 장례식장에 간다. 곡기를 끊고 자살을
단행한 정학준은 아들의 결혼식을 앞두고서, 즉 결혼식장에 신랑의 아버
지로 가는 일을 앞두고서 극단적인 행동에 돌입한 것이다.

　정학준의 아들인 준호가 화자를 찾아와 나흘째 식음을 전폐하고 있
는 아버지를 만류해 달라고 간곡하게 부탁한다. 정학준은 9년 연상의 고
향 선배인데 지독히 가난하여 간간이 도움을 주었고, 특히 아들 준호가
서울대학에 합격하고도 등록금이 없어 학교에 갈 수 없는 상황이 되자
한 학기 등록금을 대준 것이 인연이라면 인연이었다.

　준호의 아내가 될 여성의 아버지는 박팔도라는 사람인데 일제강점기
때 경부보(警部補)의 계급으로 경남경찰부의 고등계 주임이었다. 그는 정
학준을 3년 동안이나 경찰부 지하 유치장에 가둬놓고 심심하면 끌어내
고문을 했다. 해방이 한 달만 늦었더라도 정학준은 죽었을 거라고 했다.
동향의 김동하 씨가 정학준을 데리고 나왔을 때는 사람의 형상이 아니었
다. 넋도 반쯤 나가 있었다. 도대체 정학준은 어떤 인물인가.

11　「鄭學準」, 『한국문학』, 1977.5.

정학준은 광주학생사건의 주모자로 몰려 고향의 고보를 퇴학당하고 중학 과정을 일본에 가서 마쳤다. 그 뒤 동경의 어느 사립대학 전문부를 졸업하고 중국과 거래가 있는 어느 상사에 취직했다. 중국에 있는 독립운동자들과 접촉할 수 있지 않을까 하는 의도가 있어서 한 짓이었다. 그는 독립운동자의 유가족을 돕기도 하고 조그마한 비밀 서클을 조직하기도 해서 당시의 상황이 허락하는 범위 내에서 조국 독립을 위해 최선을 다했다. 선배에 대한 존경, 후배에 대한 친절은 더욱이 돈독했다.[12]

정학준이 몸담고 있는 회사가 점점 더 일본의 국책 방향으로 영업을 하자 사표를 던지고 중국에 가서 독립운동을 제대로 하겠다고 결심한다. 중국에 가는 길에 고향에 들렀는데 그만 박팔도에게 들켜버린다. 광주학생사건 주모자임을 조사를 통해 알고 있던 박팔도는 형사 수명을 데리고 가서 정학준의 집을 덮쳐서 체포한다. 박팔도는 정학준의 노트에 지난날 비밀 서클을 조직해 활동을 같이했던 친구들의 이니셜이 영어 알파벳으로 적혀 있는 것을 발견하고는 암호문서로 간주, 그 내용을 밝히겠다고 일단 구속한다. 박팔도는 이 명단이 중국의 공산당이나 중경에 있는 임시정부 사람들과 관련이 있다고 주장하며 실토하라고 동서고금의 모든 고문 방법을 다 동원해 정학준을 괴롭힌다. 일본인 간부가 증거가 안 나오니 풀어주자고 주장해도 심증이 확실히 있다, 내게 맡겨달라고 하고는 3년이나 가둬놓고는 수시로 고문을 해댄 것이다.

정학준이 아들에게 너의 장인이 될 사람이 어떤 사람인 줄 아느냐고 묻자 "훌륭한 인격자입니다. 장학생도 많이 양성하고 있습니다."라고 대

---

12   위의 책, 96쪽.

답한다. 그런데 박팔도는 정학준의 이름을 듣고도 누군지 모른다. 일본 유학생들은 그 당시 모두 창씨개명을 했기 때문이었다. 박팔도의 뇌리 에는 노부하라라는 일본인의 이름만 남아 있어 사돈이 될 사람이 자신이 고문했던 사람임을 몰랐던 것이다. 소설의 화자는 박팔도에게 개인적인 한도 있다.

> 나도 박팔도로부턴 일제 때 부산 수상서(水上署)에서 모질게 당한 적이 있다. 그때의 그 잔인의 화신 같았던 고등계 형사가 오늘날 대부 호가 되어, 게다가 인격자까지 되었다니 정말 군자는 삼일불견(三日不 見)이면 괄목이상대(刮目而相對)란 말인가.[13]

화자가 준호의 안내로 초라하기 짝이 없는 정학준의 집을 찾았을 때 는 나흘만 굶은 게 아니었다. 사돈이 될 이가 누군지 안 이후에 죽기로 결심하고는 이미 곡기를 끊고 있어서 링거 주사를 놓아도 아무 소용이 없이 며칠 뒤에 숨을 거둔다. 두 청춘의 결혼은 타워호텔에서 거창하게 진행된다. 철천지원수와 사돈이 되느니 자식 결혼식 전에 죽는 게 좋겠 다는 정학준의 결심은 실행되었던 것이고, 화자는 정학준이 잘 죽었다고 생각한다.

> 그가 이 세상에서 태어나서 한 짓 가운데 가장 잘한 짓이 그의 죽 음이 아니었던가도 싶었다.

화자는, 아니 이병주는, 정학준이 스스로 결단을 내려서 한, 식음 전

---

13 위의 책, 98쪽.

폐를 통해 한 자살행위가 아들을 위해 할 수 있는 유일한 부성애적인 행위였기에 이렇게 긍정적으로 생각한 것이다. 정학준은 상견례 자리에서 사돈 될 이의 얼굴도 보고 싶지 않았고 결혼식장에서도 보고 싶지 않았다. 구원(舊怨)이 있다고 결혼을 반대할 수도 없었다. 가장 소극적인 거부 의사를 표했으니 그것이 굶어 죽는 것이었다. 소설의 제목을 사람 이름으로 한 것이 이색적이다.

화자는 김동하 씨의 입을 통해 박팔도 치부의 과정을 알게 된다. 박팔도 사업의 내용이 구체적으로 나오지 않지만 1965년 한일 간 국교가 열리자 아연 활기를 띠었다고 되어 있다. 그는 불과 몇 해 안 가서 벼락부자가 되었는데 일본의 옛날 상전들이 돌봐주었을 거라는 풍문도 전해준다. 친일 경력이 그에게 부를 선사한 것이다.

일제강점기 때 같은 한민족이지만 친일 부역자가 된 이가 어디 한두 명이었을까. 말단 면서기부터 일본으로부터 작위를 받은 을사오적신까지 그 수는 수십 만 명에 이를 것이다. 그중에는 우리 문학사의 태두인 이광수와 최남선도 있었고 기업가·종교인·예술가·교육자 등 사회의 지도자급 인사들이 즐비했다. 이들이 젊은이들에게 일본군 참전을 독려하고 각종 친일적 창작행위를 하고 군비 헌금을 했을지라도 일제의 강권에 못 이겨 하거나 마지못해 한 측면이 있었을 것이다. 하지만 일본의 고등계 형사, 독립운동가를 팔아넘긴 밀정, 일본군 장교 등은 직접적으로 반민족행위를 한 사람들이다. 반민특위가 실제로 활동한 것은 1949년 1월부터 공소시효 기간 마감인 8월까지로, 총 취급 건수는 682건, 검찰부의 기소 건수는 221건, 재판부의 판결 건수는 40건이었다. 그중 징역 이상의 형을 받은 사람은 14명에 불과하며, 이들도 1950년 봄까지 재심청구 등으로 감형되거나 형집행이 정지되어 모두 석방되었다. 즉, 동족에게 범죄 행위를 직접적으로 한 친일파 가운데 제대로 벌을 받은 이는 단한 명도 없었던 것이다.

드골은 국내 레지스탕스 단체들의 지지를 받으며 독일에 대한 항전을 계속한 반면, 친독 페탱 정부는 15만여 명의 프랑스인이 나치에 총살당하고 유대인이나 프랑스인 100여만 명이 나치의 군수공장 또는 강제수용소로 이송돼 죽어가는 것을 방치하거나 거들었다. 1944년 8월 파리 해방 직후 귀환한 드골은 '정의의 법정'을 세우고 즉각 나치 부역자 단죄 작업을 개시하였다. "국가가 애국자에게는 상을 주고 배반자나 범죄자에게는 벌을 주어야만 비로소 국민을 단결시킬 수 있다"는 것이 드골의 신념이었다. 대숙청의 오랏줄에 묶여 99만여 명의 나치 협력자가 투옥되었고, 6763명에게 사형, 2777명에게 종신 강제노동형, 3만 6700명에게 유지징역형, 4만 8400여 명에게 부역죄형이 선고되었다.[14] 반민족행위를 한 자국민에 대한 처벌이 프랑스에서는 전쟁 이후 이렇게 엄격하게 행해졌다. 그래서 장 폴 사르트르는 일본 도쿄대학의 초청을 받아 대강당에서 특강을 하면서 "인류의 역사가 시작된 이래 반민족행위를 한 사람들을 처벌하지 않은 유일한 나라가 바로 대한민국이라는 나라"라고 조롱했던 것이다. 처벌은커녕 반민족적인 행위가 밑거름이 되어 친일파들이 우리 사회의 최상층부가 되었다. 이병주의 2편 소설은 바로 이 점을 다루었기에 그의 모든 작품 중에서도 특별히 그 주제가 중요하다고 생각되어 이 글에서 다루어 보았다.

이 땅의 수많은 소설가 가운데 친일파 단죄 문제를 정면으로 다룬 이는 거의 없었다. 학도병 출신인 이병주가 「八月의 사상」, 「辨明」, 「鄭學準」

---

14 언론사 프랑스 파리 특파원을 20년 동안 한 주섭일의 저서 『프랑스의 대숙청』(중심, 1999)을 참조함.

에서 이 문제를 다룬 것은 역사를 바로잡으려는 마르크 블로크의 저작 행위에 못지않은 역사 동참 행위였다. 이병주가 친일파의 후손들이 선조의 후광을 입고 잘살아가고 있는 뒤틀린 현대사를 바로잡고자 일침을 놓은 것으로 간주해도 좋겠다.

Ⅲ부

김춘수에 대해 쓴 3편의 글

김춘수 시인의 삶과 시와 시론

대담 일자: 1999년 1월 13일

대담 장소: 김춘수 시인 명일동 자택

이승하: 안녕하십니까? 한동안 겨울 날씨가 너무 포근해 기상 이변에 따
　　　른 이상난동인가 했는데 최근 들어 날씨가 제법 쌀쌀해졌습니
　　　다. 겨울이 겨울다워야 하지만 바깥 출입하시기에 불편한 날씨

가 아닌지 모르겠습니다. 요즘 건강은 어떠하신지요?

김춘수: 몸은 그저 그만한데 기억력이 많이 쇠퇴했어요. 어떤 경우에는
　　　　사람을 잊어버리는 수가 다 있습니다. 와서 인사를 하는 사람이
　　　　분명히 아는 얼굴인데 이름이 기억이 안 나 실례를 하는 경우가
　　　　있어요. 미당 선생이 자고 일어나면 산 이름을 수백 개씩 외운다
　　　　는데, 그 심정을 알겠어요.

이승하: 그래도 선생님 연세가 올해 일흔여덟이 되신 것을 감안하면 아주
　　　　건강하신 것으로 여겨집니다.

김춘수: 내가 생일이 좀 늦어요. 11월 25일이니까 만으로 치면 일흔여섯
　　　　겨우 넘긴 셈인데 우리 나이로 쳐서 손해를 보고 있다고 할까요.
　　　　(웃음)

이승하: 작년 12월, 시와시학상 수상식장에서도 장시간 축사를 하셨고,
　　　　문학아카데미 주관 시의 축제 행사 때에도 '시의 두 가지 유형'에
　　　　대해 장시간 특강을 하시고 질문도 받으셨다면서요? 저는 시의
　　　　축제 행사 때 가보질 못해 특강 내용이 어떠했는지 궁금합니다.
　　　　그 내용을 간단히 말씀해주실 수 있겠습니까?

김춘수: 요약하면 이렇습니다. 『서경』에 '詩言志歌永言'(시는 뜻한 바를 말
　　　　로 표현한 것이며 노래는 말을 가락에 맞춘 것)이란 말이 나오죠. 여기서
　　　　'뜻'이란 서양의 50년대 신비평 그룹이 말한 'poetry of the will'

과 상통하는 것입니다. 이때의 'will'은 의지가 아니라 관념이나 사상을 말하는 것이지요. 'platonic poetry', 즉 관념시도 거의 같은 말입니다. 이 유형은 시의 역사와 궤를 같이해 왔을 만큼 긴 것입니다. 이와는 달리 근대에 들어서 'physical poetry'(물질시)가 등장하는데, 이것은 사상이나 관념을 배제하는 또 하나의 유형이지요. 관념과 의지는 얕잡아서 말하면 메시지인데, 시에다 어떤 메시지를 담지 않으려는 경향이 생겨난 것입니다. 관념이나 메시지는 사물에 대한 판단이라고 할 수 있지 않을까요. 그렇다면 물질시는 판단을 유보하려는 태도를 갖는 것이지요. 어떤 사물과 사실을 묘사하는 데 그칠 뿐 주의 주장을 배제합니다. 시에는 크게 이 두 가지 유형이 있다는 것이 그날의 강연 요지였습니다.

이승하: 선생님께서 한때 말씀하셨던 무의미시는 물질시의 갈래로 봐야겠군요. 그런데 1991년에 발간하신 시론집 『시의 위상』을 보니까 한국 현대시의 계보를 세 가지로 나누어놓았더군요. 사적인 개인의 감정을 드러낸 서정적인 가닥과 사회의식이나 역사의식이 두드러진 현실참여적인 가닥, 그리고 문화의식이나 예술적 차원에서의 시대감각이 민감한, 모더니즘이라 일컬어지는 가닥이 그것이라는 삼분법을 본 기억이 납니다. 지난번의 구분법에서 첫 번째와 두 번째 갈래가 하나로 합쳐졌다고 할 수도 있겠습니다.

김춘수: 아, 그럴 수가 있겠습니다.

이승하: 우리 시를 보면 동구 공산권 국가들의 사회주의 체제가 몰락하고 국내 민주화가 진전되면서 현실참여적인 가락은 현저히 줄어든 셈인데, 한때 무의미시론을 주창했던 선생님께서는 여기에 대해 어떻게 생각하고 계시는지요?

김춘수: 사회 문제는 늘 있는 것인데 동구권 몰락으로 현실참여시의 창작이 줄어든 것은 이해가 가지 않습니다. 요즘도 세상이 얼마나 어렵고 어지럽습니까. 사회문제에 대한 관심의 갑작스런 위축은 그때 그런 시를 활발히 썼던 사람들이 공산주의사상에 대해 어떤 기대가 있었다거나 시세에 편승하려는 경향이 있었다는 반증이지요. 다른 나라 시를 보더라도 사회참여의 경향은 있어온 것이고, 앞으로도 계속 있어야 한다고 생각합니다. 동구권은 동구권이고 우리 사회는 우리 사회인데 왜 공산주의의 몰락이 우리 시인들한테 영향을 주었는지 이해가 잘 안 되고 아쉽기도 하고 그래요.

이승하: 메시지의 시를 배격해 오신 선생님이 그런 말씀을 하시니 뜻밖입니다. 아무튼 참여시론을 외친 김수영의 영향력은 후배 시인들과 문학을 전공하는 대학생들에게 여전히 절대적입니다. 김수영 시인과 그의 영향력에 대한 선생님의 견해를 듣고 싶습니다.

김춘수: 김수영은 나랑 나이도 비슷했고 문단에 나온 것도 비슷했습니다. 나보다 한 살 위였죠. 그런데 선후배와 동년배 시인을 망라해 그처럼 내가 강한 압력을 느낀 사람은 없었습니다. 김수영은 모더

니스트로 출발했는데, 그래서 부산 피난 시절 후반기 동인들과
가깝게 지냈지요. 후반기 동인과 그 주변 시인들 가운데 김수영
은 내 눈에 그때 단연 돋보이는 존재였습니다. 후반기 동인은 저
한테도 가입 의사를 타진해왔는데 저와는 기질이 맞지 않아 가
입하지 않았습니다. 어떻든 방법론과 기교에 있어 모더니스트임
에 틀림없었던 김수영은 20년대를 풍미한 T. S. 엘리엇보다 30
년대 영국 뉴 컨트리파를 이루었던 W. H. 오든과 스티븐 스펜더
의 영향을 강하게 받았습니다. 엘리엇이 내면성이 강한 시인이
었던 반면 오든과 스펜더는 사회성 내지는 혁명성이 강했지 않
습니까. 혁명성이 강한 시의 탄생은 유럽 지식인 사회의 좌경화
와 스페인 내전, 미국 경제공황 등의 영향 때문인데, 4·19를 전
후해 김수영도 뉴 컨트리파 시인들을 의식해 시적 전환을 꾀했
던 것입니다. 김수영에 대해 의식·무의식적으로 경쟁의식을 갖
고 있던 저는 그가 참여시론을 전개하자 그 반대의 경향인 내면
세계를 더욱 열심히 파고 들어가게 되었습니다. 억지로라도 그
렇게 하려고 용을 쓰게 된 데는 김수영이란 존재가 의식되었기
때문이지요.

이승하: 김수영 시인에게 그렇게 강력하게 경쟁의식을 느끼고 있었다는
사실이 재미있습니다. 아까 미당 서정주 선생님 말씀을 잠깐 하
셨는데 문단에서 오랜 교분이 있었을 거라 생각합니다. 미당 선
생님의 시세계는 선생님과 유사한 부분보다는 다른 부분이 많습
니다. 미당의 시를 선생님은 어떻게 생각하고 계시는지요?

김춘수: 그 무엇보다 그분한테는 니체 사상의 영향이 강했다는 것을 얘기하고 싶습니다. 미당 자신도 보들레르보다 니체의 사상에 경도된 적이 있다는 말을 했었습니다. 「문둥이」 같은 시를 보면 생명 그 자체에 대한 긍정과 예찬이지요. 도덕이란 선과 악을 구별하는 능력인데, 도덕을 초월하는 생명사상이 그의 초기 시에는 아주 강했습니다. 모국어의 유려한 구사와 아울러 미당 시의 이런 측면은 무척 중요한 것이라 생각합니다.

이승하: 선생님께서는 90년대에도 정말 활발한 작품 활동을 하셨습니다. 아까 말씀드린 시론집 『시의 위상』을 비롯하여 시집 『처용단장』, 『비에 젖은 달』, 『서서 잠자는 숲』, 『들림, 도스토예프스키』 4권을 90년대에 출간하셨습니다. 작품집 출간 계획이 지금 잡혀 있는 것이 있습니까?

김춘수: 이 달 말경에 문학세계사에서 시집이 한 권 나올 예정으로 있습니다.

이승하: 칠순에 접어들어 펴낸 다섯 권의 시집, 정말 왕성한 작품 활동이 아닐 수 없습니다.

김춘수: 작품의 질이 문제지요.

이승하: 지난 겨울호 『세계의 문학』에는 평론가 이태동 선생이 선생님의 문학을 총정리한 글을 실었습니다. 이태동 선생은 선생님의 시

를 존재의 근원적인 문제에 대한 지속적인 인식론적 추구의 결과로 보았습니다. 선생님의 시적 궤적은 사계의 변천 과정에서 명멸하는 생명체의 그것과 유사함을 지니고 있다고, 즉 생명체의 성장 과정이 주변환경의 영향으로 굴절되는 모습을 보이듯이 외부적인 상황과 깊은 관계를 지니고 있다고 했습니다. 『타령조 기타』의 세계를 지나면서 관념을 멀리하고 실존적인 현실을 묘사하기 위해 시를 쓰기 시작했다고 적혀 있던데, 여기에 대해 동의하시는지 선생님의 의견을 듣고 싶습니다.

김춘수 : 저도 이태동 씨의 그 글을 유심히 읽었는데 제 창작 의도와는 전혀 다른 진단을 하고 있더군요. 사계의 변천 과정이니 외부적인 상황과의 깊은 관계니 실존적인 현실묘사니 하는 것 등 도저히 동의할 수 없는 내용들이지만 여기에 대한 언급을 피하겠습니다. 평론가가 제 시를 어떻게 보느냐는 그분의 자유 아닙니까. 상당히 긴 분량으로, 공들여서 쓴 글을 놓고 반박하기가 뭐합니다.

이승하 : 『들림, 도스토예프스키』에 대한 이태동 선생의 평가에 따르면 "도스토예프스키 문학의 패러디를 통해 부조리한 역사와 비극적인 삶의 현실에 저항하는 모습을 보이는 것은 새로우면서도 허무적인 일면을 나타내고 있는 것임에 틀림이 없다."고 했습니다. 부조리한 역사와 비극적인 삶의 현실에 저항한 소설 속의 인물들에 대한 시적 형상화는 인정할 수 있지만 선생님 시의 허무적인 일면에 대한 언급은 선뜻 수긍하기 어려웠습니다.

김춘수 : 허무라는 말이 거두절미하고 갑작스레 나오니 당황하게 되더군
요. 허무라는 말이 나왔으니 도스토예프스키 소설과 관련시켜
'허무'에 대해 이런 말은 하고 싶습니다. 그의 소설을 보면 혁명
가들이 많이 나오지요. 그런데 상당수가 허무주의자예요. 도스
토예프스키는 희랍정교주의자 내지는 슬라브주의자였습니다.
그래서 당시 서구에서 들어온 사회주의니 혁명사상이니 하는 데
대해서는 반대하는 입장이었지요. 러시아가 공산주의 치하였을
때 도스토예프스키의 작품이 금서였던 것은 도스토예프스키가
사회주의자를 허무주의자와 같은 맥락에서 봤기 때문입니다. 그
의 소설에 나오는 혁명가들을 신을 잃어버린 사람들, 즉 니힐리
스트라고 본 것을 공산당은 용납할 수 없었던 것입니다.

이승하 : 저는 죽음을 향한 인간의 도정이 결코 허무로만 귀결되지 않음
을, 기독교에서 말하는 '구원'이 내재되어 있음을 『들림, 도스토
예프스키』를 통해 읽어낼 수 있었습니다. 선생님께서는 신에 의
한 인간 '구원'의 문제를 어떻게 생각해 오셨는지요? 예수의 다른
이름이 구세주인데, 선생님이 쓰신 시 가운데 예수가 나오는 것
도 여러 편 있지 않습니까?

김춘수 : 나는 미션 계통의 유치원에 다닌 탓인지 어릴 때부터 기독교가
정서적으로, 감각적으로 몸에 배었습니다. 청·장년이 된 이후로
는 기독교, 특히 예수라는 인물에 대한 관심을 갖게 되었습니다.
꾸준한 관심이랄까, 집요한 관심이랄까. 성경은 지금까지도 내
애독서 중의 하나입니다. 예수의 생애에 대해서는 그간 많은 책

이 나왔는데 상당수를 읽었고, 지금도 읽고 있습니다. 그럼에도 나는 기독교인이 아닙니다. 성서에 기록된 기적(奇蹟)의 대목에만 이르면 번번이 좌절하고 말았기 때문이지요. 그래서 예수에 대해서 지적인 관심으로만 접근하게 되더군요. 기적의 문제는 기독교인이라면 과학자 등 상당한 지적 수준을 가진 사람일지라도 무조건 그대로 믿어버리지 않습니까. 나는 그게 납득이 안 되는 겁니다. 하지만 예수에 대한 관심은 죽을 때까지 변하지 않을 것입니다. 이것이 종교에 있어서는 구원의 문제, 인간에 있어서는 존재론적인 문제에 연결되는 것이 아니겠습니까.

이승하: 지난번 시집을 보면 원죄, 혹은 선악의 문제로 고민하는 소설 속의 인간들이 다수 나옵니다. 그래서 저는 선생님 자신도 이 문제에 관심을 갖고 있었다는 것을 알 수 있습니다. 도스토예프스키 작품 속의 인물들에 대한 재해석을 통해 선생님 나름의 종교관을 펼쳐보았다고 할 수 있겠습니까?

김춘수: 그럴 수 있지요. 도스토예프스키는 하느님을 믿는 희랍 정교주의자였지만 기독교를 일방적으로 찬양하지는 않았습니다. 유신론자와 무신론자를, 선인과 악인을, 혁명가와 반혁명가(지주·자본가·종교인 등)를 등장시켜 갈등케 했지요. 사람을 선인과 악인으로 딱 갈라서 얘기하기는 그렇지만 극악무도한 인간과 천진무구한 인간이 나와 다 같이 고민하고 갈등하지요. 신을 믿는 사람과 그렇지 않은 사람의 구분은 확실합니다. 한데 소설은 처음부터 끝까지 갈등의 양상만 보여줄 뿐입니다. 해결을 줄기차게 모

색하되 해결된 세계는 보여주지 않아서 나는 도스토예프스키의 작품에 아주 공감했던 것입니다. 자기 입장을 강요하지 않는 것, 갈등만 있고 해결이 없는 것, 그런 도스토예프스키의 작품 세계는 예수에 대한 관심은 갖되 기독교인이 되지 못한 나의 종교관을 설명해줄 수 있다고 생각합니다.

이승하 : 선생님은 『현대문학』 1월호에 「계단을 위한 바리에테」를 발표하셨고, 이번 호 『시와시학』지에 연작시 「의자를 위한 바리에떼」 7편과 「계단을 위한 바리에떼」 3편을 발표하셨습니다. '바리에떼'란 다양성·변화·변용, 뭐 이런 뜻이니 변주곡으로 해석하면 될 듯합니다. 의자와 계단 같은 사물을 제목에 끌어온 이유가 궁금합니다.

김춘수 : 의자와 계단 연작시가 스무 편 정도 돼 이번에 나올 시집의 제목을 '의자와 계단'으로 할까 생각하고 있습니다. 의자는 휴식과 기다림을 상징합니다. 사람이 의자에 앉으면 휴식의 상태가, 비어 있으면 기다림의 상태가 되지요. 나는 휴식을 취하고 싶은데, 즉 정신의 안정을 꾀하고 싶은데, 종교적으로 말하면 구원을 얻고 싶은데, 내 의자는 늘 비어 있습니다. 내 의자는 늘 비어 있는 상태이고, 나도 거기 앉고 싶은데 앉아 있을 수가 없는 겁니다. 정신적 안정을 줄곧 갈망하는데 한시도 안정이 안 되는 거지요. 계단이란 것은 무한정 올라갈 수가 없죠. 올라가게끔 만들어져 있지만 반드시 내려와야 하는 것이 계단입니다. 인간 본연의 이율배반성이나 자기모순성을 상징하는 것이 바로 계단이 아닌가 합

니다. 신학과 연결시키면 안티노미(antinomy)의 상태로 있는 것이 계단이고, 이것이 바로 인간이란 존재가 아닌가 합니다.

이승하: 그러니까 의자는 구원의 불가능함을, 계단은 인간 존재의 이율배반성을 의미하는 것이겠군요. 의자에 가서 앉고 싶어도, 즉 기독교인이 되어 내 몸과 영혼을 신께 온전히 의탁하고 싶어도 내 의자는 늘 비어 있으니 휴식과 안정, 구원은 불가능하다는 것이지요. 또 보통의 인간이 매일 도처에서 만나는 계단은 지혜이건 재산이건 명리이건 쌓아 올라가면 반드시 버리고 내려가야 함을 일깨워주고 있습니다. 인간이 얼마나 모순된 존재인가를 일깨워주기도 하는 것이겠지요. 사물을 갖고 사상을 들려준 상징화의 기법이 무척 재미있습니다.

김춘수: 재미있다니 다행입니다.

이승하: 『계단을 위한 바리에테』는 미국의 신학자 라인홀드 니버의 어린 시절이 나오는 재미있는 내용입니다. 시적 화자와 니버가 친구로 등장합니다. 니버란 녀석이 내 호주머니에 밤 몇 톨을 쑤셔 넣는데, 집에 가서 꺼내 보니 껍질에 설탕 가루가 묻어 있고 알은 다 썩어 있더라는 얘기는 무엇을 상징하는 것인지 잘 모르겠습니다. 우의적인 표현 같기도 하고, 동화 같기도 하고……

김춘수: 라인홀드 니버란 이름은 독일식이지만 미국 국적이었지요. 20세기의 대표적인 신학자입니다. 그의 저작 『인간의 운명』은 내가

대학에 다니면서 탐독했던 작품이지요. 사실에 있어 그 시의 니버는 어린 날의 나고, 니버의 친구는 이웃집에 살던 일본인 아이였습니다. 그 얘기는 자전소설 『꽃과 여우』에도 나옵니다. 초등학교 1, 2학년 때였을 겁니다. 이웃집에 사는 일본인 아이가 꼭 그런 식으로 짓궂은 장난을 하기에 나도 그렇게 해주어야겠다고 생각하고 있었는데 이놈이 겁이 나 내 앞에 영 안 나타나는 겁니다. 그 일을 생각해보니까 니버 같은 유명한 신학자도 어릴 때는 그렇게 짓궂은 개구쟁이였는데 계단을 하나씩 올라가는 수양을 통해 유명한 신학자가 된 것이 아닌가 생각해 그런 시를 지어본 것입니다.

이승하 : 그럼 계단을 올라가는 수행을 통해 인간적 한계를 극복해보려는 노력을 나도 한번 해볼 수 있으리라는 바람을 가져본 것이 이 시의 숨은 뜻일 수도 있겠습니다.

김춘수 : 그런 해석도 가능하겠지요.

이승하 : 「의자를 위한 바리에떼」는 그 넷부터 시작하여 그 열까지 7편이 수록되어 있는데, 제목에 의자가 있어 '자리'나 '지위'를 생각했습니다만 읽어보니 그런 뜻은 들어 있지 않은 듯합니다. 의자에 얽힌 추억담으로 읽혀지는 부분도 있고 그렇지 않은 부분도 있고, 잘 모르겠습니다. 우선 '그 넷'에는 헤르몬산, 갈릴리의 호수, 요단강이 나와 선생님의 종교적인 명상 같은 것을 엿보게 됩니다. 독자를 위해 약간의 부연 설명을 해주시는 것이 가능할는지요?

김춘수:예수에 대한 관심이 하나의 갈망으로 굳어진 내용입니다.

이승하:아, 그렇습니까. '그 다섯'에는 죽어서 나비가 된 어릴 적 소꿉질
친구 '옥수나'가 나옵니다. 왜 옥수나가 대낮인데 공지초롱을 들
리고 연못가 수련꽃 그늘로 가고 있는지 궁금하구요, "슬픔은 키
가 작아/ 바람 부는 날 더욱 작게 몸을 웅그린다"는 것도 저로서
는 제목과 어떤 연관이 있는지 파악되지 않습니다.

김춘수:옥수나란 이름은 지어낸 것입니다. 이름이 참 아름답지 않습니
까? 어린 시절을 돌이켜보면 유치원생쯤 되는 대여섯 살 때도 이
성을 느낄 수 있거든요. 내가 좋아했던 계집아이가 죽고 없는 세
상은 쓸쓸합니다. 슬플 때는 사람이 움츠러드는데 바람까지 부
는 날엔 더욱 추워 웅크리게 되지 않습니까. 그래서 그 아이가
나비가 되어 환생하기를 꿈꾸는 것이지요. 이 시에는 평생 갈망
이 충족되지 않는 데서 오는 슬픔이 담겨 있습니다. 인간은 근원
적인 갈망을 평생 지고 가는 존재가 아닙니까. 존재 그 자체가
슬픈 것이지요.

이승하:유년 시절에 느낀 이성에 대한 갈망과 그리움을 그려 인간의 유
한성, 그것의 슬픔을 노래해 본 시로군요. 의자는 기다림과 갈망
을 상징하는 것이므로 제목과 잘 들어맞습니다. 루오는 현대 화
가 중에서도 기독교적 색채가 특히 강한 사람입니다. 루오가 「교
외의 예수」를 그린 일에 상당한 상징을 부여한 듯합니다. 이 작
품에 대한 선생님의 창작 의도는 무엇입니까?

김춘수:루오는 나이가 많이 들어 화가로 활동하기 시작해 세계적인 화가
　　　가 된 사람이지요. 그의 작품 「교외의 예수」에는 예수의 얼굴이
　　　없고 윤곽만 있지 않습니까. 그 옆의 두 사람도 마찬가지고. 루
　　　오도 예수의 이목구비를 그려낼 수 없어 좌절감을 겪지 않았나
　　　싶습니다. 예수는 참 걷잡을 수 없는 인물이에요. (웃음)

루오, 〈교외의 예수〉

이승하:「그 일곱」과「그 여덟」은 쉽고도 어려운데 어둠과의 대결 및 시간에 대한 은유적 처리로 느껴졌고,「그 아홉」은 고향에서의 기억을 더듬은 시로 읽혀지던데요.

김춘수:「그 일곱」은 기다리는 자를 그린 일종의 스케치입니다. 쓸쓸한 풍경화지요.「그 여덟」은 인간의 고독감을 그린 것입니다. 나는 누군가를 기다리고 갈망하는데 나를 둘러싸고 있는 세상은 객관 세상이어서 아무 감정을 보여주지 않습니다. 객체는 다 냉랭하다는 것이죠. 그 다음 시는 끝부분 "허리가 물렁물렁해진다"는 표현에 주목해주기 바랍니다. 앞서 말한 의자와 연결되는 것입니다. 세상 사는 일이 허전하기도 하고 뭔가 충족되지 않는 델리킷한 감정을 담은 것입니다.

이승하:「그 열」에는 요한 바오로 2세와 한국의 예술가들이 나오는데, 일종의 풍자시로 읽혀집니다. 풍자시로 읽어도 괜찮은 작품인지 모르겠습니다.

김춘수:아닙니다. 요한 바오로 2세가 왔을 때 저도 초청을 받아 갔었는데 그분의 인상이 써놓은 그대로였습니다. 그가 풍겨주는 분위기와 그가 읽는 글(메시지)에 흡수·동화되어 흡족함을 느낀 상태를 그대로 그린 것입니다.

이승하:「계단을 위한 바리에떼」는 계단에 얽힌 어린 날의 추억입니까?「그 하나」와「그 둘」은 어느 정도 이해가 가는데「그 셋」은 제 안

목으로는 잘 이해되지 않습니다. 잼이 자메이카의 약어라는 것과 계단과의 관계가 잘 이해되지 않습니다. 제가 시를 보는 눈이 이렇게 미욱하여 영 부끄럽습니다.

김춘수: 앞의 두 편은 성장의 한 과정을 그린 것이지요. 잼이 자메이카의 약어라는 것을 어디서 우연히 봤어요. 잼은 빵에 발라서 먹는 것인데 자메이카의 약어이기도 하다는 것이 신기하게 생각되었습니다. 나라 이름조차 확 줄여서 사용하듯이 우리가 무엇에 도달하려면 제대로 순서를 밟아야 하는데 성급하게 하려 듭니다. 그런 것에 대한 경구적인 의미를 담아봤습니다.

이승하: 차근차근 밟아 올라가지 않고 성급하게 이루고자 하는 젊은 사람들의 조급함에 대한 교훈적인 의미를 담은 시로군요. 이제까지 여러 시편에 대한 세심한 설명을 듣고 보니 선생님의 최근작들이 대체로 신 없는 세계에서의 인간 구원과 인간 존재의 문제에 대한 관심이 드러난 작품임을 알 수 있었습니다. 이번에 내시는 시집에 대한 기대가 큽니다. 선생님의 시집은 해외 소개도 활발합니다. 시집 『샤갈의 마을에 내리는 눈』이 영역되고 『꽃을 위한 서시』가 불역된 바 있습니다. 다른 나라에도 번역된 시집이 있습니까?

김춘수: 강상구 씨 번역으로 일역 중인 것이 한 권 있고요, 서울대 서반아어과 교수가 번역하고 있는 것이 한 권 있습니다.

이승하 : 선생님은 시인이시지만 『한국현대시형태론』, 『시론』, 『의미와 무
의미』, 『시의 위상』 등의 시론집을 내신 이론가이기도 했습니다.
우리 평단에 문제점이 있다고 생각되시면 한두 가지만 지적해주
십시오.

김춘수 : 월평 등 실제비평을 보면 영 엇나가는 평을 하는 수가 많습니다.
포도주가 만들어지는 과정은 이론적으로 모르지만 맛을 잘 구별
하는 감식가가 따로 있지 않습니까. 시의 맛을 아는 사람이 실천
비평을 하는 것이 좋을 텐데 외국 이론을 도식적으로 갖다 붙이
려는 사람이 쓴 글을 보면 영 억지스럽다는 생각이 듭니다. 시가
본시 조금은 어려운 것이지만 그 시를 현학적으로 해석, 더 어렵
고 난삽하게 만드는 데 평론가가 일조하고 있다는 것은 문제지
요. 시에 대한 억지스런 해석, 그리고 도식적 해석은 정말 안타
까운 일입니다. 하지만 시를 보는 시야가 우리 세대보다 훨씬 넓
어진 것은 다행스런 현상입니다. 젊은 사람들 중에 시를 날카롭
게 보는 사람도 있더군요. 이렇게 다양하게 해석할 수가 있구나
하고 놀라는 경우가 있습니다.

이승하 : 우리 시의 현주소와 관련하여 선생님의 불만 사항이나 평소에 조
언하고 싶었던 것이 있으면 말씀해주십시오.

김춘수 : 우리 시가 타성화되어 있는 면은 정말 우려할 만한 것입니다.
1910년대와 20년대의 시풍과 경향이 아직까지도 고스란히 답
습되고 있습니다. 오늘날 왜 이렇게 많은 서정시가 씌어지고 있

는지 이해가 되지 않습니다. 시대 감각이 그렇게 둔하다는 것이지요. 이 시대는 서정시의 시대가 아님에도 불구하고 낡은 서정이 여전히 통용되고 있고, 중견이든 신예든 그런 시를 쓰는 사람이 각광받고 있습니다. 1세기 전의 시풍이 그대로 존속되고 있는 나라는 우리나라가 유일하지 않을까요? 이른바 순수서정시풍이 한 세기를 이어가는 것은 세계적으로도 유례가 드문 사례일 겁니다. 지금은 다들 손을 놓고 있는 해체시의 의미를 다시 한 번 생각해봐야 합니다. IMF 시대라 재벌도 구조 해체를 하지 않습니까. 타성화에 대한 안티테제로서 작금의 서정시풍은 타파할 필요가 있습니다.

이승하:아주 중요한 말씀을 해주셨습니다. 저는 1993년에 사진과 그림을 응용한 시를 여러 편 실은 시집을 내놓았는데 시인이 활자를 무시하고 있다고 도처에서 욕을 듣고는 작업을 중단한 상태입니다. 선생님의 말씀을 듣고 보니 새로운 용기가 생겨납니다.

김춘수:또 하나 우려할 만한 것은 몇몇 시인들의 선(禪)에 대한 경도입니다. 선에 관심을 기울이면 양생(養生)에 떨어지기 쉽습니다. 불가의 선사처럼 뭘 깨달은 것도 같고, 화두 같은 시를 써놓으니 기분 전환도 되고 마음이 평안하게도 됩니다. 하지만 사회성과는 아주 멀어지고, 내면세계 혹은 존재론과도 멀어지게 되죠. 깨달은 척한다는 것은 사실 희극적인 현상 아닙니까. 선을 받아들인다면 하이쿠를 쓴 바쇼의 경지에 이른다면 또 모를까. 바쇼는 선사상에 입각해 시를 썼지만 관념성을 배제하고 즉물적인 시를 썼

던 사람입니다.

이승하: 어떤 시인들을 겨냥한 말씀인지 알겠습니다. 그러고 보니 선생님의 문단 활동이 어언 50년을 넘어섰습니다. 유치환·윤이상·김상옥 선생님과 함께 '통영문화협회'를 결성하신 것을 기점으로 삼으면 55년이 된 셈입니다. 문학인의 길이란 어느 한때의 수확에 우쭐할 것이 아니라, 평생토록 지속해 나가야 할 언어의 밭갈이여야 함을 선생님을 통해 알게 됩니다. 선생님은 이제껏 전집이며 시선집을 제외하고 개인시집만 14권을 내셨습니다. 이제곧 15권째의 시집이 나올 예정이고요. 작년의 인촌상 수상이나 재작년의 대산문학상 수상은 선생님의 뛰어난 작품에 대한 평가일 뿐 아니라 노년에 들어서서도 줄기차게 작품 활동을 하고 계신 것을 기리기 위해서일 거란 생각을 해보았습니다.

김춘수: 늘그막에 무슨 상복인지 모르겠습니다. 2년 연속 큰 상을 받아내가 시상식장에서도 후배들한테 미안하다고 얘기를 했었지요.

이승하: 55년이란 긴 세월 동안 긴장감을 잃지 않고 계신 선생님이 부럽고 존경스럽습니다. 긴 시간 대담에 임해주셔서 감사합니다. 내내 건강하시고, 앞으로도 계속 좋은 시 작품 보여주시기 바랍니다.

김춘수가 그린 '예수'의 초상[*]

김춘수는 기독교인이 아니었다. 연구자 오정국에 따르면 김춘수의 시에 예수는 총 16편에 걸쳐 등장한다고 하고 또 다른 연구자 민영진의 조사에 의하면 총 35편의 시와 17편의 수필이 예수와 관련이 있다고 한다.⁰¹ 적지 않은 편수다. 그중에는 '예수를 위한 6편의 소묘'라고 부제를 붙인 6편의 연작시도 있고 예수가 나오는 짧은 극시 「대심문관」도 있다. 김춘수는 1997년에 자전 소설 『꽃과 여우』를 펴내는데, 머리말에서 "이 책은 일종의 자서전이다."라고 했으므로 작가의 자전적 발화로 이 책을 읽는 것이 무리는 없다고 본다. 그런데 그 책 어디에서도 교회나 성당에 일정 기간 다녔다거나 세례를 받았다는 서술은 없다. 특히 개신교에 대한 인상이 좋지 않았음은 침모 할머니를 '예수쟁이'라고 부른 데서도 알 수 있고 다음과 같은 묘사에서는 예배당에 대한 거부감이 더 구체적으로 나타난다. 어린 시절에 침모 할머니를 따라 예배당에 가서 겪었던 일을

---

*   이 글은 논문 「한국 현대시에 나타난 '예수'(1)」의 김춘수 부분을 보완한 것이다. 이 논문에 서는 윤동주·박두진·김현승·김춘수를 다루었다. 『배달말』 36호, 배달말학회, 2005.

01   오정국, 「김춘수 시의 인물 연구」, 『비극적 서사의 서정적 풍경』, 청동거울, 2004.
      민영진, 『교회 밖에 핀 예수꽃』, 창조문예사, 2011.

회상하며 쓴 글이다.

> 예배당 안은 사람의 입김과 몸 냄새로 숨이 막힐 지경이다. 답답
> 하고 갑갑하다. 어서 빠져나갔으면 싶었다. 그러나 한없이 지루한 시
> 간이 흐르기만 한다. 몇 번이고 찬송가를 부르고 목사가 긴 설교를 하
> 고 연봇돈을 거두곤 한다. 연봇돈을 거두는 데에는 헤아릴 수 없는 긴
> 시간이 걸린다. 그 많은 사람들 앞앞이 찾아가서는 머물곤 한다. 긴
> 채를 단 끝이 흡사 매미잡이 그물처럼 생긴 바구니로 되어 있다. 거기
> 다 돈을 넣어준다.[02]

목사를 연봇돈에 집착하고 그 돈을 챙기는 사람으로 기억하고 있다.
이 책의 어디에도 개신교나 목사에 대해 우호적으로 말한 대목은 찾아볼
수 없다. 물론 인간이 기억에 의존하여 과거를 회상할 때 그것은 편집되
기 십상이며 기억의 굴절도 빈번히 일어난다. 그러나 설령 비기독교인일
지라도 김춘수가 개신교에 대한 인상이 그다지 나쁘지 않다면 이렇게까
지 부정적으로 쓰지는 않을 것이다. 인용한 부분을 보면 개신교에 대해
대단히 냉소적인 시각을 갖고 있었음을 알 수 있다. 그럼에도 불구하고
예수에 대한 관심은 줄기차게 김춘수의 의식을 지배하고 있다. 예수를
"기적의 사람"이라고 하고 예수에 대해 열 번 이상 이야기하는데, 몇 개
만 예를 든다.

> 예수가 맨발로 갈릴리 호수를 걸어가서 제자들이 탄 배가 하마터
> 면 돌풍에 휩쓸릴 뻔했던 것을 제지할 수 있었다는 것은 물론 글자 그

---

02 김춘수, 『꽃과 여우』, 민음사, 1997, 33~34쪽.

대로 시인하기 어렵다. 그러나 우리의 이성은 다른 차원에서 그 기록을 시인해야 한다. (61쪽)

나는 예수를 두려워하고 소크라테스를 두려워하고 정몽주를 두려워한다. 이념 때문에 목숨을 버린 이들을 나는 두려워한다. (120쪽)

예수는 곧 자기가 붙들려간다는 것을 알고 있었다. 그는 가능하다면 그런 사태를 면했으면 했다. 그러나 그것은 어려울 듯했다. 예수는 잠을 이룰 수 없었다. 밤이 깊어지자 제자들은 하나같이 잠에 빠져들었다. 그들은 예수의 신변에 무슨 일이 닥치고 있다는 것을 알지 못한다. 예수는 홀로 눈뜨고 있었다. (133~134쪽)

예수의 행적을 기록한 성서나 그것을 학문으로 체계화한 신학이 예수와는 무관한 일들일까? 예수의 의도는 그런 것이 아니었을까? 그러나 그렇다면 또 어떻단 말인가? (138쪽)

예수는 그때 무슨 생각을 했을까? 자기가 죽을 때, 숨이 끊어지는 순간, 이 호숫가에서 이처럼이나 지천으로 피어 있는 이 많은 꽃들이 한꺼번에 서쪽을 바라보고 시들어가야 한다고. 어머니 마리아가 그 광경을 꼭 봐야 한다고. 어머니는 언제까지나 처녀로 있어야 한다고. 그 자신은 또 내일쯤 갈릴리 호수를 맨발로 걸어가야 한다고. (172쪽)

예수는 어느 날 아주 딱한 물음에 답을 해주고 있었다. 일곱 번만 용서할 것이 아니라 일곱 번을 열 곱절 할 만큼이라도 용서하라! 결국은 끝없이 용서하라는 것이 아닌가? (194쪽)

이런 식이다. 자서전을 쓰면서 개신교에 대해 비아냥거렸고, 천주교에 대해서는 말한 바가 없는데 예수를 줄기차게 의식하면서 그에 대한 본인의 생각을 이렇게 전개하고 있다. 김춘수 시인의 개신교에 대한 안 좋은 인상과 예수에 대한 줄기찬 관심은 모순인가 아닌가. 지금부터 예수를 등장시킨 시편을 살펴보면서 시인의 종교관과 예수에 대한 생각의 실체를 알아보려고 한다.

1. 갈릴리 호수를 맨발로 걸어간 이적

1960년대에 나온 연작시 중 하나인 「打令調(2)」에는 "엘리엘리 나마사박다니/ 나마사박다니"라는 구절이 나온다. 오정국은 이 말이 시의 전개 과정에서 그냥 슬쩍 지나가 버릴 뿐 의미가 더 이상 확대되지는 않지만 이미 그때부터 예수가 시인의 의식 밑바닥에 깔려 있었다고 보았다.[03] 이 말은 "주여, 주여, 어찌하여 나를 버리시나이까?"로 번역할 수 있는데, 십자가에 매달린 채 내뱉은 몇 마디 말 중 하나이다. 그럼 시인은 예수를 어느 시에서부터 본격적으로 등장시키는 것일까. 자서전 61쪽에도 나와 있지만 맨발로 갈릴리 호수를 걸어간 이적은 김춘수의 뇌리에서 지워지지 않고 자리 잡고 있었음을 알 수 있다.

어릴 때는 귀로 듣고
커서는 책으로 읽은 천사.
그네는 끝내 제 살을

---

03 오정국, 앞의 책, 145~146쪽.

보여주지 않았다.
맨발로 바다를 밟고 간 사람은
새가 되었다지만
그의 젖은 발바닥을 나는 아직 한 번도
본 일이 없다.

　　　　　　　　　—「處容斷章 제3부 12」

남자와 여자의
아랫도리가 젖어 있다.
밤에 보는 오갈피나무,
오갈피나무의 아랫도리가 젖어 있다.
맨발로 바다를 밟고 간 사람은
새가 되었다고 한다.
발바닥만 젖어 있었다고 한다.

　　　　　　　　　　　—「눈물」 전문

당신이 갈릴리 호수를 맨발로 걸어간 그 일이 생각나네요.
　　　　　　　　　　　—「대심문관」 부분

　　세 편 시의 내용은 대동소이하다. 앞의 두 시에서는 맨발로 바다를 밟
고 갔다고 했고 「대심문관」에서 호수를 걸어갔다고 했지만 마태복음 14
장을 보면 물 위를 걸어갔다고 되어 있다. 이 일은 성경에 나오는 예수의
이적 중 하나인데 어찌하여 김춘수는 이 장면을 세 번이나 시화했던 것일
까. 「處容斷章 제3부 12」와 「눈물」에서는 물위를 걸어감으로써 새가 되
었다고 했고 「대심문관」에서는 새처럼 발바닥만 젖어 있었다고 했는데
새를 등장시킨 것은 하나의 상징이다. 이 이적을 믿어서가 아니다. "그의

젖은 발바닥을 나는 아직 한 번도/ 본 일이 없다"고 한 것은 믿기지 않아서이다. 즉, 사람이 새가 아닌데 어떻게 물을 차고 나아갈 수 있는지, 믿기지 않아서이다. 기독교[04]에서 예수는 성자이고 하느님은 성부이다. 전자는 인간이고 후자는 신이다. 전자는 사람의 아들이고 후자는 창조주다. 기적을 행하려면 후자가 해야지 왜 성자이고 인간이고 사람의 아들인 예수가 이적을 행하는지 믿기지 않아서 세 번이나 썼던 것이며, 자서전 61쪽에서도 물 위를 걸어간 이적에 대해 더 많은 이야기를 하고 있다.

다리 두 개를 가진 직립동물이 물 위를 걸어갈 수는 없다. 그것은 제 무게로 가라앉는다는 어쩔 수 없는 물리(物理)다. 그러나 세상에는 심리 세계의 진실이 있다. 맨발로 물 위를 걸을 수 없다는 사람의 능력의 한계는 그 한계를 사람 자신이 잘 알고 있는 만큼 그것은 사람에게는 절망이요 동시에 치욕이 아닐 수 없다. 어떤 부류의 사람들에게는 그것은 견디기 어려운 아픔이 된다. (중략) 그는 역시 기적의 사람이다. 사람의 능력의 한계라고 하는 그 절망과 치욕을 그가 말끔히 씻어주었다고 할 수 있다.

믿을 수 없는 이 이적을 믿느냐 마느냐가 기독교인이 되느냐 마느냐로 갈려지는데, 김춘수는 비기독교인이었다. 죽은 자를 살려내고 죽은 뒤에 부활하는 이적을 믿어야 하는데, '믿는다'는 것은 인간 김춘수에게 '절망과 치욕'이다. 예수는 "사람의 능력의 한계라고 하는 그 절망과 치욕"을 말끔히 씻어준 분이다. 그래서 교인들은 예수를 믿고 이적을 받아들이지만 자신은 예수를 신앙할 수는 없는 것이다.

---

04 이 글에서 기독교는 천주교와 개신교를 합친 개념으로 쓰인다.

김춘수는 보통학교(지금의 초등학교) 5학년 때 면소재지의 학교에서 읍내의 학교로 편입을 해 온 나이 많은 '촌놈'들에 대해 이야기하다가 엉뚱하게 예수가 갈릴리 호수를 걸어간 이적에 대해 위와 같이 한참 동안 이야기한다. 두 이야기 사이에 논리적인 맥락은 전혀 없다. 면소재지 출신 아이의 "오갈피나무와 같은 나무껍질을 보면 그가 곧 연상되고, 사람의 아랫도리를 보면 그의 바윗빛이 된 살갗을 떠올리게 된다. 그럴 때 두 다리를 가진 직립 동물이 왠지 자꾸 슬퍼지기만 한다."고 말한다. 그러더니 느닷없이 "이럴 때 우리 앞에 예수가 나타나고 그의 기적이 나타난다. 바로 성서의 그 기록 말이다." 하면서 물위를 걸어간 이적을 한참 동안 이야기하는 것이다. 앞의 시에서는 천사라는 존재도 믿어지지 않는다는 말도 하고 있다. 면소재지 아이의 오갈피나무의 껍질 같은 바윗빛 아랫도리에 대한 기억은 "두 다리를 가진 직립 동물"을 연상시켰고, 직립 동물은 물에 들어가면 빠지는데 예수는 안 빠진 것이 믿어지지 않아서 세 편의 시를 썼던 것이다. 성경의 내용 중 논리적으로 따지면 납득할 수 없는 것이 많이 나온다. 신앙으로 그것을 받아들여야 하는데 김춘수는 무릎 꿇고 기도할 수 없었고, 사도신경을 외울 수 없었고, 묵주의 기도를 할 수 없었다. 하지만 예수라는 존재자의 도래와 그가 행한 이적은 김춘수의 삶에서 영원히 풀리지 않는 문제였다. 시인에게는 그래서 예수가 저절로 탐구의 대상이 되었던 것이다.

2. 연작시 6편을 통해 그린 예수

　6편 연작시의 첫 번째 시는 「마약」이다. 그리고 비슷한 내용의 시로

「못」이 있다. 「마약」은 제목 밑에다 다음과 같은 설명을 붙이고 있다.

예수가 십자가에 못 박힐 때, 그의 아픔을 덜어 주기 위하여 백부
장(百夫長)인 로마 군인은 술에 마약을 풀어 그의 입에다 대어 주었다.

백부장은 로마 군대의 조직 가운데 하나로, 100명으로 조직된 단위
부대의 우두머리를 가리킨다. 시를 감상하기 전에 이 부분의 성경 내용
을 먼저 검토한다. 김춘수는 마약이라고 했지만 성경에는 '신 포도주'로
되어 있다.

군인들도 또한 예수를 희롱하면서 가까이 가서 신 포도주를 권하
고 "네가 유대인의 왕이라면 자신이나 살펴보아라" 하며 빈정거렸다.
(누가복음 23 : 36~37)

그리고 그중의 한 사람은 곧 달려가 해면을 신 포도주에 적시어
갈대 끝에 꽂아 예수께 목을 축이라고 주었다. (마태복음 27 : 48)

마침 거기에는 신 포도주가 가득 담긴 그릇이 있었는데 사람들이
그 포도주를 해면에 담뿍 적셔서 히솝 풀대에 꿰어 가지고 예수의 입
에 대어 드렸다. (요한복음 19 : 28)[05]

예수의 입에 누가 대어 주었는지는 일치하지 않는다. 그런데 절명 직
전의 예수가 갈증을 호소하면서 극한의 고통에 처해 있는 것이 확연히
보이므로 누군가가 마취 성분이 있는 신 포도주를 해면에 적셔 예수의

---

05 이들 성경 내용은 『공동번역 신약성서와 시편』(대한성서공회, 1977)에서 가져온 것임.

입에 대준 것이다. 세 군데 복음에 다 나오는 내용이므로 허구가 아니라고 본다. 이 내용을 가지고 김춘수는 2편의 시를 썼다.

예수는 눈으로 조용히 물리쳤다.
—하나님 나의 하나님.
유월절 속죄양의 죽음을 나에게 주소서.
낙타 발에 밟힌
땅벌레의 죽음을 나에게 주소서.
살을 찢고
뼈를 부수게 하소서.
애꾸눈이와 절름발이의 눈물을
눈과 코가 문드러진 여자의 눈물을
나에게 주소서.
하나님 나의 하나님,
내 피를 눈감기지 마시고, 잠재우지 마소서.
내 피를 그들 곁에 있게 하소서.
언제까지나 그렇게 하소서.

　　　　　　　　　　　　　　　　—「마약」 전문

숨 끊이는 내 숨소리
너희가 들었으니
엘리엘리나마사막다니
나마사막다니
시편의 남은 구절은 너희가 잇고,
술에 마약을 풀어
아픔을 어둠으로 흘리지 마라.

살을 찢고 **뼈**를 부수어
너희가 낸 길을 너희가 가라.
맨발로 가라. 찔리며 가라.

　　　　　　　　　—「못」부분

　제목과 달리 「마약」은 신 포도주가 예수의 입에 들어간 그 현장에 대한 이야기가 아니다. 시의 화자가 예수다. 누군가 포도주를 해면에 담뿍 적셔서 히솝 풀대에 꿰어 가지고 예수의 입에 대어 주었지만 눈으로 물리치고서 독백을 시작한다. 유월절 속죄양의 죽음을 달라고 하나님께 간청한다. 장애인의 눈물과 나환자 여인의 눈물을 내게 달라고 간청한다. 나의 피, 즉 나의 희생이 그들(현생 인류와 후생 인류) 곁에 언제까지나 있게 해 달라고 간청한다. 시인은 예수의 초상을 이런 식으로 그려본 것이고, 「못」에서도 화자는 예수인데 「마약」에서와는 태도가 좀 다르다. 이 시에서 술에다 마약을 푼다는 것은 인간세상의 타락을 가리킨 것이다. 그렇게 함으로써 나의 아픔을 너희의 어둠으로 흘리지 말라고 인간들에게 당부한다. "너희가 낸 길을 너희가 가라."고 한 것이나 "맨발로 가라. 찔리며 가라."는 말은 죄를 짓고 사는 너희들의 잘못이니 내가 어떻게 해줄 수 없다는 말이다. 왜 나의 십자가 처형이 너희 인간의 죄를 대신한 것이냐, 내가 왜 속죄양이냐 희생양이냐 하는 원망의 말로도 들린다. 연작시의 두 번째 시를 보자.

예수가 숨이 끊어질 때
골고다 언덕에는 한동안
천둥이 치고, 느티나무 큰 가지가
부러지고 있었다.

예루살렘이 잠이 들었을 때
그날 밤
올리브 숲을 건너 겟세마네 저쪽
언덕 위
새벽까지 밤무지개가 솟아 있었다.
다음날 해질 무렵
생전에 예수가 사랑하고 그렇게도 걷기를 좋아하던
갈릴리 호숫가
아몬드꽃들이 서쪽을 보며
시들고 있었다.

　　　　　　　　　　　　—「아몬드꽃」 전문

　이 시에서는 시인의 의도가 잘 감지되지 않는다. 인간 예수가 숨을 거
뒀을 때 산천초목도 깊은 시름에 잠겼다는 것 정도를 말하고 있다. 이러
한 현상은 자연을 통해 예수의 죽음 자체에 의의를 부여하는 듯하고, 부
활 이전이라 그런지 모든 자연물들이 애도에 여념이 없는 것으로 보인
다. 그러나 눈여겨봐야 할 부분은 밤부터 새벽까지 겟세마네 동산에 솟
아 있던 밤무지개의 존재다. 빛의 작용으로 지상과 하늘을 연결하는 무
지개라는 존재는 ‘있으나 없는’ 현상이다. 그런데 그것이 캄캄한 밤하늘
에 떠 있다고 설정함으로써 김춘수가 예수의 존재를 빛의 이미지로 본
것이 아니냐는 추정이 가능해진다. 그런데 다음 시에서 김춘수는 예수의
인간적인 면모를 부각시킨다. 요보라는 사람의 이름으로서 빈자의 상징
이다.

　너무 닳아서 흰빛이 된

해가 지고, 이따금 생각난 듯
골고다 언덕에는 굵은 빗방울이
잿빛이 된 사토(沙土)를 적시고 있었다.
예수는 죽어서 밤에
한 사내를 찾아가고 있었다.
예루살렘에서 제일 가난한 사내
유월절에 쑥을 파는 사내
요보라를 그가 잠든
겟세마네 뒤쪽
올리브숲 속으로, 못 박혔던 발을 절며
찾아가고 있었다.
―안심하라고,
쑥은 없어지지 않는다고
안심하라고,

―「요보라의 쑥」 전문

예수가 골고다 언덕에서 십자가에 매달려 죽은 뒤 동굴 무덤에 안치되었다가 부활하는 것이 성경의 내용이다. 이 시는 부활 이후의 어느 시간을 재구성하여 보여준다. 김춘수는 예수가 죽었다가 부활했다는 말은 하지 않고 "예수가 죽어서" "예루살렘에서 제일 가난한" 쑥을 파는 사내를 찾아간다고 한다. "못 박혔던 발을 절며/ 찾아간" 예수가 사내에게 해준 말이 대단한 것이 아니다. 쑥은 계속 나올 테니 걱정하지 말라고 이야기해 주는 것이 이 시의 내용이다. 시인이 이 시에서 의도한 것은 예수의 신성이 아니라 인간성이다. 군중 앞에서 설교를 하는 영웅적인 면모나 이적을 행하는 신적인 면모 대신에 불행한 사람을 동정하고 위로하는 모습의 예수가 그의 본모습이 아닌가 하고 이 시를 통해 이야기하고 있는 것이다.

　성경에는 마리아라는 여성이 여러 명 나온다. 예수의 어머니인 마리아는 예수가 십자가에 못 박히는 장면을 목도한다. 막달라 마리아는 갈릴리 호수 서쪽 막달라 지경에 사는 여자로서 일찍이 일곱 마귀에 들렸으나 예수에게 고침을 받고 그 후 예수를 따르게 되었다. 성모 마리아 곁에서 예수의 죽음을 함께 지켜보기도 했다. 예수의 시체에 바를 향유를 가지고 새벽에 예수의 무덤에 갔다가 부활한 예수를 만난 뒤 이 사실을 제자들에게 전하였다. 세 번째로 베타니아에 사는 마르다의 동생이며 나사로의 누이인 마리아가 있다. 활동적인 언니 마르다에 비해 조용한 성격이며 예수의 교훈 듣기를 좋아하고 잘 이해하였다. 야곱과 요셉(요세)의 어머니 마리아는 예수를 섬긴 여자 중 한 사람으로 예수가 죽는 순간까지 십자가 앞에 있었다. 글로바의 아내와 동일시되었고 막달라 마리아와 같이 예수의 장례를 목도하였고 부활의 아침에도 무덤에 같이 갔었다. 그러니까 예수가 십자가에 매달려 죽어갈 때 3명의 마리아가 그를 지켜보았던 것이다. 요한 마가의 모친 마리아도 있다. 그녀의 집은 예루살렘에 있었으며 그리스도인의 집회 장소가 되었다. 마가는 바나바의 조카이므로 마리아와 바나바는 남매간이었을 것이다. 이 가운데 세 번째 여인 마리아는 귀여운 10대 소녀다.

　　가을이 짙어가고 있었다.
　　천막절(天幕節)이 내일모레로 다가오고 있었다.
　　나귀를 탄 사람들이
　　예루살렘 쪽으로 가고 있었다.
　　석양을 받은 키 큰 유칼리나무들이 길가에
　　드문드문 빛나고 있었다.

예수가 하는 말에 귀 기울이는
마리아의 볼에 우물이 지고
웃을 때 고른 잇바디가
상아빛으로 빛나고 있었다.
베타니아 마을
말타네 집 헛간방에서
오랜만에 참으로 오랜만에 잇바디를 드러내고
예수도 한번 웃어 보였다.
　　　　　　　—「셋째 번 마리아」 전문

　예수가 무슨 말을 하면 귀 기울여 잘 들어주는 소녀 마리아가 귀여워
서 예수도 웃었다는 것이 이 시의 내용이다. 이 이상의 내용이 없는 듯한
데 이 시에서도 강조하는 것이 예수의 인간적인 면모다. 김춘수는 예수
의 이런 소박한 면이 마음에 든 것이다. 천막절은 초막절(feast of booth,
草幕節)의 오기인 듯하다. 이집트를 탈출한 이스라엘 사람들이 40년 동안
초원에서 장막을 치고 생활을 한 것을 기념하기 위한 유대인의 절기인데
보통 9~10월경이다. 시인이 그린 예수의 초상은 거룩한 인물이 아니라
따뜻한 인물이었다.

　유칼리나무 사이사이
삼월에 빨간 들꽃이 피고
남풍은 어느새 밀을 다 자라게 하고
포도알을 살찌게 하고 있었다.
해질 무렵 헬몬山
감람나무 숲에서 바람이 일면
가나마을은 한동안

해발 오백 미터 높이에서
기쁜 듯 즐거운 듯 몸을 흔들곤 하였다.
승교(乘轎)에서 내린 신부의 이름은 마리아
열다섯 살,
예수는 그날 가나마을을 위하여
땀 흘리며
한 섬 여덟 말의 물을
잘 삭은 포도주로 바꿔주고 있었다.
　　　　　　—「가나에서의 혼인」 전문

　가나의 혼인잔치는 예수가 처음 이적을 행한 곳이다. 성모 마리아와 가까운 친분 있는 사람의 결혼식에 참석했다가 축하의 자리에 포도주가 떨어지자 물을 포도주로 만들어 하객들을 기쁘게 한다. 예수가 본격적으로 전도 활동을 하기 전이라 제자도 다섯 명밖에 되지 않았다. 미리 알고 참석한 결혼식이라 축하주가 떨어져 분위기가 썰렁해지는 것을 우려해 물을 포도주로 바꾸는 이적을 행한 것이다. 이 이적은 시인을 번민케 하지 않는다. 어찌 보면 마술 같기도 한 이 이적에 깃든 예수의 위트에 주목했던 것이다. 마지막 시에서는 예수가 기도를 하는 장면을 상상으로 그리는데, '라비'가 하나님인 것 같지는 않다. 사역에 나서기 이전에 예수를 가르친 스승이 있었을 것이라 상상하고는 예수가 그 스승에게 쓰는 편지 식으로 쓴 시인 듯하다. 이 시에서는 나는 이제 곧 죽을 텐데, 그렇게 됨으로써 새로운 세계가 전개될 것이라고 스승에게 아뢴다.

　꿀과 메뚜기만 먹던 스승,
　허리에만 짐승 가죽을 두르고

요단강을 건너간 스승

라비여,

이제는 나의 때가 옵니다.

내일이면 사람들은 나를 침 뱉고

발로 차고 돌을 던집니다.

사람들은 내 손바닥에 못을 박고

내 옆구리를 창으로 찌릅니다.

라비여,

내일이면 나의 때가 옵니다.

베드로가 닭 울기 전 세 번이나

나를 모른다고 합니다.

볕에 굽히고 비에 젖어

숯빛이 된 어깨를 하고

요단강을 건너간 스승

라비여,

　　　　　　　　　　—「겟세마네에서」전문

겟세마네는 예수가 평소에 자주 찾아 기도하며 하나님과 대화하던 곳이다. 십자가를 지기 전 마지막으로 하나님께 간절히 기도하고 로마 군인과 유대인 무리에게 체포된 곳이기도 하다. 이곳에서 어찌 보면 생자로서 마지막이 될 기도를 하고 있다. "이제는 나의 때가 옵니다."와 "내일이면 나의 때가 옵니다."에는 예수가 확신이 묻어 있다. 그런데 성경에 따르면 예수가 십자가 처형 이전에 자신의 부활을 미리 알고 있지는 않았으며 죽음 자체가 인류 구원을 위한 하나님의 역사인 것도 인지하지 못한 것으로 되어 있는데 시인의 상상력은 이를 뒤집어엎는다. 이 시에서 시간은 사실 뒤죽박죽이다. "내일이면"이라고 시작했으면 "돌을 던질 것입니다"로 끝내야 할 텐데 "돌을 던집니다."로 끝내질 않나, 아직 닥치지도 않은 일인데 "사람들은 내 손바닥에 못을 박고/ 내 옆구리를 창으로 찌릅니다."라고 현재형으로 쓴다. 이 시에서 과거-현재=미래라는 시간의 순차적인 흐름은 무시되는 것 또한 시인의 의도이다. 십자가 처형 직전에 겟세마네에서 자신에게 닥칠 운명을 예감하고 기도를 드리는 예수에게서 김춘수는 한 명의 나약한 인간을 발견한다.

이상의 6편 연작시에서 김춘수가 하고 싶었던 이야기를 한마디로 줄이자면 예수의 인간적인 면모를 부각시키는 것이었다. 김춘수의 이러한 작업은 그가 비판받아 온 신화주의자의 면모를 불식시키는 한편, 시란 결국 인간에 대해 이야기하는 장르라는 사실을 환기시킨다.

3. 시극 「대심문관」을 왜 썼을까

김춘수는 『꽃과 여우』에서 도스토예프스키의 소설에 빠져든 이유를 다음과 같이 설명하고 있다.

> 나는 도스토예프스키의 모든 작품을 낱낱이 다 읽었다. 그중에서도 『죄와 벌』, 『악령』, 『카라마조프가의 형제들』 등은 몇 번이고 되풀이 읽고 또 읽었다. 너무도 벅찬 감동이었다. 그 감동은 되풀이 읽고 또 읽어도 줄어들지 않았다. 그것은 소설이라기보다는 나에게는 하나의 계시였다. 도스토예프스키를 읽으면 우리가 얼마나 왜소한 삶을 살았는가를 절감하게 된다. (104쪽)

그래서 일련의 시를 써 시집을 묶게 되었으니 1997년에 나온 시집 『들림, 도스토예프스키』다. 도스토예프스키의 소설에 완전히 '들렸다'는 고백이 시 제목이 되었다. 제1부의 시 19편은 제목이 「소냐에게」, 「아료사에게」, 「라스코리니코프에게」 등에서 알 수 있듯이 서간문 형식으로 쓴 시편이다. 제2부의 시 19편은 소설의 배경이 된 장소나, 인상을 짙게 남긴 인물에 대해 묘사한 시다. 제3부의 시 10편은 『악령』에 나오는 인물 스타브로긴 백작이 쓴 고백록의 형식을 취해 정리한 것이다. 제4부의 시 「大審問官」은 부제가 '劇詩를 위한 데생'인 것으로 보아 훗날 극시로 보완할 생각이었던 것 같다. 시집 13쪽에 걸쳐 전개되는, 짧은 극시다. 등장인물은 재림한 예수와 대심문관과 사동(使童) 3명이다. 특이한 점은 재림한 예수와 사동은 한마디도 하지 않고 대심문관 혼자서 예수를 향해 말을 하다가 시가 끝난다는 것이다. 「대심문관」은 원래 도스토예프스키가 『카라마조프가의 형제들』의 제2부 제5편 제5장으로 삼은 독립된 에피소드다. 소설 속의 소설인 「대심문관」의 줄거리를 정리해 본다.

네 형제 중 둘째인 이반이 셋째인 알료샤에게 서사시를 하나 썼다면서 들려주겠다고 한다. 아마도 도스토예프스키는 자신의 사상을 집약한 이 서사시를 저본으로 삼아 또 하나의 작품을 쓸 생각이 있었던 듯한데, 본인의 건강과 나이를 생각하니 『카라마조프가의 형제들』이 마지막 작품이 될 것 같아서 소설 안에 억지로 끼워 넣은 느낌이 강하게 든다. 아무튼 이 부분은 하나의 독립된 소설로 봐도 무방하다.

아흔 살의 수도승이자 형사범죄 심문관 최고원로가 이탈리아 세빌리아의 거리를 걷던 중 재림한 예수가 죽은 소녀를 살려내는 장면을 목격한다. 재림은 예수가 살아생전에 자신을 따르던 사람들에게 한 약속이었는데 16세기 때 마침내 자발적으로 실행한 것이었다. 민중은 예수를 알아보고 환호성을 지르고 기쁨의 눈물을 흘린다. 대중은 죽은 소녀를 데리고 와서 소생을 부탁하고 예수는 1500년 전에 했던 대로 소녀를 소생시킨다. 대심문관이 마침 이 광경을 지나가다 보고는 호위병에게 예수의 체포와 투옥을 명한다. 대심문관은 투옥된 예수를 찾아가 밤새 꾸짖기도 하고 질문도 하는데 엄청난 장광설이다. 이 땅에는 인간의 질서, 이법, 자유의지, 도덕, 복종, 구원 같은 것이 관계망을 형성하고 있는데 왜 당신이 나타나 하늘나라의 질서, 이법…… 같은 것을 강요해 혼란을 초래하느냐, 너는 이번에는 화형에 처할 것이라고 엄포를 놓는다. 이 땅의 질서는 대체로 (중세 가톨릭의) 권위의식에 기반한 것이라면서 그것의 정당성을 대심문관이 강하게 주장한다. 이제 당신의 효력은 끝났다고 말하는데 이반의 창작 의도, 즉 도스토예프스키의 창작 의도는 대신문관의 주장과는 정반대이다. 인간의 자유의지가 과연 평화를 가져왔느냐, 교계의 권위가 사람들을 행복하게 했느냐 하면서 반대되는 생각을 마음에 품게 한다. 아래는 소설 속 소설 「대심문관」의 거의 마지막 부분이다. 이반은 자기가 이 서사시를 이렇게 끝맺으려고 한다고 동생에게 말한다.

나는 이런 식으로 끝을 맺고 싶구나. 심문관은 말을 마치고 나서 얼마간 자신의 포로가 대답하기를 기다렸지. 심문관은 그의 침묵이 고통스러워졌어. 그러나 죄수는 그의 눈을 빤히 쳐다보면서 아무런 반박도 하고 싶지 않다는 듯 조용히 열중해서 듣고만 있는 거야. 심문관은 두렵고 듣기 싫은 이야기라도 좋으니 죄수가 무슨 말이라도 해주기를 바라는 거지. 그러나 갑자기 그는 아무 말 없이 심문관에게 다가오더니 아흔 살 노인의 핏기 없는 입술에 조용히 입을 맞추는 거야.

그것이 그의 대답의 전부야. 심문관은 소스라치게 놀라고 말아.[06]

예수의 이런 반응은 대심문관으로서는 너무나도 뜻밖이었던 것이다. 계속 모욕을 주었으니 격렬하게 반항을 하거나 목숨을 살려달라고 애걸하거나 할 터인데 그렇게 하지 않고 아무런 말이 없이 다가와 입을 맞추니 당혹스러울 노릇이다. 소설은 이렇게 이어진다.

심문관은 입술을 부르르 떨면서 문 쪽으로 다가가 감옥 문을 활짝 연 다음 죄수에게 이렇게 말하는 거야. "어서 나가시오. 그리고 다시는 찾아오지 마시오……. 앞으론 절대 찾아와선 안 되오……. 절대, 절대로." 노인은 그를 '어둠이 깔린 도시의 광장'으로 내보내는 거야. 그래서 포로는 떠나가는 거지…….

예수는 자신을 위해 변호를 할 필요도, 정당화할 필요도 느끼지 않아서 침묵을 했던 것으로 보인다. 대심문관의 가혹한 심문에 침묵으로 일관했던 예수가 '입맞춤', 즉, 사랑(혹은 이해 혹은 용서)으로써 대심문관을 완전히 제압하는 장면이다. 그래서 대심문관은 예수를 석방하면서 제발 다시는 나타나지 말라고 당부한다. 대심문관 왈, 현세의 질서를 유지하는 데 예수는 방해가 되기 때문에 재림해서는 안 되는 것이었으며 지금이라도 빨리 하늘나라로 가야 한다는 것이다. 이 작품에 도스토예프스키의 사상이 집약되어 있다고 봐도 무방하다. 분량으로 쳐도 단편소설밖에 되지 않는 이 소설에 대해서 논의한 글만 묶어 책이 나올 정도다.[07] 김춘수

---

06   도스토예프스키, 이대우 역, 『까라마조프 씨네 형제들(상)』, 열린책들, 200, 585~586쪽.

07   노문학자 이종진은 본인의 글 「대심문관과 자유의 문제」를 포함하여 솔로비요프·로자노

는 왜 같은 제목으로 극시를 쓸 생각을 했던 것일까? 시 속의 대심문관은
예수에게 왜 또 왔느냐고 따져 묻는다.

> 대신문관　왜 또 오셨소?
> 　　　　　이미 당신은
> 　　　　　역사에 말뚝을 박지 않았소?
> 　　　　　당신 자신이 더 잘 알 것이오.
> 　　　　　그러나
> 　　　　　그 뒤에도 역사는 가고 있소.
> 　　　　　아니
> 　　　　　모두들 그렇게 믿고 있소.
> 　　　　　당신이 다시 오게 된 건
> 　　　　　그것 때문이 아닐까?
> 　　　　　역사는 끝났다고
> 　　　　　아니
> 　　　　　역사는 처음부터 있지도 않았다고
> 　　　　　한 번 더 알려주려고
> 　　　　　당신은 다시 오게 됐지요?

　　예수가 16세기 때 한 번 재림했었다면 그 이유와 그후 인류에게 닥친
어떤 변화가 있어야 할 것이나 김춘수는 단지 재림의 이유와 관련하여
대심문관이 아닌 자신의 생각을 이렇게 이야기하고 있다. 이 시에서도
보여주고 있듯이 김춘수의 역사 부정의식은 본인의 체험에 기반하고 있

프·불가꼬프·베르쟈예프·프랑크의 글을 모아서 『대심문관』(한국외국어대학교 출판부, 2004)이
란 책을 펴냈다.

다. 일본의 니혼대학(大學)에 유학 중이던 김춘수는 사상 혐의로 요코하마 헌병대에서 1개월, 세다가야 경찰서에서 5개월 동안 갇혀 있다가 서울로 송치되었다. 귀국 후 금강산 장안사에서 요양하면서 몸을 추슬렀다. 그래서 문학에서 이념이나 역사를 배제하려고 애를 쓰게 되었고, 1960년대에는 무의미시론을 전개하기도 했던 것이다.

왜 김춘수는 대심문관의 입을 빌려 예수가 역사에 말뚝을 박았다고 한 것일까? 그 이유를 우선 예수 탄생을 기점으로 기원전과 기원후가 나누어지기 때문으로 추정해 볼 수 있다. 다른 하나는 인간의 역사가 진행되는 도중에 신의 역사가 개입하는 것에 대해 의문을 품어본 것이다. 세번째는 신에 의한 구원의 역사가 예수로 말미암아 시작되었음을 이르는 것이 아닐까 하는 점이다. 어쩌면 김춘수는 이 세 가지를 다 말하고 싶었던 것인지도 모른다. 대심문관은 극시의 마지막 부부에 이르러 격렬하게 외친다. 도스토예프스키가 창조한 인물인 대심문관과 비슷한 듯하지만 사실은 많이 다르다. 김춘수 시인이 재창조한 인물인 대심문관의 마지막 외침이다.

대신문관   왜 말이 없으시오?
뭔가 할 말이 있어 다시 오지 않았소?
말해 보시오.
나는 당신을 잘 알고 있소.
잘 알고 있다고 생각하고 있소.
당신 말씀은 가끔 가끔
내 옆구리를 후비곤 했소.
그러나
지금은 달라요.

지금은 나도
내 저울을 따로 가지게 됐소.
당신 손바닥의 구멍,
너무 깊은 그 끝을 좇다가
나는 그만 눈이 다 먹먹해졌소.
나는 잊지 못하오.
그러나
나는 또 닭이 울기 전 세 번이나
당신을 모른다고 했소.
그것이 내 저울이오.
당신은
나를 용서한다고 하지 마시오.
나를 버리시오.
카이자의 것은 카이자에게 맡기시오.
나는 저들을 끝내
용서하지 않을 것이오.
나도 저들 중의 하나니까요.
엘리엘리라마사막다니,
그건
당신이 하느님을 찬미한 이승에서의
당신의 마지막 소리였소.
내 울대에서는 그런 소리가 나오지 않아요.
끝내 왜 한마디도 말이 없으시오?

소설에서는 예수가 마지막까지 침묵을 지키다가 대심문관에게 다가가 입맞춤을 하는데 시에서는 그런 행위가 나오지 않는다. 대심문관이 감방 문을 한 번 주먹으로 내리치고는 "그럴 수 있자면/ 맘대로 하시오. / 가고 싶을 때 가고 싶은 곳으로 가시오."라고만 외칠 뿐 석방해 주지도 않는다. 대심문관은 어느새 베드로가 되어 있고 '저울' 이야기를 거듭한 다. 당신이 1,500년 전에 왔을 때의 상황과 지금 상황은 많이 바뀌었다, 이제는 당신의 말이 그때처럼 주효하지 않을 것이다, 인간세상의 저울은 따로 있다……. 이런 뜻을 펴고 나서 김춘수의 대심문관은 말을 마친다. 그러니까 도스토예프스키가 「대심문관」을 쓴 의도와 김춘수가 「대심문 관」을 쓴 의도는 확연히 다르다. 예수의 인류애가 이 세상을 구원하는 원 동력이 될 것임을 도스토예프스키가 작품으로 암시한 데 반해 김춘수는 인간이 신을 전폭적으로 믿고 의지하는 날은 오지 않을 거라고 암시하고 있다. 즉, 도스토예프스키는 이반과 알료사의 대화로 소설을 마치면서 대심문관의 생각을 부정하였다. 김춘수는 대심문관이 계속 주장을 하게 했지만 결론은 유보하고 있다. 김춘수는 이러한 신 부정정신을 대심문관 의 입을 통해 다음같이 요약한다.

> 당신이 본 진실과 진리는 땅 위의 수많은 인간들에게는 부담이 될 뿐이다. 인류를 위해서는 당신이 본 진실과 진리를 무시해야 할 때가 있다. 사랑만 해도 그렇다. 한쪽 뺨을 맞으면 다른 한 쪽 뺨도 내주라 는 투의 사랑은 당신의 것이지 인류의 것은 아니다. 인류는 그것을 감 당할 만큼의 레벨에 가 있지 않다. 인류를 위해서는 때로 어떤 부류의 인간들은 화형에 처하는 것을 서슴지 말아야 한다. 누가 더 인류를 사 랑했다고 할 수 있을까?[08]

---

08 김춘수, 『詩의 位相』, 도서출판 둥지, 1991, 236쪽.

라면서 무조건 사랑은 신의 사랑이지 인류가 감당할 수 있는 것은 아니라고 쓴다. 나아가 죄인을 '무조건 용서'하라는 신의 방식과 '엄벌'이라는 인간의 방식 중 어느 쪽이 더 인류를 위한 것이냐는 질문을 이끌어낸다. 신앙심은 확신에서 나오는 것인데 비기독교인인 김춘수로서는 기독교의 구원의 논리에 찬성하는 입장을 취할 수 없었던 것이다.

4. 마무리

민영진은 김춘수가 교회 밖에서 거주한 사람이었지만 교회 안에 상주하는 사람 이상으로 기독교적인 사색과 고뇌를 했다고 쓴다. 김춘수도 하나님의 말씀이 평생 자신의 마음을 우볐다고 말했다.

> 구름 위 땅 위에
> 하나님의 말씀
> 이제는 피도 낯설고 모래가 되어
> 한 줌 한 줌 무너지고 있다.
> 밖에는 봄비가 내리고
> 南天이 젖고 있다.
> 南天은 멀지 않아 하얀 꽃을 달고
> 하나님의 말씀 머나먼 말씀
> 살을 우비리라.
> 다시 또 우비리라.
>
> —「땅 위에」전문

예수를 평생 의식하고 살았다는 것과 기독교인으로서 교회나 성당에 다니면서 살았다는 것은 천양지차로 다르다. 김춘수는 어찌 보면 머리로 예수를 계속 인식하는 삶을 살았으나 그것은 말 그대로 인식의 문제였지 종교적 실천의 문제로 승화하지는 못한 시인이었다. 인간의 논리나 이성적 판단으로는 성경 속의 이적과 추상성이 납득되지 않아 결국 그것을 부정하게 된다. 종교는 논리적으로 따져서 해결이 안 되는 부분이 있더라도 일단 믿음으로써 다음 단계로 진전하는 신앙인이 되지만 김춘수는 그 전 단계에 머물러 있어서 진정한 신앙인으로 도약하지는 못했다. 그의 상태를 극명하게 보여주는 시가 있다.

　　사랑하는 나의 하나님, 당신은
　　늙은 비애다.
　　푸줏간에 걸린 커다란 살점이다.
　　시인 릴케가 만난
　　슬라브 여자의 마음속에 갈앉은
　　놋쇠 항아리다.
　　손바닥에 못을 박아 죽일 수도 없고 또 죽지도 않는
　　사랑하는 나의 하나님, 당신은 또
　　대낮에도 옷을 벗는 어리디어린
　　순결이다.
　　삼월에
　　젊은 느릅나무 잎새에서 이는
　　연둣빛 바람이다.
　　　　　　　　　　　　　　　　　— 「나의 하나님」 전문

김춘수에게 '나의 하나님'은 철학적 인식의 대상으로 존재했다. 보이지 않는 존재자를 보려는 욕구 때문에 그 하나님은 김춘수의 인식 속에서 언제나 사물화되는 존재였다. 그러나 신을 감정으로는 충분히 느꼈으나 실천적 신앙의 대상으로 위치시키지는 못했다. 예수에게서 인간적인 체취를 느끼고 싶어 했지 전지전능한 신의 권능을 기대하지 않은 그로서는 예수가 관념 속의 존재자일 뿐이었다. 예수가 못 박혔던 발을 절며 빈자의 상징인 요보라를 제일 먼저 찾아간 이유를 김춘수는 '안심하라, 쑥은 없어지지 않을 것'이란 말을 해주기 위해서라고 위 시에서 쓰고 있다. 이처럼 김춘수는 예수가 인간이기를, 인간의 편에 서 있기를 바랐다. 또한 믿음을 갖고 죽으면 천국에 갈 수 있다는 기독교식 구원관도 대심문관의 입을 통해 부인했다고 보았다. 그런 점에서 김춘수는 그의 시작 과정에서 아주 오랜 시간 동안 예수와 싸웠던 사람이다. 예수에게서 그가 흡족할 만큼의 인간적 면모를 발견했다면 김춘수는 신앙인이 되어 예수를 추앙했을 것이다.

김춘수 시인의 무의미시론과 유의미한 시

1. 김춘수의 옥고 6개월

1922년 11월 25일 경남 통영에서 태어나 2004년 11월 29일에 영면한 시인 김춘수의 생애는 시인으로서, 학자로서, 대학교수로서 평온하고 순탄했다고만 할 수 없다. 1940년 4월에 동경의 니혼대학 예술학원 창작과에 입학하지만 불령선인(不逞鮮人)으로 간주되어 요코하마 헌병대 감방과 세다가야 경찰서 감방에서 6개월 동안 취조받고 고문을 당하는 끔찍한 경험을 한다. 그 결과 1942년 12월에 퇴학을 당하고 1943년에 강제 귀국 조처를 당한다. 손목에 쇠고랑을 찬 채로 배에 태워졌다. 일본 유학 시절 3년 동안 무슨 일이 있었기에 학생인 김춘수가 이런 수모를 당했던 것일까?

박덕규와 이은정은 60년대 말부터 김춘수가 무의미시론을 주창하기 시작한 것으로 보고 있다.[01] 연구자는 이들과 입장이 다르다. '무의미시

---

01 이은정은 김춘수가 1961년에 펴낸 『시론』에 나오는 "리듬에 지나치게 관심하면 난센스 포에트리가 된다."라는 구절에서 '무의미시'라는 말의 첫 자취를 찾고 있고 1969년에 낸 시집 『타령조·기타』를 낼 무렵에 무의미시를 두 가지 점(비유적 이미지와 서술적 이미지)에서 실험한 것으로 간주하였다. 박덕규는 김춘수 시에서 무의미시 형태가 나타나는 것이 60년대 후반

론'이라는 용어가 1973년에 쓴 글에서부터 보이므로 그 어떤 시적 경향이 무의미시론과 연관된다고 하는 『타령조·기타』가 간행된 1969년부터가 아니라 이 용어를 직접 사용한 1973년 2월을 기점으로 삼고자 한다.

김춘수 시인 하면 꽃과 처용, 그리고 무의미시론을 떠올리게 되는데 연구자는 6개월 동안 일본에서의 투옥 경험이 무의미시론 탄생과 불가분의 관계가 있다고 생각한다. 그래서 그때의 정황을 좀 더 자세히 살펴보고자 한다. 1997년에 펴낸 자전소설을 보면 그 무렵의 정황이 아주 소상히 기술되어 있다.[02]

겨울방학을 얼마 앞두고 귀성할 여비를 마련할 생각으로 가와사키(川崎)에 정박해 있던 화물선의 하역을 맡아 나가는 동포 학생 두 사람을 따라나섰다. 나는 전연 그럴 필요가 없었고 그 두 사람과는 특별히 친한 사이도 아니었다. 우연히 그렇게 됐을 뿐이다. 굳이 말한다면 내 호기심이 가와사키의 화물선에 어떤 매력을 느끼게 했는지도 모른다. 스물한 살 때니까 그럴 수도 있었으리라. 일종의 치기라고나 할까? 그러나 이런 가벼운 동기가 뜻 아니게 엉뚱한 결과를 빚어내고야 말았다. 이 일로 하여 나는 인생에서 처음으로 큰 좌절을 경험하게 됐다.[03]

두 유학생 친구를 따라 부두에 정박해 있는 화물선의 하역 작업에 동참했으니 일당 정도는 받았을 것이다. 50분 일하고 10분 정도의 휴식 시

이고 그것을 확연히 보여주는 것이 『타령조·기타』로 보고 있다. 박덕규·이은정 편, 대담비평 「무의미시의 전개 과정」, 『김춘수의 무의미시』, 푸른사상, 2012, 22~25쪽.

02 김춘수, 『꽃과 여우』, 민음사. 1997, 185~199쪽.

03 위의 책, 186쪽.

간이 주어지면 세 친구를 포함한 동포 학생들끼리 둘러앉아 시국에 대해 이야기를 나누는 것은 당연한 일이었다. 주로 총독이 지배하는 식민지 통치에 대한 비판, 대동아전쟁의 양상에 대한 것, 다른 한국 유학생들의 처지와 처신 등을 얘기했다고 한다. 그런데 무리 중에 안(安)이라고 자기 소개를 한 키가 큰 학생이 있었다. 나중에 알고 보니 그는 헌병대와 끈이 닿아 있었다. 이들이 나누는 대화 내용을 그가 요코하마 헌병대에 고자질한 것이었다. 체포하러 와서 명함을 내민 이도 요코하마 헌병대 소속 헌병보인데 야스다[安田]라는 일본인 성으로 되어 있었지만 서북 사투리를 쓰던 조선인 동포로서 일본 중앙대학의 학생이면서 그런 짓을 하고 있었다. 안은 일부러 부두에 와서 일하면서 조선인 노동자와 유학생들의 동태를 살펴 보고하는 스파이였다.[04]

요코하마 헌병대는 김춘수를 보름 만에야 독방에서 끌어내 심문을 시작하였다. 그는 김춘수가 그동안 쓴 편지와 습작 뭉치 등은 물론 신문에 낙서한 것까지 다 수집해 갖고 있었다. 헌병대 심문관은 네가 부두에 가서 조선인 유학생들과 노동자들과 어울린 것은 분명한 목적이 있어서였고 배후가 분명히 있을 테니 실토하라고 채근하였다. 이후에 세다가야 경찰서 감방으로 이송되어 몇 개월 내내 계속해서 심문을 받았으니 그의 고초는 이루 말할 수 없었다. 하지만 아무리 털어도 먼지가 나지 않으므로 학교에 알려 퇴학 조처케 하고 조선으로 쫓아 보내는 것으로 결론이 났다.

1943년, 김춘수가 강제추방된 시점에 교토의 교토제국대학에 다니던 송몽규와 도시샤대학에 다니던 윤동주가 치안유지법 혐의로 검거된

---

04 안과 야스다가 동일인인 것 같다.

다. 학교만 줄곧 다닌 윤동주와 달리 낙양군관학교를 나온 송몽규는 일본 입국 때부터 요시찰인물로 간주되어 미행을 당하고 있었다. 도쿄의 릿교대학에 유학을 간 윤동주가 한 학기만 다니고 교토로 전학을 간 것이 문제였다. 일본 특고경찰은 이들이 독립운동을 모의하기 위해 한 도시에 모인 것으로 간주해 2년의 징역형을 선고했다. 김춘수는 이들에 비해 운이 좋았다고 해야 할 것이다. 김춘수는 당시의 투옥 체험을 시로 쓴 적이 있다.

> 나는 스물두 살이었다.
> 대학생이었다.
> 일본 동경 세다가야서 감방에 불령선인으로 수감되어 있었다.
> 어느 날, 내 목구멍에서
> 창자를 비비 꼬는 소리가 새어 나왔다.
> 〈어머니, 난 살고 싶어요!〉
> 난생 처음 들어 보는 그 소리는 까마득한 어디서,
> 내 것이 아니면서, 내 것이면서……
> 나는 콘크리트 바닥에 머리를 부딪고
> 복받쳐 오르는 울음을 참을 수가 없었다.
> 누가 나를 우롱하였을까.
> 나의 치욕은 살고 싶다는 데에서부터 시작되었을까.
> ─「부다페스트에서의 少女의 죽음」[05] 부분

김춘수의 시치고는 꽤 이례적으로 자신의 실제 체험을 사실적으로 묘사한 것으로, 투옥 당시의 상황이 여실히 나타나 있다. 독립운동을 뚜

---

05 김춘수, 『부다페스트에서의 少女의 죽음』, 춘조사, 1959.

렷이 한 정황이 없는데도 행동거지가 좀 수상하다는 이유로 6개월의 옥고를 치러야 했던 것이고, 이것은 훗날 그의 시에서 정치의식과 사회의식, 현실참여의식 등을 제거하도록 하는 작용점이 되었다. 그 대신 그의 시세계는 허무의식, 정치와의 거리 두기, 순수 지향, 무의미시론 추구 등으로 확대되었다. 하지만 유학 시절의 투옥 체험은 도저히 잊히지 않아 이런 시도 썼다.

> 나는 그때 セタガヤ署
> 감방에 있었다.
> 땅 밑인데도
> 들창 곁에 벚나무가 한 그루
> 서 있었다.
> 벚나무는 가을이라 잎이 지고 있었다.
> 나도 단재 선생처럼 한 번
> 울어 보고 싶었지만, 내 눈에는 아직
> 인왕산도 등꽃 핀 하늘도
> 보이지가 않았다.
> ─「처용단장」 제3부 3 후반부

> 들창 밖으로 날아간 새는
> 해가 지고 밤이 와도
> 돌아와 주지 않았고
> 가도 가도 내 발은
> セタガヤ署 감방
> 천길 땅 밑에 있었다.
> ─「처용단장」 제3부 14 후반부

계절의 변화를 철창 밖 벚나무의 이파리를 통해 인지하는 곳이 감방이다. 울고 싶어도 울 수 없는 곳이었고, 무사히 석방되어 귀국할 수 있다는 희망도 가질 수 없는 나날이었다. 자전소설을 다시 살펴보자.

> 세다가야 경찰서 감방은 콘크리트 바닥이다. 얇은 군용 담요가 한 사람 앞에 한 장씩 배당된다. 그것도 밤에 잠잘 때뿐이다. 아침에는 거둬간다. 1월 중순에 수감되어 여름을 바라보며 출감됐으니까 그동안 계절이 세 번 바뀐 셈이다. 지하 감방의 하나뿐인 사방 20센티미터 정도의 창문으로 내다뵈는 언덕배기에 어린 벚나무가 한 그루 서 있었다. 그것이 얼어 있다가 꽃을 피우고 꽃을 떨어뜨리고 녹음이 짙어가는 것을 바라보게 될 때 풀려났다. 콘크리트의 냉기를 이기기 위해서는 쉴새없이 엉덩이 운동이란 것을 해야 한다. 엉덩이를 올렸다 내렸다 하는 운동이다. 퍼질러 앉은 채로다. 한 달을 하고 나니 엉덩이의 껍질이 벗겨지고 진물이 난다. 무릎 운동을 그런 모양으로 한 달쯤 하고 나니 무릎이 벗겨지고 퍼런 멍이 든다.[06]

20대 초반의 유학생으로서 감당하기 쉽지 않았을 감옥 체험을 한 이후 강제 출국이 되는데 도쿄에서 시모노세키 항구까지 쇠고랑을 찬 채로 형사 2인의 감시하에 압송되었다. 화장실에도 이 두 명이 따라왔다고 한다. 시모노세키에서 출발하는 관부연락선에는 부산 수상서에서 나온 조선인 경찰이 타고 있었다. 김춘수를 인도해 가기 위해서였다.

알은
언제 부화할까,

06　김춘수, 앞의 책, 188쪽.

나의 서기 1943년은

손목에 쇠고랑이 차인 채

해가 지자

관부연락선에 태워졌다.

나를 삼킨 현해탄,

부산 수상서에서 나는

넋이나마 목을 놓아 울었건만

세상은

개도 나를 모른다고 했다.

　　　　　　　　　　—「처용단장」 제3부 10 일부

　부산의 여관에서 이틀을 묵은 뒤 형사는 목포경찰서 소속이라 목포로 가고 김춘수는 서울(경성)로 간다. 여관은 경성과 고향을 오르내릴 때 단골로 묵었던 곳인데 여관 주인은 겁에 질린 눈빛으로 김춘수를 외면한다. 투옥과 퇴학과 추방의 수난을 겪은 김춘수는 애국지사 경력은 아니었지만 그래도 광복이 된 조국에서는 불이익을 당할 이유가 없는데 무관심과 외면의 대상이 되었다.

　　대학 중퇴라고 교수의 자격을 얻지 못해 10년을 시간 강사 노릇을 했다. 그러나 아무도 나를 위해 변호해 주지 않았다. 독립된 조국에서 일제 때의 내 수난을 본체만체했다. 이런 일련의 일들이 1960년대 후반으로 접어들자 점차 의식상에 떠오르게 되고 나대로의 어떤 윤곽을 만들어가게 되었다.[07]

07　김춘수, 「장편 연작시 「처용단장」 시말서」, 『김춘수 시전집』, 민음사, 1994, 520쪽.

무의미시론의 탄생은 바로 이런 일련의 과정이 있었기 때문이다. 일본 유학 시절의 투옥 경험이 있어서 시의 주제, 즉 의미와 내용 같은 것을 가급적이면 배제하려는 의식이 무의미시론 전개의 배경이 되었다. 하지만 의미를 완전히 배제한 시가 과연 김춘수 시의 특징이 될 수 있는가? 이 의문은 투옥 경험을 되살려 쓴 위의 시들이 반증하고 있다. 이들 시는 의미가 아주 짙은 시지 결코 무의미한 시가 아니다. 무의미시론은 1973년부터 이어진 자신의 시론일 따름, 김춘수의 모든 시가 무의미시라는 것은 아니다.

2. 무의미시론의 전개 양상

김춘수 시인은 1973년 2월에 처음으로 '무의미시'에 대해 이야기를 꺼낸다.

> 같은 서술적 이미지라 하더라도 사생적(寫生的) 소박성이 유지되고 있을 때는 대상과의 거리를 유지하고 있는 것이 되지만, 그것을 잃었을 때는 이미지와 대상은 거리가 없어진다. 이미지가 대상 곧 그것이 된다. 현대의 무의미시는 시와 대상과의 거리가 없어진 데서 생긴 현상이다. 현대의 무의미시는 대상을 놓친 대신에 언어와 이미지를 시의 실체로서 인식하게 되었다고 할 수 있다.[08]

---

08 김춘수, 「韓國現代詩의 系譜」, 『詩文學』, 1973년 2월호. 김춘수, 『의미와 무의미』, 문학과지성사, 1976, 재인용, 42~43쪽.

무의미시가 의미를 완전히 배제한 시가 아니라 시와 시적 대상과의 거리가 없어진 데서 생긴 하나의 현상이라고 한다. 대상을 놓친 대신 '언어'와 '이미지'를 시의 실체로 인식하게 되었다는 것 또한 말하고 있다. 그런데 무의미시라는 용어를 쓰면서 너무 간단히 쓴 것이 아쉬워서 또하나의 글을 발표한다. 아래의 글은 자신의 이론을 정립하는 과정에서 쓴 중요한 시론이다. 무의미시가 의미가 없는 시가 아님을 강조한 것이다. 이승훈이 말한 비대상의 시라는 것도 김춘수의 말을 그대로 가져온 것일 뿐, 독창적인 이론으로 볼 수 없다.

> 대상이 없어졌으니까 그것과 씨름할 필요도 없어졌다. 다만 있는 것은 왕양(汪洋)한 자유와 대상이 없어졌다는 불안뿐이다. 시에는 원래 대상이 있어야 했다. 풍경이라도 좋고 사회라도 좋고 신이라도 좋다. 그것으로부터 어떤 구속을 받고 있어야 긴장이 생기고, 긴장이 있는 동안은 이 세상에는 의미가 있게 된다. 의미가 없는데도 시를 쓸 수 있을까? '무의미시'에는 항상 이러한 의문이 뒤따르기 마련이다. 대상이 없어졌다는 것을 짐작하고 있으면서 이 의문에 질려 있고, 그러고도 시를 쓰려고 할 때 우리는 자기를 위장할 수밖에는 없다. 기교가 이럴 때에 필요한 것이 된다. 그러니까 이때의 기교는 심리적인 뜻의 그것이지 수사적인 뜻의 그것이 아니다. 그러나 그 위장이라고 하는 기교가 수사에도 그대로 나타나게 되는 것은 어쩔 수 없는 일이다.[09]

시적 대상의 사회적인 의미, 역사적인 의미, 종교적인 의미, 즉 '주제'를 배제하게 됨으로써 불안을 느끼게 되겠지만 시는 그 너머에 있다는

---

09   김춘수, 「對象·無意味·自由」, 『시문학』 1973년 4월호, 『의미와 무의미』 재인용, 53~54쪽.

것이다. "가장 순수한 예술이 되려는 본능"에서 무의미시가 나온다고도 했다. 이상의 시를 예로 드는데 초현실주의적인 그의 시는 기교의 새로운 국면을 열어 보여주었지만 기교에 입각해서 쓴 시는 모두 '위장된 자유'라고 비판을 가하기도 한다. 그 몇 달 뒤에 김춘수는 자신의 시를 예로 들면서 무의미시론을 더욱더 강화한다.

> 눈보다도 먼저
> 겨울에 비가 오고 있었다.
> 바다는 가라앉고
> 바다가 있던 자리에
> 군함이 한 척 닻을 내리고 있었다.
> 여름에 본 물새는 죽어 있었다.
> 물새는 죽은 다음에도 울고 있었다.
> 한결 어른이 된 소리로 울고 있었다.
> 눈보다도 먼저
> 겨울에 비가 오고 있었다.
> 바다는 가라앉고
> 바다가 없는 해안선을
> 한 사나이가 이리로 오고 있었다.
> 한쪽 손에는 죽은 바다를 들고 있었다.
> ─「처용단장」제1부 4

아무리 시를 잘 해석하는 문학평론가가 있다고 할지라도 이 시를 의미나 주제의 차원에서 해석하려 들면 한계에 부닥치게 될 것이다. 어느 문장도 요해가 되는 것은 없으며, "바다가 없는 해안선을/ 한 사나이가 이리로 오고 있었다"는 것은 문장으로 성립이 안 되는 비문이다. 물새가 죽은 다음에 울고 있었다는 것도 그렇지만 사나이가 한쪽 손에 바다를 들고 있었다는 것도 어떤 뜻인지 파악하는 것이 쉽지 않다. 김춘수는 이 시가 지닌 의미가 무엇이라고 설명하지는 않고 시를 인용한 뒤에 이런 말을 한다.

> 나는 어느새 허무를 앓고 있는 내 자신을 보게 되었다. 나는 이 허무로부터 고개를 돌릴 수가 없었다. 이 허무의 빛깔을 나는 어떻게든 똑똑히 보아야 한다. 보고 그것을 말할 수 있어야 한다. 의미라고 하는 안을 끼고는 그것이 보여지지가 않았다. 나는 말을 부수고 의미의 분말을 어디론가 날려버려야 했다. 말에 의미가 없고 보니 거기 구멍이 하나 뚫리게 된다. 그 구멍으로 나는 요즘 허무의 빛깔이 어떤 것인가를 보려고 하는데, 그것이 보일 듯 보일 듯하고 있다. 그래서 나는 「處容斷章」 제2부에 손을 대게 되었다.[10]

이 당시에 김춘수를 사로잡은 것은 허무주의였다. 이 글이 발표된 1973년이면 박정희 대통령이 유신헌법을 반포한 뒤 군사독재정권의 철권을 마구 휘두를 때였다. 그에게 엄습한 정치적 허무의식이 무의미시론을 주장케 한 것인데, 무의미시라고 해서 문맥 그대로 시에 의미가 있으면 안 된다는 것과는 거리가 있다. 주제를 정해서 그것을 전달하려고 하지 말고 "말의 긴장된 장난"을 치자는 말을 그는 하고 있다. 멕시코의 혁명군 대장 사바다를 등장시킨 시를 스스로 인용하고 있다.

불러다오.

---

10 김춘수, 「意味에서 無意味까지」, 『문학사상』, 1973년 9월호. 『의미와 무의미』 재인용, 68쪽.

멕시코는 어디 있는가,

사바다는 사바다, 멕시코는 어디 있는가,

사바다의 누이는 어디 있는가,

말더듬이 일자무식 사바다는 사바다,

멕시코는 어디 있는가,

사바다의 누이는 어디 있는가,

불러다오,

멕시코 옥수수는 어디 있는가.

— 「처용단장」 제2부 5

앤서니 퀸이 주연한 영화 〈혁명아 사파타〉를 보고 쓴 시이다. 이 시를 인용한 뒤에 김춘수는 보다 명확하게 자신의 시론을 확립한다. 시를 쓰는 의식보다 행위에 주안점을 두게 되는데, 잭슨 폴록(1912~1956)의 행위예술을 본받고자 했던 것이다. 이 시를 인용해놓고 바로 이런 말을 한다.

말에 의미가 없어질 때 사람들은 절망하고 말에서 몸을 돌린다. 그러나 절망의 몸짓을 참으로 보고 사람들은 그러는가? 팽이가 돌아가는 현기증 나는 긴장상태가 바로 의미가 없어진 말을 다루는 그 순간이다. 사람들은 그것을 말의 장난이라고 하지만, 잭슨 폴록은 그러는 그 긴장을 이기지 못해 자기의 몸을 자살로 몰고 갔다.

'말의 긴장된 장난' 말고 우리에게 또 남아 있는 행위가 또 있을까? 있을지도 모르지만, 내 눈에는 그것은 월하의 감상으로밖에는 비치지 않는다. 고인이 된 김수영에게서 나는 무진 압박을 느낀 일이 있었지만 지금은 그렇지도 않다.[11]

11　위의 글, 00쪽.

잭슨 폴록이 그림을 그리는 모습

　잭슨 폴록은 자살로 죽은 것이 아니라 자동차 사고로 사망하였다. 이 시기에 김춘수는 언어의 유희를 중요하게 생각한다. 「처용단장」 연작시에서 그는 언어유희(pun)를 실험하지 주제의 무게를 생각하지 않는다. 이 시기의 김춘수가 미국의 추상표현주의 화가 잭슨 폴록의 영향을 받은 것은 확실하다. 1947년 폴록은 처음으로 평평한 캔버스에 몇 차례에 걸쳐 에나멜 물감이나 알루미늄 물감을 붓거나 떨어뜨리는 방법을 사용했는데, 캔버스를 완성하는 데 몇 주일씩 걸리기도 했다. 그 결과 복잡하고 역동적인 선들로 이루어진 무늬들로 가득 찬 그림이 만들어졌다. 커다란 캔버스 위를 구멍 뚫린 페인트 통을 들고 뛰어다닌 잭슨 폴록의 그림 그리기 기법은 김춘수에게 영감을 주어, 시심이 솟구친 그 순간의 감응, 흥, 도취 같은 것을 중시했음을 알 수 있다. 게다가 언어의 유희적 측면을 중히 여겨 반복 구문을 즐겨 사용하고, 설의법·영탄법·도치법 등을 사용하면서 시가 말의 예술임을 강조하였다. 게다가 1970년대는 민중문학이 꿈틀대기 시작한 시기이다. 김수영으로 대표되는 1960년대의 사회참여 문학 논쟁 중에 『창작과비평』이 탄생하였고, 유신시대 개막 이후 민중문학은 요원의 불길처럼 일어나서 김춘수의 무의미시론은 암암리에 비난의 대상이 되었다.

김춘수 시인 인생의 또 하나의 큰 변곡점은 1981년 4월, 제5공화국 초기에 국회의원에 피선되어 몇 년 동안 의원 생활을 했다는 것과 방송심의위원회 위원장을 지냈다는 것이다. 국민투표에 의한 피선이 아니라 전국구(현 비례대표) 의원으로서 대통령의 지목에 의한 것이었다. 그 이유에서였는지 「님이시여 겨레의 빛이 되고 역사의 소금이 되소서」라는 전두환을 칭송하는 시를 쓰기도 했다. 1986년 방송심의위원회 위원장으로 취임하여 1988년까지 위원장직을 맡았고, 1991년 한국방송공사(KBS) 이사로 선임되어 1993년까지 이사직을 맡았다. 방송심의위원회 위원장은 언론검열의 최정상 기구로서 김춘수 시인의 명예를 실추시킨 또 하나의 감투였다. 일제강점기 때의 옥고를 평생 지워지지 않는 치욕으로 기억하고 있던 시인의 이러한 정치적 행보는 이해가 되지 않는, 몹시 아쉬운 부분이다. 하지만 만 60세에 국회의원이 되고 난 이후에도 시인의 문학적 행보는 멈추지 않았다. 3권짜리 전집이 문장사에서, 시전집이 서문당에서, 시선집이 민음사·탑출판사·신원문화사에서 출간되었다. 제10시집 『라틴점묘·기타』(1988), 제11시집 『처용단장』(1991), 제12시집 『서서 잠자는 숲』(1993), 제13시집 『호(壺)』(1996), 제14시집 『들림, 도스토예프스키』(1997), 제15시집 『의자와 계단』(1999), 제16시집 『거울 속의 천사』(2001), 제17시집 『쉰한 편의 비가』(2002)를 냈고, 사후에 유고시집 『달개비꽃』이 나왔다. 시집 말고도 1981년 이후에 낸 산문집이 4권, 시론집이 2권, 자전소설이 1권이니 작고할 때까지 왕성한 필력을 보여준 것임에 틀림없다.

다시 말해 김춘수의 무의미시론은 시에서 의미를 제거해야 한다거나 의미를 들어내야 한다는 주장을 하는 것이 아니다. 시의 주제가 무엇인지, 즉 시인의 의도가 어디에 있는지, 그 시의 의미를 따지는 과거의 평가 기준에 제동을 걸고 싶었던 것으로 보인다.

3. 무의미시론의 실체

시인 스스로 '무의미시론'이라는 용어를 썼기 때문에 독자들은 김춘수가 평생 의미가 배제된 절대순수의 시를 쓴 이로 간주하는 경향이 있다. 물론 「처용단장」 연작시는 시의 의미보다는 언어 자체의 울림을 강조한 면이 분명히 있었다. 하지만 김춘수 시인이 등단 이후 시인으로 살아간 60년 내내 무의미시론을 주창한 것은 아니었다. 1960년도 발표작인 아래의 시를 보자.

이제야 들었다. 그대들 음성을,

그대들 가슴 깊은 청정한 부분에
고이고 또 고였다가
서울에서 부산에서
인천에서 대전에서도
강이 되고 끓는 바다가 되어
넘쳐서는 또한
겨레의 가슴에 적시는 것을,
1960년 4월 19일
이제야 들었다, 그대들 음성을
잔인한 달 4월에
죽었던 땅에서 라일라크가 피고
그대들 죽음에서
천의 빛줄이 나래를 치는 것을,
죄 없는 그대들은 가고,
잔인한 달 사월에
이제야 들었다. 그대들 음성이
메아리 되어
겨레의 가슴에 징을 치는 것을,
역사가 제 발로 달려오는 소리를……
이제야 들었다. 그대들 음성을,
　　　　　　 ―「이제야 들었다, 그대들 음성을」 전문

　『사상계』 1960년 6월호 '민중의 혁명 특집호'에 실린 이 시는 비록 잡지사의 청탁에 의해 쓴 것이라 할지라도 '무의미시론'의 시인 김춘수가 썼다는 것이 믿기지 않을 정도로 격정적이고 의미가 뚜렷한 시다. T. S. 엘리엇이 쓴 「황무지」의 유명한 첫 구절을 인용하면서, 이런 부정선거

가 어디 있느냐며 재투표를 하라고 요구하다 죽은 학생들의 영령을 추도
하고, 총기 난사로 자신의 죄악을 덮으려 한 위정자와 경찰 수뇌부의 폭
력을 규탄하는 내용이다. 시는 후반부에 이르러 "그대들 음성이/ 메아
리 되어/ 겨레의 가슴에 징을 치는 것을,/ 역사가 제 발로 달려오는 소리
를……"이라고 하면서 4·19혁명이 역사의 물줄기를 바꿔놓은 장거임을
강조하고 있다. 김춘수는 특히 그대들의 음성이 "강이 되고 끓는 바다가
되어/ 넘쳐서는 또한/ 겨레의 가슴을 적신다"면서 혁명의 감격을 제대로
전달하려 애쓰고 있다.

　　김춘수가 한평생 관심을 가졌던 세 인물이 있으니 처용, 예수, 그리고
도스토예프스키였다. 이 세 인물에 대해 검토를 해보면 무의미시론의 실
체가 드러날 것이다. 처용에 관심을 기울인 이유를 다음과 같이 설명한
바 있다.

> 　　처용설화를 나는 폭력, 이데올로기, 역사의 삼각관계 도식틀 속으
> 로 끼워 넣었다. 안성맞춤이었다. 처용은 역사에 희생된 개인이고 역
> 신은 역사이다. (중략) 역사 허무주의자, 더 나가서는 역사 부정주의자
> 가 되고 있었다.[12]

　　설화를 살펴보면 처용은 용왕의 아들이다. 신라의 헌강왕이 바닷낚
시를 하면서 용왕에게 제사를 지내지 않자 격노한 용왕이 안개를 짙게
해 일행이 오도 가도 못하게 한다. 용왕이 부하들을 거느리고 나타나자
왕은 뒤늦게 잘못을 깨닫고 당장 제사를 지냄은 물론 이곳에 절을 지어
해마다 제를 지낼 것을 약속한다. 용왕은 그걸로는 용서가 안 된다고 하

12　　김춘수, 『김춘수 시전집』, 민음사, 1994, 519쪽.

면서 인간세계에서 살고 싶어하는 자기 아들 하나를 거둬달라고 하니 그가 바로 처용이었다. 신하가 된 처용은 결혼도 하고 사람처럼 살아가는데 왕은 용왕의 아들이니 그에게 농수산부 장관쯤 되는 일을 시킨다. 처용은 전국의 하천과 저수지 돌보기, 제방 쌓기, 우물 파기 등 수리 안전과 물 공급에 여일이 없는 나날을 보낸다. 기우제는 당연히 그의 몫이었다. 아름다운 부인이 독수공방 외롭게 지내는 것을 보고 역신이 유혹하여 동침을 하는데, 그 현장을 오랜만에 집에 온 처용이 보게 된다. 이부자리 밖으로 발이 4개 있는 것을 보고 노발대발하지 않고 한바탕 웃고는 마당에 내려 덩실덩실 춤을 췄다. 이를 보고 감동을 받은 역신은 마당으로 뛰어 내려가 무릎 꿇고 빌며 용서를 청했다는 것이 설화의 주요 내용이다. 김춘수는 이런 처용을 역사에 희생된 개인, 바로 자신으로 보았다. 처용은 시인 자신이었던 것이다. 즉 연작시 「처용단장」은 처용에 대한 탐색이라고 볼 수도 있지만 자기 이야기를 한 것으로 봐도 무방하다.

　　바다가 왼종일
　　새앙쥐 같은 눈을 뜨고 있었다.
　　이따금
　　바람은 한려수도에서 불어오고
　　느릅나무 어린 잎들이
　　가늘게 몸을 흔들곤 하였다.

　　날이 저물자
　　내 늑골과 늑골 사이
　　홈을 파고
　　거머리가 우는 소리를 나는 들었다.
　　베꼬니아의

붉고 붉은 꽃잎이 지고 있었다.
　　　　　—「처용단장」제1부 Ⅰ의 Ⅰ의 전반부

　시적 화자가 대상을 관찰하고 있고 화자가 시의 주인공이고 서술자
이다. 처용의 입을 빌려 자연의 온갖 현상과 세상의 이모저모를 인지하
여 그려내고 있다. 처용이 시적 대상이 된 인물이 아니라는 것을 간과하
면 안 된다. 김춘수가 시선집 『처용』(민음사)을 낸 것이 1974년이었고, 시
집 『처용단장』(미학사)을 낸 것이 1991년이었다. 이 기간 17년이 대체로
무의미시론의 기간이라고 볼 수 있지 않을까. 자연에 대한 관찰기록이기
때문에 '무의미'인 것은 분명하다. 하지만 무의미한 것은 아니다. 그러니
까 김춘수는 무의미시론을 전개했지만 무의미한 시를 의도적으로 쓴 초
현실주의자는 아니었다. 의식의 흐름이나 자동기술을 그는 탐탁지 않게
보았다.[13] 김춘수는 시를 철저하게 계산하면서 씀으로써 초현실주의와는
선을 분명히 그었다.
　김춘수는 예수가 등장하는 시를 총 16편이나 썼다. 어린 시절에 침모
할머니를 따라 예배당에 자주 갔었고 다니는 학교마다 미션스쿨이었다.
유치원조차도 미션 계통이었다. 「처용단장」을 보면 어릴 때 호주 선교사
네 집에 자주 놀러 갔었음을 알 수 있다. 이런 경험 덕분인지 자전소설을
보면 예수에 대한 이야기를 자주 하고 있다.

　　예수는 곧 자기가 붙들려간다는 것을 알고 있었다. 그는 가능하다
　　면 그런 사태를 면했으면 했다. 그러나 그것은 어려울 듯했다. 예수는
　　잠을 이룰 수 없었다. 밤이 깊어지자 제자들은 하나같이 잠에 빠져들

13　김춘수, 「對象·無意味·自由」, 『시문학』 1973년 4월호. 『의미와 무의미』 재인용, 57~58쪽.

었다. 그들은 예수의 신변에 무슨 일이 닥치고 있다는 것을 알지 못한다. 예수는 홀로 눈뜨고 있었다.[14]

처용은 설화 속 인물이었지만 예수는 실존했던 인물로 파악, 장장 30년에 걸쳐 인물 연구를 했다. 그런 김춘수를 시종 무의미시론에 입각해 시를 쓴 시인으로 간주한다면 그것은 큰 잘못이다.

　　　술에 마약을 풀어
　　　어둠으로 흘리지 마라.
　　　아픔을 눈감기지 말고
　　　피를 잠재우지 마라.
　　　살을 찢고 뼈를 부수어
　　　너희가 낸 길을 너희가 가라.
　　　맨발로 가라.
　　　숨 끊이는 내 숨소리
　　　너희가 들었으니
　　　엘리엘리나마사막다니
　　　나마사막다니
　　　시편의 남은 구절은 너희가 잇고,
　　　술에 마약을 풀어
　　　아픔을 어둠으로 흘리지 마라.
　　　살을 찢고 뼈를 부수어
　　　너희가 낸 길을 너희가 가라.
　　　맨발로 가라. 찔리며 가라.
　　　　　　　　　　　　　　　　　　—「못」 전문

14　김춘수, 『꽃과 여우』, 133~134쪽.

김춘수가 이 시에서 말한 마약이 성경에는 신 포도주(cheap wine)로 나와 있다. 예수의 목숨이 경각에 이르렀을 때 이름 모를 사람이 해면을 신 포도주에 적시어 갈대 끝에 꽂아 예수께 목을 축이라고 주었다고 한다(마태복음 27:48). 이 내용은 조금씩 다르게 누가복음과 요한복음에도 나온다. 엘리엘리나마사막다니의 영어 원문은 Eli, Eli, lema sagachthani?로서 "나의 하느님, 나의 하느님, 어찌하여 나를 버리셨나이까?"라는 뜻이다. 이 시의 화자는 예수다. 내 숨이 끊기는 소리를 너희들이 듣지 않았느냐, 그러니 시편의 남은 구절을 너희가 이어서 쓰고, "술에 마약을 풀어/ 아픔을 어둠으로 흘리지 마라"고 당부한다. 쾌락과 범죄의 구렁텅이에 빠져 살지 말라는 당부를 하고 있는 것이다. 마지막 3행은 예수의 입을 빌려 시인이 이 세상 사람들에게 하는 말이다. 독자가 기독교인이든 아니든 간에 큰 감동으로 새길 수 있는 결구다. 이런 시는 무의미시론과 멀어도 한참 멀다. 연구자는 김춘수가 예수를 등장시킨 시편을 살펴본 뒤에 다음과 같은 결론에 다다랐다.

> 김춘수가 이해한 예수는 이와 같이 고통을 나누는 자이다. 자신의 고통에 아랑곳하지 않고 타인의 고통을 애통해하는 자이다. 김춘수의 예수 이해는 이렇게 바뀌어 갔다. 다시 말해 기적을 행하는 전지전능한 신 예수에서 동정심 많은 인간 예수로 이해하게 되었다.[15]

예수가 확실하게 등장하는 16편의 시를 30년에 걸쳐 쓰면서 의미가 없는 시, 무의미 시를 썼다는 것은 말이 안 된다. 무의미시론을 주창했을 따름, 「처용단장」 연작시의 일부를 제외하고는 무의미시로 간주할 수 있

---

15 이승하, 「한국 현대시에 나타난 '예수'」, 『세속과 초월 사이에서』, 도서출판역락, 2008, 76쪽.

는 것도 사실상 없다.

1997년 민음사에서 펴낸 제14시집 『들림, 도스토예프스키』는 첫 시부터 마지막 시까지 '의미'가 충만한 시이지 무의미시가 아니다. 이 시집에 대한 고찰은 「김춘수가 그린 '예수'의 초상」이란 글에서 행한 바 있으므로 자세한 논의는 하지 않겠다. 확실한 것은 젊은 시절부터 도스토예프스키의 거의 모든 소설을 재독, 삼독하면서 심취한 시인이 신과 인간의 거대한 갈등의 드라마를 독후감 조의 시로 썼다는 것이다. 시집의 제1부 19편 시는 소설에 나오는 인물에 대한 연구이고, 제2부 19편은 소설의 공간적 배경인 장소 및 제1부에서 빠뜨린 인물에 대한 연구다. 제3부의 시 10편은 『악령』에 나오는 인물 스타브로긴 백작이 쓴 고백록의 형식을 취해 정리한 것이다. 그만큼 김춘수는 도스토예프스키가 그려낸, 여러 고뇌하는 인물에 심취했던 것이다. 각 부에서 1편씩만 가져와서 논의해본다.

불에 달군 인두로
옆구리를 지져봅니다.
칼로 손톱을 따고
발톱을 따봅니다.
얼마나 견딜까,
저는 저의 상상력의 키를 재봅니다.
말도 많고 탈도 많은 그것은
바벨탑의 형이상학,
저는 흔듭니다.
무너져라 무너져라 하고
무너질 때까지,
그러나 어느 한 시인에게 했듯이

늦봄의 퍼런 가시 하나가
저를 찌릅니다. 마침내 저를 죽입니다.
그게 현실입니다.
7할이 물로 된 형이하의 이 몸뚱어리
이 창피를 어이 하오리까
스승님,

자살 직전에
미욱한 제자 키리로프 올림.
　　　─「존경하는 스타브로긴 스승님께」 전문

　이 시의 화자는 『악령』에 나오는 키리로프다. 그는 인간이 스스로의
판단하에 도덕적일 수 있다면 인신(人神)의 경지에 이를 수 있다고 주장
한다. 단번에 인신이 될 수는 없지만 사람들에게 메시지를 전달할 선각
자가 될 수는 있다고 말하며 그 방법으로써 두려움에 떨거나 열정에 휩
싸이지 않은 채 자살할 생각을 한다. 그는 자신의 자살이 인류를 신으
로 만드는 첫걸음이라고 굳게 믿고 있다. 그는 방에 앉아 차를 마시며 새
벽까지 잠을 자지 않고 오직 자살에 대해 골몰한다. 그는 완전한 무신론
과 종교적 광신은 같은 것이라고 말한다. 결국 키리로프는 자살을 하고
마는데 본인이 주장한 죽음을 태연히 받아들이는 선각자의 모습과는 거
리가 먼, 우스꽝스런 모습을 보인다. 한편 스타브로긴은 잘생겼고 머리
도 총명하고 체력도 좋고 생활력도 있다. 이런 그가 도회지 빈민굴의 타
락과 추악에 휩싸여 사는 인물로 변해간다. 광기가 있고 자리를 저는 여
자와 술김에 친구와 내기 끝에 결혼도 한다. 두 번이나 결투를 해 관직
을 박탈당하고 유형지로 추방된다. 스타브로긴도 자살하는데 키리로프

와 달리 아주 당당하게 자살한다. 키릴로프의 유서 형식을 취한 이 시는 실은 시베리아 유형 생활 이후 도스토예프스키를 사로잡은 세 가지 명제에 대해 김춘수 시인이 물어보는 것이라고 해도 무방하다. 형이상학(이상)과 형이하학(현실) 사이에서의 갈등, 신에 대한 긍정과 저항으로서의 자살이 정당한가, 참회만 하면 모든 죄는 지워지는가. 도스토예프스키가 한 고민을 김춘수가 했기에 이 시를 쓴 것이다.

뿌리는 하늘에 있고
꽃도 하늘에 있다.
루바슈카는 따뜻한가,
사람들은 일 년 내내 햇볕 쨍쨍한
(어디쯤에 있는가),
겨울을 바라며 가고 있다.
— 「옴스크」 전문

길모퉁이
어느새
산타마리아 나무도 없어진
거기,
바람이 코를   다. 누군가,
누구의
손목도 덮어줘라,
낙낙한 화장
올겨울에도
네 루바슈카는 따뜻하다고.
— 「또 옴스크에서」 전문

루바슈카는 러시아의 민족의상으로 풀오버 타입의 셔츠이다. 소매가 길고 허벅지 중간까지 내려오며, 가슴께까지 있는 단추가 정가운데에 있지 않고 왼쪽 혹은 오른쪽으로 쏠려있는 것이 특징이다. 시인은 러시아의 한 도시, 도스토예프스키의 소설에서 자주 본 지명이 아닌가 한다. 제목과 달리 2편의 시는 도시 옴스크의 특징을 다룬 것이 아니다. 다만 무척 추운 곳이라 옴스크 시민은 짧은 봄과 여름을 기다리고 있을 거라는 얘기를 하고 있다. '낙낙한 화장'의 화장은 '化粧'인 듯한데, 이 시에서도 추위에 대한 얘기 이상을 기대하기 어렵다. 겨울이 긴 그 나라에서 네가 입고 있는 루바슈카가 따뜻하냐고 묻는 이유는 러시아 땅의 많은 부분이 미개발지고 동토지만 지금은 그곳이 살 만한 곳이냐고 묻고 있는 것이나 마찬가지다.

제3부의 제목이 '스타브로긴의 뇜'인데 이런 시가 나온다.

의식도 영혼도 다 비우고
나는 돼지가 될 수 있다.
밥 달라고 꿀꿀거리며
간들간들 나는 꼬리를 칠 수도 있다.
성서에 적힌 그대로
무리를 이끌고 나는 바다로
몸 던질 수 있다.
말하자면 나는
죽음을 이길 수 있다.
그러나
그 다음이 문제다. 내 눈에는
그 다음이 보이지 않는데, 썰렁하구나

나에게는 스승이 없다

1872년 3월 1일

—「사족」전문

소설 『악령』이 출간된 날이다. 소설 속 스타블로긴의 심정으로 쓴 시로서, 사망 이후의 세계에 대한 궁금증이 피력되어 있다. 죽음이 불가항력에 의한 것이 아니라 하더라도 사후세계에 대한 궁금증은 수많은 예술가들의 창작 활동의 원동력이 되었다. "나에게는 스승이 없다"라는 말은 스타블로긴의 종교관을 말해주는 것이다. 하느님을 권능을 믿지 않는 스타블로긴이기에 영혼이 굳건하지 않아서 온갖 유혹에 빠질 것이다. 그 결과 자신의 의지로 생을 끝낼 수도 있지만 그 이후의 세계에 대한 궁금증이 드러나 있다. 김춘수 자신이 죽은 이후에 무엇을 할 수 있으면 하겠지만 사후세계에 대해 도무지 감을 잡을 수 없어서 쓴 시라고 본다.

제4부의 시 「대심문관」은 부제가 '劇詩를 위한 데생'인 것으로 보아 훗날 무대에서 공연할 극시로 보완할 생각이었던 것 같다. 시집 13쪽에 걸쳐 전개되는, 짧은 극시다. 「대심문관」 이야기는 『카라마조프 가의 형제들』에 독립되어 나오는데 무신론자인 둘째아들 이반이 신앙적으로 신실한 동생 알료샤에게 자신이 창작한 극시를 설명하는 형식으로 기술한 것이다. 그런데 이 내용은 왜 예수의 행적이 인류의 구원과 연결되는 것인지를 설파하고 있어 도스토예프스키 사상의 핵심 부분이다. 김춘수도 그것을 알고 있었기에 13쪽의 시극으로 재구성했던 것이다.

아무튼 김춘수 시인이 스스로 창안한 '무의미시론'이라는 용어에 경도되어 김춘수의 시세계를 전반적으로 의미가 없다거나, 의미를 배제하고 이미지 추구에 몰두하고 언어미학을 구축했다고 보는 것은 단견이다.

김춘수는 처용에 빗대어 자기 자신을 연구했고 예수가 신인가 인간인가 고민하면서 예수와 오래 싸웠던 시인이다. 시인이 구사한 '무의미시'라는 말에 경도되어 의미 없는 시를 쓴 시인으로 간주하는 일은 없어야 할 것이다.

IV부

박경리에 대해 쓴 2편의 글

소설가 박경리의 역사의식과 윤리의식
— 소설 『토지』를 중심으로

　박경리의 대표작은 대하소설 『토지』다. 대중적인 인기를 끈 『김약국의 딸들』[01]과 문학적으로 높이 평가받은 『표류도』, 『시장과 전장』 같은 장편소설[02]이 있기는 했지만 1969년 9월호 『현대문학』에 연재를 시작한 이래 26년 만에 탈고한 『토지』의 작품성을 넘어서는 것은 없다. 완결된 이후 1994년에 솔판사에서 16권짜리로, 나남출판사에서 21권짜리로, 마로니에북스에서 20권짜리로 출간하였다. 20권을 다 읽어야 소설 한 편을 읽는 것이니, 『토지』를 읽는 것 자체가 보통 힘든 일이 아니다.

　『토지』는 1897년 한가위에서 시작하여 1945년 광복의 날에 끝나므로 50년 동안의 한국 역사를 담고 있지만 등장인물들끼리의 대화나 서술자의 설명 등을 들어보면 그 이전까지 거슬러 올라감을 알 수 있다. 즉, 21년 전인 1876년의 병자수호조약(일명 강화도조약) 체결 시점까지 거슬러 올라간다. 그러니까 60~70년 동안의 한국 근대사가 이 한 편의 소설 안에서 펼쳐지는 셈이다. 작품의 무대도 1부는 한반도지만 2부부터는 주인공 서희가 만주로 감으로써 중국 대륙의 북쪽으로 확대된다. 3부

01　1962년 작인 이 소설은 다음해에 유현목 감독에 의해 영화로 만들어졌다.

02　『표류도』는 제3회 내성문학상을, 『시장과 전장』은 제2회 한국여류문학상을 수상했다.

부터는 일본으로까지 확대된다. 등장하는 인물 수도 600명에 이른다.

박경리가 일단 1897년 한가위를 소설의 출발지점으로 삼은 것은 대단히 중요한 뜻을 갖는다. 이 해는 인천에서 경인철도 부설 기공식이 열렸고(3월) 목포와 진남포에 외국의 배가 들어올 수 있도록 개항한 해이다(10월). 불평등조약인 병자수호조약이 체결된 지 21년째가 되는 해로, 일본이 조선을 식민지로 만들기 위한 공작을 착착 진행해 가고 있던 시기였다. 그 사이에 신사유람단 일본 파견(1881), 임오군란(1882), 미국·영국·독일과 통상 체결(1882), 갑신정변(1884), 거문도사건(1885), 동학농민운동 시작(1894), 갑오개혁(1894), 을미사변(1895), 아관파천(1896) 등 굵직굵직한 사건들이 있었다. 1897년 2월에 고종이 러시아공사관에서 경운궁(지금의 덕수궁)으로 돌아와서 10월에 황제 즉위식을 환구단(중구 소공로 소재)에서 거행하고 국호를 '대한제국'으로 선포하였다. 자신이 '고종황제'가 되고 민비를 '명성황후'로 부르게 했지만 쓰러져 가는 왕조를 일으켜 세울 힘은 없어 대한제국 선포는 아무런 반향을 불러일으키지 못했다. 일본은 조선을 식민지로 만들기 위해 치밀하게 계획을 실천해 가고 있을 따름이었다. 1894년부터 다음해까지 진행된 청일전쟁에서 참혹하게 패배한 것은 청나라였다. 1904년부터 다음해까지 진행된 러일전쟁에서 초전에 크게 패배한 것은 러시아였다. 일본이 두 나라를 상대로 완벽하게 승리를 거둔 상황이라 조선을 둘러싼 열강들의 다툼은 자연스럽게 끝이 났다. 미국·영국·프랑스·독일 등이 제국주의의 마수를 뻗치려고 한양에 영사관을 두었다가 일본의 불호령에 철수하게 되었고, 일본은 이미 탈진한 상태에 놓인 대한제국을 '보호'하겠다고 1905년에 을사늑약을 체결하였다.

박경리는 소설 『토지』를 통해 한반도가 일본의 식민지가 되는 과정을 살펴보려고 했다. 또한 일제가 식민지를 경영하면서 얼마나 강하게 우리 민족을 핍박했으며 민족정신을 말살하려고 했는지 살펴보려고 했다. 연구자는 작가 박경리의 역사의식과 윤리의식이 어떻게 해서 마음속에 형성되었고 작품에서 형상화되었는지 논할 예정이다.

1. 왜 박경리는 『토지』를 썼을까?

조선사편수회는 조선사편찬위원회규정(1921. 12. 4, 조선총독부 훈령 제64호)에 따라 발족한 조선사편찬위원회를 확대·강화하여 발족시킨 기구다. 조선을 강점한 이후 일본은 침략의 정당성 확보에 나섰다. 조선사편수회를 만든 일본은 단군시대→고조선시대→삼국시대→통일신라시대→고려시대→조선시대로 이어지다가 일본의 식민지가 되는 것이 역사의 필연적인 진행 과정이었음을 증명하고자 했다. 일본은 또 왕이 세습하면서 통치하는 전제군주국가인 조선을 근대화시키겠다는 포부를 표면화했다. 만선사관이 대표적인 일본의 역사의식이요 임나일본부가 대표적인 일본의 역사 왜곡이었다. 일본의 역사 왜곡은 아주 폭넓게, 심도 있게 행해졌다. 그 대표적인 기구가 바로 '조선사편수회'였다.

조선사편찬위원회의 위원장은 조선총독부 정무총감이 겸임했으며, 고문에는 친일파 대신 이완용·박영효·권중현 등이 임명되었다. 실제업무는 도쿄제국대학 교수인 쿠로이타[黑板勝美]가 총괄했으며, 만선사관의 대표자인 이나바[稻葉岩吉]가 편찬업무를 주관했다. 조선총독부는 조선사 편찬 작업을 더 강력히 추진하기 위해 위원회를 중심으로 1925년 조선사편수회관제를 공포하여 새로운 독립관청인 조선사편수회를 설치했다. 이후 이병도·신석호 등이 참여했으며, 최남선도 촉탁위원으로 참여했다. 조선사 편찬사업에 참여한 일부 한국인 학자들은 일제가 『조선사』를 편찬하는 명분을 높이는 데 기여했을 뿐, 자기 의견을 거의 반영하지 못했다. 결국 조선사 편찬사업은 한국인들로부터 역사 연구의 자유와 권리를 빼앗은 것으로서, 서술의 중심은 한민족의 주체적 역사 발전을 서술하기보다는 한국이 중국의 속국이며 사대주의로 일관했다거나 중국과 일본보다 역사와 문화가 뒤떨어져 있다는 데 두어졌다. 즉, 일본의 한국 침략과 강점의 합법성을 입증하기 위한 사료의 취사선택과 왜곡을 자행했고, '황국신민화'의 목적에 이용하려 한 것이었다. 조선사편수회는 1938년까지 『조선사』, 『조선사료총간』, 『조선사료집진』 등을 간행하였다.[03]

일본은 8·15광복 이후에도 조선의 근대화는 우리 덕분이라는 주장을 조금도 굽히지 않는다. 그 과정에서 수시로 들고나오는 것이 임나일본부설이다. 고대 일본의 야마토 정권이 4세기 후반 한반도 가야 지방에 '일본부'라는 통치기관을 설치하여 지배했다는 설이다. 이는 광개토대왕 비문의 "왜가 신묘년(辛卯年, 391년) 이래 백제와 신라를 쳐서 신민으로 삼았다"라는 기록에 근거한 것이다. 일본 학자들은 또한 『일본서기』의 "진구황후가 369년 한반도를 정벌하고, 임나에 일본부를 설치했다가 562년 신라에 멸망당했다"라는 기록을 주장의 근거로 삼는다. 그런데 한국 역사에서 '왜(倭)'를 '일본(日本)'으로 부르기 시작한 것이 670년 이후라는 것을 생각해볼 때 일본부라는 명칭 자체가 성립될 수 없다. 또한 1972년 재일사학자 이진희가 광개토대왕 비문이 일제강점기 때 일본군에 의해

03　이 내용은 Daum백과에 나오는 것을 정리한 것이다.

조작되었다는 설을 제기하면서 임나일본부설의 진위와 광개토대왕 비문을 둘러싼 해석에 대해 다양한 주장이 제기되고 있다. 일본은 이것뿐만 아니라 온갖 자료를 들이대면서 독도 영유권을 주장하고 있다.

박경리는 우리 조선이 힘이 없어서 일본의 식민지가 되기는 했지만 일본의 조선 지배 정당성 주장에 반론을 제기하고 싶었다. 또한 일제가 주장한 '대동아공영권'이니 '내선일체사상'이니 하는 것에 대해서도, 이광수가 주장한 '민족개조론'에 대해서도 반론을 제기하고 싶었다. 그래서 『토지』를 쓰게 된 것이다. 또한 우리 민족의 민족성, 문화·예술에 대한 능력, 화합의 능력을 자랑하고 싶었다. 작가는 『토지』 제4부를 쓰고 있던 무렵인 1982년에 소설가 최일남 씨와 인터뷰를 하면서 이런 말을 했다.

> 흔히 하는 말로 일본 사람 하나하나는 어리숙하지만 모이면 강력해지는데, 한국 사람은 그와 반대라고 하지요. 나는 그것이 불만입니다. 우리가 단결을 못하는 것은 사실이나 만일 도둑이 없었다면 안 빼앗겼을 것 아닙니까? 우리는 창조력이 뛰어나요. 창조는 개개인이 하는 겁니다. 일본은 창조능력이 없는 나라예요. 가령 전자제품이다 로봇이다 하는 걸 만드는 걸 부러워할 수도 있는데, 그것은 엄격한 의미에서 숫자놀음과 기술이지 예술은 아니잖아요?[04]

일본을 거침없이 '도둑'이라고 칭하고 창조능력이 없는 나라라고 비판한다. 어떻게 보면 노골적인 반일감정이라고도 할 수 있겠지만 1926년에 태어나 스무 살이 될 때까지 식민지 치하에서 살았던 작가로서는

04　최일남, 「恨을 알 때 인간은 눈을 뜬다 - 인물탐방, 『토지』의 박경리씨」, 『신동아』, 1982.10, 270쪽.

충분히 가질 수 있는 감정이요 비판의식이라고 할 수 있을 것이다. 작가는 같은 자리에서 이런 말도 한다.

> 학자들은 곧잘 우리가 당쟁과 사대주의 때문에 망했다고 하는데, 그런 일이 있기는 있었지만 피압박민족치고 사대주의 안 한 나라가 어디 있습니까. 극단적인 해석이라고 할지 모르나 어떤 뜻에서 당쟁이 치열했다는 것은 인간의 활성화를 의미하기도 합니다. 호각만 불면 쫙 모이는 것, 이것은 국민이 어리숙할 때 가능한 것입니다. 그런 상황이 위정자에게는 필요할지 몰라도 자랑은 아닙니다. 다른 뜻에서 단결이 잘 된다는 것은 개인의 존엄성을 저당 잡힌 혼동을 의미합니다. 타의에 의해 움직여서는 아무것도 못 만듭니다. 이런 의미에서 문화가 문명보다 우위에 섰을 때 평화가 옵니다. 그들의 옥쇄정신? 그건 저그들 눈을 지가 찌른 거예요. 그런 뜻에서 일본이 더 불행하고 안쓰럽습니다. 대신 우리는 그들에 의해서 눈을 찔리고 피해를 입었지만 회한은 없어요. 우리는 일본에게 계속 주어만 왔습니다. 주었다기보다는 빼앗겼으나 결국은 주어 온 게 사실입니다.

대담의 자리에서 한 이 말은 우리가 자존심과 자부심을 갖자는 말로 요약된다. '학자들'이란 일본의 학자들과 일본에 아부했던 조선사편수회의 우리 학자들을 가리킨다. 일본이 침략하여 조선을 억지로 식민지로 만든 것이 아니라 조선이 스스로 당쟁과 사대주의로 힘을 잃고 자멸한 것이라고 일본인 학자들은 주장하지만 우리는 대대로 문화민족임을 말하고 싶었던 것이다. 메이지유신을 통해 서양의 문물을 적극적으로 받아들여 문명개화와 부국강병을 이룩한 일본이지만 너희들은 우리한테서 많은 것을 빼앗아갔다고 주장한다. 우리는 어리석게도 계속 주기만 해왔다는 것이다.

일제의 식민지 교육을 받은 사람은 대체로 두 부류로 나뉜다. 심정적으로 친일의 감정을 갖거나 반일의 감정을 갖게 되는 것인데, 박경리는 후자의 대열에 선다. 반일감정을 갖게 된 이유를, 학창시절에 겪은 일화 하나를 통해 밝힌 바 있다. 박경리는 생전에 4권의 시집을 펴냈고 사후에 1권의 유고시집이 나왔다.[05] 시는 거의 대부분 자기고백적인 내용으로, 아주 솔직하게 본인의 과거지사와 생각의 편린을 담았다. 소설은 허구이고 시는 사실에 근거해 쓰는 것이라고 생각했던 듯하다. 소설에 담아내지 못한 과거지사와 일상사가 시에 잘 드러나 있다.

새빨간 칸나가
교실 안을 기웃거리고 있었다
일본인 여선생은
해명하려는 내 뺨을 때리며
변명하지 말라 호통쳤다

(……)

차츰 나는
해명을 하지 않게 되었고
홀로 되었다
외로움은 치욕보다

---

05 박경리가 생전에 낸 시집은 『못 떠나는 배』(지식산업사, 1988), 『도시의 고양이들』(동광출판사, 1990), 『자유』(솔출판사, 1994), 『우리들의 시간』(나남출판사, 2000) 등 총 4권이었고 사후에 나온 유고시집이 『버리고 갈 것만 남아서 참 홀가분하다』(마로니에북스, 2008)이다.

견디기 힘들지 않았고

소쩍새 울음이나 들으며 산다

　　　　　　　—「진실(Ⅲ)」첫 연, 끝 연

　　박경리는 1926년 경남 통영에서 태어나 1945년에 진주고등여학교를 졸업했다. 이 시는 진주여고 재학 당시의 일을 갖고 쓴 것이 아닌가 여겨진다. 일본인 여선생의 꾸지람을 듣고 박경리가 해명을 하려 들자 그 선생은 "변명하지 말라"고 호통을 치며 뺨을 때린다. 마음에 큰 충격을 준 이 일은 '치욕'으로 마음속 깊이 새겨지게 되었다. 이날 이후에 겪게 된 그 어떤 외로움도 '치욕'보다는 견디기 쉬웠다고 한다. 즉, 이날의 일은 박경리에게 있어 일생일대의 치욕이었던 것이다. 뺨을 맞았다는 것보다도 내 잘못이 아님을 밝히고 싶었는데 그 발언을 제지당했기 때문이다. 일본인 여선생에 의해 뺨을 맞으며 발언을 제지당했던 박경리는 소설을 통해 일본인들에게 발언하고자 했으니 그것이 바로 소설 『토지』였다.

2.『토지』의 친일파 군상과 그들의 생각

　　일제강점기를 살아갔던 사람들은 그 세월을 어떻게 견뎌냈을까? 대체로 일반 서민들은 일제의 과도한 수탈을 감내해가며 근근이 살아갔을 것이다. 국민의 80~90%는 농어민이 아니었을까 여겨지는데 나머지는 상인이나 공장 노동자, 수공업 기술자, 교사 등이었을 것이다. 노동을 한 대가가 본인의 수익이 되지 않고 일제에 의해 대부분 공출로 빼앗겨, 온 국민이 궁핍하게 살아가야만 했던 시절이었다. 그 시절에 궁핍을 면

한 이는 크게 두 부류였을 것이다. 지주계급과 친일파. 물려받은 전답이 있는 양반은 절대빈곤에서 벗어나 '끼니를 때우는 걱정'은 하지 않고 살았을 것이다. 신분의 고하에 관계없이 친일파가 되어 호구지책을 마련한 사람들이 있었다. 일본은 조선인들 중에서 법조인, 행정관료, 직업군인, 경찰, 밀정 등을 뽑으면서 이들이야말로 '내선일체사상'을 실천하는 인물로 간주해 특별대우를 해주었다.

일제강점기를 살았던 작가 박경리로서는 몇 사람 친일파를 내세워 그 당시 이들이 독립운동가는 물론 평범한 서민들을 어떻게 핍박했는지 상세하게 묘사하기로 했다. 특히 강점기 초기부터 일본에 아부하며 일신의 호의호식을 꾀한 친일세력의 비인간적인 면모를 묘사하는 데 비상한 노력을 기울였다. 이것 또한 『토지』를 쓴 중요한 이유 중 하나였다.

본명이 김거복인 김두수는 마을사람들에 대한 복수심으로 일제의 앞잡이가 된다. 만주 일대에서 독립운동가들을 색출해 경찰 당국에 고지하는 밀정 일을 하다가 나중에는 회령의 순사부장까지 한다. 최참판 댁의 당주인 최치수를 살해한 본인의 아버지 김평산이 처형되고 어머니 함안댁이 목을 매어 자살한 것은 일종의 인과응보였다. '살인자의 자식'으로 자신을 보는 마을사람들의 시선이 당연한 것이었음에도 불구하고 김거복은 복수심을 불태우며 일제에 충성하고 본인의 출세를 꾀한다. 고향을 떠나 김두수로 활동하게 된 거복은 연해주 방면에서 의병장으로 활동했던 박재수를 러일전쟁 당시 러시아 간첩으로 몰아 총살형에 이르게 한다. 훗날 늙고 능력이 떨어지자 일제는 거복을 내치지만 한 재산 챙겨 서울 신당동에 정착한다. 동생 한복을 시종일관 사랑하는 것으로 보아 근본이 나쁜 사람은 아니라고 할 수도 있겠지만 동족을 엄청나게 괴롭힌 골수 친일파다. 죽음을 앞두고는 재산을 동생에게 넘긴다. 즉, 김거복은 평생 친일파의 앞잡이로서 살았지만 아무런 벌을 받지 않는다. 다만 그의 곁에는 오직 한 점 혈육 동생이 있을 뿐이었다.

우개동은 반대로 벌을 톡톡히 받는 인물이다. 조준구가 최씨 일가의 재산을 차지하고서 떵떵거리며 살아갈 때 평사리로 들어온 타지 사람 우서방의 둘째아들이다. 우 서방이 병든 소를 속여 팔려다 오 서방이라는 사람과 싸움이 붙자 오 서방이 동학군이라면서 누명을 씌우고, 그에 분노한 오 서방이 낫을 휘둘러 우 서방이 죽는다. 우개동은 아버지 사후에 징용 간 동생 덕에 일단 면사무소 서기가 된다. 그런데 당시의 면사무소 서기의 권력은 막강하였다. 그 마을에 할당된 수만큼의 징병을 모집하여 전선으로 보내고 징용을 모집하여 해외의 각종 공사장에 보냈다. 또한 어린 여성들에게 돈을 벌 수 있다고 거짓말을 해 일본군위안부로 보내는 역할을 했는데, 우개동은 이런 반민족적인 짓을 서슴지 않고 행하였다. 일제가 영원히 자신의 후견인이 되어줄 거라고 믿고 날뛰었지만 일제는 태평양전쟁 말기가 되자 우개동의 보호자가 되어주지 못한다. 그래서 반성 내지는 면피의 의미에서 지리산에 들어가지만 징용과 징병을 피해 산에 와 있던 사람들에게 몰매를 맞아 죽는다.

두만 아비라고도 불리는 김이평은 노비 출신으로 최 참판이 면천해 주어 소작인으로 살아가게 된다. 김이평은 첫아들 두만과 둘째아들 영만을 두는데 출세욕이 강한 두만이 친일파가 되자 의절을 하고 영만에게 선영 봉사를 맡긴다. 두만은 비록 노비 신분에서는 벗어났지만 출세를 하지 않으면 안 되겠다는 생각으로 일제에 아부하기로 한다. 그의 친일 행위는 자기가 번 돈을 일본에 헌납하고 각종 이권을 챙기는 것이었다. 우리는 친일파라면 일본에 빌붙어 독립운동가를 색출·투옥·고문하는 고등계 형사를 생각하기 쉽지만 이런 식의 충성도 확실한 친일행위였다.

목수 일에서 출발해 서울에서 사귄 여자 쪼깐이를 후처로 삼고는 비빔밥 집을 내고는 술도가도 하면서 부를 축적한다. 그는 마침내 진주의 유지가 되어 거들먹거린다. 기생 월화와 새살림을 차리자 고향사람들은 물론 부모까지도 그를 배척한다. 친일파가 됨으로써 부귀영화는 누리게 되었지만 부모형제도 일가친척도 마을사람들도 그를 외면함으로써 고립무원의 상태가 된다.

친일파 군상은 모두 남자라고 생각하기 쉬운데 배설자는 여자면서도 일제에 적극적으로 아부한 인물로 그려진다. 아버지가 밀정인데 사람들한테 자기 아버지가 독립투사라고 거짓말을 하면서 상류사회를 누비고 다닌다. 일본의 고위경찰 곤도 게이지[近藤啓次]와 아버지가 만주에서 정보원으로 같이 일한 것을 인연으로 배설자는 곤도의 정부가 된다. 남자들을 유혹해 정보를 빼내어 곤도에게 넘기는 것을 일삼으며 살아간 배설자는 자기한테 넘어오지 않은 권오송을 모함해 감옥으로 가게 한다. 늙어가면서 미모를 잃고 남자를 유혹하지 못하자 곤도는 매정하게 배설자를 외면한다. 그녀는 자신이 이용했던 한 청년에게 복수를 당해 죽는다.

최치수의 재종형인 조준구는 몰락한 양반의 후예로 친일파라고 볼 수는 없지만 일제의 묵인이 없었더라면 최 참판의 재산을 독차지할 수 없었다. 서희가 간도로 떠난 후 부인 홍씨와 서울로 이사하여 흥청망청 호화롭게 살아간다. 간도에서 재기한 서희에게 평사리 집을 되팔아 5,000원의 거금을 손에 쥐고도 생의 말년은 불행의 구렁텅이로 빠져 허우적거리는 것으로 나온다. 아내를 병으로 잃은 뒤 본인도 노환으로 고통을 받던 중에 아들을 정신적으로 학대하다가 비참하게 죽는다.

이상 대표적인 친일파들을 살펴보면 대개 생의 말년이 육체적으로 심히 고통스럽거나 주변사람들로부터 소외되어 쓸쓸히 죽어간다. 그런데 역사적 사실을 추적해보면 친일파들은 1945년 8·15광복으로 세상이 다른 방향으로 바뀌자 일단 은신한다. 제헌의회에서 반민족행위특별위원회(일명 반민특위)를 만들어 친일파를 처벌하려고 했지만 미군정은 이를 반대했고 이승만 정부가 친일파들을 몽땅 포용하는 정책을 쓰면서 이들은 다시 복권하게 되고 재산도 고스란히 유지하게 된다. 『토지』가 8·15 광복에서 끝나지 않고 그 이후까지 갔다면 박경리는 또 다른 몇 명의 친일파를 등장시켜 부와 권력이 그대로 승계되는 경우를 이야기했을 것이다. 하지만 이 소설 안에서 친일파는 다 몰락시키고자 했으므로 (비중이 낮은 인물은 차치하고) 김두수·우개동·김두만·배설자·조준구 등을 비참하게 죽거나 몰락하거나 따돌림 당하는 인물로 그렸다. 세상의 이치가 권선징악이며 사필귀정임을 말하고 싶었던 것이리라.

3. 박경리의 중국관과 중국인관

역사적으로 보면 한국과 중국이 적대적인 관계에서 대립했던 적이 꽤 많았다. 큰 전쟁만 예로 들어도 수나라 양제의 고구려 침입, 당나라 태종의 고구려 침입, 거란족과 몽골족의 고려 침입, 청나라의 조선 침입(병자호란) 등이 있었다. 하지만 '서구 열강'에서 일찌감치 빠진 청 왕조는 이빨 빠진 호랑이로서 청일전쟁(1894~95) 때도 대패했고 중국의 국민정부는 중일전쟁(1937) 때도 대패했다.

소설 『토지』에서 중국은 지정학적으로 그리 큰 역할을 하지 않는다. 대체로 지식인 일부가 만주 일대를 떠돌며 독립운동을 제대로 하지 못하고 방황한다. 만주를 무대로 독립운동을 하려던 독립운동가들도 구심점의 부재, 자금의 부족, 밀정의 추적 등으로 제대로 뜻을 펴지 못한다. 서희의 어머니 윤씨부인은 서희에게 금괴와 은괴를 만들어줌으로써 만주에 가서 재기에 성공하게끔 한다. 서희는 공 노인(공필선)과 임 역관(임덕구)의 도움을 받아서 재기, 평사리 고향땅과 고향집을 되찾는다. 그런데 그 과정에서 서희는 만주에서 토지 매입을 할 때 법을 어기는 일이 잦았고, 장사도 매점매석으로 할 때가 많았다. 만주 용정에서 물불을 안 가리고 돈을 벌어 평사리를 되찾은 서희는 귀국 후 대처인 진주에 나가 산다. 박경리는 소설에서 중국과 중국인에 대해 특별히 어떤 감정을 드러내지 않는다. 주요 등장인물 중에도 중국인은 없다. 그 이유는 작가의 생애에 있어 중국인과의 만남이 별로 없었기에 그럴 수밖에 없었던 것이라 짐작이 간다. 청 왕조도 국민정부도 구한말과 대한제국 시대, 일제강점기를 통틀어 우리 민족을 괴롭힌 적이 거의 없었기에 중국과 중국인은 작가의 관심사에서 제외된 것이다. 하지만 토지를 연재하던 중인 1989년에 중국 여행을 하고 와서 쓴 『만리장성의 나라』(동광출판사)을 보면 중국인에 대한 평소의 생각을 알 수 있다.

이 책에는 하얼빈에서 장춘까지 기차를 타고 가면서 겪었던 일이 소개된다. 동행인인 모 교수가 자기 옆의 박경리 씨와 맞은편의 중국인 청년과 여성에게 초콜릿을 주었는데 두 중국인은 먹지도 않고 탁자에 놓아두는 것이었다. 거절 이후 청년은 침묵의 시간이 거북했는지 자리를 떠버린다. 한국인 두 사람이 식당칸으로 가서 점심을 먹고 오니까 청년 자리에 노인 한 사람이 앉아 있는데 여전히 초콜릿은 탁자 위에 놓여 있었다. 몇 시간 뒤 장춘에 도착할 때까지 계속해서 초콜릿은 그 자리에 놓여 있었다. 한국인이 무거운 가방을 선반에서 내리려고 하자 노인과 여성은 얼른 짐을 내려주고 박경리는 이 두 사람에게 악수를 청하고 고맙다는 인사를 하고 헤어진다.

> 그분들은 자존심이 상했던 것은 아니었다. 염치를 차렸던 것이다.
> 오늘 우리네 사회에서 사라지고 만 그 염치를 차려서 초콜릿에 손을
> 대지 않았던 것이다. 내가 어릴 적에 가장 많이 듣던 말 중에 하나가
> 염치였다. 염치가 없다, 염치가 없는 사람이다. 염치를 차려라. 비난
> 할 때나 칭송할 때 또는 사양할 때 쓰는 그 말이었다. 사람의 됨됨이
> 를 기준삼는 것도 그 말이었다.[06]

작은 에피소드에 지나지 않는데, 박경리는 중국인이야말로 염치를
아는 사람이라고 입이 마르도록 칭찬하고 있다. 『토지』의 그 어디에도
악인으로 그려진 중국인은 나오지 않는다. 『만리장성의 나라』에서도 박
경리는 중국의 어디를 가나 중국인한테서 좋은 인상을 받고 어떤 중국인
을 만나든 호의를 갖고 대한다. 반면 수시로 중국과 일본 두 나라를 비교
하면서 일본을 비판한다. 19세기부터 조선 침략을 준비하여 결국 식민
지 지배를 관철시킨 일본을 용서할 수 없는 것이다.

> 폭포와 맞선 우리의 창(唱)과 탈춤의 도약, 농무의 눈부신 회전, 힘
> 이 솟구치는 우리 삶의 표현이 일본의 춤과 노래에는 없다. 목 부위에
> 서 나는 소리, 손목 발목만 움직이는 춤, 개인이 얼마만큼 거세당했는
> 가를 보여주는 좋은 본보기다.[07]

일본에는 미래의 비전이 없다. 오직 현실이 있을 뿐. 그러나 현실

---

06 박경리, 『萬里長城의 나라』, 동광출판사, 1990, 91쪽.
07 위의 책, 88쪽.

은 반드시 갚아야 할 빚이 있는 것이다. 남경 학살을 위시한 수많은 살육은 히로시마에 원자탄 투하로 빚을 갚아야 했듯이, 반자연적 인성, 반자연적 환경, 사람은 결코 황금을 먹고 살 수 없으며 지폐를 먹고 살 수도 없다. 오늘의 상황은 일본에 한한 것은 아니지만, 무력으로 세계 제패를 꿈꾸었던 일본이 오늘 산업 왕국으로 세계 제패를 실현하려는 데 문제가 있는 것이다.[08]

이와 같이 일본 사람의 기질, 문화적 특성, 경제 강국으로의 도약 등을 낱낱이 꼬집어 비판하고 있다. 동아시아 3국의 화합과 동아시아의 평화는 일본이 침략성을 버리지 않는 한 불가능하다고 박경리는 생각했던 것이고, 이런 생각은 『토지』를 관통하고 있다. 한국과 중국은 역사의 전개 과정에 있어서 피해를 당한 국가이고 일본은 침략국가라는 생각이 있었기 때문에 이런 식의 나라 상호 간의 힘의 구도는 흔들리지 않는다. 박경리가 중국의 동북공정이나 티베트 침략, 신장위구르자치구 탄압 등의 사례, 또 문화대혁명의 엄청난 폐해를 알고 있었더라면 중국에 대해 일방적인 옹호를 하지 않았을 수도 있지만 이것은 어디까지나 가정법일 뿐이다.

4. 왜 『토지』에는 불륜을 저지른 사람이 이렇게도 많은가?

『토지』는 지금까지 영화로 한 번 만들어졌고 텔레비전 드라마로 세 번 만들어졌다. 국악오페라('서사음악극'이라는 이름으로 발표되었다)로도 만

---

08   위의 책, 89쪽.

들어졌다. 영화로 만들어진 것은 1974년, 『토지』제2부가 막 끝났을 때였다. 주식회사 우성사의 김용덕이 제작하고 김수용이 감독한 이 영화는 그해 겨울 대종상 시상식에서 최우수작품상·감독상·여우주연상(김지미)·여우조연상(도금봉)·녹음상을 수상하여 그해 최고의 영화로 평가받았다. 각색 작업은 사극과 시대극을 해본 경험이 풍부한 이형우가 하였다. 윤씨부인을 김지미가, 최치수를 이순재가 맡아서 열연했으며 허장강·주증녀·도금봉·최남현·양광남·황해·김희라 등 당대 1급의 배우들이 망라된 호화 출연진이었다. 80년대에 들어 이 영화는 (주)백록비디오프로덕션에서 비디오로 만들어 출시했는데 케이스를 보면 광고 문구가 3개 나오고 거기에 이렇게 씌어 있다.

> 19세기의 사랑 방정식
> 그대와 함께라면 죽어도 좋으리
> 별당아씨의 빗나간 사랑

비디오테이프 케이스의 앞면의 사진은 김환과 별당아씨의 정사 신을, 뒷면에는 귀녀와 칠성이의 정사 신을 찍어 '에로물'이 되게 하였다. 사람들은 문학적 향기가 짙은 박경리 원작의 소설이 영화로 만들어졌는데 비디오 업자가 이 영화를 완전히 에로물로 포장했다고 생각할 것이다. 그렇지 않다. 각색을 한 이형우나 감독을 한 김수용은 소설 자체를 에로티시즘의 극치로 이해했고, 그 점에 초점을 맞춰 영화로 만들었다.

첫 번째 정사 신은 김환과 별당아씨가 불륜의 관계를 맺는 장면이다. 소설에서 두 사람의 사랑은 그저 암시만 되고 있을 뿐이다. 반상의 차이를 넘어선, 플라토닉한 사랑이 있었을 거라고 독자는 짐작만 하며 소설의 페이지를 넘기는데 영화에서는 감독이 주인아씨와 하인이 육체관계를 맺는 장면을 적나라하게 보여준다. 시나리오에는 "(하인) 삼수와 돌이가 엄청난 장면을 목격하고 숨을 죽이고 있다"로 은유적으로 표현한 것을 감독은 별당아씨와 김환의 정사 신을 찍어 보여주었던 것이다. 이 장면 외에도 영화는 칠성과 귀녀의 정사, 강포수와 귀녀의 정사, 구천과 별당아씨의 두 번째 정사, 김평산과 함안댁의 정사, 조준구와 삼월의 정사, 용이와 월선의 정사 등 도합 8회의 정사 신을 보여준다. 등장인물 거의 전부가 옷을 벗고 이부자리 안에서 성적 결합을 하는 장면을 찍었으므로 이 영화를 본 비디오 제작 업자는 광고문을 그렇게 썼던 것이다. 사실 『토지』를 보면 위의 사례 외에도 불륜은 수도 없이 나온다. 나 형사가 양을례와 불륜관계를 맺고 차생의 아내는 김두수(거복)에게 강간당한다. 두수는 몸값을 주고 심금녀를 차지하고 유인실은 기혼자인 오가다 지로의 아이를 낳는다. 이런 식의 비정상적인 남녀상열지사는 『토지』에 차고 넘친다. 이 작품이 청소년용으로, 또 만화로 그려져 출판되었는데 이 모든 '불륜 스토리'를 다 뺐다면 줄거리 연결이 과연 제대로 되었을까 의심스럽다.

불륜 혹은 강간을 소설 전개의 중심축으로 삼는 것은 『김약국의 딸들』도 마찬가지다. 시아버지가 며느리를 겁탈해 며느리가 자살하는 것이 이 소설의 가장 중심이 되는 이야기다. 『토지』는 수십 건의 불륜과 겁탈로 점철된 소설이다. 여기에는 작가의 전기적 사실이 개입되어 있다. 이 소설을 심리학적 측면에서 분석한다면 박경리의 아버지가 어머니와 이혼한 이후 재혼하여 가까운 곳에서 살았던 사실을 직시해야 한다. 딸이 학교에 낼 등록금을 마련하지 못한 박경리의 어머니는 진주 시내에서 화물자동차 차부를 운영하는 전남편에게 딸을 보내 돈을 받아오게 한다.

양육비는 못 줄망정 학비는 대라는 일종의 시위였던 셈이다. 박경리는 돈을 받으러 아버지를 만나러 갔다가 아버지는 없고 아버지의 새 아내가 되는 여인에게 모욕을 당한 일이 있었는데 박경리는 그때의 일을 소상히 시로 쓴 적이 있다.

아버지는 부재중이었고
아버지와 혼인한 젊은 여자 기봉이네가
아이를 안고 부채질을 하고 있었다
그는 올곧잖은 눈으로 뭣하러 왔느냐고 물었다
당신에게 볼일이 있어 온 게 아니라는 응수에
기봉이네는
동무들과 함께 차부 앞을 지나면서
나를 작은엄마라 했느냐 하며 따졌고
나는 악다구니를 했다
노발대발한 기봉이네는
내게 부채를 던졌고
그것이 내 얼굴을 치고 땅에 떨어졌다
그길로 나는 소리 내어 울면서
큰집으로 갔다
그년이 감히 누굴 때려!
할머니 일갈에 집안은 온통 난리가 났다
부산에 출장 갔다 온 아버지는
차부로 달려가서 기봉이네를 매질하고
양복장 서랍을 모조리 끄내어
마당에서 불을 질렀다고 했다
그 후

기봉이네는 깍듯이 내게 예절을 지켰다
할머니가 내 편을 들어준 것도
그때가 처음이며 마지막이었다
　　　　　　　　　—「친할머니 Ⅴ」부분

'기봉이네'라는 여인이 큰 잘못을 한 것 같지는 않는데 이 시의 화자는 '악다구니'를 한다. 노발대발한 기봉이네는 부채를 화자의 얼굴에 던졌는데 그것을 맞고 운 화자를 보고 친할머니는 "그년이 감히 누굴 때려!"라고 일갈했고 출장서 돌아온 아버지는 젊은 아내를 매질하고 그것도 모자라 "양복장 서랍을 모조리 끄내어/ 마당에다 불을 지르는" 벌을 내린다. 실화라고 짐작이 가는 이 사건에는 화자인 박경리 어머니의 전남편에 대한 증오심, 할머니의 전사위에 대한 증오심이 담겨 있다. 딸을 전남편에게 보내어 등록금을 받아오게 한 것부터가 일종의 복수다. 화자 또한 아버지가 밉고 아버지와 같이 사는 젊은 여인이 밉다. 아버지가 어머니와 이혼하고 자기를 버렸다는 이 시의 내용은 작가 박경리의 마음속에 남자에 대한 불신, 남자의 성적 욕망에 대한 증오심을 심어준 것이 아닐까. 『토지』에서 불륜관계 모티브가 줄기차게 되풀이되고 겁탈 장면도 많이 나오는 것은 어린 시절, 이런 사건이 심어준 마음의 트라우마 때문이 아닐까.

소설 전편을 통해 가장 아름다운 사랑으로 간주되는 공월선과 이용의 사랑도 그렇다. 평사리의 상민 이용과 무당 월선네의 딸 공월선은 사랑하지만 부부로 맺어지지 못해 평생 그리워하고 괴로워한다. 이용은 강청댁과 결혼해 홍이를 낳는다. 강청댁이 호열자로 죽었으면 이용은 월선과 부부가 되어야 하는데 최 참판 살해사건으로 살인자의 아낙이 된 임이네와 관계를 해 또 아들을 낳는다. 하지만 이용의 정신적인 사랑은 오직 월선을 향한 것이었다. 이런 일련의 관계도 '도덕'의 측면에서는 조금도 올바르지 않다. 이런 식의 불륜과 사련(邪戀)이 얽히고설키는 소설이 『토지』다. 『토지』에 민족의식이나 역사의식이 배제된 것은 아니지만 이런 식의 불륜 드라마가 대단히 큰 비중을 차지하고 있는 것이 사실이다.

5. 『토지』 속 독립운동가들 역사의식의 허점

필자는 『토지』의 지식인을 유형별로 나누어 연구한 적이 있었다. 「미시사적 관점에서 본 『토지』의 지식인 유형」[09]에서 방황하는 지식인, 점진적 개량론자, 급진적 현실론자, 공산(사회)주의자, 독립운동가, 동학 잔당, 구시대적 지식인, 신여성, 속물적인 인물 등 대략 9가지 유형으로 분류해보았다. 이 가운데 독립운동가는 수도 적지만 형상화 과정에서 여러 가지로 아쉬운 점이 있다. 그 글에서 일부 가져오지만 확장하는 의미에서 좀 더 세밀하게 살펴보고자 한다.

『토지』에 등장하는 독립운동가는 그 수가 적다. 실존인물 강우규 (1855~1920) 외에 권오송·권필응·장인걸 등이 있을 뿐이다. 방황하는 지식인은 꽤 되지만 독립운동에 뛰어든 사람은 이렇게 적다. 인물의 중요도에 있어서도 이들은 많이 떨어진다. 그 이유는 작가가 이 소설을 독립운동가들의 활약상에 초점을 맞추려 하지 않았기 때문이다. 그래도 1897년에서 1945년까지를 다루면서 '독립운동'을 이렇게 소홀히 다룬

---

09   이승하, 『한국문학의 역사의식』, 문예출판사, 2010, 242~314쪽.

것은 이 소설이 지닌 약점의 하나로 지적하고 싶다.

권오송은 극단 '산호주(珊瑚舟)'의 대표이며, 문예지 『청조』를 주재하는 극작가다. 그는 일제의 예맹(조선프롤레타리아예술가동맹의 준말, 일명 KAPF) 검거 때 그들과의 교류가 없었음에도 함께 연행되어 복역할 정도로 요시찰 인물이었다. 일본 경찰의 끄나풀인 곤도 게이지의 정부 배설자의 집요한 유혹에 응하지 않자 배설자는 권오송이 잡지 『청조』를 불온사상 전파를 목적으로 발간했다는 죄목을 뒤집어씌워 구속시킨다. 작가는 권오송을 끝끝내 지조를 지킨 인물로 설정하여 긍정적으로 그린다.[10] 하지만 이런 일련의 활동을 독립운동으로 간주하기에는 무리가 있다.

권필응은 학덕 높은 운헌선생의 아들로서 마흔이 넘은 나이에 만주 일대를 무대로 독립운동을 한다. 작가는 권필응이 이동진 등과 어울린 자리에서 나누는 대화를 통해 이동진처럼 입으로 독립운동을 하는 이와는 근본적으로 다른 인물임을 강조한다. 또한 권필응을 민족주의와 공산주의 사이에서 사상적인 방황을 하는 인물로 그리는데, 여기에 대해 좀 더 세밀한 형상화가 있었더라면 그 당시 만주에서 독립운동을 전개한 이들의 고뇌를 제대로 그릴 수 있었을 것이다. 『토지』에서 권필응의 역할은 미미하기 때문에 독립운동가의 대표적인 초상을 그리는 데는 실패한 것으로 보인다.[11] 권필응이 독립운동가라고는 하지만 어떤 식으로 독립운동을 했는지는 나와 있지 않다. 임시정부나 신흥무관학교, 북로군정서, 서로군정서와 관계하는 인물도 소설에는 나오지 않는다. 당연히 의열단 같은 단체의 이름도 보이지 않는다.

장인걸은 권필응의 오른팔 격으로, 만주를 근거지로 독립운동을 전

10　위의 책, 272쪽.

11　위의 책, 273쪽.

개한다. 그의 독립운동은 처자식을 죽인 일본군에 대한 복수심에서 시작되었기 때문에 누구보다 절실하고 적극적이었다. 장인걸은 러일전쟁 당시 이범윤의 휘하에서 일할 때 러시아군에 가담한 이범윤의 명령을 받고 국경을 넘은 일이 있었다. 적군의 동태를 염탐하기 위해 처자가 있는 집으로 가, 그곳을 근거지로 하여 일본군의 동태를 살피다가 정체가 발각되지만 본인은 목숨을 건지고 처자가 일본군에 의해 살해된다. 장인걸은 그 후 복수의 화신이 되어 독립운동에 본격적으로 뛰어들고, 그 과정에서 밀정이 되어 암약하는 김두수를 미행하기도 한다. 작가는 장인걸의 입을 통해 독립운동을 하는 이들의 고뇌를 제법 소상히 들려준다. 만주 지방에는 황량한 토지를 개간한 개척민이 있었고, 이른바 독립운동가는 그 뒤에 조국에서 만주로 쫓겨간 뜨내기들이었다고 한다. 두 부류 사이에서 고민하는 내용이 장인걸의 입을 통해 독자에게 전달된다.[12] 하지만 문제는 고민이 아니라 실행에 무게중심을 두어야 했었다.

우린 개척민들에게 있어선 군식굽니다. 그들을 계몽하여 그들에게 독립운동 사상을 고취하고, 그거 망상입니다. 처음부터 잘못이었단 말입니다. 똑똑히 기억해야 할 일은, 그렇지요, 개척민 그네들은 조선 위정자 밑에 살 수 없었던 가난뱅이들이었고 우린 왜적 치하에서 살 수 없었던 민족주의자들입니다. 그네들은 황막한 무인경(無人境)을 피땀으로 일쿠었습니다. 피땀으로 일쿨 때 그들에겐 보호해줄 정부도 호소해볼 위정자도 없었습니다. 민족주의자 조오치요, 독립 투사 얼마나 훌륭합니까? 그 훌륭한 양반들이 나라 잃고 이곳 타국에 와서 개척민들, 일찍이 버림받았던 그네들을 언덕 삼아 비비댄 건 어

12   위의 책, 274쪽.

쩔 수 없는 일이겠으나 그래 그네들에게 호령하고 지도할 푼수가 되나요? 애국애족이면 단가요? 국토회복이면 단가요? 염치없는 짓 아니고 뭡니까? 그들에겐 피땀 흘려 일쿤 땅보다 버림받았던, 은덕이라곤 받은 일이 없는 조국이란 게 더 소중할 리 없지 않습니까? 제가 무슨 얘길 하는고 하니 그네들에게 주도권을 주라 그 얘깁니다. 그래야만 수십만 이민들은 한 깃발 밑에 모일 거라 그 말입니다.[13]

독립운동을 한답시고 만주 일대를 떠돌며 개척민들에게 민폐를 끼치는 민족주의자와 독립운동가를 싸잡아 질타한 이 발언 속에는 조국의 광복을 위해 지식인이 진정으로 해야 할 일이 무엇인가를 시사해주고 있다. 인용한 부분은 애국 애족과 국토 회복을 입에 담고 살면서 개척민들 위에 군림해온 독립운동가들 전부를 향한 비판의 목소리다. 또한 대단히 양심적인 자기반성의 목소리이기에 참다운 독립운동가의 표본을 제시한 것으로 볼 수 있다. 하지만 이런 고담준론은 행동으로 옮기지 못하고 있는 자들의 자기변명에 지나지 않는다. 박경리는 독립운동가 행세를 하며 만주 일대를 떠돈 지식인들 모두를 애국자로 보아서는 안 된다고 생각했다. 안타까운 것은 『토지』 전편을 통해 제대로 독립운동을 '실천'한 이가 안 보인다는 것이다. 소설의 주인공 격인 김환(별당아씨와 사랑의 도피를 한다)도 진주경찰서 유치장에서 목을 매 자살하는데 왜 자살하는지 이유가 제대로 밝혀져 있지는 않다. 고문을 엄청나게 당하며 동료의 이름을 대라고 요구받은 것이라면 자살의 이유가 될 수 있지만 그렇지도 않다. 즉, 『토지』에 나오는 600명 인물 중 독립운동가를 이 정도만 그린 것은 박경리가 이 소설을 독립운동에 초점을 맞추지 않기로 결심했기 때문이다.

---

13 솔출판사 판 『토지』 제2부 제3편, 6권 58쪽.

독립운동의 일환인 요인 암살도 혼자서 계획하고 실행해서는 성공을 보장할 수 없다. 독립운동을 하자면 조직이 필요하고 자금이 필요한데 여기에 대한 배려가 소설에 없는 것은 작가 자신, 여기에 대해서 연구가 부족하거나 관심이 별로 없었기 때문일 것이다. 어떤 개인의 원한과 복수, 증오와 화해 같은 것이 이야기의 중심축이 되고 있어서 『토지』는 역사소설이 아니라 개인 각자의 미시사를 다룬 소설로 보아야 한다.

이 글은 박경리 대하소설 『토지』가 역사소설이기보다 미시사를 다룬 소설이라는 관점으로 작성되었다. 50년이라는 장구한 세월을 시대 배경으로 하고 있고, 등장인물 600명이라는 복잡성 등을 미뤄보더라도 여타 대하소설에 비견할 수 없을 정도의 역사적 깊이를 기대할 만한 작품이지만 작품 형상화 방법을 따져보면 사정이 달라진다. 박경리가 이 작품을 쓰게 된 동기를 인터뷰와 시 작품 등 사실성이 강한 글을 자료로 분석해 보았더니 작가의 일본인 체험이 가장 중요한 창작 동기임을 알 수 있었고, 그것은 식민지에 파견되어 있던 사람으로부터 받은 모멸감에 기원한다. 『토지』는 특히 친일파에 대한 비판의식이 두드러진다. 작가 자신 일본인에게 심한 모멸감을 느꼈건만 아부형 친일파들은 호의호식한 당시 현실에 대한 반감과 그들에 대한 적개심의 문학적 변용이 바로 이 소설이다. 『토지』는 또한 부도덕과 사련이 얽힌 남녀상열지사가 상당 부분을 차지하는데 이것이 역사의식이나 시대관을 반영하는 데 적절히 기여하지 못함으로써 자칫 연애소설로 떨어질 위험성을 안고 있다. 또한 독립운동가들은 활약상이나 실천적 행위를 거의 보여주지 못하고 고민에 휩싸여 고담준론으로 독립운동의 의지를 표명할 뿐이다. 전권을 통틀어 독립운동가에 대한 묘사에 대단히 인식한데, 한두 명이라도 지행합일의 경지를 보여주는 이를 등장시켰으면 어떠했을까 하는 아쉬움이 남는다.

역사소설은 실제 인물을 중심으로 전개하느냐, 작가가 창안한 인물을 중심으로 하느냐에 따라 형상화 방법이 달라진다. 전자라면 실증주의를 바탕으로 할 것이며, 후자라면 작가의 상상력이 절대적이다. 그럴지라도 역사소설에서 결코 비켜 갈 수 없는 것은 등장인물들을 통하여 작가가 어떠한 역사관을 표명하느냐 하는 점이다. 그런 측면에서 『토지』는 역사의식이 부재한 나약하고 지극히 피동적인 인물들을 비판하는 소설로 읽을 수 있지만, 그것을 효과적으로 드러내는 형상화에는 성공하지 못했다는 점이 가장 큰 아쉬움으로 남는다.

한일 양국 시인의 동아시아 평화 기원

21세기에 들어선 지도 어언 20년이 지나갔다. 일본의 식민지 지배가 끝난 1945년을 기점으로 삼는다면 77년의 세월이 흘렀다. 동아시아에 중동 같은 분쟁지역은 없지만 평화로운 나날이 이어지고 있다고 할 수 있을까? 겉으로 보기에는 그렇다. 멀리 볼 필요도 없이, 북한의 국지적 도발이 한반도의 평화를 위협하는 현실 속에 우리는 놓여 있다. 광주민주화운동(1980)과 중국의 천안문사태(1989)를 돌이켜보면 국민의 정당한 민주화 요구를 국가는 공수부대원과 탱크를 동원해 원천 봉쇄하는 사태가 있었다. 두 사태 모두 사망자 수도 모른다.

2016년에 일본은 마침내 자위대법을 개정하였다. '안전보장법제'가 공식 발효됨으로써 집단적 자위권 행사가 가능하게 되었고, 자위대의 해외 활동 범위도 확대되었다. 이제는 파병을 자유롭게 할 수 있게 된 것이다. 북한이 도발한 두 차례의 연평해전(1999, 2002)과 천안함 폭침(2010), 그리고 지속적인 미사일 발사를 보면 한반도는 일촉즉발의 위기 상황이라고 볼 수도 있다.

동아시아가 21세기 내내 마냥 평화로울 수만은 없다는 예상도 가능하고, 급작스러운 전운이 몰려오지 않을까 하는 가정도 가능하다. 동아시아의 각 나라는 20세기에 첨예한 이데올로기 대립으로부터 자유롭지 못했다. 엄청난 고난을 겪는 과정에서 누구보다 의식이 각성되어 있는 동아시아의 시인 가운데 아시아 전체의 평화를 갈망하며 시를 쓴 이가 있을 것이다. 이 글은 20세기에 전란을 겪은 한국과 일본 양국의 시인 중 '인류의 평화'를 주제로 시를 쓴 이가 있는지 찾아보고, 그들의 시세계를 고찰해보는 것에 목적을 둔다.

동아시아 여러 나라는 오랜 세월에 걸쳐 중국의 지배를 받거나 중국과 대립 관계에 있었다. 중화사상을 갖고 있던 중국은 중원을 차지한 자기를 '화(和)'로, 그렇지 않은 이민족을 '이(夷)'로 간주하였다. 중국의 한족(漢族)은 선비족·거란족·여진족·몽골족·만주족·흉노족 등과 수많은 전쟁을 치르면서 중원의 패권을 다투었다. 한족이 이민족을 정복하기도 하고 이민족에게 정복을 당하기도 하면서 중국의 역사가 전개되어 왔다. 나관중의 『삼국지연의』를 보면 '칠종칠금' 고사가 나온다. 제갈공명이 북쪽 위나라 정벌을 계획하고 있었는데 남만(南蠻)의 맹획이 반란을 일으켰다. 제갈공명은 북벌을 하기 전에 배후를 평정하기 위해 남만을 정벌하고자 출정, 맹획을 생포했지만 목숨만 살려주면 쥐죽은 듯 살아가겠다고 맹세하여 목숨을 살려준다. 잡았다가 살려주기를 무려 일곱 차례나 해 칠종칠금(七縱七擒)이다. 마침내 감복한 맹획은 더 이상 대항하지 않았고 제갈공명은 맹획에게 촉한의 관직을 주었는데, 나중에는 어사중승에까지 이르렀다고 한다. 칠종칠금에 얽힌 사연이 허구이건 사실이건 간에 중국이 주변의 여러 민족과 충돌을 하기도 하고 선린외교도 하면서 지난 수십 세기의 역사를 만들어 왔음을 이 고사를 통해 알 수 있다. 베트남의 경우 중국의 여러 왕조와 줄기차게 싸움을 했고(네 번 중국의 지배를 받는다), 프랑스와 일본과도 싸움을 전개했지만 1979년에 다시 중국과 일전을 벌인다. 중국은 다른 나라, 예컨대 티베트나 신장위구르 같은 지역을 침략하여 자치구로 삼고 수탈을 일삼는다.

그러나 20세기 동아시아의 판도는 일본에 의해 완전히 뒤바뀐다. 일본은 영국의 인도 식민지 지배, 스페인의 남아메리카 식민지 지배, 프랑스와 독일의 아프리카 식민지 지배를 보고 침략의 욕심을 불태운다. 섬나라의 한계를 극복하기 위해서는 대륙 정복에 나서야 한다고 생각하는데, 그 징검다리가 조선이었다. 일본은 조선을 식민지로 삼는 데 성공했고(1910), 병참기지를 마련했다는 생각에 만주를 침략해 위성국가를 세웠고(1932), 그 여세를 몰아 태평양전쟁(1941)을 일으킨다. 일본은 미국과도 전쟁을 벌였지만 중국 본토는 물론 필리핀·인도네시아·말레이시아·베트남·싱가포르·타이완 등 거의 모든 동아시아 국가를 침략했고, 수많은 사람을 사지로 몰아넣었다. 미국이 히로시마와 나가사키에 원자폭탄을 투하함으로써 일본의 무조건항복을 유도하지 않았더라면 동아시아의 여러 나라는 더 오랜 세월 고통을 겪었을 것이다.

1. 이시카와 이츠코의 평화론

일본이 조선을 강점한 지 9년째 되는 해의 3월 1일에 독립운동이 일어났다. '대한독립만세!'를 외치며 평화적인 시위를 했음에도 불구하고 일본 경찰은 침략자의 근성 그대로 무차별 사격을 가해 7,509명의 사망자가 나왔다. 3·1만세운동의 성지로 손꼽히는 곳[01]이 파고다공원이고,

---

01 민족대표들은 애당초 독립선언식 거행 장소를 군중들이 모여 있던 탑골공원에서 할 예정이었으나 학생들의 희생을 고려하여 서울 인사동의 태화관으로 변경하였다. 탑골공원에 모여 있던 학생들은 장소 변경에 당황하여 강기덕 등을 민족대표들에게 보내 항의하기도

이곳을 찾은 일본 시인이 있었으니 이시카와 이츠코[02]다.

> 파고다공원의 무궁화
> 저녁 어스름에 흔들리고 있는 무궁화
> 이곳에서는
> 시간은 1919년에 멈춰 선 채 움직이지 않는가
> 나무 그늘 벤치의 여기저기에 앉아 있는
> 흰옷 모습의 노인들에게
> 어아 어떤 긴 신고(辛苦)의 세월이 있었던가
>
> "너희들 일본 사람인가 뭐하러 왔지"
> 무언의 날카로운 눈길에 찔려서
> 헌병이 찌르는 여학생들의
> 불타는 눈으로 말꼬리에 휘둘림을 당한
> 젊은이의 레리프 앞에서 비틀댄다
>
> "최후의 일인까지 최후의 일각까지
> 민족의 정당한 의사를 쾌히 발표하라"
> 독립만세!
> 밤마다 온 코리아에 울려퍼진 외침에
> 겁을 먹고 일본군의 총검이, 소방단의 쇠갈고리가

했으나 2시 30분경 따로 독립선언서를 낭독하고 두 갈래로 나뉘어 종로·서울역·정동·이화학당·서대문 등을 행진하며 시위를 벌였다.

02 이시카와 이츠코(石川逸子, 1933~)는 도쿄 출생으로 오차노미스여자대학 사학과를 나온 이후 줄곧 공립중학교 교사로 재직했다. 1956년 『하루에 세 번 맹세』란 시집으로 등단한 이후 반전·비폭력의 주제를 지닌 일련의 시를 썼다. 올해 89세 나이인데 아직 사망 소식은 없다.

학살한 사람들이 7천 명을 넘는단다

       —「1989·파고다공원」 앞 3연[03]

이시카와 이츠코

이시카와 이츠코는 1989년 파고다공원에 갔을 때 한국인들의 눈초리를 강하게 의식하였다. 독립선언서에는 "아아 새 천지가 눈앞에 전개되었도다/ 위력의 시대는 가고 도의의 시대가 왔도다"라고 "숭고한 정신"을 표현했는데 "야비한 대 일본제국"이 "짓밟아 뭉개버리"고 "젖먹이까지 예배당에서 불태워졌다/ 꽃 같은 처녀들이 고문으로 죽었다"고 하면서 3·1만세운동 당시 일본의 대응을 비판하고 있다. 그리고 "이런 사실을 지금껏 사죄도 않고/ 부끄러워하지도 않고 있다 우리들 일본은/ '깊이 머리를 숙이고 부끄러워하라/ 적어도 가슴을 쳐 부끄러워하고 무릎 꿇고 사죄하라'"고 하면서 그 당시 조선인에 대한 학살에 대해 반성하고 사죄해야 한다고 주장한다. 시의 마지막 연은

70년의 시간은 멈춰 선 채
저녁 어스름의 파고다공원에
흔들리는 무궁화

인데, 일본에서 발간한 시집의 제목도 '흔들리는 무궁화'다. 파고다공원에서 본 한국의 국화가 인상적이었나 본데, 시인은 이것을 무궁화의 시

---

03 이시카와 이츠코, 김광림 역, 『흔들리는 무궁화』 을파소, 2000, 58~59쪽. 인용하는 시는 모두 이 시집의 것임.

위 혹은 무궁화의 항의로 받아들여 이렇게 표현한 것이다. 일본군 위안부를 다룬 시도 썼다.

얻어터지고
일본칼을 휘둘러대며
낮에는 병정들
밤에는 장교
어느 일요일
쉰 명의 상대를 하게 되어
그 후에 또 별 세 개짜리 사내가 왔지
아프고
마비되어
피가 번지고
"못해요" 거절했더니
머리채를 휘어잡아
바닥에 내동댕이쳐졌지
고문당하고 벌렁 눕혀져
코로 물을 들이켠 적도 있지
—「꽃」부분

일본군 위안부 중 한 사람이 당한 고통을 적나라하게 묘사하고 있는 이 시는 일본인의 무관심을 비판하는 내용으로 끝난다.

단지 바라보고 있을 뿐입니다 우리들
더욱 어디까지나 어두운 이 섬의 대낮에
—「꽃」마지막 연

이 섬, 일본열도의 대낮을 왜 어둡다고 한 것일까. 시의 제3연이 "소녀 적에 찢긴 몸은 지금도 아프고/ 소녀 적에 부서진 마음은 지금도 쑤신단다"에 잘 나타나 있듯이 그토록 많은 조선의 처녀들이 그처럼 끔찍한 고통을 겪었는데도 "단지 바라보고 있을 뿐"이기에 가해자 국가의 일원으로서 죄책감에 사로잡혀 이런 표현을 한 것이라고 본다. 이러한 죄책감은 국가의 책임이기보다 개인의 비도덕에 대한 것으로서, 개인 내면의 양심으로부터 촉발된다.[04] 야스퍼스는 어떤 민족의 집단적 죄나 여러 민족들 가운데 특정집단의 집단적 죄 같은 것은 정치적 책임을 제외하고는 존재하지 않는다고 본다.[05] 곧, 특정 민족에게 공동의 죄를 물을 수는 없다는 것이다. 이러한 입장은, 야스퍼스가 독일인이어서, 전범으로 비난받는 독일에 대한 자기변명일 수 있으나, 위의 경우처럼 "단지 바라보고 있을 뿐"인 상황은 현실에서 벌어지고 있는 일에 대해 눈을 감는 일이므로 도덕적으로 유죄라고 할 수 있다. 일본군 위안부로 끌려간 이들이 겪은 비극은 아래 시에도 잘 나타나 있다. 일곱 명의 처녀가 일본군과 함께 '옥쇄'로 죽었다는 내용이다.

그리고 일곱 명의 당신들의 일을 알고 있습니다
(조선인 위안부 추정 17만에서 20만 명 속의)
그대들의 기일은
1944년 8월 30일
미얀마 국경 가까운 중국 운남성의 일본 진지에서
옥쇄에 동반당한 그대들

---

04 칼 야스퍼스, 이재승 옮김, 『시민의 정치적 책임, 죄의 문제』, 앨피, 2014, 239쪽.
05 위의 책, 101쪽.

깔끔한 아가씨였던 그대들이
단지 복숭아꽃처럼 아름다웠기 때문에
꼬임에 빠져서 잡혀가
일본제국 군대의 피묻은 남근의 먹이가 되었다
싸움에 지게 되자
부상병들의 대소변 시중까지 들게 하여
"일본의 속사정이 탄로날까 두려워서"
호에서 잠자고 있는 곳에다
수류탄 두 발을 던져 넣었다
　　　　　　　—「봄이 와도 또 봄이 와도」 부분

일본 내에서 이런 시를 발표하는 것이 저어되었을 법도 한데 시인은 거침없이 썼고 발표하였다. 시적인 은유나 상징 없이 자료를 있는 그대로 전달하고 있어서 시적 형상화는 부족하지만 주제 전달을 위해 우회하지 않고 직진하는 방법을 택했음을 알 수 있다. 시인은 20세기에 들어서서 아시아 제국 제패에 나선 일본이 원폭이라는 큰 벌을 받았음에도 "모른다"고 하면서 반성하지 않고 있는 것에 대해서도 다음과 같이 비판한다.

거기에는
전쟁이 있을까요
포탄에 찢긴 애들이 있을까요
돌멩이처럼 내갈겨지는 늙은이들이 있을까요
아아 모른다구요
전쟁의 의미도 침략, 병정, 무기라는 말도
원폭의 버섯구름도 네이팜탄도
죽음은 있어도 대량살육은 없다는 겁니까
말은 생겨났는데 싸우지 않고 끝났는가요

노래는 생겨났는데 땅을 가로채는 일은 없었다는 건가요
—「지구를 닮은 혹성에 있는 그대에게」 제5연

이 시는 가정법으로 전개되고 있는데, 일본이 지금처럼 우경화와 군
국주의화로 치달아간다면 또다시 침략전쟁을 일삼을지도 모른다는 우
려를 담고 있다. 남경대학살이나 인체실험(마루타)에 대한 일본의 태도가
그랬듯이 분명히 일본이 전쟁을 일으켜 많은 사람이 죽었는데 대량살육
은 없었다고 말해 왔다. 군국주의의 궁극적인 이유는 '침략'인데 "땅을 가
로채는 일은 없었다"고 또다시 발뺌할 거라는 우려를 시인은 하고 있다.
시인은 아시아 태평양 지역에서 일본군이 죽이고 굶어 죽게 만든 사람은
추정치로 1,882만 명이라고 한다.

"임금을 위해" 일본군이 죽이고
굶주려 죽게 만든 아시아 태평양 지역의 사람들
추정컨대 1천 8백 82만 명
(인구 32명에 1명꼴로 죽였다)
아무리 헤아려도
(그것마저 제대로 하고 있지 않지만)
그대들은 되살아나지 않는다
—「단 한 사람의 얼굴」 제3연

숫자까지 제시하며 일본의 살육행위를 비판하고 있다. 우리 일본이
이렇게 많은 사람 중 "단 한 사람의 얼굴이라도/ 떠올리려고 한 적이 있
었을까" 하면서 반성을 촉구하고 있기도 하다. 시인의 이런 행위에 일본
인 중 몇 사람이 공감하고 동의한 줄은 모르겠지만 일본의 시인이 이런

시를 썼다는 것 자체에 의미를 둔다. 특히 이사카와 이츠코는 일본군 감옥의 포로 감시인으로 차출되어 전범으로 재판을 받은 후 사형당한 조선인[06]에 대한 시도 썼다.

> 어디 있지
> 찢긴 조국에 결코 다다를 수 없는 그대여
>
> 세끼 식사의 2년 계약
> 탄광에 끌려가기보다는 낮다고 생각했기 때문에
> 포로 학대죄로 교수대에 오른
> 전 육군 군속 고용인 포로 감시인인
> 그대여
> (도쿄에는 벌써 평화의 비둘기가 날고 있었지)
>
> 처형 전날 밤 살며시 노래한 도라지도
> 그대를 기다리는 어머니 곁에는 닿지 않고……
> ──「그날도」 제4~6연

---

06 일본은 3천여 명의 조선인 군속을 부산 서면 연지동 경마장을 개조한 교육장에서 2개월간 훈련시킨 뒤 버마(미얀마)에 800명, 사이공에 800명, 싱가포르에 800명, 자바에 1,400명을 파견했다. 그중 포로를 가장 심하게 다룬 곳은 연합군 포로 5만5,000명을 동원해 태국과 버마를 연결하는 군사도로인 태면철도(泰緬鐵道)를 건설하는 현장이었다. 그중에서도 최고 난공사는 콰이강의 다리 건설이었다. 이 다리를 일본인이 제시한 공기에 맞추기 위해 기아 상태의 병든 포로들을 동원해 일을 시키는 일은 조선인 포로 감시원들의 몫이었다. 그 결과 조선인 포로 감시원들은 미군 포로들의 원한의 대상이 돼 연합군 포로에 의해 전후 전범으로 지목되었다. 일본 도쿄 국제 전범재판소는 B급 전범으로 조선인 포로감시원 14명을 사형에 처하고 C급 전범 115명을 종신형과 유기형에 처했다. 살아남은 포로 감시원들이 '동진회'를 만들어 수십 년째 일본 정부에 보상을 요구하고 있다. (네이버 자료 정리)

세월이 흘러 도쿄에서는 전쟁의 흔적도 찾아볼 수 없는데, 육군에 고용되었던 포로 감시인인 조선인은 포로 학대죄로 사형을 당했다는 내용이다. 이들 또한 일본이 일으킨 태평양전쟁의 희생양이었음을 시인은 증언하고 있다. 시인의 증언은 "112만 9천여 명이라는/ (조선인 강제 연행자의 총수)/ 단 일년 사이에 탄광에서만도 5만여 명이 사상(死傷)했단다/ 이름조차 몰라/ 나이조차 몰라/ 100만 가운데 단 한 사람조차/ 추궁해 보는 일 없이/ 한 떨기 꽃 바치는 이 없이/ 우리들 40년을 지나쳤어"(「봄이 와도 또 봄이 와도」) 하면서 반성 촉구로 이어진다. 그런데 이 시가 발표된 지 30년 뒤에 일본은 안전보장법제를 만들어 파병할 수 있는 나라가 된다.

2. 사가와 아키의 평화론

사가와 아키

일본의 여성 시인 사가와 아키[07]의 시집에는 일제강점기 때의 조선인에 대한 시가 다수 나온다. 일본인의 시 가운데 '조선인 종군위안부 처녀들'을 다룬 것이 얼마나 있는지 알 수 없지만, 이 시는 희유하기 때문이 아니라 주제가 선명해 눈길을 끈다.

---

07 사가와 아키(佐川亞紀, 1954~)는 도쿄 출생으로 요코하마국립대학 교육학부를 졸업하고 월간 『사카쿠詩學』 신인 추천으로 데뷔한 뒤 여러 권의 시집을 냈다.

봉기 씨[08]
소리 내어 부르는 것조차 허락되지 않는 우리들
나하의 아파트 문을, 창을, 마음의 문을
꼭꼭 잠그고
가끔씩 엄습하는 격한 두통을 견디던 날들
핏속에 고인 기억의 흔적
조선에서 오키나와로
어떤 처녀는 중국으로 파푸아뉴기니로 태국으로……
일본군이 추악하고 기괴한 민달팽이처럼 기어간 흔적
꽃이 피를 뚝뚝 떨어뜨리며 질질 끌려간 흔적

바나나가 떨어지는 낙원
그런 말로 속여서
땅을 빼앗고
몸의 밑바닥까지 굶주리게 만들어
매달리는 부모와 연인과 아이들을
총칼로 밀쳐내고
트럭에 가득 실어서
끌고 간 조선인 종군위안부 처녀들

홀로 죽게 만들었다
꿈에서나마 돌아갈 집을 빼앗긴
봉기 씨가 소리 죽여 부르던 노래

---

08 이 시의 '봉기 씨'는 일본의 오키나와에 위안부로 끌려간 배봉기 할머니(1914~1991)를 가리
킨다. 배 할머니는 자신이 위안부였다는 사실을 처음으로 밝힌 위안부 피해자다. 가와다
후미코(川田文子, 1943~)는 배봉기 할머니의 증언을 담은 책 『빨간 기와집』을 펴냈다.

"언젠가
아들도 딸도 낳는
여자가 되세요
밥도 잘하고 살림도 잘하는 부지런한 사람
아들도 딸도 낳는
그런 여자가 좋아요"

　　　　　　　　　　　　　　—「무화과 꽃」부분[09]

　봉기 씨가 일본군에게 강제로 끌려갈 때의 장면이 아주 생생하다. 일본 법정은 오랫동안 조선의 처녀들이 일자리에 현혹되어 자청해 종군위안부가 되었다고 주장했는데 인용한 부분을 보면 "땅을 빼앗고/ 몸의 밑바닥까지 굶주리게 만들어/ 매달리는 부모와 연인과 아이들을/ 총칼로 밀쳐내고/ 트럭에 가득 실어서" 갔다고 말하고 있다. 처녀들은 육체가 유린당해 아이를 낳지 못하게 되었다. 처녀들이 흥얼거리며 불렀다는 노래의 가사는 시인의 회구라고 할 수도 있다. 조선의 처녀들이 무더기로 끌려와 전투력 증강을 위한 성적 노리개로 신음하고 있을 때, 일본의 여성들은 "아들이나 남편의 무운과 충성만을" 바랐고, "아들이나 남편의 학력과 승진만을" 바랐다고 반성하고 있다. 전자는 전쟁 중의 일본 여성들이 취했던 자세다. 후자는 전후 70년 동안 일본 여성들이 이렇게 '가정적'이었지만 이제는 달라져야 한다고 말한다. 시인은 마지막 연에 가서 일본군 위안부들이 겪은 고통, 특히 자궁에 큰 상처를 입어 아기를 낳지 못하게 된 사연을 들려줌으로써 감동을 배가시킨다.

09　사가와 아키, 『죽은 자를 다시 잉태하는 꿈』 한성례 역, 서정시학, 2014, 58~59쪽. 인용하는 시는 모두 이 시집의 것임.

무화과 잎사귀와 줄기를 자르면
무념의 하얀 젖과 같은 즙이 흘러나온다
고통의 즙이 땅에 스미고 있다

  꽃이 없는 무화과나무일지라도 잎사귀와 줄기를 자르면 하얀 즙 같은
것이 흘러나온다고 한다. 이 즙을 "고통의 즙"이라고 표현한 시인의 혜
안이 놀랍다. 특히 일본 법정이나 당국의 발뺌을 알고 있었을 텐데도 일
본군 위안부의 형성 과정을 직시하여 비판을 가했고, 당사자들의 고통을
위로한 것은 일본인 시인으로서 중요한 일을 한 것으로 간주할 수 있다.

  가이드 최씨
  생후 2개월 된 갓난쟁이의 엄마
  "일본총독부 건물은 경복궁의 정문을 옮기고서 그 자리에 지어졌
습니다"
  "시인 윤동주는 일본에서 마루타(생체실험)로 살해되었을지도 모
릅니다"
  "듣기 불편한 이야기겠지만 역사적 사실입니다"

  파고다 공원에서
  삼월의 싹을 틔우는 바람을 일본말이 갈라놓는다
  "오카상"이라고 말하는 아이들의 목소리조차도
  "우리나라 만세"와 "어머니"를
  외치며 죽은 사람들, 학생, 아이들
  1919년의 삼일독립선언을 기념하는 공원

  어떤 소리에

공원의 비둘기가 일제히 날아오른다
그러자
바둑을 두며 담소를 나누던
수많은 할아버지 할머니들이
일제히
이쪽을 응시하며 일어서는 환각
총, 성난 함성, 비명
피가 바다처럼 넘실거리는 땅
퀼로트 스커트 차림 아가씨들의 시원스런 눈매가
종군위안부들의 결코 용서치 못하는 눈과 겹친다
아시아의 깊은 구멍 같은 눈
말문이 막힌 채 그 자리에 못 박힌 나
       —「퀼로트 스커트와 파고다 공원」부분

이 시에도 시인의 역사의식이 선명히 드러나 있다. 앞서 언급했듯이 파고다공원은 삼일만세운동 때 독립선언서를 낭독했던 역사적인 장소다. 시인은 이곳에 가서 삼일운동기념탑과 삼일운동을 기록한 부조 등을 봤나 보다. 공원에는 그저 산책하거나 바둑을 두며 담소하는 노인들이 있을 따름인데 "수많은 할아버지 할머니들이/ 일제히/ 이쪽을 응시하며 일어서는 환각/ 총, 성난 함성, 비명/ 피가 바다처럼 넘실거리는 땅" 하면서 만세운동이 일어났을 날의 광경을 떠올려본다. 또한 "퀼로트 스커트 차림 아가씨들의 시원스런 눈매"를 봤을 따름인데 시인은 "종군위안부들의 결코 용서치 못하는 눈"과 겹쳐짐을 느낀다. "아시아의 깊은 구멍 같은 눈/ 말문이 막힌 채 그 자리에 못 박힌 나"는 일본이 아시아의 평화를 심각하게 해친 적이 있었다는 말과 다를 바 없다. 삼십 년

전에는 일본이 프랑스와 베트남 영유권을 다퉜는데 지금은 원자력발전소 실험로를 베트남에다 팔려고 한다며 비판하기도 한다(『용의 발톱』). 일본은 홋카이도에 도쿄돔 30개가 들어갈 수 있는 슈마리나이호(朱鞠內湖)라는 인공호수와 댐, 러시아를 잇는 메이우선 철도 건설에 3천 명이 넘는 조선인 강제징용자를 동원하였다. 1943년에 완공된 댐의 높이는 45.5m, 당시로는 동양 최대 규모였다. 많은 조선인이 홋카이도에서도 아주 북쪽, 기온이 영하 35도까지 떨어지는 공사장에 끌려와 추위와 병과 굶주림을 이겨내지 못하고 눈밭에 쓰러져 죽었다. 이름이 확인된 사망자의 수가 45명이고 많은 사람이 창씨개명한 상태로 죽었다. 이들을 포함한 강제노동 희생자 115인의 넋을 기리기 위한 합동장례식이 2015년 9월 15일에 시청 앞에서 거행되었다. 사가와 아키의 시 중에는 호수와 댐 건설에 동원된 징용자들을 다룬 것이 있다.

> 최신 기기를 움직이는 전기
> '1000KW 발전능력당 한 사람 죽는 것이 당시의 관념'
> '물에는 피가 흐르고 있다'
> 이 호수를, 댐을 만든 조선 사람인 당신이
> 없다
> 당신은 분명
> 존재했음에도
> 없다
> 겨우겨우 세운 위령비에도 없다
> 있다고 해도 당신의 이름이 아니다
> '일본명'으로 불리는 이름
> 느닷없이 끌려와 느닷없이 붙여진 이름

당신의 조상이 당신의 기족이 당신의 고향이 당신의 땅이 숲이 강이
살아서 살처럼 붙어 있는 이름이 아니다
중국인인 당신이 없다
일본 여자가 없다
일본의 학도병으로 강제 동원된 학생이 없다
없는 채로 더욱 없어져서
내 마음 어딘가에서 이지러진 채로
더욱 이지러져서
더 이상 살아가지 못하게 될 것 같은
반쪽짜리 역사의 페이지

—「호수 바닥에서」 부분

시인은 이 시에다 요코하마와 가와사키 사람들의 목을 축여준 인공 호수 사가미호(相模湖) 건설에 동원된 조선인과 중국인을 등장시키고 있다. 일본은 식민지의 국민이라고 해서 자국의 호수와 댐 공사장에 강제로 끌고 와서는 임금도 제대로 주지 않고 병이 나도 치료도 제대로 해주지 않았다. 창씨개명을 한 탓에 위령비에 본명은 나오지 않는다. "일본의 학도병으로 강제 동원된 학생이 없다/ 없는 채로 더욱 없어져서"는 역설적인 표현인데, 기록이나 이름이 남아 있지 않다는 뜻이다. 전부 다 자원입대한 식으로 되어 있어서 강제 동원된 학생이 없다고 쓴 것이다. 「보석」은 사가미호 건설현장을 아주 사실적으로 다룬 시다. 시인은 "또야? 또 죽은 거야?/ (시체며 유골은 어떻게 되었을까)/ 영혼만은 고향에 돌아가고 싶어서/ 졸졸 사가미가와 강을 흘러갑니다" 하며 조선인의 죽음과 미귀환을 애통해 하기도 한다. 시인에게 있어서 안중근은 시인에게 있어 이토 히로부미를 저격한 사람이라기보다는 약지를 자른 사람이다.

가장 감각이 예민한 손끝
이미 일본 지배의 그림자가 짙어갈 무렵
약지를 자른 안중근의 왼손
잘려 나간 손가락에 민족의 염원을 담아
태극기며 책이며 수기며 보는 사람에게 찍은
검은 손도장

　　　　　　　　　　　　—「약지」부분

　안중근을 비판도 예찬도 하지 않고 있다. 다만 약지를 끊은 집념에 몸서리를 치고 있을 따름이다. 한국은 일본이 한반도 강점기 때 일본군 위안부, 강제징용과 징병, 식량 공출 등을 했던 것을 따지며 사과할 것을 요구해 왔지만 일본은 별로 그럴 생각이 없다. 시인 자신도 공식적으로 사과할 입장이 아니다. 하지만 한국으로부터 사죄를 줄기차게 '요구당'한다면 기분이 영 언짢아질 것이다.

　일본의 과거를 접할 때마다
　한국인들의 마음속 심지가 날카로워진다
　그럴 때
　국적 없는 사과 인간이라면 좋을 텐데 라고 생각한다
　한글의 '사과'는 '사죄'와 똑같은 글자
　사죄를 요구당하는 나
　역사를 돌아보면
　피가 맺힌다
　사과 인간도 되지 못하고
　붉은 동그라미 속의 일본 사람인 나

　　　　　　　　　　　　—「사과 인간」부분

시인은 내가 혼자 사과해서 될 일이 아니라고 생각한다. 독일의 수상이 유대인 포로수용소에 가서 무릎을 꿇고 사과하는 식의 사과는 아닐지라도 사과해야 할 장본인은 일본 수상인데, 독일식으로 사과할 리가 없다. 시인은 다만 동아시아 사람들이 영토를 온전하게 지키며 잘살아갈 것을 축원하는 정도에서 소임을 다하려고 한다.

> 우리는 짓밟은 별의 뼈를 찾아내
> 흩어진 음계, 그림자의 샘을
> 비춰야 하리
> 새까맣게 타서 갈라진 나무들
> 신록의 부드러움으로 촉촉하게 적셔주어야 하리
> 강을 풍성하고 평온한 그 몸 그대로 온전하게 지키며
> 이곳 동아시아 땅에서 살기 위하여
> ─「이곳에 사는 사람들」마지막 연

동아시아 여러 국가의 평화 존속을 갈망하는 시다. 인용한 부분에서 "우리는 짓밟은 별의 뼈를 찾아내/ 흩어진 음계, 그림자의 샘을/ 비춰야 하리"와 "새까맣게 타서 갈라진 나무들/ 신록의 부드러움으로 촉촉하게 적셔주어야 하리"는 동아시아에서 일본의 역할을 강조한 것이라 볼 수 있다. 한때는 침략을 일삼았던 제국주의 국가였지만 이제는 평화를 수호하는 경찰국가의 역할을 할 수 있는데 군국주의 국가로 치닫고 있는 현실을 안타까워하며 쓴 시가 아닌가 한다. 일본에 이런 시인이 있다는 것을 '일본의 양심'으로 간주할 수 있을지는 좀 더 살펴본 이후에 할 수 있겠다.

3. 박경리의 평화론

1926년생인 박경리는 8·15광복을 맞이한 해에 진주고등여학교를 졸업했다. 그러므로 일제강점기 때 학교 교육을 다 받은 세대다. 학창시절에 학생으로 겪었던 일을 갖고 시를 딱 1편 쓴 적이 있는데 일본인 여선생에게 뺨을 맞은 일을 평생 못 잊어 했음을 알 수 있다.

> 새빨간 칸나가
> 교실 안을 기웃거리고 있었다
> 일본인 여선생은
> 해명하려는 내 뺨을 때리며
> 변명하지 말라 호통쳤다
>
> 항구에서는 뱃고동 소리
> 칸나는 더욱 붉게 타고
> 어린 나는
> 진실에 힘없음을
> 깨닫고 울었다
> ─「진실」제1~2연

진실이 통하지 않았던 일은 어린 박경리에게 큰 상처를 주었던지 "외로움은 치욕보다/ 견디기 힘들지 않았고/ 소쩍새 울음이나 들으며 산다"고 시를 맺는다. 광복을 맞았던 날의 기쁨을 노래한 시도 있다.

> 이제는
> 오순도순 우리끼리 살겠구나

내 땅에 와서 내 겨레 가슴에
숱한 못질을 하던
그들이 가는구나

부모형제를 찾고
우리말 찾고
내 이름도 찾고
아아 내 옷도 찾아서
이제 찬란한 햇빛 아래
내 산천을 바라보리

　　　　　　　　　　 ―「조국」제5연

　내 옷을 찾았다는 구절은 흰 저고리, 무명치마 대신 '국민복'이라는
옷을 입게 한 일본의 복식 강요에 대한 것이다. 직접 식민지민의 질곡을
겪었던 박경리로서는 일제를 생각하면 분노가 치밀어 오른다.

강보(襁褓)와 같은 내 산야의 전통
흉보고 조롱하며
피 흘려 명줄 이은 내 백성
욕하고 업신여기며
그까짓 것!
전기면도기 하나로 폼 잡던 새끼들
어느새 입 찢어지게
민족주의 외치는 이유 말하나마나

비가 오려나 해가 나려나

하늘의 구름 바람 가는 곳 가늠하며
내일은 또 일본 비행기 타고 달나라 갈지
생각해 보면
요리하는 칼, 살인의 흉기 되듯
진실을 찍어내는 것도 지식의 도끼
　　　　　—「도끼도 되고 의복도 되고」제4~5연

　전기면도기 운운은 일본의 뛰어난 공산품 생산 기술을 가리키는 것이다. 미국이 달 착륙에 성공한 것이 1969년이었는데 일본의 과학기술도 이제 세계 최고의 수준에 이르렀지만 그 기술을 살인의 흉기 내지 지식의 도끼로 사용할지 모르겠다고 걱정한다. 해방되던 해에 한 역관이 '내 백성'을 보면서 눈살을 찌푸리고 침을 뱉던 얼굴이 잊히지 않아 쓴 이 시에서도 박경리는 일본에 대한 거부감을 숨기지 않고 있다. 그런데 이런 분노가 노년기에 이르러서는 많이 희석되고, 그 대신 사해동포사상에 입각해 시를 쓴다.

옳다는 확신이 죽음을 부르고 있다
일본의 남경대학살이 그러했고
나치스의 가스실이 그러했고
스탈린의 숙청이 그러했고
중동의 불꽃은 모두 다
옳다는 확신 때문에 타고 있는 것이다

오로지
땅을 갈고 물과 대기를 정화하고
불사르어 몸 데우고 밥을 지어

대지에 입 맞추며
겸손하게 감사하는 儀式이야말로
옳고 그르고가 없는 본성의 세계가 아닐까
　　　　　　　　　　　　—「확신」부분

　　게르만족의 '자랑과 정열'도 잘못된 확신이었고 유대인이 '오만과 편
견'의 집단이라고 본 것도 잘못된 확신이었다. 자기가 옳다는 확신이 중
동을 세계의 화약고로 만들고 있다. 그래서 박경리는 "땅을 갈고 물과 대
기를 정화하고" "대지에 입 맞추며/ 겸손하게 감사하는 의식이야말로"
"옳고 그르고가 없는 본성의 세계"라 보고, 이를 각자가 실천해야 한다고
주장한다. 즉, 자연 친화가 행해졌던 농경사회에서 공업사회로 이행하면
서 자연에 동화되어 살았던 '본성의 세계'를 잃어버렸다는 것이다. 이런
생각을 더욱 구체화해서 쓴 시가 있다.

　　풀 한 포기의 탄식도 없네
　　나비 한 마리 목 축일 이슬방울도 없네
　　불쌍한 가로수들 침묵하고
　　공산품 공장의 건조한 바람 바람
　　컨테이너 산적된 항구에 일몰이 오고
　　어디로 가는지 어디에서 흩어지는지
　　화면 같은 현실, 현실 같은 화면

　　아아
　　굶주림 같은 풍요로움이여
　　쓰레기 더미 같은 풍요로움이여
　　죽음에 이르는 풍요로움이여

눈물이 배어들 땅 한 치가 없네
  ─「현실 같은 화면, 화면 같은 현실」 제3~4연

　동아시아의 평화라는 것도 중요하지만 박경리에게 있어서는 생태환경에 대한 관심 촉구가 더 심각한 것이었다. 개발과 건설, 산업화와 공업화의 종착지가 자연이 완전히 파괴된 폐허임을 예감한 박경리는 이런 시를 써 경각심을 불러일으켰다.

문명의 걸작이며
승리의 금과옥조
세계를 쥐고 흔든다는 것은
죽음을 지배한다는 것은
그 얼마나 신나는 일인가
　　　　　　　─「핵폭탄」 마지막 연

　중국과 일본은 이미 핵 강국이고 북한은 핵 개발에 박차를 가하고 있다. 대한민국을 둘러싸고 일본과 중국과 미국이 모두 핵무기를 잔뜩 갖고 있는데 북한은 미국 본토로 날아갈 핵폭탄을 만들고 있는 중이다. 박경리는 핵폭탄이 지구의 종말, 인류의 종말을 초래할 "죽음의 조타수"라고 말한다. 시는 완전히 역설적인 표현이다. 일본이나 북한이 핵폭탄을 개발함으로써 국제사회에서 큰소리를 치는 이 "신나는 일"이 인류의 종말을 앞당길 수 있음을 경고하고 있다. 전쟁이 없는 세상에 대한 꿈은 「껍데기는 가라」를 쓴 신동엽 시인만 갖고 있었던 것이 아니다. 타인과의 분쟁과 갈등 속에서 살아가는 한 인류는 본능적으로 평화를 갈망한다. 루소가 "자연으로 돌아가라"는 말을 외쳤던 이유가 원시적 순수성에 대한 갈망 또는 세속의 범죄행위를 보지 않으려는 의도인 것처럼 박경리가 흙으로 돌아가야 한다고 주장한 것도 비슷한 맥락에서 짐작해볼 수 있다.

지금이라도
쇠붙이 물리치고
합리주의 사슬 풀고
우주를 경배하며
自動에서 手動으로
잡다한 이론, 박식으로
공밥 먹는 식자들
흙이 된다면
혹 몰라, 살아남을지
　　　　　　　　—「어디메쯤인가」 부분

　이 시에서 비판의 대상이 된 이는 "잡다한 이론, 박식으로/ 공밥 먹는 식자들"이다. 흙을 만지지 않고, 자연을 돌보지 않고 살아가는 지식인들이 기계를 만들고 공장을 세우고 컴퓨터를 개발하였다. 그러니까 박경리는 일본에 대한 개인적인 한풀이 차원에 머물지 않고 인류가 공생할 방안을 제시하려 애를 썼던 문인이라고 보아야 한다. 그 정점에 바로 대하소설 『토지』가 있었다.
　박경리 외에도 한국을 포함한 동아시아의 평화를 기원하면서 쓴 시들이 눈에 띄어 몇 편 언급하고자 한다.

방직공장에 취직시켜줄게
월급이 많아서 재봉틀도 살 수 있어

열네 살 소녀는 순진해서
일본인을 따라 배를 타고 히로시마로 갔어
벚꽃 만발한 히로시마의 봄은 아름다웠어
더 어여쁜 시골 소녀는
돈 번다는 희망에 따라갔어

배에서 내린 곳이 라바울 일본군 위안소였어
온몸으로 반항했으나 죽도록 맞았어
감시는 엄했고 자유는 없었어
낮이고 밤이고 군인들이 수십 명 줄을 서곤 했어
괴롭고 아픈 노예 도망칠 수 없는 노예

폭격이 심해지자 동굴 안에 대피시켰어
정글 속으로 도망쳤어

전쟁이 끝나도 집에 가지 못했어
병이 너무 심했어
도시에서 돈 벌어 치료했어
나는 죽어도 일본 정부의 사과를 받아야겠어
한창 고운 나이에 피멍 들고 병든 내 몸,
황폐해진 내 정신을 배상받아야겠어.
—「증언 4」 전문

　　권순자 시인이 펴낸 『천개의 눈물』(포엠포엠, 2015)은 시 전편이 일본
군대에 위안부로 끌려가 끔찍한 고초를 겪은 이 나라 소녀들의 고통을
그린 기념비적인 시집이다. 영역과 일역 시도 함께 실려 있다. 시의 내용

은 인간이 겪을 수 있는 최악의 고통에 대한 증언이다. 어린 소녀들이 일본의 거짓말에 속아 끌려가서 성의 노예가 되어 장기간 온몸을 유린당했다. 일본은 이에 대해 오랫동안 사실 자체를 부인하더니 유엔 등 전 세계가 비난을 하자 돈으로 해결하려 들었다. 시인은 증언과 고발을 통해 할머니가 된 이들의 깊은 상처에 호호 입김을 불고 있다. 한편으로는 일본 정부의 진심어린 사과를 촉구하고 있다. 우리는 절대로, 일본인의 손에 끌려가 고통받은 그분들을 잊어선 안 된다, 외면해서도 안 된다고 시인은 주장한다. 후손 된 도리를 다하고자 한 권순자 시인의 증언과 고발 및 사과 촉구가 한 권의 시집을 이루었다는 것은 놀라운 일이다. 어린 소녀들에게 지옥을 선사한 이들의 아들 세대 일본인들은 박근혜 정권이 잘못된 결정인 위안부 합의를 스스로 파기했다고 난리를 쳤다. 그들은 지금까지도 할머니들의 목소리를 외면하고 있다. 권 시인의 외침도 외면하고 있다.

2022년 5월 25일 오후, 서울 종로구 옛 일본대사관 앞에서 제1545차 일본군 위안부 문제 해결을 위한 수요집회가 열렸다. 일본은 자기네들이 일으킨 전쟁터로 끌고 갔던 소녀들에게 사과를 지금까지 하지 않고 있고 이제는 군국화의 길을 걷고 있다.

귀에 쟁쟁하다
상기도 또렷이 들리는 노랫말

"붉은 피 끓는 예과 연습생
일곱 개 단추에는 벚꽃과 닻 무늬
오늘도 날아오른다 카스미가우라에선
커다란 희망의 구름 솟는다"

살아서 돌아올 확률 제로인
출격을 할 수밖에 없었던
스무 살 안팎 홍안(紅顔)의 청년들
가미카제 특공대가
발걸음을 맞추던 행진 노랫말이다

손톱만큼도 청년 스스로가 끼어들 틈새는 없다
새하얗게 탈색된 머릿속 뇌수에
정교한 마이크로칩 살그머니 삽입하는,
인간어뢰 인간폭탄 자살테러 부추기는 노랫말이다

기나긴 세월 훌쩍 뛰어 건넌 오늘까지
입가에 빙빙 맴돌게 하는
일제(日帝) 군부(軍部)의 끈질긴 세뇌가
오늘도 이어지고 있다

—「세뇌」 전문

고정애의 시집 『날마다 돌아보는 기적』(문학의전당, 2020)에 실려 있는 시다. 보도 자료를 찾아보니 코로나 사태 이전 구정 연휴 때 우리나라 사람들이 가장 많이 여행 간 나라가 일본이라고 한다. 일본의 아베 총리는 2019년 7월에 한국에 대해 3개 핵심소재 수출규제와 관세부가 조치를 하였다. 이런 일본은 위안부 손해배상문제에 대해서도, 징용인력 보상신청문제에 대해서도 모르쇠 작전으로 일관하고 있다. 1964년 한일회담 때 다 정리된 문제를 왜 또 끄집어내느냐는 것이 일본의 한결같은 주장이다.

조선인이 가미카제 특공대원으로 죽은 것은 한겨레신문사 길윤형 기자가 쓴 『나는 조선인 가미카제다』에 따르면 17명이다. 탁경현·한정실·인재웅……. 서정주의 시 「송정오장송가」에 나오는 구절 "개성 사람/ 인씨(印氏)의 둘째 아들 스물한 살 먹은 사내"가 바로 인재웅이다. 그들은 일본해군의 항공모함 탑재기 '제로센'에 250kg의 폭탄을 실은 뒤 미 항공모함에 몸체 공격을 하는 신풍(神風, 가미카제) 특공대의 희생양으로 죽었다. 열일곱 살 소년도 있었다.

일본은 그 소년과 청년들에게 노래를 부르게 했다. "붉은 피 끓는 예과 연습생/ 일곱 개 단추에는 벚꽃과 닻 무늬……" 카스미가우라[霞ヶ浦]는 일본에서 두 번째로 큰 호수로 공원이 조성되어 있다. 고정애 시인은 그 노래가 아직도 귀에 쟁쟁하다고 했다. 그 노래의 노랫말은 "인간어뢰 인간폭탄 자살테러 부추기는" 것이었지만 정교한 마이크로칩을 살그머니 삽입하는 것인 양 세뇌를 시켜 아이들까지도 멋모르고 신나게 따라 불렀다는 것이다. 일본의 식민지 지배는 늘 그런 식이었다. 국어(일본어) 상용도 신사참배도 창씨개명도 황국신민의 서사 읽기도 한국인의 한국인 됨을 바꾸기 위해 강요한 것들이었다. 일제 군부의 끈질긴 세뇌가 오늘도 이어지고 있기에 일본의 식민지 지배를 옹호하고 위안부 할머니들을 모욕하는 이들이 계속해서 이 땅에 나타나고 있는 것이다.

누구를 위로했다고 위안부라 하는가
부모 가슴에 겨눈 총부리 앞에서
누군들 반항하겠는가
서로의 눈물에서 읽은 설움
살 찢는 고통으로 잊혔어도
내 고향 하늘에 고개 돌린 적 없다
잊지 마라, 잊지 마라

허세 부려 방심한다면
또다시 왜놈들에게 무릎 꿇린
소녀의 모습을 지켜보게 된다는 것을
—「누구를 위로했다고 위안부라 하는가 김복동」 전문

이오장 시인이 독립지사 101인에 대한 인물시를 써 한 권의 시집으로 묶어냈으니 『이게 나라냐』(스타북스, 2019)이다. 그중 한 사람인 김복동(1926~2019) 할머니는 10대 소녀였을 때 일본군에 끌려가서 끔찍한 짓을 당했다. 1992년부터 전 세계 전쟁 피해 여성들의 인권 신장과 지원을 위해 '나비기금'을 발족하는 등 인권운동가로서 활발히 활동하다가 2019년 1월 28일 93세를 일기로 돌아가셨다. 조국의 광복을 위해 자신을 희생한 '의사(義士)'라고는 할 수 없지만 그에 버금가는 인물로 간주해 시인은 이 시를 썼다. 일본은 지난 수십 년 동안 타국의 침략을 방어만 할 수 있게 되어 있는 헌법을 고쳐 다른 나라에 군대를 보낼 수 있는, 즉 침략을 할 수 있는 나라가 되고자 총력을 기울였다. 일본이 저 먼 이집트를 침공할까 칠레를 침공할까. 우리는 지금 허세를 부리기도 하고 방심하고 있기도 하다. 독도에 대한 일본의 집요한 공세를 보면 이러다가 또 무슨 봉변을 당할지도 모르겠다는 생각이 든다.

'위안부'는 일본에서 만든 말이다. 중국 대륙과 동남아 각국을 침략해 들어갔을 때 군인에 의한 양민 강간이 빈번해지면서 성병이 부대 내에 만연하자 이를 방지하기 위해 군의관에 의한 관리 체제로 만든 것이 '위안부' 제도였다. 시인도 '위안부'란 말에 이의를 제기했지만 제4회 한국어말하기대회에 참석한 슬로베니아 류블랴나 대학교의 한 학생이 이렇게 열변을 토했다.

"오늘 저는 '위안부'라는 용어와 그 의미에 대해 제 의견을 말씀드리고 싶습니다. '위안부'란 용어는 문제가 있고, 역사적 사실을 잘못 이해할 수 있어 아주 좋지 않다고 생각합니다. 영어로 번역해서 쓸 때는 'comfort women'으로 쓰는데, 사실 한국어의 '위안'이란 말도 영어의 'comfort'란 말도 참 좋은 말입니다. 위안이란 말에는 강제성이 없고 매우 개인적이며 그다지 부정적인 이미지가 없습니다. 여기 계신 여러분들도 여러 가지 이유로 다른 사람에게 위안을 받고 또 다른 사람이 힘들어 할 때는 위안을 해주시죠? 그 위안에는 어떤 가식도 없습니다. 그래서 일본이 쓰기 시작한 용어라고 생각합니다. 최대한 표현을 부드럽게 해서 죄책감을 느끼지 않으려고. 왜 이 말을 피해자인 한국에서 그대로 쓰고 있는지 저로서는 잘 이해가 되지 않습니다. 누가 누구를 위안해 주었습니까?"

아래 시는 정금희 시인이 계간 『문학나무』(2019. 가을호)에 발표한 것이다.

한 입 덜어 어린 동생들
죽이라도 먹여주려
간호조무사로, 공장으로 트럭 타고 길 떠난 언니

도착한 곳은 뜨거운 햇살 이어진 인간시장 뻘밭
흑암 사지로 막장으로 밀려간

소녀를 잃고
여자를 잃고
허공에 흐르는 눈물 강줄기
철장 속에서 불사조로 살아왔다

언니야 용기에
고맙고 미안타
고맙고 미안타
　　　　—「소녀상 앞에서」 전문

　　일본군 위안부 피해자들을 기리고 역사적 비극의 재발을 막자는 의미를 지닌 소녀 동상이 해외에서는 물론 국내에서도 온갖 수난을 다 겪고 있다. 일본이 전투력 증강과 성병 만연을 막겠다는 목표로 실시한 이 제도의 피해자들은 어느덧 할머니가 되었고, 피해보상도 사과도 받지 못하고 한평생 가슴앓이를 하다가 많은 분들이 돌아가셨다. 미국 등 해외 여러 나라에서는 일본 외교부의 방해로 소녀상을 설치도 못하고 있다. 워싱턴 DC에서는 3년 만에 설치했다가 하루 바깥나들이를 하고 다시 창고로 들어갔다고 한다. 일본은 독도 영유권 주장과 소녀상 설치 문제에 대해서는 정말 집요하다.

　　시인은 짧은 시 안에 '언니'들이 끌려간 과정, 끌려간 곳에서의 생활을 제대로 묘사하였다. 놀라운 것은 제3연이다. 이 땅의 수많은 소녀가 소녀를 잃었고 여자가 여자를 잃었다고 했다. 청춘을 잃고 인권을 유린당한 것이다. 한 명 한 명 얼마나 소중한 생명체인가. 백배사죄해도 용서가 안 되는 일인데 강제동원은 없었다고 그들은 큰소리를 뻥뻥 치고, 거기에 동조하는 우리나라 사람들도 있다. 시인은 '언니'의 용기에 고마워하고 미안해한다. 놀라운 것은 수요 집회의 회수와 그 '언니'들이 보여준 용기다. 우리는 교과서에 이 두 가지를 넣어서 두고두고 후세에 알려야 한다. 일본의 역사 왜곡에 반기를 든 시인의 용기에도 박수를 보낸다. 언니들이 "철장 속에서 불사조로 살아왔다"는 구절 앞에서 전율한다.

　　한국과 일본 양국은 1965년에 국교 정상화를 하였다. 한국이 일본의 지배를 벗어난 지 20년 만의 일이었다. 이후 50년 세월이 흐르는 동안 양국 관계는 결코 선린외교가 아니었다. 일본은 반도 내에 식민지 임나일본부를 건설했었다고 주장하였고 검인정 교과서를 내면서 역사적 사실을 왜곡하였다. 오래 전부터 재일교포들을 차별대우했고 줄기차게 독도 영유권을 주장하였다. 그래서 현해탄을 사이에 두고 이웃해 있는 두 나라지만 갈등이 상존하고 있다. 식민지 지배라는 구원이 있는 한국으로서는 일본의 사죄를 요구하는 입장이었는데 일본은 사죄는커녕 정치가들이 주기적으로 신사참배를 하였다. 일본군 위안부, 징용, 징병 등에 대한 보상도 한일국교정상화 때 웬만큼 했으니 더 이상 하지 말아야 한다는 것이 일본의 입장이다.

　　그런데 일본의 시인 이시카와 이츠코와 사가와 아키는 일본이 과거에 저질렀던 잘못을 자신의 잘못인 양 송구스러워하면서 참회하는 내용으로 시를 썼다. 특히 이시카와 이츠코는 일본의 잘못을 아주 강력하게 비판하는 어조로 써 일본인의 반성을 촉구하였다. 동아시아의 평화 유지에는 일본의 역할이 큰데, 그 역할을 하지 않고 있는 데 대해 개탄하면서 이제부터라도 평화롭기를 기원하였다. 한편으로는 일본의 줄기찬 모르쇠를 비판하였다.

이시카와 이츠코는 1933년생으로 일본의 동아시아 침략의 역사를 웬만큼 알고 있어서 그런 시를 쓸 수 있었다. 하지만 사가와 아키는 1954년생이라 전후세대다. 전쟁을 겪지 못한 세대지만 과거 일본의 동아시아 침략을 가슴 아파하면서 자기 나름의 평화론을 폈다. 과거사에 대해 사과도 하지 않고 반성도 하지 않는 사회지도층의 태도에 대해 비판을 가하면서 세계평화를 위한 일본의 역할을 강조하였다.

박경리는 두 일본인과는 달리 식민지 피지배 당사국의 일원으로서 일본의 수탈과 억압의 내용을 너무나 잘 알고 있었다. 그래서 일본을 원망하는 시를 쓰기도 했었지만 태도를 바꿔 생태환경 보호 문제에 관심을 가지면서 인류의 생존, 지구의 미래 같은 보다 넓은 차원의 평화론을 전개하였다.

그렇지만 지금까지 양국 시인들의 이런 노력이 우리나라 평단에서 제대로 논의된 적이 없었다. 이 글은 동아시아 평화론의 문학적 사례로 볼 수 있는 시편 연구를 위해 이제 겨우 첫걸음을 내디딘 것이라 생각한다.